UNGEHÖRIG

DAS MÜNDEL DES EARLS

DARCY BURKE

Übersetzt von
PETRA GORSCHBOTH

Zealous Quill Press

Ungehörig: Das Mündel des Earls

Buchgestaltung: © Darcy Burke.
Buchumschlag: © Dar Albert, Wicked Smart Designs.
Umschlagfoto: © Period Images.
Deutsche Übersetzung: Petra Gorschboth.

✮ Erstellt mit Vellum

UNGEHÖRIG: DAS MÜNDEL DES EARLS

Willkommen im Phönix Club, in dem Londons waghalsigste, anrüchigste und intriganteste Ladys und Gentlemen Skandale, Erlösung und eine zweite Chance finden.

Der ausschweifend lebende Halunke Tobias Powell, Earl of Overton, ist gerade Erbe eines behüteten, grundanständigen jungen Mündels geworden, für das er einen Ehemann finden muss. Und das ist nur der Anfang seiner Schwierigkeiten. Laut dem Testament seines Vaters ist Tobias angehalten, innerhalb der nächsten sechs Wochen zu heiraten oder er verliert das Haus seiner Mutter, welches eine derart wertvolle Kostbarkeit für ihn darstellt, dass ein Scheitern nicht in Frage kommt. Er ist sicher, er kann seinen skandalösen Ruf rehabilitieren, einen Ehegatten für sein Mündel auftreiben und die kultivierte Frau seiner Träume finden, ehe es zu spät ist. Allerdings entpuppt sich sein Mündel als Teufelsbraten, der sich nicht benehmen kann. Sie kann ihn jedoch zum Lachen bringen.

Miss Fiona Wingate aus der Provinz ist begeistert, ihre langweilige Kleinstadt gegen eine aufregende Saison in London einzutauschen. Bis sie erfährt, dass ihr neuer Vormund, ein schneidiger Earl, sie in aller Eile zu verheiraten gedenkt. Fiona hat kein Interesse an einer Ehe – schließlich ist sie gerade erst aus ihrer lebenslangen Isolation frei gekommen! Doch als sie beinahe einen Skandal auslöst und Tobias zu ihrer Rettung herbeieilt, flackert eine unerwartete Anziehung zwischen den beiden auf. Eine Romanze zwischen einem Vormund und seinem Mündel wäre jedoch höchst ungehörig ...

KAPITEL 1

London, Februar 1815

*T*obias Powell, fünfter Earl of Overton, lächelte schwach, als seine Mätresse ihm mit den Fingerspitzen über die Schulter strich. Die Augen schlug er dabei nicht auf. Stattdessen drückte er sich tiefer in die Laken, als ob er die kuschelige Weichheit des Bettes umarmen könnte. Heute war er besonders müde, denn es war eine furchtbar lange Nacht gewesen.

»Um welche Zeit trifft dein Mündel ein?«, fragte Barbara, die bald schon seine ehemalige Mätresse sein würde, hinter ihm.

Verfluchter Mist, sein Mündel. Er riss die Augen auf und stemmte sich in eine sitzende Position hoch, ehe dann die Bettdecke von seinem nackten Körper rutschte. »Wie spät ist es?«

»Drei Uhr.«

»Nachmittags?« Natürlich war es am Nachmittag. Sie

waren vor dem Sonnenaufgang über London noch nicht einmal in Barbaras Wohnung zurückgekehrt.

Tobias stieg aus dem Bett und lief aufgeregt umher, auf der Suche nach seiner achtlos verstreuten Kleidung. Er verzichtete auf die Unterwäsche, da er sie nicht entdecken konnte, und zog seine Hose an. Dann warf er sich das Hemd über den Kopf und schob die Enden in den Hosenbund.

Vom Bett aus hielt Barbara die vermissten Kleidungsstücke hoch, wobei sie ihre breiten roten Lippen zu einem neckischen Lächeln geformt hatte. »Brauchst du die Wäsche nicht?«

»Du hast sie mir absichtlich vorenthalten.«

Sie zuckte mit den Achseln, und ihre anmutigen Schultern wölbten sich, was ihre recht großen Brüste ebenfalls in Bewegung versetzte.

Tobias stöhnte auf. »Ich muss gehen. Mein Mündel könnte bereits angekommen sein.« So hatte er sich das nicht vorgestellt. Um sowohl das Debüt seines Mündels zu unterstützen und eine elegante Gattin für sich selbst zu finden, sollte er sich von seiner besten und nicht der skandalösen Seite zeigen. »Du bist viel zu verlockend, Barbara.« Er sah sie mit einem ernsten Blick an, als er seine Weste zuknöpfte.

»Deine Knöpfe sitzen nicht richtig.« Sie lachte leise, während sie sich gegen das Kopfende des Bettes lehnte und keinen Versuch unternahm, ihre entblößte obere Hälfte zu bedecken.

Tobias blickte an sich herab und sah, dass sie recht hatte. Leise fluchend fing er von vorn an. »Das ist deine Schuld. Du bist eine furchtbare Ablenkung.«

Sie streckte einen Arm über den Kopf, was wiederrum ihre Brüste hervorhob. »Du magst mich auf diese Weise.«

»Ich mag dich in jeder Hinsicht, aber wie du weißt, ist dies unser letztes Treffen. Das muss es sein.«

Endlich ließ sie den Arm sinken und zog die Bettdecke

hoch, um ihre Brust zu bedecken. Schmollend meinte sie: »Weil du heiraten musst. *Unverzüglich.*«

Tobias ließ sich auf einen Stuhl fallen und machte sich daran, Strümpfe und Stiefel anzuziehen. »Innerhalb der nächsten fünf Wochen etwa, ja.« Denn sein Vater hatte dies in einer überraschenden Änderung seines Testaments verfügt, bevor er im Dezember verschieden war.

Tobias musste innerhalb von drei Monaten nach dem Tod des vormaligen Earls heiraten, sonst würde er den einzigen Besitz verlieren, der nicht automatisch an ihn vererbt wurde – das Haus seiner Mutter, das einzig wahre Zuhause, das er je gekannt hatte. Um es in seinem Besitz zu behalten, würde er alles tun. Was bedeutete, dass er in beinahe unmöglicher Hast eine Ehefrau finden musste.

Und einzig aufgrund seines eigenen Verhaltens im Laufe der letzten zwei Jahre war dies *beinahe* unmöglich. Gleichwohl viele Anwärterinnen den Antrag eines Earls mit Freuden annehmen würden, wollte er hingegen nicht irgendeine. Er wünschte sich eine kultivierte und geistreiche Frau, die von Herzen gut und fürsorglich war.

Es sollte eine Frau sein, die er mit der Zeit lieben konnte, wenn er dies auch anfangs nicht tat. Denn ihm blieb keine Zeit, sich zu verlieben. Innerhalb von fünf Wochen musste er eine passable Frau finden, das Verlöbnis zustande bringen, die Verlesung des Aufgebots in die Wege leiten und die Trauung vollziehen lassen. Und all dies, während jede Frau, die zu heiraten würdig war, ihm wahrscheinlich den Rücken zukehren würde.

Der Plan bestand in Reformation, und bislang war er gescheitert. Neulich hatte er versucht, die Verbindung zu Barbara abzubrechen, doch als er ihr gestern Abend begegnet war, hatte sie sich als ungemein überzeugend erwiesen.

Als er mit seinen Stiefeln fertig war, stand er auf und zog

seinen Frack an. Seine Krawatte war scheinbar ebenfalls verloren gegangen. Das machte nichts. Sie wäre ohnehin ein furchtbar zerknittertes Desaster gewesen. Er schnappte sich seinen Hut und die Handschuhe von der Kommode und trat an das Bett.

»Das war wirklich das letzte Mal, Barb. Es muss sein, wie du weißt.«

Sie seufzte und als sie ihn mit ihren dunklen Augen ansah, lag eine Spur von Traurigkeit darin. »Ich werde jemand anderen finden, aber das wirst nicht du sein. Er wird ernst und langweilig sein und mich gar nicht kennen.«

Tobias strich ihr eine dunkelblonde Locke von der Wange und beugte sich vor, um ihr einen Kuss auf die Schläfe zu drücken. »Er wird dich kennenlernen, und du wirst ihn von seiner Langweiligkeit kurieren.« Er richtete sich auf und setzte sich den Hut auf den Kopf.

»Vielleicht nehme ich deine großzügige Abfindung an und warte einfach, ob du deine Meinung änderst.« Sie lächelte zu ihm auf, und Tobias erlitt einen Moment des Bedauerns. Er liebte Barbara nicht, doch sie brachte ihn dazu, sich gut zu fühlen, und das war etwas Schönes.

Er drehte sich um und verließ ihre Wohnung, um dann förmlich zur Straße hinunter zu rennen, wo er eine Droschke anhielt. Drei Uhr nachmittags! Er hoffte wirklich, sein Mündel sei noch nicht angekommen. Es war eine lange Fahrt von Shropshire, und das Winterwetter könnte sie aufgehalten haben. Ja, er hoffte, es wäre so. War das nicht eine der Begründungen gewesen, mit denen Barbara ihn am Vorabend überredet hatte, sie nach Hause zu begleiten? Flüsternd hatte sie ihm ins Ohr geraunt, dass sein Mündel aufgrund einer überschwemmten Straße wahrscheinlich irgendwo stecken geblieben war.

Nicht, dass es viel gebraucht hätte, um ihn umzustimmen. Beflissen und ohne eine Spur von Reue hatte er sich in die

Ausschweifung gestürzt. Dass sein Verhalten seinen Vater frustriert hätte – und das zu dessen Lebzeiten auch so gewesen war –, machte die Sache nur noch attraktiver. Nachdem Tobias vor zwei Jahren mit seiner Eheschließung gescheitert war, hatte sein Vater ihn unablässig bedrängt, sich eine Ehefrau zu suchen. Aus diesem Grund hatte er im Sterben verfügt, dass Tobias entweder heiraten oder leiden sollte – indem er den einzigen Besitz verlor, der ihm unglaublich kostbar war.

Und so würde sein Vater den Sieg davontragen, als ob all dies in den letzten zwei Jahren ein Spiel gewesen wäre. Für Tobias war es das nicht. Er hatte sich verliebt geglaubt, doch dann hatte die betreffende Frau sich von ihm abgewandt und ihn in Zweifel über seine Gefühle gestürzt. War da seine mangelnden Neigung, einer anderen den Hof zu machen, verwunderlich?

Es war jedoch höchste Zeit für ihn, das zu tun.

In der Brook Street blieb die Droschke halbwegs am Straßenrand stehen und Tobias war mit einem Satz aus dem Gefährt. Er sauste durch das Tor und die Stufen hinauf zu seinem Haus, um dann eilig einzutreten, als Carrin die Tür öffnete.

Ruckartig blieb er stehen und schaute den Butler an. »Ist sie hier?«

»Miss Wingate?« Carrin schüttelte den Kopf. »Noch nicht, Mylord.«

Als die Anspannung aus Tobias' Körper wich, fühlte er sich, als müsste er auf den Marmorfußboden sinken. »Gott sei Dank. Ich werde rasch ein Bad nehmen.« Er setzte seinen Hut ab und schritt durch den Torbogen in die Treppenhalle.

»Ich glaube, sie ist gerade angekommen, Mylord«, rief Carrin, als Tobias gerade einen Fuß auf die Treppe setzte.

Er kniff die Augen zu und packte das Geländer mit festem Griff. »Verflixt.«

~

»*A*ch du liebe Güte, das ist ja der Hyde Park!« Fiona Wingate drückte die Nase an das Fenster der Kutsche und ihr Puls raste.

»Wie können Sie das wissen?«, fragte Mrs. Tucket neben Fiona, ohne auch nur die Augen zu öffnen.

»Ich weiß es eben.« Solange sie denken konnte, hatte Fiona Karten von London studiert. Eigentlich hatte sie jede Karte studiert, die sie in die Finger bekam. »Es ist so groß und wunderbar.« Sie drückte ihre behandschuhte Handfläche gegen das Glas, als könne sie irgendwie hindurchgreifen und die Bäume mit ihrem dürren, noch kahlen Geäst berühren.

Mrs. Tucket lehnte sich gegen sie, und ein kurzer Blick zeigte, dass sie ein Augenlid lange genug gelüpft hatte, um an Fiona vorbei auf den Park zu blicken. »Hmmm. Sie können nichts Bedeutsames erkennen.«

Nein, sie konnte weder die Rotten Row noch den Serpentine Teich oder irgendeine der Ladys oder Gentlemen der feinen Gesellschaft sehen, die während der angesagten Stunde dort flanieren würden. Sie bezweifelte ohnehin, dass heute jemand von ihnen unterwegs sein würde. Es war noch recht früh in der Saison, und das Parlament hatte erst vor wenigen Tagen mit der Sitzungsperiode begonnen. Und zum Spazierengehen war es zu kalt.

In diesem Moment prasselten Regentropfen gegen das Fenster. Gewiss war es zu regnerisch.

Das machte Fiona jedoch nichts aus. Sie würde London im Regen, im Schnee und sogar in einem Wirbelsturm wertschätzen, wenn so etwas möglich wäre. Es war einfach so, dass ihr das Wetter einerlei war, oder ob der Park noch nicht in voller Blüte stand. Sie war in London. Vor allem aber befand sie sich nicht mehr in Bitterley, wo sie die gesamten, ihrer fast zweiundzwanzig Jahre verbracht hatte.

Mrs. Tucket atmete laut aus, als sie sich mühsam in eine aufrechte Sitzposition hievte. Seit ihrem letzten Halt vor einigen Meilen war sie auf ihrem Platz recht tief heruntergerutscht. »Ich muss mich wohl aus dem Stumpfsinn der Reise reißen.«

Fiona behielt ihr Gesicht zum Fenster gewandt, bis sie die Ecke des Parks erreichten. Selbst dann noch verrenkte sie sich den Hals und betrachtete den Torbogen, der in die Anlage hineinführte. Sie würde dort spazieren gehen oder vielleicht sogar reiten können. Vielleicht würde ihr Vormund sie in seinem Phaeton ausfahren. Vorausgesetzt, er hatte einen. Bestimmt besaßen alle Earls einen Phaeton.

Die Kutsche rollte eine belebte Straße entlang – Oxford Street, wenn sie die Straßenkarte richtig in Erinnerung hatte. Und dessen war sie sich sicher. In Kürze würden sie rechts in die Davies Street nach Mayfair einbiegen, das Herz von Londons teuerstem Wohnviertel.

Sie kamen an Häusern aus Stein und Ziegeln vorbei, einige mit kunstvollen Eingängen, andere mit breiten Fenstern. Manche Fassaden waren schmal, während andere doppelt so breit gebaut waren. Als sie links in die Brook Street einbogen, wurden die Häuser recht elegant, mit ausgefallenen schmiedeeisernen Zäunen und Säuleneingängen.

Schließlich kam die Kutsche vor dem bisher prächtigsten Haus zum Stehen. Ein eisernes Tor mit einem großen, an der Spitze eingefügtem O beschützte den Fußweg zur Eingangstür, an der zu beiden Seiten ein Säulenpaar stand. Die Tür der Kutsche wurde geöffnet, und ein Diener in dunkelgrüner Livree eilte durch das Tor, um ihr beim Aussteigen behilflich zu sein.

Fiona warf den Kopf in den Nacken und zählte vier Stockwerke, die sich in den grauen Himmel reckten. Ein

Regentropfen landete auf ihrer Nase, und sie grinste. Dann blickte sie auf den Teil des Hauses hinunter, der unterhalb der Straße lag. Fünf Stockwerke waren es insgesamt.

»Ich glaube, meine Beine sind ganz eingeschlafen«, stellte Mrs. Tucket fest und nahm Fionas Arm mit festem Griff, um sich zu stützen.

Der Diener hielt das Tor auf und deutete Fiona und Mrs. Tucket an, ihm vorauszugehen. Fiona hielt den Kopf hoch und vergewisserte sich, dass Mrs. Tucket sich gut an ihr fest-hielt, bevor sie durch das Tor auf den kurzen Weg schritten, der sie zu den fünf Stufen der Vordertreppe führte. Fiona ging langsam, damit Mrs. Tucket mit ihrer schmerzenden Hüfte Schritt halten konnte. Das war mehr als gut so, denn Fionas Herz pochte noch schneller als in der Kutsche, während sie darüber nachdachte, wie sich ihr Leben verän-dern würde.

Sie war das Mündel eines Earls in London und stand kurz vor ihrer ersten Saison. Mit einem Wort, es war unglaublich.

Die Tür stand offen und ein weiterer Mann in dunkel-grüner Livree stand vor ihr. »Guten Tag, Miss Wingate, Mrs. Tucket. Willkommen in Overton House.«

»Sie sind angekommen!« Die donnernde Männerstimme schallte durch die mit Marmor geflieste und holzgetäfelte Eingangshalle, ehe Fiona den Mann selbst sehen konnte. Doch plötzlich war er – vermutlich der Earl of Overton – da und schritt durch einen breiten Bogen direkt ihnen gegenüber.

Von seiner Jugend überrascht, schaute Fiona ihn an. Nein, es war nicht seine Jugend, denn er war vermutlich beinahe dreißig. Sie war überrascht zu erkennen, dass er ... gut ausse-hend war. Sie hatte jemanden wie seinen Vater erwartet, den sie im Laufe ihres Lebens etwa ein Dutzend Mal getroffen hatte. Doch während der vormalige Earl ein sauertöpfisches

Gesicht und keine außergewöhnlichen körperlichen Eigenschaften aufgewiesen hatte, besaß der jetzige Earl ein verwegenes Lächeln und zinngraue Augen. Sein dunkles Haar war feucht und kunstvoll hob es sich in Wellen von seiner klaren Stirn ab. Er zupfte an seinem Frack und nestelte an seiner schlicht geknoteten Krawatte herum, als er mitten in der Eingangshalle zum Stehen kam.

Fiona besann sich auf ihre Übungen mit Mrs. Tucket und sank in einen tiefen Knicks. Unglücklicherweise war ihr Arm immer noch im Griff ihrer Begleiterin, sodass ihr Absinken ein wenig unbeholfen ausfiel. Sie hoffte, der Earl würde es nicht bemerken. »Mylord.«

»Gut gemacht«, lobte er grinsend. »Sie sind fast für Ihre Präsentation bei der Königin bereit.«

Fiona war gerade im Begriff sich zu erheben, doch bei seinen Worten stürzte sie beinahe zu Boden. »Meiner was?«

»Sie soll der Königin vorgestellt werden?« Mrs. Tuckets Atem wurde schwer, und es war so schlimm, dass Fiona schon eine Ohnmacht befürchtete.

»Darf sie Platz nehmen?«, fragte Fiona und suchte krampfhaft nach einem Stuhl.

Lord Overton legte die Stirn in Falten und eilte herbei, um Mrs. Tuckets anderen Arm zu nehmen. »Hier hinein.« Er führte sie in einen Salon, der rechts von der Eingangshalle lag. Der Raum war in warmem Gelb und brünierter Bronze gehalten und begrüßte sie wie ein sonniger Nachmittag.

Unter vereinten Kräften brachten Fiona und der Earl Mrs. Tucket zu einem Sessel nahe des Kamins, in dem ein Feuer loderte. »Besser?«, fragte Fiona.

»Ein Schlückchen Sherry käme nicht ungelegen«, antwortete Mrs. Tucket und band sich die Haube unter dem Kinn auf.

Der Earl kehrte zur Tür zurück und trug jemandem auf, Sherry und Tee bringen zu lassen. »Carrin wird gleich kommen. Das ist der Butler. Er stand bei Ihrer Ankunft gerade in der Eingangshalle. Ich werde Sie ein wenig später mit dem Haushalt bekannt machen, wenn es Ihnen recht ist.«

»Ja, vielen Dank«, entgegnete Fiona, die bei der Pracht des Raumes mit seinen zahlreichen Gemälden, den üppigen Fensterbehängen und den opulenten Möbeln gerade versuchte, nicht mit offenem Mund zu staunen. Dass der Earl ein großes Haus mit einer feinen Ausstattung besitzen würde, hatte sie gewusst, aber wie groß und wie fein es tatsächlich war, hatte sie nicht geahnt. Und jetzt war dies ihr Zuhause. Wieder begann ihr Herz zu klopfen.

Mrs. Tucket hüstelte. »Haben Sie gescherzt, als Sie erwähnten, meine Fiona solle der Königin vorgestellt werden? Das haben Sie doch, nicht wahr?«

»Ganz und gar nicht«, entgegnete Overton mit einem Lächeln. »Es wird erwartet, dass junge Debütantinnen, die ihre erste Saison antreten, Ihrer Königlichen Hoheit vorgestellt werden.«

Jetzt hatte Fiona das Gefühl, ihr würde gleich das Herz aus der Brust springen. Die Königin!

Mrs. Tuckets dunkle Augen wurden groß, und sie schaute Fiona mit einer Art Entsetzen an, was nur ein kleines bisschen ärgerlich war. »Sie weiß absolut nichts darüber, wie sie das zu tun hat!«

Der Earl lächelte weiterhin freundlich. »Seien Sie unbesorgt, denn Miss Wingate wird ausreichend Gelegenheit zu ihrer Vorbereitung haben. Ihre Präsentation findet erst nächste Woche statt.«

»Nächste Woche?«, quiekte Mrs. Tucket, als sie sich in den Sessel fallen ließ. Sie presste den Handrücken an ihre Wange und murmelte etwas Unverständliches.

Der Earl blieb neben Fiona stehen und murmelte: »Ähm, ist sie wohlauf?«

»Ja, sie inszeniert nur ein Drama«, flüsterte Fiona. »Das

ist ihre Art.«

»Oh. Dann ist es wohl klug, dass ich eine Anstandsdame und eine Mentorin für Sie besorgt habe. Erstere werden Sie in Kürze kennenlernen, Letztere morgen.«

»Habe ich richtig gehört, dass Sie eine Anstandsdame für meine Fiona engagiert haben?« Mrs. Tucket klang verdattert. Sie schürzte kräftig die Lippen. »*Ich* bin ihre Anstandsdame.«

Der Earl lächelte leutselig. »Gewiss, aber ich dachte, sie könnte von einer zusätzlichen Anstandsdame profitieren. Jemand, der mit London und der feinen Gesellschaft vertraut ist.« Er warf Fiona einen unsicheren Blick zu, als wolle er um ihre Unterstützung bitten.

»Eine ausgezeichnete Idee, Mylord«, bemerkte Fiona, die sich in einen anderen Sessel beim Kamins setzte. Sie griff nach Mrs. Tuckets Hand und tätschelte sie. »Wie kann es mir mit zwei Anstandsdamen nicht gut ergehen?«

«Hmmm.« Mrs. Tucket kniff die Augen zusammen und richtete den Blick auf das Feuer.

Fiona schaute zum Earl auf. Die Stirn gerunzelt, hatte er eine Hand in die Hüfte gestemmt, während er sich mit der anderen nachdenklich über das Kinn strich.

Der Butler trat mit einem Tablett ein, das mit Tee und einem Glas Sherry beladen war. Letzteres nahm der Earl in die Hand und brachte es umgehend zu Mrs. Tucket. »Ihr Sherry, Madam.«

Sie nahm das Glas und trank wortlos die Hälfte des Inhalts. Den Sherry an die Brust gedrückt, sank sie in den Sessel zurück und schloss die Augen.

Fiona erhob sich langsam und kehrte auf Zehenspitzen in den Mittelpunkt des Raumes zu der Stelle zurück, wo der Earl stand und ihre Zofe betrachtete. »Aller Voraussicht nach wird sie gleich einschlafen. Die Kunst liegt darin, das Glas aufzufangen, ehe es herunterfällt.«

Kurz zog der Earl die dunklen Brauen hoch, ehe er nickte. Er drehte sich zu seinem Butler um und gab ihm ein Zeichen, das Tablett zu einem Tisch vor den Fenstern zu bringen, von dem aus man den Blick auf die Brook Street genießen konnte.

Ein Schnarchen erschütterte die Luft, und Fiona stürzte los, um das Sherryglas aufzufangen, als Mrs. Tuckets Griff um den Stiel sich lockerte. Nur ein kleiner Tropfen des Inhalts schwappte über den Rand auf ihren Rock. Fiona wertete dies als einen Sieg.

Als sie sich zum Earl an den Tisch in der Nähe des Fensters setzte, nickte er anerkennend. »Gut gemacht.«

Sie stellte das Sherryglas auf den Tisch. »Es ist nicht meine erste Rettungsaktion.«

Der Earl hielt ihr den Stuhl, als sie Platz nahm. »Ich verstehe, und dabei dachte ich, Sie hätten jemanden, der sich um Sie kümmert.«

»Sie kümmert sich um mich, doch es stimmt auch, dass ich mich um sie kümmere. Insbesondere seit dem letzten Jahr. Sie ist ziemlich erschöpft, denke ich. Sie hat in den sechs Jahren seit dem Tod meines Vaters und später, als meine Mutter erkrankte, fast ausschließlich unseren Haushalt geführt.«

Der Earl saß ihr gegenüber an dem runden Tisch und reichte ihr eine Tasse Tee, die der Butler eingeschenkt hatte, ehe er sich zurückgezogen hatte. Der gesamte Vorgang – das Bringen des Teetabletts, das Anrichten des Tees und der Speisen auf dem Tisch und sein Rückzug – war mit solcher Leichtigkeit und Präzision vonstattengegangen, dass Fiona sich fragte, wie der Butler dies alles bewerkstelligt hatte, ohne dass sie wirklich Notiz davon genommen hatte.

»Wie lange ist sie schon verschieden?«, fragte Overton, ehe er an seinem Tee nippte.

»Nicht ganz zwei Jahre. Mutter hatte gehofft, zu meiner

ersten Saison mit mir nach London zu kommen, doch, ähm, Ihr Vater hat die Einladung erst kurz vor ihrem Tod ausgesprochen. Und dann, nun ja ...« Sie brauchte ihm nicht zu erzählen, was sich dann zugetragen hatte. »Ich wollte damit nichts andeuten.«

»Natürlich nicht«, entgegnete er gutmütig und griff nach einem Keks. »Sie müssen keine Angst haben, eine Meinung über meinen Vater zu äußern. Wie Sie noch feststellen werden, habe ich zahlreiche, und nur wenige davon sind gut.«

»Oh.« Fiona wusste nicht, was sie darauf sagen sollte, und so beschloss sie, ein anderes Thema zu wählen. Das war kein Kunststück, denn sie hatte tausend Fragen. Und die hatte sie schon gehabt, ehe sie von ihrer bevorstehenden Vorstellung bei der Königin erfahren hatte, oder dass sie eine neue Anstandsdame und eine ... Mentorin haben würde? »Was macht eine Mentorin?«

Tobias kaute zu Ende und winkte mit der Hand, in der er weiterhin den Keks hielt. »Eine ausgezeichnete Frage. Sie haben das große Glück, von einer der einflussreichsten Damen der Gesellschaft gefördert zu werden, Lady Pickering.« Er wackelte mit den Augenbrauen. »Sie wird morgen kommen, und Sie beide werden alle wichtigen Dinge besprechen, einschließlich Ihrer Präsentation bei Hofe, Ihrer Garderobe und natürlich der Einladungen.«

Fiona hatte sich gerade einen Keks genommen und ließ ihn prompt in ihre Teetasse fallen. »Ich habe schon Einladungen?«

»Noch nicht. Niemand weiß, wer Sie sind, und die Saison hat gerade erst begonnen. Lady Pickering wird dafür sorgen, dass Sie Einladungen erhalten. Sobald Sie vorgestellt worden sind, wird wahrscheinlich eine ganze Flut eintreffen.«

Fiona hob ihre Teetasse und stirnrunzelnd musterte sie

den Inhalt, wobei der Rand des Kekses gerade so über der Flüssigkeit zu sehen war.

»Schenken wir Ihnen neue Tasse ein.« Er griff nach der dritten Tasse, die wohl für Mrs. Tucket vorgesehen war, jedoch nicht gebraucht wurde. Nachdem er den Tee eingeschenkt hatte, fügte er Milch und Zucker hinzu und wechselte dann die Tassen mit einer Effizienz und Sorgfalt aus, die sie bei einem Earl nicht erwartet hätte.

Sie konnte nicht anders, als ihn anzulächeln. »Sie sind recht wohlgelaunt.« Sie vermochte sich nicht auf seinen Vater als so sympathisch zu besinnen. Er war von recht ernsthafter Natur gewesen.

»Ich versuche es.« Er aß den Rest seines Kekses auf, während Fiona einen Schluck von ihrem frischen Tee probierte.

»Besser?«, fragte er

»Sehr, vielen Dank.« Sie stellte ihre Tasse ab, als er seine anhob.

»DIE VERFLIXTE KÖNIGIN?«

Mrs. Tuckets Ausbruch erschreckte den Earl derart, dass er seinen Tee über die Vorderseite seiner Krawatte und der Weste kippte. Entsetzt riss er die Augen auf, als er den Blick auf Mrs. Tucket richtete, die weiterhin in ihrem Sessel zusammengesunken saß. »Ist alles in Ordnung mit ihr?«

»Aber ja. Das ist ihre Art.« Fiona nahm ihre Serviette, und ohne nachzudenken ging sie zum Earl und tupfte ihm den Tee von der Vorderseite.

»Ähm.« Ihre Blicke trafen sich – sie standen sehr nah beieinander – und Fiona wurde klar, dass ihre gut gemeinte Handlung höchst ungehörig war.

»Verzeihung!« Sie ließ die nun verschmutzte Serviette in seinen Schoß fallen und hastete auf ihren Platz zurück, wobei ihr die Röte den Nacken hinauf und in die Wangen stieg.

Er hob die Serviette auf und machte dort weiter, wo sie aufgehört hatte. »Das ist schon in Ordnung. Ich bin für Ihre rasche Reaktion dankbar. Schreit Mrs. Tucket des Öfteren im Schlaf?« Erneut blickte er zu ihr, wobei er eine Augenbraue hochgezogen hatte. »Sie schläft noch?«

»Auf jeden Fall. Um diese Tageszeit hält sie normalerweise ein Nickerchen von einer oder zwei Stunden. Und, ja, sie ist für ihr Schreien bekannt. Gewöhnlich kommt ein Schimpfwort dabei vor.«

Er hielt seine Hand still, die noch an seiner Weste wischte, als er den Blick auf sie richtete. »Wahrhaftig?« Auf ihr antwortendes Nicken hin stieß er ein wunderbares, herzliches Gelächter aus. Fiona konnte nicht anders, als einzustimmen.

Als ihr Lachen verebbte, legte er die Serviette auf die Tischkante. »Nun, dann trifft es sich ja gut, dass ich zusätzliche Hilfe herbeibeordert habe. Sie brauchen eine Anstandsdame, die weder einschläft noch unangemessene Ausdrücke von sich gibt.«

Fiona beugte sich ein wenig vor. »Sie können sie doch nicht entlassen. Das werde ich nicht erlauben.«

Der Earl betrachtete sie einen Moment schweigend. »Ich bedaure, aber es obliegt nicht Ihnen, Dinge zu erlauben«, entgegnete er mit der Andeutung von Stahl in seiner Stimme. »Es lag allerdings nie in meiner Absicht, sie zu entlassen. Wie ich höre, gehört sie schon seit einiger Zeit zu Ihrer Familie. Sie wird einfach eine neue Rolle übernehmen.«

Sein Plan. Es oblag nicht ihr. Vielleicht war Overton doch nicht so sympathisch, wie sie dachte. »Vielen Dank, Mylord«, entgegnete sie so liebenswert wie möglich. »Welche Rolle wäre das?«

»Was immer Sie für angemessen erachten. Sie sollten nur wissen, dass Mrs. Tucket Sie nicht zu gesellschaftlichen

Veranstaltungen begleiten wird. Das wird Miss Lancasters Verantwortung obliegen.«

»Miss Lancaster?«

Er stand auf. »Kommen Sie, und ich werde Sie jetzt bekannt machen.« Mit Blick auf Mrs. Tucket presste er die Lippen zusammen. »Sollten wir sie aufwecken? Ich kann sie von Mrs. Smythe, der Haushälterin, nach oben bringen lassen.«

Fiona ging, um Mrs Tuckets Situation einzuschätzen. Sie wirkte nicht übermäßig behaglich, aber Fiona wusste, dass es darauf nicht ankam. Das Wichtigste war, ihren hochgeschätzten Nachmittagsschlaf nicht zu unterbrechen, insbesondere nach ihrer langen, anstrengenden Reise während der vergangenen Woche. »Sie wird mindestens eine Stunde schlafen. Wäre es möglich, dass ein Dienstmädchen regelmäßig nach ihr sieht, damit sie nicht erschrickt, wenn sie aufwacht? Sie könnte sich möglicherweise nicht darauf besinnen, wo sie ist.«

Der Earl sah sie beunruhigt an. »Ist sie vergesslich?«

»Gelegentlich, aber ist das nicht jeder, der beinahe siebzig ist? Dies ist eine neue Umgebung und wir sind gerade erst angekommen. Ich fürchte, *ich selbst* könnte mich nicht besinnen, wo ich mich gerade befinde.«

»Das ist verständlich.« Er zeigte auf die Tür. »Sollen wir?«

Der Tee hatte die Falten seiner Krawatte befleckt und manche Teile seiner braunen Weste waren dunkler als der Rest, weil der Stoff feucht geworden war. Sie würde ein schlechtes Gewissen haben, wenn seine Kleidung im Eimer wäre, aber andererseits konnte er sie höchstwahrscheinlich ersetzen, ohne weiter darüber nachzudenken.

Er führte sie vom Salon zurück in die Eingangshalle. Ein livrierter Diener stand wie eine Statue bei der Tür. Sie wandten sich nach rechts und dort war tatsächlich eine

Statue in der Ecke zu sehen. Es war eine lebensgroße Nach-
bildung eines muskulösen, jungen Mannes mit einem breit-
krempigen Hut, Riemensandalen und einem Tuch, das auf
überaus kunstvolle Weise um seine intimsten Körperteile
geschlungen war.

»Ist das Hermes?«, fragte sie.

»Sie kennen die griechischen Götter?« Er klang beeindruckt. »Mein Vater hatte in seiner Jugend ein Faible für die
griechische Mythologie. Das behauptete jedenfalls meine
Mutter.«

Er führte sie in eine große Halle, in der sich auf der
rechten Seite eine große Treppe emporschwang. Die Wand
zum ersten Stock war von Portraits gesäumt.

»Ich scheine mich daran über ihn zu erinnern, als er
meinen Vater besuchte. Die beiden unterhielten sich auch
über die griechischen Philosophen.« Sie betrachtete die
Gemälde, als sie die Treppe emporstiegen. »Sind dies Ihre
Verwandten?«

»Ja.« Er zeigte auf ein Bildnis ganz oben. »Das ist meine
Großmutter. Sie lebt auf dem Witwensitz von Deane Hall.
Sie kommt nur noch selten nach London.«

Das Abbild zeigte eine Frau, deren Blüte der Jugend
hinter ihr lag, ohne allerdings das mittlere Alter erreicht zu
haben. Ihre graublauen Augen waren denen ihres Enkels-
ohnes sehr ähnlich, einschließlich eines gewissen Anflugs
von Überschwang, als ob sie bereit wäre, sich allem zu stellen, was ihr in den Weg geriet. »Sie sieht sehr lebhaft aus.«

»Sie hat zu allem eine Meinung und wird sie auch kund-
tun, ob Sie sie hören wollen oder nicht.« Oben auf der
Treppe angekommen setzte er den Weg in den zweiten Stock
fort. »Ihr Zimmer ist ein Stock höher.«

Die Treppe zum zweiten Stock war nicht ganz so prachtvoll und die Gemälde zeigten Landschaften. Es gab auch ein
Stillleben, das eine Schale Obst zeigte.

»Gleich hier zur Linken.« Er führte sie zu einer Tür und trat in einen kleinen, hübsch eingerichteten Salon, der in hellem Rosa und Grün gehalten war. Sobald sie eingetreten waren, zeigte er nach rechts. »Ihr Schlafzimmer ist dort hindurch. Und hier ist Miss Lancaster.«

Die Frau, die Fionas Anstandsdame werden sollte, betrat den kleinen Salon durch eine Tür an der gegenüberliegenden Wand zu Fionas Zimmer. Miss Lancaster war größer gewachsen als der Durchschnitt, mit dunkelblondem Haar und einem schmalen Gesicht. Ihre blassen graugrünen Augen waren jedoch groß und von langen, dunklen Wimpern gesäumt. Sie hatte etwas Stählernes an sich, vielleicht durch die Art, wie sie stand, oder durch die Art und Weise, wie sie ihren Kopf mit einer gewissen Entschlossenheit hielt.

Mit einem herzlichen Lächeln schritt Fiona auf sie zu, denn sie wollte ihre Beziehung gut anfangen, wenn sie auch das Gefühl hatte, dass Mrs. Tucket von dieser Frau ein bisschen aus ihrer Rolle gedrängt würde. »Guten Tag, ich freue mich, Ihre Bekanntschaft zu machen.«

Miss Lancaster sank in einen leichten Knicks. »Ich freue mich sehr, Sie kennenzulernen, Miss Wingate. Und Ihnen zu Diensten zu sein.«

»Ich werde Sie beide alleinlassen, damit Sie sich kennenlernen«, verkündete der Earl. »Das Abendessen ist um acht Uhr.«

»So spät?« fragte Fiona. »Mrs. Tucket wird bis dahin ziemlich ausgehungert sein, denke ich.«

»Wir halten uns hier in der Stadt nicht an die Zeiten, an die man auf dem Land gewöhnt ist«, erklärte Overton. »Aber wir werden unser Bestes tun, es Mrs. Tucket an nichts fehlen zu lassen. Ich werde dafür sorgen, dass sie jegliche Erfrischungen bekommt, die sie sich wünscht. Sobald sie aufgewacht ist«, fügte er hinzu.

»Wo ist ihr Zimmer?« Fiona blickte zu der Tür, aus der Miss Lancaster gerade getreten war.

»Auf der anderen Seite der Galerie, mit Blick auf die Brook Street. Ich bin sicher, sie wird es mehr als annehmbar finden. Wir sehen uns beim Abendessen.« Er drehte sich um und ging, ehe Fiona weitere Fragen stellen konnte.

Stattdessen wandte sie sich an Miss Lancaster. »Ist dies dort Ihr Zimmer?« Fiona zeigte mit dem Kopf in Richtung der Tür, die nicht zu Fionas Zimmer führte.

»Ja. Seine Lordschaft dachte, wir sollten uns diesen kleinen Salon teilen, um unsere, ähm, Bindung zu festigen.« Miss Lancaster verlagerte ihr Gewicht, und Fiona erkannte den Riss in der Fassade der Frau. Sie war nervös.

Fiona entspannte sich, denn auch sie war nervös, und das Wissen, damit nicht allein zu sein, half ein bisschen. Hilfreich war auch, dass ihre neue Anstandsdame nur ein paar Jahre älter zu sein schien als sie selbst, und nicht jemand, der ihr um mehrere Jahrzehnte voraus war. Fiona liebte Mrs. Tucket, aber es wäre schön, jemanden zu haben, mit dem sie sich unterhalten konnte. »Wie alt sind Sie, Miss Lancaster?«

»Fünfundzwanzig.«

»Ist dies das Alter der meisten Anstandsdamen in London?«

»Ähm, ja?« Miss Lancaster klang unsicher.

»Sie wissen es nicht? Ich dachte, Lord Overton hätte gesagt, Sie seien eine erfahrene Anstandsdame.«

»Oh, gewiss. Nur nicht hier in London.« Miss Lancaster drehte sich abrupt um. »Kommen Sie, ich zeige Ihnen Ihr Zimmer. Ich bin sicher, Sie können kaum erwarten, es zu sehen.«

»Ich danke Ihnen. Das würde ich sehr gern, Miss Lancaster.«

Die große Frau blickte über ihre Schulter zurück. »Bitte nennen Sie mich Prudence.«

»Na gut, aber dann müssen Sie mich Fiona nennen. Vor allem, wenn wir Freundinnen werden sollen.« Wie sehr sie hoffte, sie würden Freundinnen. Fiona hatte schon sehr lange keine mehr gehabt. Nicht mehr seit Abigail Hardings Heirat vor vier Jahren, als ihre Freundin dann nach Ludlow gezogen war.

Prudences Blick wurde weicher, und ein Teil der Anspannung schien aus ihr zu weichen. »Das würde mir gefallen.«

»Wunderbar, entgegnete Fiona grinsend, ehe sie beim Betreten ihres Schlafgemachs nach Luft schnappte. Es war mehr als doppelt so groß wie dasjenige im Cottage in Bitterley auf dem Anwesen ihres Cousins, vielleicht war es sogar dreimal so groß, und in einem wunderschönem Rosé und Gold gehalten. Es gab ein großes Bett, einen Schreibtisch, einen Frisiertisch und einen großen Kleiderschrank sowie kleinere Kommoden für ihre Sachen. Was sie besaß, beanspruchte nicht einmal ein Viertel von allem, doch sie vermutete, ihre neue Garderobe würde den vielen Platz schon füllen.

Sie drehte sich zu Prudence um und schlug die Hände zusammen. »Ich habe so viele Fragen, aber bitte beantworten Sie mir zuerst, wann wir in die Bond Street gehen können.« Es gab so viele Dinge, die Fiona unbedingt tun und erleben wollte. Warum nicht mit etwas beginnen, das ganz in der Nähe lag?

»Ich bin mir nicht sicher, aber bald. Seine Lordschaft sagte, Sie würden eine Garderobe für den Heiratsmarkt benötigen.«

Auf halbem Weg zum Schminktisch blieb Fiona stehen. Falls der Earl der Annahme war, sie sei eine fügsame junge Dame, die sich auf das Ehejoch freute, würde ihn ein mächtiger Schock erwarten.

Fiona würde versuchen, nicht mit sich spaßen zu lassen.

KAPITEL 2

*T*obias stieg die Treppe des Phönix Clubs in schnellerem Tempo, als es üblicherweise seine Gewohnheit war. Konnte er es nicht erwarten, sich zu seinen Freunden im Mitgliederrefugium zu gesellen oder war er auf der Flucht vor seinen Verpflichtungen zu Hause?

Beides.

Sobald er den weitläufigen Raum betrat, der mehr als die Hälfte des ersten Stocks einnahm, wurde er von Ruark Hannigan, dem Earl of Wexford, begrüßt. Groß und drahtig, war Wexford ein hervorragender Boxer mit einer etwas schiefen Nase, die ihm mehr als einmal gebrochen worden war. Mit seinem schwarzen Haar, den blauen Augen und seinem verschmitzten Lächeln war er bei den Ladys außerordentlich beliebt. Soweit dies seine irische Abstammung zuließ, jedenfalls. Für einen Flirt war er akzeptabel genug, doch ein englischer Earl war einem irischen vorzuziehen.

»Overton, ich habe mich schon gefragt, ob du uns heute Abend nicht Gesellschaft leisten wolltest, weil du von der Ankunft deines Mündels erschöpft bist.«

»Ich weiß, du scherzt, doch das wäre durchaus möglich

gewesen. Sie ist voller Enthusiasmus.« Beim Abendessen
hatte sie ihn mit Fragen bombardiert, insbesondere über die
Sehenswürdigkeiten und Unternehmungen in London. Die
Ärmste war auf dem Land entsetzlich isoliert gewesen. Er
hatte sich bereit erklärt, sie am Montag ins British Museum
zu begleiten.

Tobias folgte Wexford zur hinteren Ecke des Raumes. Das
Fenster in der Nähe bot Blick auf den spektakulären Garten,
in dem Laternen flackerten und das Licht von einem recht-
eckigen Wasserbassin mit einer Aphrodite-Statue in der
Mitte reflektiert wurde. Einer der sechs Stühle am runden
Tisch war bereits von Dougal MacNair, einem weiteren ihrer
Freunde, besetzt.

Der dunkelhaarige MacNair war Boxer wie Wexford,
doch seine Schultern waren breiter und seine Nase noch
gerade. Er begrüßte Tobias und gab einem Diener ein
Zeichen, Getränke für die Neuankömmlinge zu bringen.

»Guten Abend, MacNair.« Tobias ließ sich in einen der
ledergepolsterten Stühle neben dem Schotten fallen.

Wexford nahm den anderen Stuhl neben Tobias. »Erzähle
uns von deinem Mündel. Werde ich doch noch eine Änderung meiner Heiratspläne vornehmen wollen?« Er grinste,
denn er hatte unmissverständlich klargemacht, sich nicht zu
verheiraten, ehe er dreißig Jahre alt war. Das bedeutete, dass
ihm noch gut drei Jahre blieben.

Tobias zwinkerte ihm zu. »Könnte ich dir irgendetwas
berichten, um das zu bewirken?«

»Nein«, meinte Wexford lachend. »Aber erzähle uns
trotzdem von ihr.«

Der Diener kam mit einer Karaffe Brandy und zwei
Gläsern, die er umgehend einschenkte, ehe er sich entfernte.
MacNair hatte bereits ein Glas, das halb voll war.

Tobias hob sein Getränk an und nahm eifrig einen
Schluck. Die Geschäftigkeit in seinem Haus war ein bisschen

überwältigend gewesen, zumal er erst kurz vor der Ankunft seines Mündels nach Hause geeilt war. Nach dem Tod seines Vaters hatte sich eine unangenehme Stille im Haus breitgemacht, doch Miss Wingates Anwesenheit sorgte für eine völlig veränderte Atmosphäre.

»Kein Lucien?«, fragte Tobias und blickte sich um. Lord Lucien Westbrook war der Besitzer des Clubs und sein engster Freund.

»Er ist noch nicht aus seinem Büro heruntergekommen«, antwortete Wexford in seinem irischen Tonfall. »Das nehme ich zurück. Er kommt gerade herein.«

Tobias saß mit dem Rücken zur Tür, also drehte er sich um und sah, wie die hochgewachsene Gestalt seines Freundes das Mitgliederrefugium betrat, wo ihm unverzüglich zwei Gentlemen auflauerten. Oft suchten Menschen seine Nähe, und das nicht nur, weil er Eigentümer von Londons exklusivstem Club war, sondern er war auch als Helfer für in Not geratene Menschen bekannt, so wie er kürzlich Tobias aus der Patsche geholfen hatte.

»Es ist wirklich gut, dass er eine Anstandsdame für Miss Wingate gefunden hat«, meinte Tobias kopfschüttelnd. »Diejenige, die sie aus Shropshire mitgebracht hat, ist schlimmer, als erwartet.«

»Inwiefern schlimmer?«, fragte Wexford.

»Nun, sie schläft ziemlich leicht ein und schreit im Schlaf, gewöhnlich recht profan.«

Seine beiden Tischnachbarn lachten.

»Was ist so amüsant?« fragte Lucien, als er den Stuhl neben MacNair einnahm. Der Diener brachte prompt ein viertes Glas.

»Overton hat uns gerade von der unseligen Anstandsdame seines Mündels erzählt.«

Luciens dunkle Augen weiteten sich. »Wie kann das sein? Miss Lancaster ist tadellos.«

»Nicht diese Anstandsdame«, stellte Tobias klar. »Die aus Shropshire. Es ist sehr gut, dass du mich mit Miss Lancaster bekannt gemacht hast. Mrs. Tucket wäre hier in London nicht akzeptabel gewesen.«

Lucien zog die Brauen hoch. »Ich verstehe. Ich bin gespannt, was Lady Pickering von Mrs. Tucket hält.«

Lady Pickering war die Mentorin, die Miss Wingate durch ihre Saison begleiten würde. Sie war eine enge Freundin von Luciens Familie und eine angesehene Lady der Gesellschaft mit ausgezeichneten Verbindungen. Die einzige Person, die Tobias hätte fragen können – und was er auch getan hatte –, war seine Großmutter, die sich erwartungsgemäß geweigert hatte, nach London zu reisen. Lucien war ihm wie so oft zur Hilfe geeilt.

»Mrs. Tucket war nicht sehr begeistert, als sie von Miss Lancaster erfuhr«, meinte Tobias. »Sie hat das Gefühl, sie würde beiseite gedrängt werden.«

»Das wird sie auch«, stellte Wexford hilfreich fest.

»Ich kann mir nicht vorstellen, wie sie morgen auf Lady Pickering reagieren wird.« Tobias konnte sich nicht entscheiden, ob er sich vor der Begegnung fürchten oder sich darauf freuen sollte.

»Lady Pickering hat die Geduld eines erlesenen Raubvogels«, meinte Lucien mit einem Lächeln.

»Und die Brutalität eines solchen, falls man sie verärgert.« MacNair, der seinen Brandy nahm, zuckte mit den Schultern und Lucien lachte auf. »Nicht, dass ich jemals ihre schlechte Seite kennengelernt hätte, wohlgemerkt. Ich glaube, ich würde aus London fliehen und nie mehr zurückkehren.« MacNair beugte sich zu Lucien und senkte die Stimme, bis sie gerade noch etwas mehr als ein Flüstern war. »Warum hat sie nie auf unsere Einladung geantwortet, dem Club beizutreten?«

Alle vier waren sie Mitglieder des geheimen Komitees des

Phönix Clubs, das für die Einladungen zuständig war. Zusammen mit Mrs. Renshaw, die den Damenbereich des Clubs leitete, und zwei anonymen Mitgliedern entschieden sie, wer innerhalb und außerhalb der feinen Gesellschaft eingeladen wurde.

Lucien zuckte mit den Schultern. »Es gibt Leute, die auf den Club herabschauen.« Auch er sprach mit leiser Stimme.

Wexford schnaubte. »Weil sie neiderfüllt sind. Das kann aber nicht auf Lady Pickering zutreffen. Warum sollte sie auf irgendjemanden oder irgendetwas neidisch sein?«

»Du hast wahrscheinlich recht, doch meiner Vermutung nach will sie sich nicht mit dem Club verbünden, da dieser Akt einige Leute verprellen könnte, mit denen sie lieber in Verbindung bleiben würde. Und sie wird nicht ablehnen, weil ich vermute, dass sie meine Gefühle nicht verletzen will.« Weil sie eine enge Freundin seiner Mutter gewesen war. Das klang für Tobias schlüssig.

Ein kurzes Lächeln umspielte Luciens Lippen. »Darüber hinaus denke ich, sie befürwortet es sehr, dass der Club auch Frauen einbezieht, wenn wir in der Regel auch eine Trennung der Geschlechter einhalten. Tatsächlich ist es diese Trennung, die uns unsere Ehrbarkeit bewahrt.«

»Ich bin der Annahme, dass sie uns irgendwann beitreten wird«, antwortete MacNair leise. »Der Damenclub glänzt mit vier außerordentlich bewundernswerten Schirmherrinnen. Lady Pickering würde perfekt dazu passen.«

Lucien schnaubte leise. »Glaube nicht, ich hätte dieses Argument nicht schon vorgebracht. Mrs. Holland-Ward ist eine gute Freundin von ihr.« Neben Lady Dungannon, Lady Hargrove und Mrs. Renshaw war sie eine der Schirmherrinnen.

»Du hast uns immer noch nichts über Miss Wingate erzählt«, beschwerte sich Wexford und hob die Stimme wieder zu normaler Lautstärke. »Werden wir Miss Wingate und Luciens Schwester in dieser Saison als Rivalinnen um den Titel als Diamant der Saison erleben?«

Lucien schnaubte. »Cassandra wird die Aufmerksamkeit mit Freuden abtreten. Sie ist nicht sonderlich begeistert davon, ihre Saison zu haben, doch unser Vater wird ein weiteres Hinauszögern nicht erlauben.«

»Insbesondere deshalb, da du dich den Bemühungen, dich zu verheiraten, vollkommen widersetzt hast«, entgegnete MacNair. »Er muss wenigstens einen seiner Nachkommen verheiratet wissen.«

»Es ist vermutlich möglich, dass Miss Wingate der Diamant der Saison werden könnte.« Tobias war von ihrer Schönheit überrascht und vielleicht auch ein wenig aufgewühlt. Mit ihrem herzförmigen Gesicht, das von einer schlanken Nase und zu perfekt bogenförmig geschwungenen rosigen Lippen geziert wurde, sowie ihrer Gestalt mit den sanften Rundungen, besaß sie die Figur und die Züge einer idealen englischen Miss. Doch durch ihr dunkelrotes Haar, das im Kontrast zu ihrem hellhäutigen Gesicht mit dem cremigen Teint stand, stach sie heraus und warf die Frage auf, ob ihr Temperament dem Gleichmut ihres Antlitzes entsprach. Oder vielleicht war es das Funkeln ihrer braunen Augen. Mit einer unübertroffenen Neugier musterte sie, was ihr vor Augen kam als wolle sie sich alles und jeden einprägen.

»Ist sie hübsch?« fragte Wexford.

»Ja, aber sie hat dunkelrotes Haar.« Was Tobias faszinierend fand. »Manche werden das wohl als abstoßend empfinden.«

»Dann sind sie ihre Zeit nicht wert«, entgegnete MacNair. Aufgrund seines mandelfarbenen Hauttons war er gewohnt, von den Leuten beurteilt oder zumindest so angesehen zu werden, als sei er in der feinen Gesellschaft fehl am Platz.

Wexford hob sein Glas. »Hört, hört.«

Dann stießen sie alle an.

»Genug von meinem Mündel«, meldete Tobias sich zu Wort. »Auf mich warten weitaus dringendere Angelegenheiten, als mich mit ihr zu befassen. Glücklicherweise wird Lady Pickering die Sache gut im Griff haben, und ich kann mich somit auf mein eigenes Dilemma konzentrieren.«

»Ach ja, die Notwendigkeit einer Ehefrau«, erwiderte Wexford. Er lehnte sich in seinem Stuhl zurück und schaute grinsend zu Lucien. »Was ist mit Luciens Schwester?«

Daraufhin funkelte Lucien ihn an.

Tobias schüttelte den Kopf über Lucien. »Dir ist schon klar, dass sie heiraten wird und du kein Mitspracherecht haben wirst?«

»Das ist mir vollauf bewusst.« Er zog die Stirn kraus. »Aber von euch hier kann sie keiner heiraten, habt ihr verstanden?«

»Ich will nicht einmal heiraten«, entgegnete MacNair abwehrend.

»Das will ich auch nicht«, setzte Wexford hinzu. »Zumindest derzeit noch nicht. Vor uns ist deine Schwester sicher, und ich werde auch keine Witze mehr über sie machen.« Zur Unterstreichung seiner Aussage verdrehte er die Augen – was Tobias mitteilte, dass er nur vor Lucien keine Witze mehr über ihre Heiratsaussichten machen würde.

»Du hast gar nichts gesagt.« Lucien warf Tobias einen erwartungsvollen Blick zu.

»Ich trage mich nicht mit der Absicht, die Schwester meines Freundes zu heiraten. Außerdem ist sie für meinen Geschmack erheblich zu jung.« Sie erinnerte ihn an die Frau, die Tobias vor zwei Jahren hatte heiraten wollen. Bis sie dann den Antrag eines anderen angenommen hatte. Die ganze Angelegenheit war äußerst demütigend gewesen. Er hatte geglaubt, sie würden perfekt miteinander harmonieren, nur um dann zu erfahren, dass ihr Vater einem anderen Bewerber, dem Erben eines Herzogtums, den Vorzug gegeben hatte. Und als Tobias vorgeschlagen hatte, mit ihr nach Gretna Green durchzubrennen, hatte sie sich als eine junge Dame entpuppt, der es an Reife fehlte und die sich nach Berühmtheit verzehrte. »Ich würde es vorziehen, einer Lady den Hof zu machen, die nicht ihre erste Saison hat. Ich würde sogar eine Witwe erwägen.«

»Damit kommt dein Mündel vermutlich nicht in Frage«, merkte Wexford an.

»Darüber kannst du auch nicht scherzen«, konterte Tobias. »Sie ist mein Mündel. Das wäre ... ungehörig.« Er hob sein Brandyglas und blickte in die Runde. »Nun, nennt mir einige Namen. Ich habe nicht viel Zeit.«

»Sechs Wochen?«, fragte MacNair über den Rand seines Glases hinweg.

»Fünf.« Tobias verzog das Gesicht. Er durfte das Haus seiner Mutter nicht verlieren, den Ort, mit dem jede einzelne seiner glücklichen Erinnerungen verbunden war. Er war sechzehn gewesen, weit fort im Internat, als sie von ihrem Pferd gestürzt war. Ihr Tod war ein absoluter Schock gewesen, und der Verlust hatte eine Wunde in seinem Herzen hinterlassen, die nie ganz verheilt war. Das Haus seiner Kindheit zu verlieren, in dem er mit ihr gewohnt hatte, würde eine Verheerung für ihn bedeuten, die er sich nicht ausmalen wollte. Dass sein Vater ihn in diese Zwickmühle bringen würde – und sich den Ort zunutze machte, an dem Tobias am meisten hing, hatte Tobias' leichte Abneigung gegen den Mann in wütende Verachtung gewandelt.

»Verflixt, das ist nicht viel Zeit.«

»Ganz genau.« Tobias blickte zu MacNair neben ihm. »Ich brauche Namen.«

»Da schaust du mich an? Einen Mann ohne jedes Interesse, in die Ehefalle zu tappen?« MacNair lachte, doch als

Tobias nur die Augen verengte, wurde er gleich wieder nüchtern. »Na schön. Wie wäre es mit Mrs. Drummond? Sie ist Witwe.«

»Außerdem ist sie mindestens fünfzehn Jahre älter als ich. Ich brauche einen Erben.«

»Ältere Frauen sind aber durchaus reizvoll«, meldete sich Lucien grinsend zu Wort und die anderen beiden schmunzelten.

»Ihr seid keine große Hilfe.« Tobias wandte sich nun an Wexford. »Einen Namen. Und albere nicht so herum.«

Wexford fasste sich an die Brust. »Ich? Zufälligerweise habe ich einen ausgezeichneten Vorschlag – Miss Jessamine Goodfellow.«

Tobias versuchte, sich an sie zu erinnern, doch das gelang ihm nicht. »Was stimmt nicht mit ihr?«

»Nichts, wovon ich wüsste. Sie ist nur ein Mauerblümchen. Sie hat zwei jüngere Schwestern, die bereits verheiratet sind.«

»Woher kennst du sie?« Tobias fand es seltsam, dass er sie nicht kannte, während Wexford, der durch und durch ein Schürzenjäger war, mit ihr bekannt war.

»Ich nehme an den Veranstaltungen der feinen Gesellschaft teil«, entgegnete Wexford mit einer gewissen Ungeduld. »Ich habe in der letzten Saison ein- oder zweimal mit ihr getanzt, da bin ich mir sicher. Wenn ich mich recht erinnere, ist sie ziemlich intelligent. Sie hat keines *der drei Themen* erwähnt.«

Mode, Essen und Blumen. Die meisten jungen Frauen beschränkten sich auf diese drei Themen. Und gelegentlich das Wetter.

»Wie erfrischend«, murmelte Tobias. »Danke für den lohnenden Vorschlag, Wexford.« Er lenkte den Blick zu Lucien. »Wen empfiehlst du?«

Lucien rieb sich mit den Fingern über den Kiefer. »Lady Alford ist gerade dem Club beigetreten. Sie ist Witwe.«

»Hat sie nicht mehrere Kinder?« fragte Tobias.

»Ja, aber du hast nicht gesagt, dass deine potenzielle Braut *keine* Kinder haben soll.«

»Nein, das habe ich nicht, und vermutlich ist das auch kein Hindernis.«

»Es zeigt auch, dass sie Kinder haben *kann*.« Wexford legte den Kopf schief. »Da es dir wahrscheinlich wichtig ist, einen Erben zu haben.«

Tobias stützte den Ellbogen auf den Tisch und presste die Stirn gegen Handfläche. »Ich hasse das. Mein Vater hat dafür gesorgt, dass ich diese Sache wie einen Einkaufsbummel angehe, bei dem ich mit übermäßiger Eile nach dem besten Erzeugnis Ausschau halte.« Die Abscheu, die er für seinen Vater empfand, flammte aufs Neue auf.

»Du *willst* dich verlieben«, bemerkte Lucien leise. »Noch einmal.«

Tobias ließ die Hand auf den Tisch sinken, hob den Kopf und schaute ihn an. »Ich war nicht verliebt.«

Lucien zuckte mit den Schultern. »Du sagtest, du seist es gewesen.«

»Ich habe mich geirrt. Sehr freundlich von dir, mich daran zu erinnern.«

»Ich bitte um Entschuldigung«, entgegnete Lucien und neigte kurz den Kopf. »Ich dachte, du wärst über Lady Bentley hinweg.«

Natürlich war er über Priscilla hinweg. Nach seinem Sinneswandel in Bezug auf das Durchbrennen, hatte sie allen erzählt, er habe sie zu entführen versucht. Das mit der Entführung glaubte keiner so recht, doch als sie darauf beharrte, dass er versucht hätte, sie zum Durchbrennen zu überreden, war dies von der Allgemeinheit wie Marzipan zu Weihnachten geschluckt worden. Über Nacht war er ein

Wüstling, ein Halunke, ein vollkommen Verwerflicher geworden. Und da es ihnen scheinbar Spaß machte, ihn in eine solche Rolle zu pferchen, beschloss er, niemanden von diesen Annahmen abzubringen. Er hatte sich in Verfall und Verderbtheit gestürzt.

»Lady Bentley ist eine unglückselige Erinnerung. Meine Aufmerksamkeit gilt der Gegenwart und der Zukunft, insbesondere den nächsten Wochen. Tatsächlich muss ich in weniger als zwei Wochen nämlich eine Verlobung eingehen, wenn ich die Hochzeit innerhalb des geforderten Zeitrahmens vollziehen will.« Tobias warf den Kopf zurück und stöhnte. »Das ist unmöglich.«

»Die verdammte Verlesung der Aufgebote dauert eine Ewigkeit«, murmelte MacNair.

»Du könntest es mit der Beantragung einer Sondergenehmigung versuchen«, schlug Lucien vor.

Tobias senkte den Kopf. »Darauf möchte ich mich nicht verlassen, aber es ist gut zu wissen, dass diese Möglichkeit besteht. Es ist so verdammt frustrierend.« Tobias trank den Rest seines Brandys aus und füllte sein Glas nach.

MacNair beugte sich vor und grinste. »Du könntest auch nach Gretna Green durchbrennen. Ich habe dort in der Nähe Cousins, die mit dir feiern würden.«

»Ich setze meine Hoffnung lieber darauf, dass es mit der Sondergenehmigung funktioniert, anstatt eine lange Reise in Kauf zu nehmen, während noch Winter herrscht. Aber ich danke dir für das freundliche Angebot, die Gastfreundschaft deiner Familie zu genießen.« Tobias prostete ihm stumm zu, ehe er an seinem Whisky nippte. Er stellte sein Glas mit einem dumpfen Klirren auf dem Tischtuch ab und verkündete: »Also gut, ich fange mit Miss Goodfellow an. Bitte lasst mich wissen, wenn euch noch jemand einfällt oder ihr jemanden kennenlernt. Ich kann es mir nicht leisten, all meine Hoffnungen auf eine Frau zu setzen.« Ganz zu

schweigen davon, dass er Miss Goodfellow vielleicht völlig
unerträglich finden könnte. Oder vielleicht würde sie *ihn*
unerträglich finden. So oder so musste er eine Frau kennenlernen, mit der er harmonierte.

Und ja, vermutlich wollte er sich auch verlieben. Oder
zumindest eine Art von Zuneigung zu der Frau entwickeln,
die seine Gattin werden sollte. Er wollte keine behagliche,
aber leidenschaftslose Verbindung wie seine Eltern. Sie
waren beide glücklicher gewesen, wenn der andere woan-
ders war. Deshalb hatte er so viel Zeit mit seiner Mutter –
nur sie beide – in dem Haus verbracht, das sie von ihrer
Großmutter geerbt hatte.

Lucien legte die Hände um sein Glas auf dem Tisch und
den dunklen Blick auf Tobias gerichtet, beugte er sich vor.
»Das ist ein wunderbarer Plan, aber, verzeih mir die Frage:
Bist du sicher, dass du die Einladungen erhalten wirst, die du
brauchst, um dieses Kunststück zu meistern?«

Seit er sich als Schurke neu erfunden hatte, war die Flut
seiner Einladungen nicht immer vom besten Kaliber. Das
hatte ihn nicht gekümmert. Im Gegenteil, er hatte seine
Schmach insbesondere deshalb genossen, weil es seinen
Vater verärgert hatte. Dieser hatte ihn in eine unerwünschte
Ehe zu drängen versucht, nachdem Tobias von Priscilla
sitzen gelassen worden war.

Nun jedoch war sein Ruf von Belang. Er konnte das
höhnische Lachen seines Vater praktisch aus dem Jenseits
hören. Wahrscheinlich hatte er dieses Problem bereits
vorausgesehen, als er sein Testament geändert hatte. Das
bedeutete, dass er mit Tobias' Scheitern gerechnet hatte und
damit dem Verlust des Hauses seiner geliebten Mutter. Und
das, nachdem er das Anwesen von seinem Schwiegervater
erschwindelt hatte, um es als Mitgift von Tobias' Mutter zu
fordern. Tobias glaubte, die Verbitterung seiner Mutter
gegenüber ihrem Mann rührte von dem Verlust ihres Anwe-

sens durch den Ehevertrag an ihn. Oft hatte sie beklagt, es Tobias nicht vererben zu können.

Ja, sein Vater lachte mit Sicherheit.

Tobias verzog die Lippen. »Seit dem Tod meines Vaters habe ich mich von meiner besten Seite gezeigt. Keine Spielhöllen, keine Rennen mit dem Phaeton und ich habe meine Mätresse aufgegeben.«

»Tatsächlich?«, fragte Lucien. »Ich habe gehört, dass man dich heute Nachmittag eilends aus ihrer Wohnung hat laufen sehen.«

Tobias sah Lucien böse an und fragte: »Weißt du alles?«

Wexford schmunzelte. »Ja, das tut er.«

Lucien lehnte sich in seinem Stuhl zurück. »Lady Pickering sollte imstande sein, dir zu helfen, aber du musst auch deinen Teil dazu beitragen. Der kleinste Fehltritt, wie beispielsweise weitere Treffen mit deiner Mätresse, wird deine Chancen zunichtemachen.«

»Und auch die deines Mündels«, fügte MacNair eher unnötig hinzu.

Das war zu viel. Sein Vater hatte ihm nicht einmal von Miss Wingate erzählt, bis er im Sterben lag. Zwei Jahre lang war er Vormund der jungen Frau gewesen und hatte kein einziges Wort darüber verloren. Tobias fragte sich, ob er den Mann überhaupt je gekannt hatte.

»Während ihr schon über in Frage kommende Ehefrauen für mich nachdenkt, werde ich auch Vorschläge entgegennehmen, wie ich meinen Ruf aufbessern kann.«

»Verbünde dich mit Luciens Bruder.« Wexford zog die Augenbrauen hoch, als er einen Blick mit MacNair tauschte, der leise lachte.

»Ausgezeichnete Idee«, stellte der Schotte fest.

Lucien stöhnte auf. »Gott, ich wünschte, dies wäre ein schrecklicher Vorschlag. Du weißt doch, dass er meist unerträglich ist.«

Tobias konnte sich ein Lächeln nicht verkneifen. Die Beziehung zwischen der beiden Brüdern schien kompliziert zu sein, doch er hatte keine Geschwister, also was wusste er schon? »Er ist immer zuvorkommend zu mir.«

Lucien brummte etwas Unverständliches, bevor er seinen Brandy austrank.

Wexford schlug die Hände auf den Tisch. »Zwei Wochen, um eine Verlobung zu schließen, worauf die Hochzeit drei Wochen später stattfinden muss. Wir werden Sorge dafür tragen, dass du eine Frau findest, Overton.«

»Danke.«

Doch wäre sie die Frau, von der er immer schon geträumt hatte?

KAPITEL 3

*H*atte er gar keine Landkarten?

Seit dem Frühstück hatte Fiona alle unteren Regale in der Bibliothek abgesucht. Es war Zeit, die Leiter zu benutzen und nachzusehen, was sie hoch oben entdecken konnte.

Die Leiter zum einen Ende des langen Regals schiebend, begann sie ihre methodische Suche. Vielleicht gab es ein Buch mit Karten. Oder ein Buch mit mindestens einer Karte.

Sie zog einen großen Folianten aus dem Regal und balancierte ihn auf ihrer Hand, als sie den Buchdeckel aufschlug und den Titel las. *Die Britischen Inseln.* Das sah vielversprechend aus. Vorsichtig wendete sie die Seiten, und ein Hochgefühl blühte in ihr auf, als sie endlich auf eine Karte stieß.

»Was tun Sie dort oben?«

Vor Schreck rutschte Fiona das schwere Buch aus der Hand, und entsetzt sah sie zu, wie es zu Boden fiel. Sie kletterte die Leiter hinunter und in ihrer Hast glitt sie aus.

Es grenzte an ein absolutes Wunder, dass der Earl es fertigbrachte, rechtzeitig bei ihr zu sein, um sie aufzufangen, ehe sie zu Boden gestürzt wäre. Und es war ein vollkommener Schock, sich in seiner Umarmung zu finden. Der satte Duft von Sandelholz wallte zusammen mit einer überraschenden Hitze über sie hinweg.

Verlegenheit. Natürlich, es musste an ihrer Verlegenheit liegen. Was sonst sollte es sein?

Overton stellte sie auf die Füße. »Alles in Ordnung?«

Sie antwortete mit einem Nicken. »Ja, vielen Dank. Sie haben mich überrascht. Das ist alles.«

Er bückte sich, um das Buch aufzuheben und musterte es einen Augenblick.

»Habe ich es beschädigt?« Sie würde sich schrecklich fühlen, wenn dem so wäre.

»Nein, soweit ich sehen kann.« Er klappte den Buchdeckel auf. »*Die Britischen Inseln.*« Er sah sie an. »Sie interessieren sich dafür, mehr über Ihr Heimatland zu erfahren?«

»Ich war in Wirklichkeit auf der Suche nach Landkarten.«

»Karten?«

«Ich mag sie. Sehr.«

Er lächelte, als er das Buch auf den Tisch legte. »Nun, dann gestatten Sie mir, Ihnen eine Freude zu machen.«

Etwas an der Art, wie er diese Worte sagte, sandte ihr einen Schauder über die Wirbelsäule. Sie wollte nicht von ihm oder einem anderen Gentleman erfreut werden.

Er ist dein Vormund. Denke an ihn wie an einen Vater oder Bruder. Es ist vollkommen normal, sich von einem Familienmitglied erfreuen zu lassen und überhaupt nicht gefährlich.

Gefährlich? Dachte sie so von Gentlemen? Nein, aber vielleicht war *dieser* Gentleman anders.

Der Earl trat an einen Bücherschrank mit Schubladen unter den Regalen. Er zog die unterste Schublade auf und beförderte daraus mehrere übergroße Papierbögen hervor. »Es ist keine große Kollektion, aber besser als nichts.« Er legte die Karten auf den Tisch neben das Buch

und schlug eine davon auf, um das Papier dann glattzu-
streichen.

Fiona eilte an seine Seite und jede Zurückhaltung, die sie
vielleicht verspürt hatte, war vergessen. »Dies ist das Russi-
sche Reich.« Sie hielt sich zurück, nach der Karte zu greifen,
und ihre Finger schwebten über dem Papier.

»Leider stammt sie aus der Epoche vor Katharina der
Großen und ist nicht länger akkurat.«

»Das macht nichts. Ich mag Karten aller Art, und sogar
solche, die überholt sind.«

»Sie dürfen sie anfassen«, bot er leise an, wobei er ihre
Hand beäugte.

»Ich werde vorsichtig sein. Nicht, wie ich mich mit dem
Buch angestellt habe.« Fiona verzog das Gesicht. »Es tut mir
schrecklich leid deshalb.«

»Das braucht es nicht. Ich habe sie mit meiner Ankunft
erschreckt. Ich war froh, dass ich Sie auffangen konnte, ehe
Sie sich ernsthaft verletzt hätten. Wie sollten Sie tanzen,
wenn Sie sich den Knöchel verstaucht haben?«

Damit hatte er recht. »Ich bin Ihnen für Ihre schnelle
Reaktion dankbar. Ich würde gern tanzen können.«

»Natürlich würden Sie das.« Er sagte dies, als wolle jede
junge Frau nichts anderes als tanzen. Während dies in ihrem
Fall stimmte, hoffte sie, dass er keine anderen Annahmen
gemacht hatte. »Haben Sie schon immer eine Vorliebe für
Karten gehabt?«

»Ja, aber wir hatten nicht sehr viele. Wenn ich sehe, wie
Sie hier leben, muss ich gestehen, dass ich mich frage, wie
unsere Väter Freunde gewesen sein konnten.«

Er drehte sich um und lehnte sich mit der Hüfte an den
Tisch, ehe er die Arme verschränkte. »Warum?«

Sie fand seine grauen Augen sehr ablenkend. Sie schienen
die Fähigkeit zu besitzen, direkt in ihr Inneres zu blicken,
was lächerlich war. Er würde nur zu sehen bekommen, was

sie ihn sehen lassen wollte. »Mein Vater war nicht reich. Er war Akademiker und wir lebten mit der Unterstützung seines älteren Bruders. Nachdem mein Vater gestorben war, nahm mein Onkel seine Bibliothek im Austausch für ein Auskommen für meine Mutter. Er erlaubte mir, eine Handvoll Dinge zu behalten – es waren alles Karten.«

Der Earl runzelte die Stirn. »Das klingt überaus ungerecht.«

Sie zuckte mit der Schulter. »Mein Onkel war kein besonders fürsorglicher Mann. Ich glaube, er hat meine Mutter und mich als Ärgernis betrachtet. Er hielt sich für großherzig genug, uns zu gestatten, weiter in unserem Haus zu leben, das auf seinem Anwesen stand.«

»Er ist kürzlich verschieden?«

»Kurz bevor meine Mutter gestorben ist. Glücklicherweise hat sein Sohn mir – und natürlich Mrs. Tucket – nach dem Tod meiner Mutter erlaubt, weiter dort zu wohnen.« Er hatte ihr auch ausdrücklich nahegelegt, zu heiraten, aber das würde sie nicht erwähnen, aus Furcht, es könnte zu einem Gespräch führen, an dem sie nicht im mindesten interessiert war. »Ich war sehr erleichtert, als die freundliche Einladung Ihres Vaters für die Saison eintraf.« Er hatte diese Einladung offensichtlich vor seinem Ableben abgeschickt, und seinem Sohn damit keine andere Wahl gelassen, als sie durch ihr Debut zu bugsieren.

Nun, vermutlich hätte der derzeitige Earl sich weigern und Fiona in Bitterley verrotten lassen können. Sie war so froh, dass er dies nicht getan hatte.

Overton löste seine verschränkten Arme. »Mein Vater hat mir nichts über Sie erzählt, bis er im Sterben lag. Ich habe keine Ahnung, warum unsere Väter befreundet waren. Er hat mit nur erzählt, sie hätten sich in Oxford kennengelernt, und dass er sich, als ihr Patenonkel, bereit erklärte, sich nach dem Tod Ihres Vaters um Ihre Mutter und Sie zu kümmern. Sie müssen ihre Freundschaft in Oxford geschlossen haben. Ich kann es mir gar nicht vorstellen, denn ich bin nicht imstande, meinen Vater auf diese Weise zu sehen.«

»Welche Weise ist das?«

Der Earl brauchte einen Augenblick für seine Antwort. Als er dazu ansetzte, wirkte er unsicher: »Gütig, vermute ich.«

Es schien, als sei die Beziehung zwischen Vater und Sohn nicht eng gewesen, doch ehe sie danach fragen konnte, kündigte der Butler die Ankunft von Lady Pickering an.

Overton stieß sich vom Tisch ab. »Ausgezeichnet. Bitte führen Sie sie in den Salon und tragen Sie Sorge dafür, dass Miss Lancaster sich zu uns gesellt.«

»Und Mrs. Tucket«, ergänzte Fiona. Sie würde die geliebte Frau nicht ausschließen, selbst wenn ihr lediglich eine kleine Rolle zugedacht werden sollte.

»Gewiss, ja, Mrs. Tucket.« Der Earl warf ihr einen entschuldigenden Blick zu, für den sie ihm dankbar war.

Der Butler ging hinaus und der Earl bot Fiona seinen Arm an. »Sollen wir nach oben gehen?«

Fiona warf einen sehnsüchtigen Blick auf die Karte.

Der Earl schmunzelte. »Sie dürfen die Bibliothek – und die Karten – benutzen, wann immer Ihnen der Sinn danach steht. Ich werde auch alle Atlanten und Bücher mit Karten an eine besser erreichbare Stelle schaffen lassen. Auf diese Weise sind Sie außer Gefahr.« Er zwinkerte ihr zu, und wieder einmal rauschte die Verlegenheit wie eine heiße Welle durch ihre Adern.

Sie umklammerte seinen Ärmel noch fester. »Sie besitzen Atlanten? Meinen Sie mehrere?«

»Ja, ich glaube schon. Ich werde sie heraussuchen.«

In ihrem ganzen Leben war sie noch nie derart erfreut gewesen, an einem bestimmten Ort zu sein. »Ich danke Ihnen. Aufrichtig.«

Er blinzelte erst und dann sah er sie mit einem schiefen Lächeln an. »Es ist mir ein Vergnügen.«

Wenige Augenblicke später betraten sie den eleganten Salon im ersten Stock. Der rechteckige Raum mit Blick auf die Brook Street verfügte über hohe Fenster, die mit blassgoldenen Vorhängen verhüllt waren. Es gab mehrere Sitzgruppen mit bequemer Chaiselongues, Tischen für Spiele oder Erfrischungen und Sessel und Sofas für Unterhaltungen. Gestern hatte sie diesen Raum zum ersten Mal gesehen, als die Haushälterin mit ihr eine Führung durch das Haus unternommen hatte. Gestern wie auch heute hatte Fiona sich gut vorstellen können, wie eine richtige Londoner Familie ihre Abende in diesem Raum verbrachte, so wie Fiona sich auch formellere Gesellschaften hier denken konnte. Zumindest glaubte sie, diese seien weitverbreitet. Was wusste sie denn schon von all dem?

»Lady Pickering, wie wunderbar, dass Sie gekommen sind«, sagte Overton, als Fiona ihre Finger von seinem Arm nahm. Er trat vor, nahm die Hand der Frau und verbeugte sich. Dann drehte er sich um und blickte zu Fiona. »Erlauben Sie mir, Ihnen Miss Fiona Wingate vorzustellen.«

Lady Pickering, zwischen fünfzig und sechzig Jahre alt und von majestätischer Haltung, stand vor einem Sofa. Sie war durchschnittlich groß, doch die raffinierte Frisur ihres immer noch braunen Haares und die Qualität ihrer Kleidung machten sie zu einer imposanten Erscheinung. Vielleicht lag dieser Eindruck aber auch an der Art und Weise, wie sie Fiona mit ihren grünblauen Augen musterte, als hätte sie schon viel gesehen und besäße sowohl die Erfahrung als auch den Charakter, um über jeden ein Urteil zu fällen.

«Miss Wingate, es ist mir ein Vergnügen, Ihre Bekanntschaft zu machen und Sie für diese Saison zu fördern.«

Fiona sank in einen tiefen Knicks. »Ich fühle mich durch

Ihre Aufmerksamkeit und Unterstützung geehrt, Lady Pickering.«

»Sie haben ohne mich angefangen?« Mrs. Tucket zuckelte in den Raum und Fiona fragte sich, ob ein Gehstock vielleicht hilfreich sein würde. Dieses Thema würde sie später ansprechen und hoffte, mit ihrem Vorschlag nicht auf Ablehnung zu stoßen.

»Ganz und gar nicht«, entgegnete Overton heiter. »Wir haben uns gerade vorgestellt. Und hier ist auch Miss Lancaster.« Er schaute zu Lady Pickering. »Das ist Mrs. Tucket, Miss Wingates, ähm, Anstandsdame aus Bitterley, und das ist Miss Prudence Lancaster, ihre neue Anstandsdame für London.«

»Wie schön, Sie beide kennenzulernen«, sagte Lady Pickering. »Sollen wir uns bekannt machen?« Sie ließ sich auf das Sofa sinken, und der Rock ihres blaugrauen Kleides schmiegte sich ohne jede Umstände auf perfekte Weise um ihre Unterschenkel und Füße. Sie klopfte leicht auf den Platz neben sich und sah zu Fiona auf. »Kommen Sie und setzen Sie sich zu mir, Miss Wingate.«

Fiona versuchte, ebenso elegant zu sitzen wie Lady Pickering, musste aber ihre Röcke noch zurechtrücken.

»Halten Sie die Beine von der Taille bis zu den Füßen fest zusammen, meine Liebe. Winkeln Sie Ihr Knie ein wenig an.« Sie betrachtete Fionas Bewegungen und lächelte sanft. »So ist es gut.«

»Sie weiß, wie man sitzt«, sagte Mrs. Tucket mit einem Anflug von Überempfindlichkeit.

Lady Pickerings Gesichtsausdruck blieb wohlwollend. »Ja, gewiss. Spielen Sie gern Karten, Mrs. Tucket? Jeden Sonntagnachmittag gibt es ein wunderbares Spiel. Ich werde dafür sorgen, dass Sie eingeladen werden.«

Mrs. Tuckets Augenlider flatterten vor Überraschung, als sie sich in einem Sessel nahe bei Fionas Sofaecke niederließ.

»Ich danke Ihnen. Ich spiele gern Karten. Ich habe jeden Samstag im Pfarrhaus gespielt.« Während Fiona die Bibliothek des Pfarrhauses durchstöberte. Bis zu ihrem Weggang aus Shropshire hatte sie alles darin gelesen – nun ja, alles, was sie interessierte –, mindestens zweimal. Leider gab es in der Bibliothek nur eine Karte, auf der das westliche England und Wales dargestellt waren.

»Wunderbar.« Lady Pickering richtete ihre Aufmerksamkeit auf Fiona. »Lord Overton hat Ihnen von Ihrer Präsentation vor Ihrer Majestät, der Königin, erzählt? Der Morgenempfang findet nächsten Donnerstag statt.«

Bis dahin war es nur eine Woche. Fionas Magen zog sich zusammen. »Ja. Er sagte, ich solle mir ein Kleid für den Besuch bei Hofe anfertigen lassen.« Sie blickte hinüber zu dem Platz, auf dem er nahe Lady Pickerings Ende des Sofas saß.

»In der Tat. Wir werden in Kürze die Modistin aufsuchen.«

«Heute?« So sehr sie sich auch darauf freute, die Bond Street oder eine andere Einkaufsmeile zu besuchen, war sie doch überrascht, wie schnell alles voranging.

»Ein Kleid gemäß der Hoftracht ist sehr extravagant, Miss Wingate. Es sind Meter um Meter Stoff, und dann wird es reich bestickt werden. Wir werden auch Schmuck aussuchen müssen, aber das meiste davon werde ich Ihnen für diesen Anlass leihen, denn Sie werden nicht annähernd nochmals so viel tragen müssen.« Sie hielt inne und lächelte. »Und natürlich sind da noch die Federn.«

»Federn? Wie passen sie denn auf das Kleid?« Als Fiona sich das vorzustellen versuchte, kam ihr ein recht grässlicher Aufzug in den Sinn.

»In Ihrem Haar«, stellte Lady Pickering lächelnd richtig. »Je größer, umso besser. Ich weiß, wo ich Ihren Kopfschmuck in Auftrag geben kann.«

Liebe Güte, das klang furchtbar teuer. Wieder blickte Fiona zum Earl. Prudence saß in einem weiteren Sessel zwischen ihm und Mrs. Tucket. Wie Lady Pickering saß sie sehr anmutig, die Hände sittsam im Schoß verschränkt. Fiona machte es ihr nach.

Als sie die Haltung ihrer Hände inspizierte, bemerkte Fiona einen losen Faden am Saum ihres Ärmels. In der Hoffnung, dass er nur lose war, zog sie vorsichtig daran. Mehr Faden löste sich aus dem Ärmel, der aber noch am Kleid fest zu sein schien. Als sie aufblickte, bemerkte sie Prudence, die sie beobachtete. Errötend knüllte Fiona den Faden zwischen ihren Fingern und schob ihn in ihren Ärmel.

»Und wie steht es mit Fionas restlicher Garderobe?«, fragte Mrs. Tucket und schürzte die Lippen. »Oder soll sie diese Hoftracht auch auf Bällen tragen?«

Lady Pickering lächelte geduldig. »Meine Güte, nein. Es wäre außerordentlich unpassend, eine Hoftracht irgendwo anders als im Salon der Königin zu tragen. Miss Wingate wird zahlreiche Kleider benötigen. Für Besuche, zum Promenieren und natürlich für Abendveranstaltungen wie Bälle und das Theater.« Sie blinzelte Fiona an. »Können Sie reiten?«

Fionas Gedanken drehten sich noch immer um Lady Pickerings Antwort und um die Tatsache, dass Mrs. Tucket nicht als Anstandsdame oder sonst etwas für die Saison hätte fungieren können. Sobald sie ihre Gedanken wieder im Griff hatte, entgegnete sie auf Lady Pickerings Frage. »Gut genug, ja.«

»Dann werden Sie Reitkostüme brauchen.«

Kostüme im Plural? Abermals richtete Fiona den Blick zu ihrem Vormund. Er musste in der Tat überaus wohlhabend sein. Sie besaß nicht einmal ein *einziges* Reitkostüm. Sie ritt nur gelegentlich, wenn ihr Onkel ihr erlaubt hatte, ein Pferd aus seinem Stall zu nehmen.

»Und auch Accessoires, Schuhe und Unterwäsche«, fuhr Lady Pickering fort.

Urplötzlich kam ihr zu Bewusstsein, dass ihr Vormund ihre Unterwäsche finanzieren würde, und sie war sich nicht sicher, wie sie dazu stand. Vielleicht konnte sie Lady Pickering davon überzeugen, keine neuen Hemden oder Korsetts zu brauchen. Die neue Oberbekleidung würde allerdings auch Unterwäsche erforderlich machen, die mit der Passform der Kleidung harmonierte. Das zumindest wusste Fiona. Ihr schwirrte der Kopf.

»Was wird überhaupt unsere erste Veranstaltung sein?«, fragte Overton erfreut.

Lady Pickerings Stirn legte sich vorsichtig zu einem nachdenklichen Ausdruck in Falten. »Es ist noch früh in der Saison, also ist es in den kommenden vierzehn Tagen wahrscheinlich zu kalt, um im Park spazieren zu gehen. Und selbstverständlich keine Vauxhall- oder andere Freiluftveranstaltungen. Die großen Bälle werden erst in einigen Wochen stattfinden.«

Overton sah enttäuscht aus. »So lange?«

Mit schiefgelegtem Kopf musterte Lady Pickering ihn neugierig. »Ist so viel Zeit vergangen, seit Sie an der Saison teilgenommen haben? Ich dachte, es sei erst letztes Jahr gewesen, als Sie ... beschäftigt waren.«

Nachdem sie ihre Gedanken zumindest für den Augenblick geklärt hatte, schaute Fiona den Earl an. Inwiefern beschäftigt?

»Ich fürchte, ich gehöre zur schlimmsten Sorte Gentleman, die solchen Dingen nicht genügend Aufmerksamkeit entgegenbringt.«

»Aus genau diesem Grund sollten Sie sich nach einer Ehefrau umschauen, Mylord.« Lady Pickering lächelte ihn wissend an.

War es ihm beschieden, in dieser Saison zu heiraten? In

Anbetracht seines Alters sollte er das wohl. Fiona fragte sich
sogar, warum er nicht längst verheiratet war.

»Was die bevorstehenden Veranstaltungen angeht«, fuhr
Lady Pickering fort, »habe ich eine Einladung für Miss
Wingate und sogar eine für Sie, Overton, besorgt.« *Sogar* für
ihn? Was sollte das bedeuten? Warum war er nicht schon
eingeladen worden? Wurden Earls nicht zu allen Veranstaltungen eingeladen? Fiona hatte so viele Fragen. Oder vielleicht waren es zu viele Annahmen.

»Ausgezeichnet«, entgegnete der Earl, ohne eine Reaktion auf die Worte von Lady Pickering preiszugeben. »Wann
findet diese Veranstaltung statt?«

»Es handelt sich um einen kleineren Ball am Samstag-
abend, der von Lord und Lady Edgemont ausgerichtet wird.«
Lady Pickering blickte zu Fiona. »Das wird ein hervorra-
gendes Debut in die feine Gesellschaft werden.«

»So bald schon?«, fragte sie, wobei sich ihr Inneres
furchtsam verkrampfte.

»Keine Sorge, Fiona, Sie werden ein großer Erfolg
werden«, brachte Mrs. Tucket mit einer strahlenden Zuver-
sicht hervor, womit sie Fiona Mut machte. Von allen hier
Anwesenden hatte ihre Meinung das meiste Gewicht, denn
sie kannte Fiona. Ihre Worte wären keine leeren Phrasen.
»Sie werden auch nicht allein sein. Sie haben ja Lady Pickering und Miss Lancaster an Ihrer Seite.«

Aber nicht Mrs. Tucket, und es schien, als wüsste ihre
ehemalige Zofe das. Fiona fühlte sich ein wenig traurig
darüber, doch wenn Mrs. Tucket damit einverstanden war,
wäre sie das auch.

»Das ist richtig«, gab Lady Pickering zur Antwort. »Und
keine Sorge, es ist noch früh in der Saison, aber der Heiratsmarkt ist dennoch geöffnet.« Sie zwinkerte Fiona zu, die
innerlich zu Eis erstarrte.

Erwartete man von ihr, unverzüglich zu heiraten? Wo sie

gerade erst in London angekommen war. Sie verstand –
ungefähr –, dass junge Ladys ihre Saison zur Auswahl eines
Ehemanns hatten. Doch gab es nicht noch andere Gründe?
Konnte eine junge Frau nicht eine Saison haben, um
Menschen kennenzulernen und Freunde zu finden? Um
neue Dinge zu erleben und zu lernen? Zum Tanzen und
Spazierengehen, ohne den Druck, heiraten zu müssen?

Sie wollte fragen, doch das wagte sie nicht. Denn sie
fürchtete, die Antwort bereits zu kennen.

$\approx$

Später an diesem Abend betrat Fiona den kleinen
Salon, den sie mit Prudence teilte, nachdem sie
Mrs. Tucket einen Besuch in ihrem Zimmer abgestattet
hatte. Prudence, die in einem hochlehnigen Sessel neben
dem Feuer saß, schaute von dem Buch auf, in dem sie gelesen
hatte. »Wie geht es Mrs. Tucket?«

»Recht gut, tatsächlich.« Fiona setzte sich in den anderen
Stuhl neben dem Kamin. »Sie hat mir ihre Erleichterung
gestanden, mich nicht zu gesellschaftlichen Veranstaltungen
begleiten zu müssen. Sie war auch erfreut, zu erfahren, dass
die sonntägliche Zusammenkunft zum Kartenspiel nicht mit
Frauen wie Lady Pickering stattfindet.« Dies war ihre größte
Sorge gewesen, denn Mrs. Tucket war von Herzen eine
arbeitende Frau vom Land und keinesfalls interessiert, sich
in den Kreisen der feinen Gesellschaft zu bewegen. Auf dem
Weg zur Modistin hatte Lady Pickering klargestellt, der
Kartenabend würde aus Haushälterinnen im Ruhestand und
Zofen wie Mrs. Tucket bestehen.

Es schien, dass Mrs. Tucket jetzt im Ruhestand war, und
ob sie hier in London bliebe oder nach Bitterley zurückkehren würde, war die einzige Frage, die es noch zu klären
gab. Im Augenblick war der alten Dame lieber, hier bei Fiona

zu bleiben. Wenn sie auch nicht mehr ihre Anstandsdame wäre, so wollte sie ihr, als der einzige Mensch, den Fiona wirklich kannte, zumindest Unterstützung – und Liebe – zukommen lassen.

»Wie schön«, murmelte Prudence, und zeigte damit wieder einmal, dass sie eine Frau von wenigen Worten und leiser Stimme war. Tatsächlich hatte sie im Laufe des Nachmittags während des Einkaufsbummels kaum eine Handvoll Sätze hervorgebracht.

Fiona betrachtete sie einen Augenblick. »Ich kann mich nicht entscheiden, ob Sie schüchtern oder reserviert sind.«

Prudence wirkte verwirrt. »Ist das nicht das Gleiche?«

»Ich denke, schüchtern ist etwas, wogegen man nichts tun kann, und reserviert ist etwas, das man selbst bestimmt. Vielleicht, weil Sie schüchtern sind.« Fiona lachte und Prudence lächelte zur Antwort.

»Dann bin ich reserviert.«

»Fantastisch. Ich bin es nicht.«

Prudence zog ihre Brauen auf eine durch und durch ironische Art hoch. »Nein, ich würde nicht sagen, dass Sie das sind. Andererseits sind Sie auch nicht vollkommen freimütig.«

Fiona stützte ihren Ellbogen auf der Armlehne des Sessels auf. »Nein?«

»Wann werden Sie seiner Lordschaft sagen, dass Sie keine Heiratsabsichten hegen?«

Fiona sog scharf die Luft ein, und zog ein Gesicht, als sie auf das Feuer blickte. »Warum glauben Sie das?«

Prudence überraschte sie mit einem leisen Lachen. »Wollen Sie das wirklich leugnen? Nach dieser Reaktion? Nein, Sie sind nicht schüchtern oder reserviert, und Sie sind auch nicht erfahren darin, Ihre Gefühle und Emotionen zu verbergen. Zumindest nicht ganz.«

Seufzend lehnte Fiona sich in ihrem Sessel zurück. »Na

schön, ich will nicht heiraten. Jedenfalls nicht sofort. Gerade erst habe ich Bitterley verlassen, wo ich keine Wahlmöglichkeiten in Bezug auf mein Leben hatte.«

»Wir sind Frauen. Wahlmöglichkeiten können wir uns in der Regel nicht leisten. Insbesondere nicht, wenn Sie das Glück haben, eine Saison genießen zu können.« Ihr Tonfall war sachlich, doch ohne Bitterkeit oder Neid. Prudence sagte bloß die Wahrheit – sie *hatte* Glück.

Fiona trommelte mit den Fingern auf die Armlehne. »Dessen werde ich mir langsam bewusst. Ich hatte keine Ahnung, dass es Erwartungen gäbe.« Sie war töricht gewesen, etwas anderes anzunehmen, doch wie sollte sie das wissen? Sie hatte keine Mutter mehr, und Mrs. Tucket hatte ihren totalen Mangel an Wissen über diese Dinge demonstriert. In der Tat gab es nur einen einzigen Ratschlag, den Fionas Mutter ihr je mit auf den Weg gegeben hatte. Sie solle aufpassen, wen sie heiratete, und dass dies die wichtigste Entscheidung wäre, die sie je treffen würde. Einmal gefällt, könnte diese Entscheidung nie wieder rückgängig gemacht werden. Dieser Ratschlag war nicht gerade weltbewegend, doch die ernste Art, in der ihre Mutter ihr dies nahegebracht hatte, war Fiona immer in Erinnerung geblieben.

»Es gibt immer Erwartungen«, sagte Prudence mit einem ernsten Unterton. »Sie sollten es seiner Lordschaft bald sagen.«

»Dann wird er vielleicht seine Meinung ändern und mich nach Bitterley zurückschicken.« Der Gedanke daran brachte sie fast zum Weinen.

»Oder auch nicht.« Prudence zuckte mit einer Schulter. »Ich werde ihm nichts sagen.«

Überrascht sah Fiona ihr Gegenüber an. »Aber Sie arbeiten für ihn. Sicher empfinden Sie eine gewisse Loyalität gegenüber Ihrem Arbeitgeber.«

»Ja, aber meine Aufgabe sind Sie. Meine Loyalität gilt *Ihnen*.«

Dieses Gefühl von Solidarität drang in Fiona und erfüllte sie mit einer Freude, die sie seit langem nicht mehr gespürt hatte. »Danke. Ich habe gerade entschieden, dass Sie das Allerbeste daran sind, nach London gekommen zu sein.«

Prudence lächelte. »Ich denke, ich werde zu Bett gehen.« Sie machte Anstalten, sich zu erheben, doch Fiona hob die Hand.

»Warten Sie einen Moment bitte. Wären Sie zu einem Ausflug am frühen Morgen bereit?«

»Was haben Sie im Sinn?«

»Ich bin verrückt danach, in den Hyde Park zu gehen. Es ist nicht weit. Wir können zu Fuß gehen, nicht wahr?«

»Ja, aber Ladys gehen am frühen Morgen nicht in den Park. Hoffen Sie, ein Duell zu sehen?«

Fiona schoss auf ihrem Sessel bis zur Kante vor. »Ein Duell?«

»Normalerweise werden sie im Morgengrauen im Park ausgetragen.«

»Wie schrecklich. Ich glaube nicht, dass ich das sehen *möchte*.«

Prudence krauste die Nase. »Das will ich auch nicht. Insbesondere deshalb nicht, weil wir doch überall Männer sehen können, die sich wie Idioten benehmen.«

Fiona lachte. »Ach, ich mag Sie. Ich wollte nur den Park sehen. Aber wenn Sie glauben, wir sollten das nicht tun –«

»Das habe ich nicht gesagt. Wir werden einfach zu einem kurzen Spaziergang ausgehen, der uns zufällig in den Park führt«, antwortete sie leichthin, als sie aufstand.

Fiona verspürte eine erneute freudige Aufregung in Hinsicht auf die Saison, als sie zu ihrer Anstandsdame aufschaute. »Heute Abend haben Sie mich sehr schockiert,

Prudence. Sie sind ganz und gar nicht, was Sie zu sein scheinen.«

Etwas Undefinierbares glomm in Prudence´ Augen. »Ich sehe Sie am Morgen.«

Fiona konnte es kaum erwarten.

KAPITEL 4

obias schritt in das Haus von Lord und Lady Egmond nahe des Berkeley Square hinter seinem Mündel, ihrer Anstandsdame und ihrer Mentorin. Miss Wingate sah heute Abend in ihrem elfenbeinfarbenen Ballkleid, das mit Hellgrün und Gold eingefasst war, einfach entzückend aus. Ihr dunkelrotes Haar war fabelhaft frisiert, was bewies, dass ihre neue Zofe, die von Lady Pickering empfohlen worden war, eine willkommene Bereicherung seines Haushalts war. Tobias wollte nicht darüber nachdenken, wie viel Geld ihn sein Mündel kostete. Es war auch nicht der Überlegung wert, da sein Vater genau für diesen Zweck eine erstaunlich große Summe beiseitegelegt hatte. Es war rätselhaft, warum sein Vater bereit war, sein Geld in diese junge Frau zu investieren. Tobias vermutete, dass einfach die Freundschaft dahintersteckte, die er zu Miss Wingates Vater gepflegt hatte, doch weil Tobias nie irgendeine Art von herzlichen Gefühlen bei ihm beobachtet hatte – gegenüber *niemandem* –, war das schwer zu glauben. Oder vielleicht lag es daran, dass er seinen Freund aus Oxford offenbar lieber mochte als seine eigene Familie.

Lord und Lady Egmond begrüßten sie in der großen Treppenhalle.

»So viele liebreizende junge Ladys haben derzeit ihre erste Saison«, stellte Lady Egmond fest, nachdem sie Miss Wingate begrüßt hatte. »Ihnen wird die Wahl einer Ehefrau schwerfallen, Lord Overton!«

Er lächelte höflich, ehe er Lady Pickering seinen Arm bot, sodass sie die Stufen zum Ballsaal hinaufsteigen konnten. Oder, was in einem Haus von dieser Größe wahrscheinlicher war, einem Salon und einem angrenzenden Zimmer, das man geöffnet hatte, um einen Raum zu schaffen, der in seinen Ausmaßen einem tatsächlichen Ballsaal nahekam.

»Wie konnte Lady Egmond wissen, dass ich auf der Suche nach einer Frau bin?«, flüsterte er Lady Pickering zu.

»Weil Sie das sind.« Sie sah ihn mit einem zurechtweisenden Blick an. »Warum sonst würden Sie nach Ihrer … Erholungspause zurück in der Gesellschaft sein?«

Das Wort Erholungspause ließ seine Aktivitäten in einem positiven Licht erscheinen. »Ist es offensichtlich, dass ich nach einer Komtess Ausschau halte?« Er hatte gehofft, seine Suche ohne den Druck der Gesellschaft durchzuführen, die jeden seiner Schritte beobachten würde. Lady Pickering hatte jedoch recht – seine Rückkehr in die Gesellschaft nach beinahe zwei Jahren, die er sich am Rande aufgehalten hatte, würde auffallen. Und hinterfragt werden. Und das Ereignis würde endlos zur Sprache gebracht werden, um darüber zu spekulieren. Er stöhnte innerlich.

»Es ist die logische Schlussfolgerung. Insbesondere da Sie kürzlich eine Grafschaft geerbt haben.« Lady Pickering presste die Lippen zusammen. »Bei näherem Nachdenken, würden die Leute diese Schlussfolgerung vielleicht nicht ziehen. Logik ist in der feinen Gesellschaft nicht gerade im Übermaß zu finden.«

Tobias grinste, als sie beim Ballsaal ankamen. Es hatten

sich bereits einige Dutzend Gäste eingefunden und die Musiker stimmten sich gerade ein.

Lady Pickering sah zu Miss Wingate und Miss Lancaster zurück und zeigte mit dem Kopf zu der Wand, an der ein großes Fenster den Blick auf die Charles Street darunter bot. Eine Reihe von Kutschen bewegte sie langsam neben dem Gehsteig.

»Nun, Miss Wingate. Besinnen Sie sich auf alles, über das wir gesprochen haben? Sie müssen jede Einladung zum Tanz annehmen, bis Ihre Karte voll ist.«

Miss Wingate nickte.

»Fühlen Sie sich nervös?«, fragte Lady Pickering.

»Nur wegen einiger dieser Tänze.«

Offenbar hatte ihre Mutter ihr das Tanzen beigebracht, aber ohne Gelegenheit zum Üben oder Erfahrung darin zu sammeln, waren die Stunden in Miss Wingates Erinnerung verblasst. Das Ergebnis war, das sie gestern Nachmittag und einen guten Teil des heutigen Tages mit einem Tanzlehrer verbracht hatte.

Lady Pickering tätschelte ihr sanft den Arm. »Sie werden sich gut schlagen. Lassen Sie uns jetzt eine Runde drehen und geben Sie Ihr Bestes, sich die Namen aller einzuprägen.«

Wieder führte Tobias Lady Pickering auf ihrem Rundgang durch den Raum, um Miss Wingate – sowie Miss Lancaster als ihre Anstandsdame – jedem vorzustellen, den sie trafen. Je höher der Rang, desto länger blieben sie zu einem Gespräch. Als sie fast wieder die Tür erreichten, hatte Miss Wingate vier Einladungen zum Tanzen erhalten. Dann setzte die Musik ein und Mr. Mansfield kam heran, um sie auf die Tanzfläche zu führen.

Um sich bei den anderen zu entschuldigen, drehte sich Tobias zu ihnen. Er musste seine eigenen Einladungen zum Tanzen aussprechen. »Nur einen Augenblick«, hielt Lady Pickering ihn zurück. Sie trat dichter an ihn heran und senkte ihre Stimme, bis dass sie nur noch ein Flüstern war. »Sind Sie sich bewusst, dass Ihr Mündel gestern Morgen im Hyde Park beim Spazierengehen gesehen worden ist?«

Angesichts Lady Pickerings missbilligendem Ausdruck war das eindeutig schlecht. Ihre dunklen Brauen waren tief über ihre Augen gezogen, die von einer leichten Gereiztheit blitzten.

Er sah zu Miss Lancaster, die weit genug entfernt stand, sodass sie nicht hören konnte, was sie sagten. Dazu noch war ihre Aufmerksamkeit auf die Tanzfläche gerichtet. »Ähm, nein. Ich habe nicht einmal gewusst, dass Miss Wingate das Haus für einen Spaziergang verlassen hatte.«

»Das darf nicht passieren. Ladys gehen vor dem Nachmittag nicht im Hyde Park spazieren. Wissen Sie, was für eine Art von Grässlichkeiten sich am Morgen im Hyde Park abspielen?«

Tobias sah sie verständnislos an. »Ich reite oft am Morgen die Rotton Row entlang.«

»Genau. *Sie* sind ein Mann. Und ein begriffsstutziger obendrein. Sie müssen Miss Wingate instruieren, und noch wichtiger ihre Anstandsdame, so etwas nicht noch einmal zu tun.«

»Es war ein Ausrutscher, da bin ich sicher.« Allerdings hätte Miss Lancaster es besser wissen sollen? Doch andererseits kannte Tobias sie auch nicht sehr gut. Er hatte vollkommen auf Luciens Empfehlung vertraut.

»Gut. Sie werden Ihren Haushalt sehr viel genauer im Auge behalten müssen, insbesondere, wenn Sie Ihre eigenen Ziele erreichen wollen. Wo wir schon beim Thema sind, wen ziehen Sie in Betracht?«

»Ach, Miss Goodfellow vielleicht.« Er wusste immer noch nicht, wer sie war.

»Warum tanzen Sie dann nicht mit ihr?«

Tobias sah sich um, was absurd war, da er nicht einmal wusste, nach wem er Ausschau hielt. »Sie ist hier?«

Lady Pickering seufzte. »Haben Sie sie überhaupt schon kennengelernt?«

»Wahrscheinlich.«

»Können Sie sie ausmachen?«

»Nein.«

Verzweifelt stieß sie die Luft aus. »Kommen Sie mit.«

Er hielt eine Hand hoch. »Warten Sie bitte nur einen Augenblick und dann können Sie uns miteinander bekannt machen. Oder uns *wieder neu vorstellen*.« Er schüttelte den Kopf. »Wenn Sie andere Empfehlungen haben, wäre ich sehr interessiert daran, davon zu hören. Nur keine jungen Ladys in ihrer ersten Saison.«

»Warum?«

»Ich bevorzuge jemanden mit ein wenig mehr Erfahrung.«

Lady Pickering zog die Augenbrauen hoch.

»Nicht *diese* Art von Erfahrung, gleichwohl eine Witwe akzeptabel wäre.«

»Ich verstehe. Sie wollen eine Frau, die bereits weiß, wer sie ist und was sie will.«

»Das wäre wirklich wundervoll.«

»Das werde ich mir merken. Und ich habe Vorschläge. Ich werde Sie mit einer oder zwei Ladys bekannt machen, wenn sie heute Abend hier sind.« Sie nahm ihn mit einem scharfen Blick ins Visier, bei dem er am liebsten gezappelt hätte und er zappelte nie. »Warum haben Sie es plötzlich mit dem Heiraten so eilig?«

Er zuckte mit den Schultern, denn er hatte nicht die Absicht, ihr oder irgendjemand anderem den wahren Grund zu verraten. »Einfach so.«

»Es steckt mehr dahinter, aber ich werde nicht auf einer Antwort bestehen.« Sie verengte die Augen. »Noch nicht.«

Lady Pickering hielt inne, um Miss Lancaster mitzuteilen, dass sie sich unter die Leute mischen würden, und dann führte sie Tobias zu den Erfrischungen, um ihn mit Miss Goodfellow bekannt zu machen. Falls Tobias sie vorher schon getroffen hatte, konnte er sich nicht erinnern. Er besann sich auch nicht auf ihre Mutter, die bei ihr stand. Beide waren attraktive Frauen und größer als der Durchschnitt, mit strahlenden kobaltblauen Augen.

Tobias forderte Miss Goodfellow auf, das nächste Set mit ihm zu tanzen, und sie stimmte zu. In der Zwischenzeit bemerkte er die Ankunft von Luciens Bruder, Constantine, dem Earl of Aldington und dessen jüngerer Schwester, Lady Cassandra.

»Wenn Sie mich kurz entschuldigen wollen, Lady Pickering, Mrs. Goodfellow, Miss Goodfellow. Ich würde gern kurz mit einem Freund sprechen.«

Miss Goodfellow knickste und Tobias verneigte sich zur Antwort. Rasch suchte er sich seinen Weg zu Aldington.

«Guten Abend, Overton«, begrüßte Luciens Bruder ihn mit einer Herzlichkeit, die sich in seinen haselnussbraunen Augen nicht widerspiegelte. Aldington hatte schon immer etwas Sonderbares an sich, so als fühlte er sich stets unwohl.

»Guten Abend, Aldington, Lady Cassandra.« Er verbeugte sich vor der jungen Lady und verspürte Mitleid mit Lucien, den die Aussicht einer Heirat seiner Schwester zu beunruhigen schien. Und sie würde heiraten – sie war viel zu schön und charmant, um lange allein zu bleiben. Dazu noch war sie die Tochter eines Herzogs und besaß eine große Mitgift. Allein deshalb war sie schon eine begehrte Braut.

Lady Cassandra richtete sich aus ihrem Knicks auf und ihre bernsteinfarbenen Augen funkelten. »Wie schön, Sie zu sehen, Overton. Ich hatte fast vergessen, dass Sie nicht mehr Deane heißen.«

»Ich werde weiterhin darauf antworten.« Tatsächlich war

ihm dies sogar noch lieber als Overton, da es sich in seinen
Augen dabei um seinen Vater handelte und nicht um ihn.
»Sie müssen mein Mündel, Miss Wingate, kennenlernen,
sobald sie mit diesem Set fertig ist. Es ist auch ihre erste
Saison und sie ist neu in London. Tatsächlich ist es das erste
Mal, dass sie Shropshire verlassen hat. Sie trägt das elfen-
beinfarbene Kleid mit den Bändern.«

»In Grün-golden oder Rosa?«, fragte Lady Cassandra.

Tobias blinzelte. »Ach, vermutlich gibt es noch ein elfen-
beinfarbenes Kleid mit Bändern. Das grün-goldene. Ich hätte
einfach dunkelrotes Haar sagen sollen.« Sie war die einzige
Lady im Raum mit Haar in solch einer kräftigen Farbe.

»Ich freue mich darauf, sie kennenzulernen.«

Als Tobias sich zu Aldington wandte, klopfte er ihm auf
die Schulter. »Wir müssen uns sprechen. Vielleicht können
wir später etwas trinken –« Er unterbrach sich abrupt, ehe er
noch gesagt hätte, im Phönix Club, da Aldington kein
Mitglied war. Es war nicht so, dass Lucien ihn nicht eingeladen hätte, doch Aldington hatte es klar und deutlich
gemacht, dass er einen Beitritt nie akzeptieren würde. Folg-
lich hatten sie sich nicht weiter bemüht.

Aldington schien zu wissen, was er meinte, denn seine
Augen verengten sich ganz leicht.

»Bei White's«, schlug Tobias vor. Noch immer war er
Mitglied dort, wenn er auch das Gebäude seit fast zwei
Jahren nicht mehr betreten hatte.

»Sie würden zu White's kommen?«, fragte Aldington
zweifelnd.

»Gewiss! Wir sehen uns später dort.« Er verbeugte sich
vor Lady Cassandra, bevor er zu Miss Goodfellow
zurückkehrte.

Nachdem er ihr und ihrer Mutter nochmals seinen
Respekt erwiesen hatte, erkundigte er sich, ob Miss Goodfellow vielleicht eine Runde durch den Raum gehen wollte.

Das Stück, das gerade gespielt wurde, war beinahe zu Ende, und vor dem nächsten gab es eine kurze Pause.

»Das wäre akzeptabel«, antwortete sie mit einem leichten Nicken. Sie besaß einen intensiven Blick, doch ihr Verhalten war ... gemessen. Ja, das war das beste Wort, um sie zu beschreiben.

Ihre Mutter lächelte zustimmend, als Tobias Miss Goodfellow seinen Arm darbot.

Tobias sah sie von der Seite an, sobald sie ihren Rundgang durch den Raum aufgenommen hatten. »Sie sind recht groß.«

»Das hat man mir schon öfter gesagt.« Es lag keine besondere Betonung in dieser Aussage, aber Tobias verstand, was sie ausdrücken wollte.

»Ich bitte um Verzeihung. Das war nicht nur nicht originell, es war auch albern, das zu sagen.«

Ihr Mundwinkel zog sich nach oben. »Sie sind recht groß, wenn auch nicht der größte Mann, den ich kenne.«

Er lachte. »Touché. Sagen Sie mir, was lesen Sie gerne?«

Ihre Schritte wurden kurz langsamer und sie sah ihn an, als würde ihm ein drittes Ohr wachsen. »Zeitungen. Pamphlete über die Themen des Tages.«

»Tatsächlich?« Tobias´ Blick fiel genau in dem Augenblick, als das Stück zu Ende ging, auf sein Mündel auf der Tanzfläche. Ihr Partner verbeugte sich vor ihr, und dann nahm er ihre Hand. Sein Blick verweilte auf Miss Wingates Brust, ehe er sie von der Tanzfläche führte. Tobias verspürte den Drang, zu ihm zu gehen und ihn niederzuschlagen. Wie konnte der Schurke es wagen, sein Mündel auf diese Weise anzuschauen?

»Ist etwas nicht in Ordnung?«, fragte Miss Goodfellow.

Tobias blinzelte und richtete seine Aufmerksamkeit erneut auf die Frau an seiner Seite. »Wie bitte? Nein. Ich habe ein Mündel, und ich fürchte, ich bin neu in dieser Rolle als Vormund. Mein Vater war mir gegenüber in dieser Hinsicht nicht sehr mitteilsam.«

»Ihr Vater ist kürzlich verstorben, ist das richtig?«

Tobias nickte. »Im Dezember.«

»Und doch sind Sie hier und verkehren so kurz danach schon wieder in der Gesellschaft. Wenn ich das täte, würde ich gemieden werden.« Ihr Kiefer straffte sich, und er spürte die Anspannung, die Besitz von ihr ergriffen hatte.

»Das ist nicht gerecht, nicht wahr?«, fragte er und dachte, dass sie wahrscheinlich in den Phönix Club passen würde. Es war zu dumm, dass sie nicht in Frage kam. Der Club lud keine jungen, unverheirateten Ladys zum Beitritt ein. Jungfern allerdings wurden eingeladen. Nicht viele, aber einige. Wann genau ging eine Frau von heiratsfähig zu Jungfer über? Noch wichtiger war die Frage nach dem *Warum*.

Er musterte Miss Goodfellow und kam zu dem Schluss, dass sie auf die Mitte Zwanzig zugehen musste, wenn sie sie nicht schon erreicht hatte. Wahrscheinlich wurde sie, zumindest von einigen, als Mauerblümchen erachtet, was bedeutete, dass sie über den Punkt hinaus war, an dem die meisten Männer Notiz von ihr nahmen. Tobias verstand ihre leise Empörung und offen gestanden, teilte er sie. Die Heiratsfähigkeit einer Frau sollte nie erlöschen. Auf jeden Fall gab es kein Verfalldatum für seine Heiratsfähigkeit.

»Gerecht ist subjektiv, nicht wahr?« Sie warf ihm einen rätselhaften Blick zu.

»Vermutlich ist das so. Allerdings glaube ich, ohne Widerspruch behaupten zu können, dass es keinen gleichen Standard gibt, was die Erwartungen von Männern und Frauen in der Gesellschaft anbelangt.«

»Darin sind wir einer Meinung, Mylord.«

Sie hatten die gegenüberliegende Seite des Raums erreicht. Tobias machte kehrt und sie fingen an, den Weg zurückzugehen, den sie gekommen waren. Dabei hatte er einen offenen Blick auf Miss Wingate, die mit Lady Cassandra sprach. Lady Pickering und Miss Lancaster standen in der Nähe. Wahrscheinlich hatte es Lady Pickering übernommen, die beiden miteinander bekannt zu machen.

»Lord Overton?«

Tobias wandte seine Aufmerksamkeit von Miss Wingate ab. »Ja?«

»Verkehren Sie so bald nach dem Tod Ihres Vaters wieder in der Gesellschaft, weil Sie sich entschlossen haben, zu heiraten?«

Mist. Sie hatte den Nagel auf den Kopf getroffen und seine Absichten genau erkannt. Logik mochte in der feinen Gesellschaft nicht im Überschwang verbreitet sein, aber er hatte eine Lady mit einer messerscharfen Intelligenz ausgewählt. Er freute sich darauf, die »Themen des Tages« mit ihr zu besprechen, wenn sie miteinander tanzten.

»Ich bin ein Earl und ich muss irgendwann heiraten«, entgegnete er diplomatisch. »Und wer weiß, vielleicht befindet sich meine Komtess in diesem Ballsaal.« Er schenkte ihr ein breites Lächeln, ehe er einen weiteren Blick in Miss Wingates Richtung schickte. Sie hatte sich bei Lady Cassandra untergehakt. Sie sahen bereits wie dicke Freundinnen aus. Er war nicht sicher, ob das gut oder schlecht war. Lady Cassandra war letztendlich Luciens Schwester. Sie war auch Aldingtons Schwester, also konnte ihr Benehmen in die eine oder andere Richtung gehen. Sie könnte der beste Einfluss auf Miss Wingate werden oder ein Problem.

Jetzt verließen die beiden gemeinsam den Ballsaal. Tobias hinterfragte plötzlich, ob es klug war, dass sie sich kennengelernt hatten.

Leider setzte in dem Augenblick die Musik ein. Er würde später Vormund spielen müssen.

*F*iona war nur mit einem anderen Tänzer zusammengestoßen, doch sie war Mr. Mansfield mindestens zweimal auf den Fuß getreten. Als er sie von der Tanzfläche führte, bemerkte sie, dass ihr Vormund mit einer großen, sehr hübschen Frau mit dunklem Haar am Rande des Ballsaals entlangschritt. War er auf der Suche nach einer Komtess? Das hoffte sie. Vielleicht würde er sich auf diese Sache konzentrieren, anstatt zu versuchen, sie zu verheiraten.

Mr. Mansfield brachte sie zu Lady Pickering und Prudence zurück. Er nahm Fionas Hand und beugte sich darüber. »Vielen Dank für den Tanz. Ich werde mich auf das nächste Mal freuen.« Er lächelte sie an und behielt den Mund dabei geschlossen. Während ihres Tanzes hatte sie einen Blick auf seine etwas schiefen Zähne erhascht.

»Danke.« Sie sank in einen kurzen Knicks, ehe er sich umdrehte und davonging.

»Gut gemacht«, lobte Lady Pickering. »Ich möchte Sie mit einer jungen Lady bekannt machen, die Ihnen eine gute Verbündete während Ihrer Saison sein wird.« Sie führte Fiona und Prudence zu einer wunderschönen jungen Lady und einem recht stoischen Gentleman. »Lord Aldington, Lady Cassandra, darf ich Ihnen Miss Fiona Wingate vorstellen? Sie ist Lord Overtons Mündel. Und dies ist ihre Anstandsdame, Miss Lancaster.« Lady Pickering richtete den Blick auf Fiona. »Lord Aldington ist der Erbe des Herzogs von Evesham und Lady Cassandra ist seine Schwester.«

Lord Aldington war sehr konservativ gekleidet, ganz in Schwarz mit einer dunkelblauen Weste. Sein gelbbraunes Haar war akkurat frisiert, wenn auch nicht sehr modisch, und er betrachtete sie aus seinen haselnussbraunen Augen mit Interesse, wenn nicht gar mit Wärme. Lady Cassandra hingegen trug ein atemberaubendes korallenrotes Ballkleid

mit Stickereien an den Ärmeln und eingenähten Perlen. Ihr
dunkles Haar war kunstvoll mit weiteren Perlen arrangiert,
und sie trug eine wunderschöne Korallenkette. Sie wirkte
wie eine leuchtende Blume, die sich in der Sonne wiegte.
Fiona war der Ansicht, ihr eigenes Kleid sei sehr hübsch und
ihr gelocktes und frisiertes Haar sähe sehr schön aus, aber
Lady Cassandra zog alle Aufmerksamkeit auf sich. Darüber
hinaus besaß sie eine Ausstrahlung, die verriet, dass sie sich
nicht sonderlich darum scherte, diese Aufmerksamkeit zu
bekommen.

Fiona mochte sie auf der Stelle.

Lady Cassandra hielt ihr die Hand hin. Unsicher blickte
Fiona zu Lady Pickering, die den Kopf neigte. Fiona nahm
die Hand der jungen Dame, und Lady Cassandra drückte sie
herzlich. »Ich freue mich, Sie kennenzulernen. Es wird ein
großer Spaß werden, die Saison gemeinsam zu meistern.«
Ihre Augen tanzten vor Überschwang, und Fiona konnte sich
ein Lächeln nicht verkneifen.

Lady Cassandra ließ Fionas Hand los und bedeutete ihr
mit einem Wink, sich neben sie zu stellen. Sie schaute ihren
Bruder an. »Con, willst du nicht etwas sagen?«

Er sah sie mit hochgezogener Augenbraue an. »Darf ich?«

»Nein, nein, das darfst du nicht sagen.« Lady Cassandra
verdrehte die Augen. »Ich monopolisiere nicht die ganze
Unterhaltung. Ich habe allerdings die Absicht das zu tun, also
sag jetzt etwas.«

Aldington vollführte eine leichte Verbeugung vor Fiona.
»Ich freue mich, Ihre Bekanntschaft zu machen, Miss
Wingate. Sie können sich glücklich schätzen, dass Lady
Pickering Sie fördert.« Er sandte einen beifälligen Blick zu
Lady Pickering.

»Das glaube ich auch«, antwortete Fiona. »Wer ist Ihre
Mentorin, Lady Cassandra?« Fiona kam in den Sinn, dass es
sich wahrscheinlich um ihre Mutter handelte. Sie sollte nicht

davon ausgehen, dass andere junge Ladys in der gleichen Situation wie sie waren und keine Mütter mehr hatten.

»Meine Tante. Sie ist hier irgendwo.« Lady Cassandra blickte sich kurz im Raum um, doch ohne offensichtliche Absicht, sie zu finden. »Sie steht selten still.«

»Wie du«, brummte ihr Bruder.

Fiona konnte nicht sagen, ob Aldington es freundlich meinte oder nicht. Da sie selbst keine Geschwister hatte, waren ihr solche Beziehungen fremd. Aber als Lady Cassandra zur Antwort lachte, zeigte sich, dass sie wegen seiner Worte nicht beleidigt war. »Ganz genau, Bruder. Wenn Sie alle uns nun entschuldigen würden, ich muss den Ruheraum aufsuchen, und Miss Wingate wird mich begleiten.«

»Fiona, wann ist Ihr nächster Tanz?« fragte Lady Pickering.

»Nicht dieses Set, sondern das nächste.« Ihr blieb noch reichlich Zeit, um den Ruheraum aufzusuchen und sie wollte Lady Cassandra tausend Fragen stellen.

»Begleiten Sie die beiden, Miss Lancaster«, meinte Lady Pickering mit einem sanften Lächeln.

Lady Cassandra legte ihren Arm um Fiona und führte sie aus dem Ballsaal. »Wie war Ihr Tanz mit Mansfield?«

»Gut, denke ich. Ich bin ihm ein paar Mal auf die Füße getreten. Ich bin im Tanzen noch nicht sehr erfahren.«

»Sie sind also neu in London?« Sie führte Fiona die Treppe hinauf.

Fiona blickte über ihre Schulter zurück, um sich zu vergewissern, dass Prudence ihr folgte. Das tat sie natürlich. »Ich bin erst vorgestern aus Shropshire angekommen.«

»Und Sie sind schon herausgekommen? Meine Güte, Overton hat Ihnen nicht viel Zeit gelassen, sich vorzubereiten.«

»Das ist schon in Ordnung. Ich habe mein ganzes Leben

in einer kleinen Stadt ohne große Familie verbracht. Ich kann es kaum *erwarten*, herauszukommen.«

Lady Cassandra lächelte sie strahlend an, als sie den Treppenabsatz des nächsten Stockwerks erreichten. »Dann wird dies eine aufregende Saison werden! Es ist auch meine erste. Das Ziel ist meiner Vermutung nach, dass Sie heiraten, ehe sie zu Ende ist.« Sie wedelte mit der Hand. »So muss es sein. Einen anderen Grund für eine Saison gibt es nicht. Wenn Sie nicht heiraten wollen, könnten Sie ebenso gut Miss Lancaster sein.« Sie wandte sich an Prudence. »Verzeihung, ich wollte Sie nicht beleidigen. Ich beneide Sie sogar in vielerlei Hinsicht.«

»Ich kann mich über meine derzeitige Stellung nicht beklagen«, entgegnete Prudence freundlich.

Lady Cassandra führte sie in einen Raum, der mit Chaiselongues und Stühlen sowie mehreren Spiegeln ausgestattet war. Es gab Limonade, Wasserkrüge und eine Zofe, die ihnen vermutlich behilflich sein sollte.

»Würde es Ihnen etwas ausmachen, einen Teller mit Keksen oder Ähnlichem zu holen?«, wandte sich Lady Cassandra an die Bedienstete. »Ich fühle mich ein wenig hungrig.«

Das Dienstmädchen knickste und ging hinaus.

Fiona hätte nie gedacht, dass man um so etwas bitten konnte. »Im Ballsaal gab es Speisen.«

»Ach, ich bin nicht wirklich hungrig. Ich wollte nur, dass sie uns allein lässt. Bedienstete tratschen häufig.« Lady Cassandra zwinkerte Fiona zu. »Wie können wir einander kennenlernen, wenn wir uns Gedanken machen, ob unsere Worte wiederholt werden?« Sie sah Prudence an. »Sie tratschen doch nicht, oder?«

Fiona antwortete für sie. »Prudence ist meine Freundin. Das würde sie nie tun.« Das wusste sie nicht wirklich, doch dass Prudence Informationen weitergab, konnte sie nicht glauben. Insbesondere, weil sie ihr gestern Morgen geholfen hatte, als sie zum Hyde Park spaziert waren. Es war aufregend gewesen, eine der Hauptattraktionen Londons mit eigenen Augen zu sehen. Fiona konnte ihren ersten Spaziergang zur angesagten Stunde kaum erwarten.

»Wunderbar!« Lady Cassandra setzte sich auf eine Chaiselongue, lehnte sich zurück und hob die Füße auf das Polster. »Steht Mansfield auf Ihrer Liste der in Frage kommenden Ehemänner?«

Fiona ließ sich auf einer anderen Liege nieder, ohne sich allerdings zurückzulehnen. »Ich habe keine Liste.« Sie wollte ihr nicht gleich sagen, dass sie keine Heiratspläne hatte, aber sie wollte auch nicht provinziell oder albern klingen. »Haben Sie eine?«

Lady Cassandra lachte kurz auf. »Nein. Mein Vater schon, aber ich beachte ihn lieber nicht. Es ist ein Wunder, dass ich ihn überreden konnte, mein Debut so lange hinauszuzögern. Ich bin einundzwanzig, um Himmels willen. Ich bin fast ein Mauerblümchen.«

Es hatte eindeutig den Anschein, als würde Lady Cassandras Mutter nicht mehr leben, doch danach würde Fiona sie heute Abend nicht fragen. Hoffentlich würde dies der Beginn einer Freundschaft sein, in der sie sich bei so vielen Dingen Beistand leisten würden. »Ist das wahr? Ich werde in ein paar Wochen zweiundzwanzig.«

»Ich werde im Mai zweiundzwanzig, und ja, wir sind nicht mehr so jung, wie wir sein sollten.« Sie schnaubte. »Aber können Sie sich vorstellen, mit siebzehn oder achtzehn an einen Mann gefesselt zu sein?« Sie schüttelte sich.

»Nein, aber ich kann mir auch jetzt nicht vorstellen, an einen Ehemann gebunden zu sein.« Sie presste die Lippen zusammen, als ob sie die Worte irgendwie aufhalten könnte, aber dazu war es natürlich zu spät. »Ich kann mir auch nicht vorstellen, in London zu sein, aber hier bin ich.« Sie zwang sich zu einem Lachen, um ihren Ausrutscher zu überspielen.

Lady Cassandra schwang ihre Füße zurück auf den Boden und setzte sich auf. Sie winkelte ihre Beine nicht an, wie Lady Pickering es angeordnet hatte. Und sie lehnte sich leicht nach vorne, mit lebhaftem Blick. »Miss Wingate, wollen Sie überhaupt heiraten?«

Fiona wollte dieser neuen Freundin ihre wahren Gefühle offenbaren, aber Lady Cassandra war die Tochter eines Herzogs. Andererseits hatte sie auch um Kekse gebeten, um zu verhindern, dass eine Zofe ihr Gespräch belauschte. Fiona straffte die Schultern und sagte entschlossen: »Nein.«

Lady Cassandra schlug die Hände zusammen und wippte mit einem erfreuten Glucksen zurück. »Ach, das ist ja großartig! Sie werden genau wie ich in diese Absurdität hineingezwungen.« Sie richtete sich auf und blickte Fiona direkt in die Augen. »Jetzt müssen wir es nicht mehr allein bewältigen.« Ihr Blick schoss zu Prudence, die rechts von Fiona stand. »Aber vermutlich waren Sie ohnehin nicht allein. Sie haben eine unterstützende junge Begleiterin – eine Freundin.« Sie klang ... neidisch.

»Und jetzt habe ich noch eine Freundin. Sie müssen mich Fiona nennen.«

»Dann müssen Sie mich Cassandra nennen. Wir werden das Beste aus der Zeit machen, die uns noch bleibt. Hoffentlich können wir es bis zum Ende der Saison hinauszögern, einen Antrag annehmen zu müssen.«

»Das wäre zu schön. Ich habe Lord Overton noch nicht gesagt, keinen Wunsch zu einer Heirat zu hegen. Dass er dafür Verständnis haben würde, glaube ich nicht.« Andererseits war Fiona sich auch nicht sicher gewesen, ob Cassandra dies verstehen würde.

»Wahrscheinlich nicht. Männer wie er haben die Pflicht zu heiraten, und von Frauen wie uns wird erwartet, diese

Pflicht zu erfüllen.« Cassandra krauste die Lippen ein wenig. »Und warum wollen Sie nicht heiraten?«

»Es ist so ... endgültig. Und einengend? Ich habe schon sehr lange in einer sehr kleinen Stadt mit sehr wenigen Möglichkeiten festgesessen.«

»Das sind viele ›sehr‹.«

»Es ist *sehr* schön, irgendwo anders zu sein. Mit anderen Menschen.«

»Sie wollen ein bisschen Freiheit erleben«, stellte Cassandra mit einem verständnisvollen Lächeln fest. »So viel Freiheit, wie uns überhaupt zugestanden wird.« Sie blickte zu Prudence. »Was tun Sie, um Fiona zu helfen?«

»Wir sind gestern Morgen zum Hyde Park gelaufen, da sie noch nicht dort war.«

»Ein ausgezeichneter Anfang.« Cassandra wandte den Blick wieder zu Fiona. »Am Montag müssen wir zu Gunter's gehen.«

»Lord Overton begleitet mich am Montag ins British Museum. Ich kann es kaum erwarten.«

»Dann am Dienstag. Wir müssen auch Hatchards, Fortnum und Mason besuchen, und es wäre wunderbar, mit Ihnen in Cheapside einkaufen zu gehen.« Sie runzelte die Stirn. »Das darf ich eigentlich nicht, aber meine Tante hat mich schon zweimal heimlich mitgenommen.«

Fiona grinste, so froh war sie, Cassandra getroffen zu haben. »Das hört sich alles so wundervoll an. Ich möchte alles sehen.«

»Und den Phönix Club!«, rief Cassandra aus. »Das ist das Beste daran, endlich eine Saison zu haben. Jetzt kann ich mit eigenen Augen sehen, wofür mein Bruder so viel Zeit aufwendet.«

»Was ist der Phönix Club?«, fragte Fiona.

»Für uns ist er wie das Almack's, nur viel besser.«

Cassandra hielt inne und richtete den Blick auf Fiona. »Wissen Sie über das Almack's Bescheid?«

»Nur, dass dort später in der Saison wöchentliche Bälle stattfinden und eine der Schirmherrinnen einen einladen muss, oder so ähnlich.«

»Das ist in etwa richtig. Es ist sehr exklusiv und die erste Adresse für den Heiratsmarkt. Es ist auch entsetzlich langweilig und die Speisen und Getränke sind grauenhaft.« Cassandra verzog das Gesicht. »Nicht, dass ich dort gewesen wäre, aber das sind die Worte meines Bruders.«

Fiona versuchte, all dem zu folgen, was Cassandra da sagte. Es waren so viele Stätten und Menschen, die sie sich merken musste. »Aldington frequentiert das Almack's, aber er verbringt die meiste Zeit im Phönix Club?«

»Ich bitte um Entschuldigung. Ich habe zwei Brüder«, antwortete Cassandra mit einem Lächeln. »Aldington hält das Almack's für angenehm – das sagt er übrigens über die meisten Dinge, was seine Meinung fast irrelevant macht –, und er ist noch nie im Phönix Club gewesen, weil er kein Mitglied ist. Mein anderer Bruder, Lucien, ist Besitzer des Clubs und er findet das Almack's schrecklich. Meiner Vermutung nach war dies einer der Gründe, warum er den Club gegründet hat.«

Ihr Verstand schwirrte bereits, doch Fiona wollte mehr über diesen Club erfahren, den Cassandra so gern besuchen würde. »Was ist so außergewöhnlich am Phönix Club? Und warum will Aldington kein Mitglied sein, wenn sein Bruder der Besitzer ist?«

»Der Club ist sehr exklusiv, vielleicht sogar noch mehr als Almack's, gleichwohl ganz und gar nicht auf die gleiche Weise. Mitglieder des Phönix Clubs sind wahrscheinlich eher am Rande der Gesellschaft zu finden, oder vielleicht sogar außerhalb eines Ballsaals. Leute wie mein älterer Bruder – ein biederer, respektabler Erbe mit allen erdenklichen Privilegien – werden in der Regel nicht zu einem Beitritt eingeladen.«

»Wie faszinierend. Wollen Menschen wie Aldington Mitglieder werden?«

»Manche wollen das. Andere tun so, als würden sie darüber stehen, und als ob die Mitgliedschaft ein Makel wäre.« Sie senkte verschwörerisch die Stimme. »Ich vermute, diese Leute sind neidisch und würden eine Einladung begeistert annehmen, wenn sie ihnen angeboten würde.«

»Ich frage mich, was Ihren Bruder bewogen hat, solch eine Stätte zu gründen.« Fiona gefiel es sehr, wonach es klang.

»Con und er sind krasse Gegensätze. Wo Con eine gemessene und zurückhaltende Art besitzt, ist Lu gesellig und ... unschicklich.« Cassandra grinste. »Gelegentlich. Lucien fand die typischen Clubs für Gentlemen ein bisschen zu steif. Der Phönix Club ist seine Antwort darauf. Das Beste an dem Club ist allerdings, dass er auch eine Damenseite hat. Eine weibliche Version des White's, wenn man so will.«

»Tatsächlich? Wie wunderbar. Sie sagten, Sie seien froh, diesen Club nun, da Sie eine Saison haben, endlich sehen zu können. Bedeutet dies, ich könnte ebenfalls dorthin gehen?« Das hoffte Fiona sehr.

Cassandra schürzte den Mund kurz zu einem Schmollmund. »Nein. Und ich auch nicht, es sei denn, Sie möchten an einer ihrer Veranstaltungen teilnehmen, die dort ab März jeden Freitag veranstaltet werden.«

»Dann werden wir das tun«, antwortete Fiona eifrig, gleichwohl sie eine Spur von Pessimismus in Cassandras Stimme wahrnahm. »Es sei denn, da wäre ein Grund, warum wir das nicht können?«

»Unsere Mentorinnen müssen Mitglieder des Clubs sein, damit wir an einer Veranstaltung teilnehmen können. Leider ist meine Tante kein Mitglied, und Lady Pickering ist es, glaube ich, auch nicht.«

»Lieber Himmel, der Phönix Club klingt wirklich exklusiv«, stellte Fiona fest. »Und er ist wunderbar fortschrittlich. Ich bin verblüfft, dass Frauen ihren eigenen Teil des Clubs haben.«

»Und dienstags dürfen sie sich auch auf der Männerseite aufhalten.«

»Wir können keine Mitglieder werden?« Fiona war sich sicher, die Antwort würde nein lauten, aber sie wollte sich vergewissern, alles richtig verstanden zu haben.

Cassandra schüttelte den Kopf. »Wir müssten verheiratet oder verwitwet sein.« Für einen Augenblick schürzte sie nachdenklich die Lippen. »Oder vielleicht auch Jungfern. Ich kann mich nicht erinnern. Jedenfalls ist eine Veranstaltung die einzige Gelegenheit, bei der wir das Innere sehen können, und wir werden auf der für die Ladys reservierten Hälfte des Gebäudes und den Ballsaal beschränkt sein, der mit der Gentlemen Seite geteilt wird. Uns ist nicht gestattet, einen anderen Bereich auf der Seite für Gentlemen zu besuchen. Was würde ich nicht dafür geben, alles zu besichtigen, insbesondere aber die Seite für die Gentlemen, auf der mein Bruder der Herrscher ist. So stelle ich mir das jedenfalls vor.«

»Es gibt vielleicht eine Möglichkeit, uns hineinzustehlen«, schlug Fiona grinsend vor.

Cassandra lachte, mit einem verschmitzten Funkeln in den Augen. »Mir gefällt, wie Sie denken.« Sie wurde nüchtern und warf einen Blick auf Prudence. »Ich hoffe wirklich, Sie tratschen nicht.«

»Das tue ich nicht«, entgegnete Prudence. »Für eine Begleiterin wäre dies ein höchst unwillkommener Charakterzug.«

»Sie ist absolut vertrauenswürdig, das versichere ich Ihnen.« Fiona lächelte Prudence an, als sich die Tür öffnete.

Das Dienstmädchen war mit einem Teller voll Kekse zurückgekehrt. Zudem folgten ihr zwei weitere Gäste in den Raum.

»Bitte sehr, Mylady.« Das Dienstmädchen reichte Cassandra den Teller, die sich einen Keks von ganz oben nahm.

»Ich danke Ihnen vielmals. Das sind meine Lieblingskekse.« Cassandra schenkte dem Dienstmädchen ein strahlendendes Lächeln und knabberte an ihrem Keks, ehe sie sich erhob.

Auch Fiona stand auf. Sie nahm sich einen Keks und mit einem leichten Neigen des Kopfes fragte sie Prudence im Stillen, ob sie auch einen wollte. Prudence schüttelte leicht verneinend den Kopf. Darauf verließen die drei den Ruheraum.

Als sie in den Ballsaal zurückkehrten, freute sich Fiona noch mehr auf die vor ihr liegende Saison. Und das nicht nur wegen all der Stätten, die Cassandra erwähnt hatte, sondern auch, weil sie Cassandra gefunden hatte. Eine Freundin.

Nach einigen weiteren Tänzen, mehreren Gläsern warmer Limonade und der Bekanntschaft von mehr Menschen, als sie sich je erinnern könnte, machte Fiona sich mit schmerzenden Zehen auf den Weg zur Kutsche. Lady Pickering verabschiedete sich und ging zu ihrer eigenen Kutsche, während Fiona, Prudence und der Earl in dessen Kutsche stiegen.

Fiona und Prudence setzten sich zurecht, und Overton nahm auf der rückwärtig gerichteten Sitzbank Platz. Er hob die Hand und lockerte die Krawatte ein winziges bisschen. Fiona vermutete, dass er sie am liebsten ganz ausgezogen hätte, doch das zu tun, wäre wahrscheinlich ungehörig.

»Was denken Sie von Ihrem ersten Ball?«, fragte der Earl.

»Ich bin froh, dass es ein kleinerer Ball war. Es gibt so viel, woran man denken muss. Insbesondere beim Tanzen.«

Er schmunzelte. »Sie werden besser werden.«

»Ich hätte mehr üben sollen.«

»Vielleicht hätte ich mit Ihnen üben sollen. Ich bitte um Entschuldigung.« Er lehnte sich auf seinem Platz zurück. »Hatten Sie einen bevorzugten Tanzpartner?«

»Mr. Rowntree, denke ich. Er war am geschicktesten, meinen Fehltritten auszuweichen.«

»So schlimm, ja?«, fragte der Earl und verzog das Gesicht dabei. »Es tut mir aufrichtig leid, dass ich Ihnen nicht geholfen habe, sich vorzubereiten. Wir werden das vor dem nächsten Ball tun.«

»Wo wir schon vom nächsten Ball sprechen. Ich habe von den freitäglichen Veranstaltungen im Phönix Club gehört. Werden wir an einer teilnehmen?«

Sein Blick hielt den ihren. »Nein.«

Enttäuschung ergoss sich wie ein kalter Guss über Fionas Enthusiasmus. Cassandra hatte ihre Erwartungsfreude für eine Teilnahme angestachelt. »Sind Sie kein Mitglied?«

»Das bin ich. Gründungsmitglied sogar, um genau zu sein. Lady Pickering allerdings, ist das nicht und als Ihre Mentorin, würde sie Sie begleiten müssen.«

»Warum ist sie kein Mitglied? Cassandra hat es so klingen lassen, als sei der Club sehr beliebt. Ich könnte mir vorstellen, dass sie dorthin gehören würde.«

Tobias zauderte mit einer Antwort. »Ich bin nicht sicher. Das werden Sie sie selbst fragen müssen.«

»Kann jemand anderer mich für diese Versammlung fördern?«

Wieder nahm er sich für seine Antwort Zeit. »Lassen Sie mich darüber nachdenken. Zuerst einmal finden die Veranstaltungen nicht vor dem ersten Freitag im März statt.« Er verschränkte die Arme vor der Brust und musterte sie für einen Augenblick, während das Licht der Laterne in der Kutsche einen warmen Schimmer über ihr Gesicht warf. »Jemanden zu finden, der Sie fördert – und tatsächlich Lady Pickering als Ihre Mentorin beizubehalten –, wird von Ihrem Benehmen abhängen.«

Fionas Puls beschleunigte sich. »Habe ich heute Abend etwas falsch gemacht?«

»Nichts, was ich gesehen hätte und ich erkenne, dass dies eine große Veränderung für Sie ist. Aber es ist mir angetragen worden, dass Sie bei einem Spaziergang im Hyde Park gestern Morgen gesehen worden sind. Das ist etwas, das junge Ladys nicht tun.« Er lenkte seinen missbilligenden Blick zu Prudence. »Ich hätte von Ihnen erwartet, es besser zu wissen.«

»Das hat sie«, mischte sich Fiona ein. »Sie sagte, ich könnte nicht gehen, aber ich habe darauf bestanden. Ich sagte, ich würde ohne sie gehen.« Sie sah zu Prudence hinüber und hoffte, dass diese ihre Worte nicht abstreiten würde. »Es war mein Fehler, nicht ihrer.« Fiona schaute dem Earl unverwandt in die Augen. Das Zinngrau wirkte in diesem schwachen Licht beinahe silbern.

»Ich verstehe.« Er bedachte Prudence mit einem bedenklichen Stirnrunzeln. »Ich erwarte von Ihnen in der Zukunft überzeugender zu sein.«

Prudence versteifte sich. »Ich werde es versuchen, Mylord.«

Fiona fühlte sich schrecklich. Nie wieder würde sie Fionas Stellung in Gefahr bringen.

Als ihr Herzschlag allmählich langsamer wurde, drehte sie den Kopf und schaute aus dem Fenster hinaus. Dies war ein großer Wandel von dem Leben, das sie gekannt hatte. War es so schlimm, dass sie jeden Augenblick erleben und so viel sehen wollte, wie sie konnte?

»Es tut mir leid, Lord Overton«, sagte sie leise.

»Seien Sie einfach versichtig, Miss Wingate. Sie wollen doch nicht Ihre Chancen ruinieren.«

Für eine Heirat. Das hatte er nicht gesagt, aber gemeint. Für einen kurzen Augenblick fragte Fiona sich, ob das nicht vielleicht besser wäre.

KAPITEL 5

*N*och immer konnte Tobias die Begeisterung spüren, die sein Mündel ausgestrahlt hatte, nachdem sie den Kartenraum im British Museum verlassen hatten. Sie hatten ihre gesamte Zeit nur an diesem einen Ort verbracht und sie hatte immer noch nicht alles gesehen, was sie hatte sehen wollen.

»Es tut mir leid, dass wir nichts anderes gesehen haben«, meinte sie ein bisschen verlegen, als sie durch eine Galerie schritten, während sie eine Hand auf seinem Unterarm ruhen ließ. »Und ich bin froh, dass Prudence nicht mitgekommen ist, denn sonst hätte ich zwei Menschen anstatt einem gelangweilt.«

Lady Pickering hatte Tobias versichert, dass er sein Mündel ohne Anstandsdame ins British Museum begleiten konnte, da er ihr Vormund und es ein sehr belebter Ort war.

»Ich habe mich überhaupt nicht gelangweilt.« Er hatte es genossen, die Karten mit ihr durchzusehen. Um ehrlich zu sein hatte er es genossen, ihre Freude mitzuerleben. »Abgesehen davon war ich schon viele Male hier und wir können wiederkommen.«

Sie strahlte ihn an und ihre dunkelbraunen Augen glänzten vor Freude. »Dies ist der beste Tag, den ich je erlebt habe.«

Tobias fühlte sich bei ihrer Aussage eher verlegen. Es war schließlich nur ein Ausflug ins Museum. Wobei er allerdings glaubte, dass es für sie weitaus mehr war. Sie hatte einige Stunden mit dem Betrachten der Karten verbracht, was offenbar ihre Lieblingsbeschäftigung war. »Ich freue mich, dass Sie es genossen haben. Da Sie Karten so mögen, frage ich mich, was Sie von der Kartografie halten.«

»Nun, augenscheinlich unterstütze ich dieses Vorhaben«, entgegnete sie trocken. »Wenn Sie mich allerdings fragen, ob ich selbst gern Karten entwerfen würde, muss ich sagen, dass ich dies noch nie in Betracht gezogen habe.«

»Würden Sie gern darüber lesen? Sie könnten wahrscheinlich mit Ptolemäus´ *Geographia* anfangen.«

Sie wurde langsamer und er musste seine Schritte drastisch verkürzen, damit er sie nicht mit sich zerrte. »Ich fürchte, ich hatte keine umfangreiche Ausbildung. Ich habe alles gelesen, was ich konnte, doch mit diesem Buch bin ich nicht vertraut.«

Seine Verlegenheit kehrte zurück und war diesmal mit ein bisschen Bedauern gepaart. Er wollte nicht, dass sie sich schämte, weil sie manche Dinge nicht wusste. »Sind sie mit Ptolemäus vertraut?«

»Er war Astronom, glaube ich.«

Tobias nickte. »Und auch Geograf, Mathematiker und Astrologe, unter anderen Dingen. Er schrieb wissenschaftliche Abhandlungen über viele Themen.«

»Es ist zu dumm, dass er sich nicht auf eine Sache festlegen konnte.«

Tobias lächelte zur Antwort. »Sie würden seine *Geographia* interessant finden, denke ich. Er erklärt, wie er die

Daten zum Erstellen einer Karte der bekannten Welt benutzt hat.«

»Das klingt faszinierend. Wie kann ich es lesen?«

»Ich werde eine Ausgabe besorgen.«

Sie blieb vollends stehen und drehte sich zu ihm hin. »Ich kann nicht glauben, was für ein Glück ich habe. Ich danke Ihnen. Für alles, was Sie getan haben. Dafür, mich hierher – nach London meine ich – gebracht zu haben. Ich weiß, dass Ihr Vater meinem Vater ein Versprechen gegeben hatte und dass die Vormundschaft schriftlich festgehalten wurde, doch Sie müssen all dies nicht tun. Ganz bestimmt hätten Sie mich heute nicht begleiten müssen.«

»Es ist mir ein Vergnügen, das zu tun.« Und das meinte er so. Ihr Eifer und die Aufregung über ihr neues Leben waren ansteckend. Er war überrascht, wie sehr er ihre Gesellschaft wahrhaftig genoss.

»Wie werde ich je in der Lage sein, Ihren Großmut wiedergutzumachen?« Sie errötete sichtlich. »Nun, ich werde dies niemals wiedergutmachen können – dieses Kleid für den Hof allein übersteigt mein Vorstellungsvermögen für Kosten –, aber ich möchte Sie gern wissen lassen, wie dankbar ich Ihnen immer sein werde.«

»Wenn Sie verheiratet sind und sich glücklich niedergelassen haben, wird das die ganze Wiedergutmachung sein, die ich mir wünsche.« Er tätschelte ihr die Hand und setzte sich wieder in Bewegung.

»Lord Overton, Miss Wingate«, rief ein Gentleman, der auf sie zulief und den Tobias als Mr. Rowntree erkannte.

Tobias hielt den Kopf ein wenig schräg zu Miss Wingate und flüsterte: »Haben Sie nicht neulich mit ihm getanzt?«

»Ja«, murmelte sie, als sie zum Stehen kamen.

Jung und agil, mit einem kantigen Kinn und einem warmen Lächeln, verbeugte sich Mr. Rowntree vor Miss Wingate und nickte Tobias zu. »Guten Tag. Ein herrlicher

Tag, um das Museum zu besuchen. Gefallen Ihnen die Exponate?«

»Ja, danke«, antwortete Miss Wingate. »Haben Sie ein Lieblingsstück?«

»Ich liebe die griechischen Altertümer. Gerade bin ich auf dem Weg dorthin.«

»Miss Wingate hat eine Leidenschaft für Landkarten«, bemerkte Tobias. »Wir kommen gerade aus der Bibliothek.« Er spürte, wie sie sich versteifte, und fragte sich, ob er etwas Falsches gesagt hatte.

»Ach, tatsächlich? Wie wunderbar. Interessieren Sie sich fürs Reisen, Miss Wingate?«

»Ich denke schon, ja. Im Augenblick genieße ich es, London zu erkunden. Es gibt so viel zu sehen und zu tun.«

»Mein Haus in der Nähe von Durham würde Ihnen gefallen. Es hat eine große Bibliothek mit vielen Karten.« Er zwinkerte ihr zu. «Und Durham ist eine reizende Stadt. Die Kathedrale ist wahrscheinlich die schönste in England.«

»Durham ist sehr schön«, bemerkte Tobias. »Und Ihre Bibliothek klingt großartig.«

Miss Wingate drehte den Kopf zu ihm und warf ihm einen verdatterten Blick zu. Sie lenkte ihre Aufmerksamkeit wieder zu Mr. Rowntree und schenkte ihm ein hübsches Lächeln. »Ich möchte unbedingt Westminster Abbey und St. Paul´s besichtigen.«

»Beide sind prachtvoll. Vielleicht darf ich Sie zu einer der beiden Kirchen begleiten. Oder zu beiden?« Er schaute sie mit unverhohlener Hoffnung an.

Tobias verspürte eine Welle der Freude – das war eindeutig ein Verehrer! Oder zumindest ein potenzieller. Er sah zu seinem Mündel hinüber. Sie könnte es weitaus schlechter treffen. Rowntree besaß natürlich keinen Titel, doch das konnte sie nicht wirklich erwarten. Ihr Vater, stellte sich Tobias vor, wäre über diese Verbindung sehr erfreut gewesen, ebenso wie Tobias' Vater. Letzteres war beinahe schon lästig. Tobias verabscheute, zu tun, was seinem Vater gefallen würde.

Und war das eigentlich nicht genau, was er mit seiner Suche nach einer Ehefrau tat? Nein, Tobias hielt an den besten Dingen seines Lebens fest – seiner Mutter und den Erinnerungen an sie.

Mit Verspätung bemerkte Tobias, dass Miss Wingate ihn anschaute. Er konnte sich nicht vorstellen, warum. Sie schürzte die Lippen und richtete den Blick dann wieder auf Rowntree. »Es scheint, als müsste mein Vormund überlegen, ob ich mich zur Westminster Abbey oder nach St. Paul's begleiten lassen darf.«

Verdammt, hatte er eine Frage überhört, während er sich zu dem potenziellen Ehemann für Miss Wingate beglückwünscht hatte? Er dachte zurück ... Rowntree hatte vorgeschlagen, sie zu begleiten ...

»Wir können sicherlich etwas arrangieren«, antwortete Tobias.

»Na, wenn das nicht Lord Overton ist!« Zwei Damen kamen auf sie zu, von denen die ältere gesprochen hatte.

Tobias verbeugte sich vor den Neuankömmlingen und erkannte Lady Fairweather und ihre Tochter, Miss Fairweather, mit der er neulich Abend getanzt hatte. »Was für eine Freude, Sie hier zu sehen, Lady Fairweather, Miss Fairweather. Darf ich Ihnen mein Mündel vorstellen, Miss Wingate.«

Nach einem kurzen Knicks deutete Miss Wingate auf Mr. Rowntree. »Das ist Mr. Rowntree.«

Rowntree verbeugte sich. »Ich glaube, wir sind uns neulich auf dem Ball begegnet.«

»Wir haben auch getanzt«, antwortete Miss Fairweather, und flatterte mit ihren dunklen Wimpern.

»Ach ja, das haben wir«, stimmte Rowntree lächelnd zu. »Ich war gerade auf dem Weg zu den griechischen Altertümern. Wenn Sie mich entschuldigen würden.« Er verbeugte sich erneut und neigte sich vor Miss Wingate noch tiefer hinunter. »Ich freue mich auf unsere nächste Begegnung, Miss Wingate.« Mit einem leichten Nicken sah er zu Tobias hin. »Overton.«

Als Rowntree sich entfernte, konnte Tobias nicht umhin zu bemerken, dass Miss Wingate sich neben ihm entspannte. Mochte sie den Gentleman nicht?

Lady Fairweather richtete ihren lebhaften Blick auf Tobias. Ihre blauen Augen waren derart intensiv, dass er beinahe einen kleinen Schritt zurückgewichen wäre. »Was haben Sie heute im Museum besichtigt?«, fragte sie.

Tobias musste seine Aufmerksamkeit auf die zierliche und hübsche Miss Fairweather und nicht auf ihre irgendwie einschüchternde Mutter richten. »Nur die Bibliothek.«

Ehe er noch etwas über Karten und Miss Wingate sagen konnte, meinte Miss Wingate: »Und wir kommen gerade heraus. Ich bin sehr erschöpft. Ich hoffe, Sie werden uns entschuldigen.«

Nun, verdammt. Jetzt konnte er nicht mehr vorschlagen, dass sie vielleicht noch einen Rundgang durch die ägyptische Galerie unternehmen könnten. Wenngleich Miss Fairweather für seinen Geschmack ein bisschen jung war, erkannte er an, dass er zumindest versuchen sollte, herauszufinden, ob sie zueinander passen könnten.

Lady Fairweathers Mundwinkel zogen sich unübersehbar zu einem langen Gesicht herab. Plötzlich war Tobias recht froh, um die Promenade mit ihr und ihrer Tochter herumgekommen zu sein. Eine übereifrige Mutter war das Einzige, was noch schlimmer war als eine unreife Braut.

»Ich bin sicher, dass wir uns bald wieder begegnen«, antwortete Tobias galant. »Vielleicht bessert sich das Wetter und wir können eine Runde durch den Park drehen.«

»Ich sehne mich schon nach warmen Tagen im Park«,

antwortete Miss Fairweather. »Ich liebe es, wenn die Bäume im Frühling sprießen.«

»Ich freue mich darauf, Sie dann zu sehen, Miss Fairweather.« Wieder verneigte Tobias sich. »Lady Fairweather.«

Wieder setzte er seinen Weg mit Miss Wingate fort und beschleunigte dabei ihre Schritte beim Verlassen des Museums. »Sind Sie wirklich müde?«

Sie hielt den Blick nach vorn gerichtet. »Etwas.«

»Stimmt etwas nicht daran, was ich über Ihr Faible für Landkarten gesagt habe? Ich habe bemerkt, wie Sie sich angespannt haben, als ich sie Rowntree gegenüber erwähnte. Tatsächlich habe ich bemerkt, dass Sie in seiner Nähe generell angespannt waren.«

»Ich war eine Spur nervös, glaube ich.«

Tobias wählte seine Worte sorgfältig, damit er ihr Unbehagen nicht noch vergrößerte. »Er scheint daran interessiert, Sie vielleicht zu umwerben.«

Sie stolperte, als ob sie mit dem Zeh irgendwo angestoßen wäre. Tobias schlang seine freie Hand um ihre Mitte, um sie im Gleichgewicht zu halten, und seine Finger fassten sie dabei um die Taille.

»Alles in Ordnung?«, fragte er.

»Ja, es war nur eine Unebenheit auf dem Boden oder etwas.«

Dieses Etwas war vielleicht diese Unterhaltung? »Gibt es etwas, was Sie mir gern sagen würden?«

Sie schaute zu ihm hinüber und ihre Augen verengten sich leicht. »*Sie* scheinen daran interessiert zu sein, dass Mr. Rowntree mir den Hof macht. Klang seine Bibliothek nicht ›großartig‹? ›Groß‹ und ›umfangreich‹ sind relative Beschreibungen. Bibliotheken sind kaum ›großartig‹.«

»Ich habe lediglich Konversation gemacht.« Dann runzelte er die Stirn. »Mögen Sie Mr. Rowntree nicht? Ich dachte, Sie hätten es genossen, mit ihm zu tanzen.«

»Es war der am wenigsten katastrophale Tanz des Abends. Ich würde dies nicht als das Tanzen mit ihm ›genießen‹ beschreiben.« Ihre Brauen zogen sich zu einem V zusammen. »Oder mit irgendjemandem«, murmelte sie.

»Ich erwarte zu schnell zu viel von Ihnen.«

»Ja«, antwortete sie ein bisschen gereizt. »Nur weil Sie eine Verpflichtung haben, bedeutet das nicht, dass ich ebenfalls eine habe.«

Tobias biss die Zähne zusammen. Er *hatte* eine Verpflichtung und sein Leben würde leichter sein, wenn sie ebenfalls unter der Haube wäre. Himmel, sein Leben würde leichter sein, wenn sie gar nicht hier wäre. Als er auf ihr Profil sah, verspürte er plötzlich Gewissensbisse. Nichts davon war ihre Schuld. Andererseits allerdings auch nicht seine. All dies war das Werk seines Vater, einem Meister der Manipulation aus dem Jenseits.

Dennoch war sie eine junge Frau, die einen Ehemann brauchte. »Rowntrees Familie ist ausgezeichnet und er hat ein Einkommen von fünftausend pro Jahr. Sie werden sehr gut versorgt sein.«

»Haben Sie mich dann schon verheiratet?« Die Frage war von Enttäuschung unterlegt, aber auch Gereiztheit, was Tobias zu einem Stirnrunzeln veranlasste.

»Als Ihr Vormund ist es meine Plicht, Sie zu verheiraten. Ich nehme diese Verantwortung sehr ernst und werde Sorge dafür tragen, dass dies geschieht.« Er schwächte seinen Tonfall ein bisschen ab, damit sie ihn nicht für einen Autokraten hielt. Sie musste einfach verstehen, wie diese Dinge liefen.

Sie hatten die Kutsche erreicht und er half ihr hinein, ehe er nach ihr einstieg. Anstatt sich neben sie auf den Sitz in Fahrtrichtung zu setzen, nahm er auf der gegenüberliegenden Seite Platz.

»Ich bitte nur um ein bisschen Zeit, um mich an dieses

Leben zu gewöhnen. Vor zwei Monaten noch hätte ich nichts von alldem voraussehen können. Lieber Gott, in ein paar Tagen werde ich die Königin kennenlernen.«

Himmel. Jetzt spürte er schon wieder diesen Anflug von Schuld. Er stieß die Luft aus, und schaute aus dem Fenster, bis sie die Oxford Street entlangfuhren. Als er seine Aufmerksamkeit wieder auf Miss Wingate richtete, durchbohrte er sie mit einem erwartungsvollen Blick. »Ich werde Ihnen einige Zeit gewähren, sich an dieses Leben zu gewöhnen, aber denken Sie daran, dass mein Vater Ihrem Vater ein Versprechen gegeben hat. Ich werde Sie nicht zwingen, es zu erfüllen. Wenn Sie sich noch nicht bereit zum Heiraten fühlen, oder das nicht wollen, werde ich Sie gern zurück nach Bitterley schicken. Sie müssen es nur sagen.«

»Weil es keinen Grund gibt, eine Saison zu haben, es sei denn, ich beabsichtige, zu heiraten«, meinte sie leise und ihre dunklen Augen glitzerten in dem gedämpften Licht der Kutsche.

»Korrekt.«

Sie lenkte ihren Blick zum Fenster und faltete die Hände im Schoß. »Dann bin ich Ihnen für Ihre *Großherzigkeit* dankbar, mir zu gestatten, mich einzugewöhnen. Ich bin sicher, dass ich meinen Weg finde, und wenn ich das tue, wird mein … Enthusiasmus für eine Heirat an die Oberfläche kommen.«

Zufrieden mit ihrer Antwort, selbst wenn sie von Sarkasmus durchsetzt war, lehnte sich Tobias gegen das Rückenpolster zurück. Er musste mit Lady Pickering reden. Miss Wingate benötigte mehr Führung, als er sich vorgestellt hatte.

Und letztendlich würde er sie vielleicht nach Bitterley zurückbefördern.

∼

*S*ie würde *nicht* nach Bitterley zurückkehren.

Und sie wollte auch nicht heiraten. Zumindest noch nicht.

Fiona hatte seit ihrem frustrierenden Museumsbesuch am Vortag mit ihrem Vormund kaum an etwas anderes gedacht. Nicht alles war schrecklich gewesen. Die Stunden im Kartenraum waren ihr absolut grandios vorgekommen. Diesen Teil betrachtete sie wirklich als ihren liebsten Tag überhaupt.

Bis Overton ihn ruiniert hatte, indem er sich wie ein diktatorischer Schuft benommen hatte.

Vielleicht war er gar nicht so schlimm, aber er verstand einfach nicht, dass sie ihre neu gewonnene Freiheit etwas genießen wollte. Es war, als wäre sie ein Schmetterling, der sich endlich aus seinem Kokon befreit hatte, und er ihr die Flügel stutzen wollte.

Fiona zog hinter seinem Rücken eine Grimasse, als sie das Haus von Lord und Lady Billingsworth in der Park Street betraten, in dem heute der Musikabend stattfand. Prudence berührte sie sanft am Arm, und Fiona straffte ihre Gesichtszüge zu einem heiteren Ausdruck. Oder zumindest einem, der ihren Unmut auf ihren Vormund nicht verriet.

Die arme Prudence hatte sich ihre Klagen angehört. Sie verstand Fionas Bedürfnis, ihren Platz zu finden, ehe sie sich auf eine Heirat einließ, wenn sie auch Fionas Verpflichtung zur Heirat verdeutlichte.

Sobald sie eingetreten und ihnen ihre Oberbekleidung abgenommen worden war, wurden sie die Treppe hinauf in den Salon geführt. Am oberen Ende der Treppe befand sich eine lange, mit Menschen gefüllte Galerie. Sofort machte Fiona Cassandra in der Menge aus.

»Mylord, wenn Sie nichts einzuwenden haben, werde ich

zu Lady Cassandra gehen und mit ihr sprechen«, meinte sie und provozierte damit Overton, sich umzudrehen.

Suchend blickte er sich auf der Galerie um, bis er Cassandra entdeckte. »Ich begleite Sie, da ich mit Aldington sprechen möchte.«

Fiona unterdrückte ihre Enttäuschung. Sie hatte gehofft, ihre Wege würden sich trennen, sobald sie einmal hier wären.

»Ach, Fiona!« Cassandra begrüßte sie mit einem breiten Lächeln, und sie reichten sich die Hände. »Ich bin so froh, Sie zu sehen. Was für ein bezauberndes Kleid.« Ihr Blick schweifte über Fionas blassgelbes Kleid.

»Danke.« Fiona schielte ein wenig neidisch auf Cassandras strahlend blaues Kleid. Keines ihrer Kleider war von so dunkler Farbe. Lady Pickering hatte bestimmt, Fiona müsse helle Farben tragen. Sie besaß ein violettes Kleid, das ihr sehr gefiel. Es war nicht dunkel, doch die Farbe war intensiv und leuchtend. Sie sparte es für einen besonderen Anlass auf, wobei sie noch nicht wusste, welcher das war – eventuell ihr erster Ball im Phönix Club, da sie die Absicht hatte, dort hinzugehen. Das bedeutete, sie musste eine alternative Mentorin dafür finden.

Cassandra hakte sich bei Fiona unter. »Kommen Sie, lassen Sie uns ein bisschen umherschlendern, ehe das Musizieren beginnt.« Sie lächelte Prudence an. »Guten Abend, Miss Lancaster. Ich freue mich auch sehr, Sie wiederzusehen.«

Prudence sank in einen kurzen Knicks. »Das beruht auf Gegenseitigkeit, Lady Cassandra.«

»Kommen Sie nicht zu spät zur Vorstellung«, mahnte Overton neben Aldington.

»Das werden wir nicht«, versprach Cassandra munter und hinderte Fiona daran, eine schnippische Antwort zu geben.

Als sie davonschlenderten, beugte sich Fiona dicht zu ihr und flüsterte: »Danke. Ich fürchte, ich hätte etwas Unausstehliches geantwortet.«

»Ich habe in Ihren Augen ein Glitzern von Gereiztheit erkannt«, antwortete Cassandra. »Was hat Overton angestellt, um Ihren Zorn zu verdienen?«

»Er hat lediglich versucht, mich zu zwingen, mir den Hof machen zu lassen.« Wahrscheinlich übertrieb Fiona die Sache mit ihrer Wortwahl, doch sie berichtigte sich nicht.

»Das war leider zu erwarten. Ich hoffe für Sie, dass er weiterhin davon absieht, Ihnen eine Liste vorzulegen, wie es mein Vater bei mir getan hat.«

Fiona brachte tief aus ihrer Kehle einen Laut hervor, der Lady Pickering entsetzt hätte. Vielleicht war es gut, dass es ihr nicht möglich war, heute Abend dabei zu sein. »Das wird wohl nicht mehr lange dauern, fürchte ich. Ich glaube, ich habe ihn überredet, mir zumindest einen kleinen Aufschub zu gewähren. Für mich ist das alles eine große Umstellung, nachdem ich ohne jegliche Erwartungen vom Lande hierhergekommen bin.«

»Das kann ich mir nur zu gut vorstellen. Ich bin genau hierzu erzogen worden.« Cassandra hob ihre Stimme in gespielter Begeisterung leicht an. »Eine schillernde Saison zu haben, in der ich unzählige Verehrer bezaubere, ehe ich heirate und Mutter werde.« Sie verdrehte die Augen.

»Das ist es vermutlich wert, wenn man sich verliebt«, sagte Fiona. Sie konnte sich eine Heirat nicht vorstellen, ohne verliebt zu sein, doch scheinbar war dies nicht notwendig. Bei ihrer Beobachtung von Overton hatte sie keineswegs das Gefühl, er sei auf der Suche nach einer Liebesheirat. Er hatte es einfach nur eilig, *irgendjemanden* Passenden zu finden. Diesen Anschein hatte es zumindest. Sie konnte nicht behaupten, ihn so gut zu kennen. Warum sollte er ihr von seinen Pläne erzählen oder ihr gar seine Absichten anvertrauen?

Und mit wem würde er eigentlich darüber sprechen? Mit seinen Freunden, nahm sie an. Genau wie sie dies mit Cassandra getan hatte.

»Liebe ist ein Märchen«, sagte Cassandra.

»Sie glauben nicht, dass sie wahrhaftig ist?«

»Doch, aber ich halte sie für etwas Besonderes und Außergewöhnliches. Und ich glaube nicht, dass jeder das Glück hat, so etwas zu erleben. Meine Eltern waren sich gegenseitig zugeneigt, doch das würde ich nicht als Liebe bezeichnen, und mein Bruder hat nicht wegen der Gefühle geheiratet, und er hat seitdem auch nicht mehr Gefühle entwickelt.« Sie blickte zur Stelle, an der sie Overton und ihren Bruder stehen gelassen hatten.

Dies war erst das zweite Mal, dass Fiona Aldington begegnete, doch ihr fiel auf, dass seine Frau bei beiden Gelegenheiten nicht dabei gewesen war. »Ist Lady Aldington hier?« Vielleicht war sie irgendwo anders im Haus.

Cassandra schüttelte den Kopf. »Sie weilt noch in Hampton Lodge, wo sie die Feiertage verbracht haben. Vermutlich wird sie in den nächsten Wochen eintreffen. Oder vielleicht kommt sie auch gar nicht. Con hat nichts gesagt.«

»Warum nennen Sie ihn Con und nicht Aldington? Sprechen Familien ihre Geschwister unterschiedlich an?«

»Die Familienerzählungen besagen, dass ich zu der Zeit, als ich sprechen lernte, weder Aldington noch seinen Vornamen Constantin, aussprechen konnte, also nannte ich ihn Con. Seitdem war er für mich und auch für Lucien Cor.. Erst kürzlich hat mein Vater aufgehört, zusammenzuzucken, wenn ich diesen Namen in Gegenwart anderer benutze.« Cassandra grinste.

»Ihr Vater klingt ziemlich furchterregend.« Fiona hoffte

fast, sie würde nie Gelegenheit bekommen, ihn kennenzulernen. Sie hatte noch keinen Herzog kennengelernt. Doch
übermorgen würde sie der Königin vorgestellt, und damit
sollte ein Herzog nicht mehr so einschüchternd sein. Eine
Flut von Ängsten drohte, in ihrer Kehle aufzusteigen.

Cassandra nickte ihr beruhigend zu. »Insbesondere
gegenüber mir und meinen Brüdern kann er recht unwirsch
sein, doch Ihnen gegenüber wird er sich zuvorkommend
verhalten.«

Fiona dachte an ihren eigenen Vater, der vor fünf Jahren
gestorben war. Er war in seine Studien vertieft gewesen und
hatte nie viel Zeit für sie erübrigt, doch er war stets freundlich gewesen.

Sie hatten das Ende der Galerie erreicht, an dem es weit
weniger bevölkert war. Eine Tür stand ein Stück offen, was
sie weder einlud noch davon abhielt, einzutreten.

Cassandra ging darauf zu und warf einen Blick hinein.
Sie drehte ihren Kopf zu Fiona, die nicht an ihr vorbei in den
Raum blicken konnte, und ihre Augen tanzten vor
Vorfreude. »Das ist ein Kartenspielzimmer für Damen.
Sollen wir?«

»Was ist ein Kartenspielzimmer für Damen?« Fiona hatte
von Kartenspielzimmern auf Bällen und anderen Veranstaltungen gehört, und dies waren Orte, an denen sich Herren
zum Spielen und Wetten zusammenfanden.

»Dasselbe wie ein normales Kartenspielzimmer, nur dass
dieses hier anscheinend ausschließlich von Damen benutzt
wird.« Sie senkte die Stimme. »Ich habe mich gefragt, ob es
heute Abend vielleicht ein Kartenspielzimmer für Damen
gäbe. Lady Billingsworth ist für ihr Glücksspiel bekannt –
ihre Mutter hatte vor Jahren eine Faro-Bank.«

Fiona hatte keine Ahnung, was das bedeutete, und wollte
im Moment auch nicht danach fragen. Sie fragte sich, wann

sie aufhören würde, sich wie eine Provinzlerin zu fühlen. Oder ob sie das jemals schaffen würde.

Cassandra ging zur Tür, und Fiona spürte eine Hand auf ihrem Arm. Sie drehte den Kopf und sah, dass Prudence sie konsterniert ansah.

Fiona nahm ihren Arm von Cassandra und murmelte: »Nur einen Moment.« Sie ging ein paar Schritte von Cassandra weg, und Prudence folgte ihr.

»Stimmt etwas nicht?«, fragte Fiona.

»Ich bin mir nicht sicher, ob Sie dort hineingehen sollten.« Prudence blickte an ihr vorbei in Richtung des Kartenspielzimmers.

»Sind Sie wirklich unsicher, oder versuchen Sie, mir auf höfliche Weise deutlich zu machen, ich solle in die andere Richtung davongehen?«

Prudence lächelte. »Ich bin unsicher, was wahrscheinlich schlecht ist, da ich diese Dinge wissen sollte. Ich kann mir nur nicht vorstellen, dass Glücksspiele für eine junge, unverheiratete Lady begrüßenswert sind?«

Cassandra trat zu ihnen. »Ich fürchte, ich habe ein furchtbar gutes Gehör. Mit anderen Ladys auf einer Veranstaltung wie dieser Karten zu spielen, ist vollkommen in Ordnung. Wichtig ist nur, dabei nicht um hohe Einsätze zu spielen, was wir auch nicht tun werden. Wenn wir überhaupt spielen.« Sie blickte Fiona an. »Wissen Sie überhaupt, wie das geht?«

Fiona schüttelte den Kopf.

»Dann spielen wir wahrscheinlich nicht. Wir können aber zusehen.« Grinsend hakte sie sich noch einmal bei Fiona unter, ehe sie sich an Prudence wandte. »Finden Sie das in Ordnung? Ich möchte nicht, Sie sich unbehaglich fühlen. Immerhin ist Fiona Ihr Schützling.«

»Das ist sie nicht wirklich. Ich bin ihre Begleiterin, nicht ihre Mentorin. Ich mag zwar als ihre Anstandsdame fungieren, aber es steht mir wirklich nicht zu, ihr ein bestimmtes Verhalten vorzuschreiben. Das werde ich Lady Pickering und Lord Overton überlassen.«

»Ist es in Ordnung, wenn wir hinein gehen?«, fragte Fiona. »Ich werde nur zuschauen.«

»Wenn Lady Cassandra sagt, es sei akzeptabel, beuge ich mich ihrem Urteil.« Prudence machte ihnen ein Zeichen, ihr voranzugehen.

»Sie brauchen nicht nervös zu sein«, beschwichtigte Cassandra sie, als sie beide das Kartenspielzimmer betraten. Drinnen waren sechs Tische aufgestellt, von denen vier besetzt waren.

»Was wird denn gespielt?«, fragte Fiona.

»Loo. Es wird leichter zu erklären sein, nachdem Sie es eine Weile beobachtet haben.« Lady Cassandra führte sie zu einem Tisch, der rechts von der Tür stand. Mit leiser Stimme raunte sie: »Lady Hadleigh ist eine hoch angesehene Spielerin. Sie ist diejenige, die zwei elfenbeinfarbene Federn im Haar trägt.«

Fiona nickte, als sie beide nahe des Tisches Position bezogen. Sie verfielen in Schweigen, während sie einige Minuten lang zuschauten. Nach einer Weile begriff Fiona allmählich, was vor sich ging. Es sah nach großem Spaß aus.

»Sie setzen nur Pennys«, flüsterte Fiona.

»Im Augenblick. Meiner Vermutung nach, werden die Einsätze in der nächsten Runde steigen. Das liegt allerdings an der Anwesenheit von Lady Hadleigh.«

»Möchte sich jemand zu unserem Tisch gesellen? Wir brauchen mindestens zwei weitere Spielerinnen«, rief eine Stimme.

Fiona blickte die Frau an, die etwa zehn Jahre älter war als sie, aber sie erkannte sie nicht.

»Sollen wir?«, fragte Cassandra, deren Stimme vor Aufregung lauter wurde.

Fiona warf einen Blick zur Tür. »Was ist mit dem Musikabend?«

»Wir haben noch Zeit, da bin ich sicher.« Cassandra schaute Prudence an. »Würde es Ihnen etwas ausmachen, einmal nachzusehen?«

»O ja, das ist eine ausgezeichnete Idee«, stimmte Fiona zu und lächelte Prudence dabei dankbar zu. »Vielen Dank.«

Prudence nickte zur Antwort, ehe sie sich eilfertig auf den Weg machte, während Fiona und Cassandra an den Tisch traten, an dem die Spielerinnen gesucht wurden.

»Sagen Sie ihnen nicht, dass Sie noch nie gespielt haben«, raunte Cassandra leise. »Falls Sie nicht weiterwissen, stupsen Sie mich einfach unter dem Tisch an, und ich werde dann versuchen, Ihnen zu helfen.«

Fiona fasste Cassandras Arm noch fester. »Ich habe gar kein Geld.«

»Keine Sorge, ich schon.« Als sie Fiona ansah, wackelte sie dabei mit den Augenbrauen.

Sie waren an dem Tisch angekommen, an dem drei andere Damen bereits Platz genommen hatten.

Cassandra stellte Fiona vor – zumindest den beiden Frauen, die sie kannte –, während sie beide ihre Plätze am Tisch einnahmen. Dann wurde die dritte Spielerin vorgestellt, und alle tauschten Höflichkeiten aus.

Die Kartengeberin warf drei Chips in die Tischmitte, ehe sie die Karten austeilte.

Die älteste Spielerin, Mrs. Montgomery, die auf der anderen Seite des Tisches gegenüber von Fiona saß, atmete scharf ein und schaute zur Tür. Sie murmelte etwas, das Fiona nicht hören konnte, doch die Frau zu ihrer Linken nickte.

Cassandra nahm ihre Karten auf und forderte Fiona stillschweigend auf, es ihr gleich zu tun, indem sie den Blick auf die Karten heftete, die vor Fiona auf dem Tisch lagen. Fiona hob ihr Blatt auf und ließ die Karten sofort wieder fallen, als sie die Stimme hinter sich hörte.

»Verzeihung, aber ich möchte mein Mündel für die musikalische Darbietung abholen.«

Fionas Blut erstarrte zu Eis. Langsam drehte sie den Kopf, und ihr Blick blieb an einer eher unangemessen Stelle ihres Vormunds hängen. Sie reckte das Kinn, um ihm nicht auf den Schritt zu schauen, und blickte in sein Gesicht.

Und wünschte sich umgehend, sie hätte das nicht getan.

Seine Augen hatten einen absolut eisigen Grauton, wenngleich er den Mund zu einem leichten Lächeln geformt hatte. Es lag kein Humor in diesem Ausdruck, sondern er war nur eine Fassade, die das Gegenteil dessen ausdrückte, was er empfand.

Dafür war sie ihm dankbar.

»Meine Güte, ich wusste gar nicht, dass es schon so weit ist.« Sie wandte sich wieder dem Tisch zu. »Verzeihen Sie mir, ich muss gehen.« Mit einem entschuldigenden Blick zu Cassandra stand sie auf.

Overton hielt ihren Stuhl und bot ihr dann seinen Arm. Sie wäre lieber hinausgegangen, ohne ihn zu berühren, aber das hätte nur Neugier erweckt – und wahrscheinlich seinen Zorn. Mehr Zorn, als ihn ohnehin schon erfasst hatte.

Den Kopf hoch erhoben und den Blick starr geradeaus gerichtet, vermied Fiona die Reaktionen der anderen darauf zu erleben, von ihrem männlichen Vormund aus einem Raum eskortiert zu werden, der scheinbar nur den Damen vorbehalten war, und verließ das Kartenspielzimmer an seinem Arm. Prudence, die draußen stand, hatte die Lippen zu einer festen Linie zusammengepresst und ihr Blick war unergründlich.

Fiona war sich nicht sicher, was passiert war, doch sie nahm Prudence nichts übel. »Ich habe die Zeit aus den Augen verloren, Mylord.«

Der Earl richtete den Blick auf Prudence. »Wir treffen uns im Salon.«

Mit einem leichten Nicken drehte Prudence sich weg und ging davon.

Die Galerie war verwaist. Vermutlich hatten sich alle Gäste bereits in den Salon begeben.

Overton zog sie mit sich und bog dann in einen kleinen Salon ein. Er ließ sie los und schloss die Tür.

Im Umdrehen öffnete Fiona den Mund, um sich zu entschuldigen, doch die Gesichtszüge des Earls waren noch unerbittlicher geworden, seit sie das Kartenspielzimmer verlassen hatten.

»Machen Sie sich nicht die Mühe, zu sagen, was Sie beabsichtigt hatten. Was, um alles in der Welt haben Sie sich dabei gedacht?« Er schüttelte den Kopf. »Unwichtig. Es spielt keine Rolle.«

»Sind Sie wütend, weil ich die Zeit aus den Augen verloren habe, obwohl Sie mich gebeten hatten, ich solle nicht zu spät zur Aufführung kommen?«

»Ja. Ich bin auch wütend, weil Sie anscheinend der Annahme sind, es sei akzeptabel, während der Aufführung Loo zu spielen.«

»Ich war der Annahme, dass Kartenspielen und sogar Glücksspiele akzeptabel sind, solange die Einsätze nicht zu hoch sind.«

»Wie hätten Sie überhaupt spielen können? Sie haben doch gar kein Geld.«

»Cassandra hat Geld.«

Er wischte sich mit der behandschuhten Hand über das Gesicht. »Ich glaube allmählich, dass Lady Cassandra einen schlechten Einfluss ausübt. Ich werde umgehend mit ihrem Bruder sprechen.«

Fiona trat auf ihn zu. »Bitte tun Sie das nicht. Es tut mir leid, dass ich die Zeit vergessen habe«, wiederholte sie und fühlte sich zunehmend frustrierter dabei. »Es sah aus, als würde es Spaß machen, und ich habe noch nie Karten gespielt.«

Ein Anflug von Empörung war in seinen Blick zurückgekehrt. »Sie hätten Sie gänzlich verschlungen. Es ist nur gut, dass ich Sie unterbrochen habe. Manchmal können die Damen garstiger als die Männer sein.« Er schmälerte den Abstand zwischen ihnen und stellte sich direkt vor sie. »Miss Wingate, Fiona, Sie müssen mit diesen ... Possen aufhören.«

»Ich verstehe nicht, wie ...«

Er hob eine Hand. »Ja, Sie sind nicht imstande, etwas von Bedeutung darin zu sehen. Ihr Verhalten muss absolut tadellos sein. Der Tochter eines Herzogs werden manche Dinge nachgesehen, aber Ihnen nicht. Wenn Sie Lady Cassandra folgen, handeln Sie sich damit Ärger ein. Was werden Sie dann anfangen?«

Blinzelnd sah sie ihn an. »Was meinen Sie damit?«

»Was werden Sie tun, wenn Ihr Ruf ruiniert ist? Sie werden nicht mehr heiraten können. Wollen Sie das?«

»Ich will nicht heiraten.« So, sie hatte es so deutlich wie möglich gesagt, und es fühlte sich herrlich an. Ihr fiel ein Stein vom Herzen und sie hätte beinahe gelächelt.

Seine Augen weiteten sich erst und dann wurden sie schmal. »Sie sind töricht und unreif. Sie *müssen* heiraten.«

»Warum, weil Sie es sagen?«

»Würden Sie eine Rückkehr nach Bitterley bevorzugen? Ihr Cousin kann immer noch einen netten Landpfarrer für Sie finden, dessen bin ich sicher.«

Ihr gefror das Blut. »Immer noch?«

»Das war sein Plan, bevor ich ihm schrieb und Sie einlud, für die Saison nach London zu kommen.«

Fiona schnappte nach Luft. Davon hatte ihr Cousin nichts erwähnt. Ihre Schultern sackten in sich zusammen, als das eben noch empfundene Siegesgefühl wie Rauch verpuffte. »Ist es denn so schlimm, dass ich einfach einmal ein wenig Spaß haben will?«

Tobias atmete schwer aus und rieb sich mit der Hand über den Kiefer. »Nein. Aber Sie müssen Ihren Spaß mit Bedacht wählen. Der Besuch des Kartenraums im Museum ist akzeptabel. Während eines Musikabends Loo zu spielen ist es nicht.«

»Ich verstehe immer noch nicht, in welcher Weise mich das in Schwierigkeiten bringen sollte.«

Als er sich zu ihr beugte, erfüllte sein männlicher Duft nach Sandelholz die Luft um sie herum. »Vielleicht geschieht das nicht, doch Sie sind nicht dort, wo Sie sein sollten, und dann passieren schlimme Dinge.«

Sie verspürte ein Schaudern der Wahrnehmung, das ihre Wirbelsäule hinauftanzte. Den Kopf in den Nacken gelegt, schaute sie ihn an und schluckte. »Was für schlimme Dinge?«

»Dinge wie beispielsweise, dass Sie das Kartenspielzimmer allein verlassen und von einem Gentleman, der sich Freiheiten herausnehmen will, in ein Zimmer gezerrt werden.« Kurz senkte er den Blick, ehe er wieder zu ihr aufschaute.

Ihr Atem stockte und ihr Puls wurde schneller. »So wie jetzt?«

»Ich nehme mir keine Freiheiten heraus«, antwortete er leise, und sein samtener Tonfall bestärkte sie in ihrem Glauben, dass er das sehr wohl tun könnte. »Das würde ich auch nicht. Sie sind mein Mündel. Das wäre höchst ungehörig. Doch Sie können sich sehr wohl vorstellen, wie leicht es für jemanden wäre, Sie hierher zu bringen und zu küssen.«

Abermals musste Fiona schlucken und plötzlich war ihr warm. Schon wieder brachte er sie in Verlegenheit. Darin war er recht gut. Es sei denn, es wäre nicht Verlegenheit. Denn das Bild, wie er sie küsste, flammte in ihrer Fantasie auf und löste eine weitere Hitzewallung aus.

Dies schob sie eindeutig auf ihre Verlegenheit.

Glücklicherweise unterbrach er ihre abwegigen Gedanken. »Dann wären Sie kompromittiert. Und wenn der Gentleman sich weigerte, Sie zu heiraten, wären Sie ruiniert.«

»Ich werde vorsichtiger sein.« Ihre Blicke trafen sich für einen elektrisierenden Augenblick.

Die Nasenflügel des Earls waren gebläht, als er einen Schritt zurücktrat. »Sie un verdammt gut daran, das zu tun. Und Sie werden so bald wie möglich heiraten.«

Sie schüttelte den Kopf. »Das werde ich nicht.«

»Doch, das werden Sie. Entweder können Sie hier in London einen Ehegatten finden oder Sie kehren nach Shropshire zurück und werden Pfarrersfrau. Die Entscheidung überlasse ich Ihnen.« Er holte tief Luft und strich sich mit der Hand glättend über s Haar. »Lassen Sie uns die Aufführung besuchen.« Noch einmal bot er ihr seinen Arm an.

Sie starrte ihn an, und anstatt ihn zu nehmen, drehte sie sich um und schritt aus dem Raum. Sie würde niemanden heiraten, und sie würde auch nicht nach Shropshire zurückkehren. Es musste eine andere Möglichkeit geben.

Fiona musste sie nur finden.

KAPITEL 6

*D*as Letzte, wonach Tobias der Sinn stand, nachdem er den Musikabend neben einer wütenden Miss Wingate sitzend hatte ausharren müssen, war ein Besuch bei White's, um mit Aldington etwas zu trinken. Für die Wiederherstellung seines Rufs war dies jedoch unumgänglich, und so sah er sich suchend nach dem Earl im Raum um.

Tobias schenkte der Gruppe von Gentlemen keine Beachtung, die den Tisch vor dem Bogenfenster umgaben, an dem Brummel Hof hielt. Aldington würde sich dort nicht aufhalten. Als Tobias ein paar Abende zuvor hier gewesen war, hatte Aldington deutlich hervorgehoben, dass er für das Spektakel, das sich häufig um Brummel abspielte, nur Missachtung übrig hätte. Tobias hatte kurz überlegt, dass Aldington wahrscheinlich sogar die zwanglosere Atmosphäre des Phönix Clubs bevorzugen würde, da sich niemand dort so kriecherisch aufführte.

»Schon wieder hier, Overton?«

Als Tobias seinen Namen hörte, wandte er den Kopf und zuckte innerlich zusammen, da er Philip Trowley erkannte.

Äußerlich rang er sich ein schwaches Lächeln ab. »Guten Abend, Trowley.«

Der ältere Mann strich sich mit der Hand über seinen rundlichen Bauch, als er dichter an Tobias herantrat. »Ich habe mich gerade über eine Wette amüsiert, die jemand abgeschlossen hat, dass Sie bis Ostern heiraten würden. Wer würde diese Wette annehmen?« Er gluckste laut und zog damit die Aufmerksamkeit anderer um sie herum auf sich.

»Ich habe keinen Blick in das Wettbuch geworfen«, gab Tobias mit einer Geduld zurück, die er kaum besaß.

»Nach so langer Abwesenheit zweimal in der Woche hierher zu kommen, nachdem Sie in Ungnade gefallen waren ... nun, ich wage zu behaupten, Sie bemühen sich, Ihren Ruf aufzubessern, um die bestmögliche Partie zu machen.« Er schob sich näher an Tobias heran und senkte die Stimme, wobei sein madeiragetränkter Atem um Tobias waberte. »Sagen Sie mir, ist das wahr?«

»Vielleicht bin ich nur zum Knüpfen politischer Verbindungen hier«, antwortete Tobias milde, während er darauf achtete, nicht durch die Nase zu atmen. »Ich bin neu bei den Lords, und ich nehme meine neue Position recht ernst.«

Trowley schien einen Augenblick lang keine Worte zu finden, und so schaute er Tobias einfach nur an. Dann brach er aufs Neue in Gelächter aus und hieb Tobias so fest auf den Rücken, dass dieser sich mit den Fersen auf den Boden stemmen musste, um nicht nach vorne zu kippen. »Fast hätten Sie mich reingelegt! Ich tippe auf das Wettbuch.« Er wandte sich ab und taumelte ein wenig unsicher.

Erleichtert atmete Tobias aus und setzte seine Suche nach Aldington fort. Endlich entdeckte er den Mann an einem Tisch neben der Tür. Wie bei Tobias' letztem Besuch – vor nur vier Tagen – war der Earl allein.

»Guten Abend, Aldington«, begrüßte Tobias ihn freundlich. »Darf ich mich zu Ihnen setzen?«

Der Earl kniff seine haselnussbraunen Augen leicht zusammen. »Sind Sie schon wieder hier?«

»Ja. Ich bin Mitglied.« Tobias setzte sich und ein Diener bot ihm sofort ein Glas Portwein an, das Tobias annahm.

»Als welches Sie das White's bis vor einigen Tagen jahrelang nicht besucht haben.« Er nippte an seinem Port und betrachtete Tobias zweifelnd über den Rand seines Glases hinweg. »Und dann hatten Sie ebenfalls mich ausgesucht.«

»Weil ich das beabsichtigt hatte. Sagte ich Ihnen nicht beim Edgemont Ball, dass ich Sie für einen Drink hier treffen würde?«

Aldington setzte sein Glas ab. »Das sagten Sie. Was ist heute Abend Ihr Grund?« Gleichwohl er keine große Ähnlichkeit mit seinem kleineren Bruder hatte, besaßen sie beide die gleichen Schlupflider und die dichten Augenbrauen, die in Übereinstimmung, sie entweder sehr attraktiv oder unangenehm einschüchternd aussehen lassen konnten. Auf Aldington traf derzeit Letzteres zu. Die Wahrheit war nicht nur langweilig, sondern sie war etwas, das Tobias nicht zugeben wollte, insbesondere, da andere Wetten über sein Verhalten abschlossen. Stattdessen sprach er ein Thema an, das ebenfalls wichtig war. »Ich wollte mit Ihnen über Lady Cassandra sprechen. Sie hat mein Mündel heute Abend in den Kartenspielraum für Ladys mitgenommen.«

»Ja, ich habe davon gehört, dass meine Schwester dort war. Gleichwohl ich dies persönlich nicht als eine akzeptable Aktivität für eine unverheiratete Lady erachte, obliegt es nicht mir, sie zu instruieren. Unsere Tante kümmert sich um solche Dinge.« »Nun ja, sie hat die Teilnahme meines Mündels sogar finanziert. Miss Wingate ist nicht die Tochter eines Earls, deren Debut seit mehreren Jahren erwartet wird. Sie ist ein …« Tobias verhedderte sich in seinen eigenen Worten. Er hatte sagen wollen, dass sie eine provinzielle junge Dame vom Hinterland war, doch das wäre aufs

Gröbste unangemessen und auch ungerecht. Sie hatte nicht verdient, auf eine Weise beschrieben zu werden, die gewisse Erwartungen hinsichtlich ihrer Person ins Leben riefen. »Miss Wingate ist neu in London und versucht, den allerbesten Eindruck zu erwecken.«

»Ich verstehe. Wie auch immer, ist das Betreten eines Spielsalons vielleicht nicht der beste Eindruck.«

Tobias hätte ihn fast böse angesehen, doch er setzte eine gelassene Miene auf. »Nein, weshalb es mir recht wäre, wenn Ihre Schwester – die neueste und offenbar liebste Freundin meines Mündels – sie angemessener anleiten würde.«

»Sie können von Cassandra nicht erwarten, sich wie ihre Gesellschafterin oder Anstandsdame – oder gar wie ihre Mentorin zu benehmen. Kümmert sich nicht Lady Pickering um Ihr Mündel? Ich sollte wohl denken, dass sie mehr als in der Lage ist, eine junge Frau vom Lande zu bändigen.«

Tobias biss die Zähne zusammen und ballte die Hand um den Stiel seines Glases »Sie ist kein Hund, Aldington.«

»Natürlich nicht. Entschuldigung.« Aldington seufzte und nahm einen weiteren Schluck von seinem Portwein. »Ich habe Kopfschmerzen von der Musikvorstellung, fürchte ich. Wenn Cassandra nicht ihre Saison hätte, wäre ich nicht hingegangen. Es ist verteufelt lästig, diese jungen Frauen zu behüten, doch es ist nun mal unsere Pflicht.« Er fixierte Tobias mit seinem Blick. »Ich kann mir vorstellen, dass es für Sie noch frustrierender sein muss, da ihr Mündel nicht einmal eine Verwandte ist. Wie ist sie überhaupt Ihr Mündel geworden?«

Tobias war über die Nachricht, ein Mündel zu haben, frustriert gewesen, doch das war er nicht mehr. Er mochte Miss Wingate, selbst wenn sie ihn heute Abend … frustriert hatte. »Sie war das Mündel meines Vaters. Ihr Vater war ein enger Freund von ihm.«

»Ich werde mit Cassandra reden und sie auffordern, achtsamer mit ihrer neuen Freundin zu sein, in Hinsicht auf die unterschiedliche Betrachtungsweise der Gesellschaft zwischen ihnen beiden und ihrem Verhalten.«

»Ich weiß das sehr zu schätzen, danke.« Tobias hob sein Glas zu einem Toast, ehe er einen Schluck trank.

Aldington legte die Hand flach auf den Tisch, wobei seine Fingerspitzen den Glasboden berührten. »Ich hatte gedacht, Sie seien hergekommen, um zu demonstrieren, dass Sie sich ausgetobt hätten und nun bereit wären, sich den Verantwortungen zu stellen, die mit Ihrem Titel einhergehen.«

»Das ist gewiss ein zusätzlicher Vorteil«, entgegnete Tobias mit einem Lächeln.

»Und? Tun Sie das?« Aldington zog eine seiner dichten Augenbrauen in die Höhe. »Sich niederlassen?«

»Da ich geerbt habe, fürchte ich, dass es an der Zeit ist.«

Aldington sah auf sein Glas hinab, als er mit den Fingerspitzen um den unteren Rand fuhr. »Haben Sie Ihre Mätresse aufgegeben?«

Tobias war einen Augenblick verdutzt. Solch eine Frage hatte er von diesem Mann nicht erwartet. »Ähm, ja.«

»Ich war nur neugierig. Viele tun das nicht.«

»Haben Sie Ihre behalten?« Tobias bezweifelte, dass der Mann überhaupt eine hatte, aber er konnte sich die Frage nicht verkneifen. Wenn Aldington sich über solche Angelegenheiten mit aller Neugier erkundigte, musste er das Gleiche andersherum erwarten.

»Ich habe nie eine Mätresse gehabt.« Sein Tonfall war kühl, doch seine Augen wichen Tobias' Blick aus. Tobias wusste nicht, was er davon halten sollte. Über die Tatsache hinaus, dass Aldington eine Ehefrau hatte, und sie scheinbar wenig Zeit miteinander verbrachten, wusste er nicht viel von Aldington oder seiner ehelichen Situation. Diese Tatsache und Aldingtons Frage wegen Barbara ließ Tobias in Erwägung ziehen, dass Luciens Bruder nicht so bieder war, wie sie ihn sahen.

Aldington trank seinen Portwein aus. »Sie müssen mich entschuldigen. Ich fürchte, diese Kopfschmerzen drängen mich zum Aufbruch.« Er erhob sich. »Werde ich Sie in einigen Tagen wiedersehen?«

»Vielleicht eher«, entgegnete Tobias und fragte sich, wie er sich dazu aufraffen konnte, so rasch einen weiteren Besuch hier zu erdulden. Es war nicht so, dass das White's so schrecklich war, doch der Phönix Club war weit mehr als ein Club, in dem sich die Männer zum Trinken, Spielen und Unterhalten trafen. Und nicht nur, weil Lucien Frauen in das gesamte Konzept integriert hatte, gleichwohl dies einen großen Teil ausmachte. Der Sinn des Phönix Clubs bestand darin, diejenigen einzubeziehen, die häufig ausgeschlossen wurden, und denjenigen einen Hafen anzubieten, die nirgendwo sonst Behaglichkeit und Geselligkeit fanden.

Als Tobias vor zwei Jahren Opfer eines Skandals gewesen war, hatten ihm viele Menschen, die er kannte, einschließlich einiger, die er als Freunde ansah, den Rücken zugekehrt, weil dieses Verhalten angesagt war. Lucien andererseits, hatte den Phönix Club gegründet und Sorge dafür getragen, dass Tobias, zusammen mit Wexford und MacNair, die ebenfalls gelegentlich als Außenseiter behandelt wurden, zu den ersten Mitgliedern wurden. Seitdem war es das Hauptanliegen des Clubs geworden, Menschen einzuladen, die häufig ausgeschlossen wurden. Tobias war stolz auf seine Arbeit im Mitgliederkomitee.

»Gibt es irgendwelche Informationen, die Sie mir gern mitteilen würden, um mir beim Gewinnen einer Wette behilflich zu sein?«, fragte Aldington mit einem Lächeln – was Tobias' Erfahrung nach eine Seltenheit war. »Ich scherze, natürlich. Ich wette nicht.«

»Natürlich. Und es gibt nichts zu erzählen.« Tobias nahm

sein Glas, als Aldington den Kopf neigte und ihm einen guten Abend wünschte.

Allein an seinem Tisch trank Tobias den restlichen Portwein aus, denn er war begierig, es Aldington gleichzutun. Für heute Abend hatte er seine Pflicht getan. Jetzt brauchte er ein anständiges Getränk in anständiger Gesellschaft.

~

*K*urze Zeit später trat Tobias in die Bibliothek im ersten Stockwerk des Phönix Club und schenkte sich ein Glas des geschmuggelten schottischen Whiskys ein. Bei seinem Weggang vom White's waren seine Gedanken zu Miss Wingate gewandert. Seine vormalige Verärgerung auf sie war verebbt, doch die Ereignisse beim Musikabend beschäftigten ihn noch immer.

Er hatte weder darum gebeten, ihr Vormund zu sein, noch hatte er *irgendjemandem* versprochen, dafür zu sorgen, dass sie heiratete. Vielleicht war er wirklich nur wütend auf seinen Vater. Nein, nicht wütend, *fuchsteufelswild*. Er hatte Tobias' Leben in einen Scherbenhaufen verwandelt.

»Der gute Whisky, eh Deane?«, meinte Lucien, als er in die Bibliothek schritt. »Verdammt, ich meine Overton. Ich hatte das bisher so gut hinbekommen.«

»Ich würde darauf bestehen, dass du mich Deane nennst, aber ich weiß, das wirst du nicht. Möchtest du einen Whisky?«

»Ja, danke. Und ich würde dich Deane nennen, wenn du dir das wirklich von mir wünschst.«

Tobias schenkte Lucien ein Glas Whisky ein und reichte es ihm. »Verlockend. Mein Hass auf meinen Vater ist heute Abend besonders scharf.«

»Hat er neues Grauen über dich hereinbrechen lassen?«

»Nein, es ist nur die gleiche Manipulation aus seinem

Grabe. Ich hätte es aufschieben sollen, Miss Wingate nach London zu bringen, bis ich verheiratet wäre. Dann wäre sie das Problem meiner Ehefrau gewesen.«

»Deine arme Ehefrau«, bedauerte Lucien grinsend.

»Warum? Sich um junge Damen zu kümmern ist für eine Ehefrau weitaus passender als für jemanden wie mich.«

»Du hast dich gerade auf Miss Wingate als Problem bezogen. Das klingt wie ein ._ Problem.«

Schnaubend schlenderte Tobias zu der Sesselgruppe vor dem Kamin und ließ sich in einen Ohrensessel fallen. »Sie ist vollkommen aus ihrem Element.«

Lucien setzte sich ihm gegenüber. »Leitete Lady Pickering sie nicht an?«

»Ja, aber im Rückblick hätte ich Miss Wingates Einführung in die Gesellschaft verschieben und ihr mehr Zeit geben sollen, sich damit vertraut zu machen, was von ihr erwartet wird.«

Lucien zuckte mit den Schultern. »Das könntest du immer noch. Ermögliche ihr, sich für zwei Wochen, oder wie lange auch immer auf dieses Studium zu konzentrieren. Wenn sie sich dann sicherer fühlt, kann sie wieder eintreten.«

Die Beine ausgestreckt, hielt Tobias seinen Whisky auf der Sessellehne zwischen den Fingern und dachte über den Vorschlag seines Freundes nach. »Vielleicht sollte ich das tun. Ich war so darauf versessen, sie zu verheiraten, damit ich mich darauf konzentrieren könnte, eine Komtess für mich zu finden, weshalb ich ihre mangelnde Vorbereitung übersehen habe.«

»Ist heute Abend etwas passiert?«, fragte Lucien.

»Wir sind zu dem Musikabend bei den Billingsworths gegangen.« Tobias schaute seinen Freund finster an. »Sie ist mit *deiner* Schwester losgegangen, und ich habe sie beim Loo wiedergefunden, wo sie um Einsätze gespielt haben. Da Miss

Wingate kein Geld hatte, versorgte Lady Cassandra sie mit den erforderlichen Mitteln.«

Lucien seufzte. »Ich entschuldige mich. Aber wirklich, es ist nichts Falsches daran, was sie tun. Es sei denn, Cass würde mit den Ladys um hohe Einsätze spielen? Lady Billingsworth ist für ihre Spielleidenschaft bekannt.«

»Nein, sie spielten um Pennys, aber es gefiel mir dennoch nicht. Miss Wingates Vater ist kein Herzog. Sie hat nicht einmal einen Vater. Sie ist ein Niemand vom Lande.« Tobias erkannte, dass er nicht mit dem Kritisieren aufhörte, so wie er es bei Luciens Bruder getan hatte.

»Deren Vormund ein Earl ist und deren Mentorin die unvergleichliche Lady Pickering ist. Sie ist offensichtlich auch die enge Freundin einer Herzogstochter. Ich denke, du unterschätzt Miss Wingates Ansehen.«

»Vielleicht.« Tobias trank einen langen, wohltuenden Schluck Whisky.

Wexford ließ sich in einen benachbarten Sessel fallen. »Was macht Deane Sorgen?«, fragte er niemanden Bestimmtes.

Lucien lachte. »Ich habe ihn auch Deane genannt.«

»Ach, verdammt«, brachte Wexford lachend hervor. »Das musste ja passieren.«

»Es wäre ihm lieber, wenn wir ihn so nennen.«

»Abgemacht.« Wexford beäugte Tobias' Glas. »Du hast fast ausgetrunken, und ich habe vergessen, mir etwas einzuschenken.« Der Ire stand auf. »Was ist mit dir, Lucien? Soll ich dein Glas nachfüllen?«

»Noch nicht.«

Als Wexford aufstand, kippte sich Tobias den restlichen Inhalt seines Glases die Kehle hinunter, und hielt ihm dann das geleerte Glas hin. »Es ist der schottische Whisky.«

Wexford zog ein Gesicht und machte ein würgendes

Geräusch. »Abscheuliches Spülwasser. Er kommt nicht annähernd an den irischen Whisky heran.«

»Warum ist dann noch immer so viel von deinem im Keller?«, neckte Lucien ihn.

Wexford schnappte sich das Glass von Tobias Fingerspitzen. »Weil ich ihn verstecke, damit ihr ihn nicht alle trinkt.« Schmunzelnd trat er an die Vitrine, deren Inhalt der Butler des Phönix Clubs täglich wieder auffüllte.

»Deane ist von seinem Mündel frustriert«, gab Lucien bekannt. »Und von meiner Schwester, die sich mit seinem Mündel angefreundet hat.«

»Sorgt Lady Cassandra für Schwierigkeiten?«, rief Wexford von der Anrichte.

Lucien zog die Brauen zu einem tiefen V zusammen. »Warum fragst du das?«

Wexford kehrte mit zwei Gläsern zurück und gab eines davon Tobias und das andere Lucien. »Weil sie *deine* Schwester ist.«

Tobias frohlockte. »Gutes Argument. Und sie hat mein Mündel in Lady Billingsworths Kartenspielzimmer mitgenommen.«

Als Wexford die Vitrine mit den Getränken erreichte, drehte er sich und nahm dabei sein Glas mit vermutlich irischem Whisky, ehe er wieder zu den anderen zurückkehrte. »Lady Billingsworth? Na, hoffentlich hast du deinem Mündel nicht viel Nadelgeld ausgehändigt, Deane.«

»Ich habe ihr gar keines gegeben. Sie konnte nur spielen, weil Lady Cassandra ihr unter die Arme gegriffen hat.«

Wexford hatte es sich in seinem Sessel bequem gemacht und nippte an seinem Getränk, während er den Blick auf Lucien richtete. »Das klingt, als *würde* deine Schwester Schwierigkeiten verursachen.« Sein lebhafter Blick aus den blauen Augen verdunkelte sich. »Ich weiß alles über schwierige Schwestern.« Weil er vier davon hatte.

»Das ist sie nicht, aber ich werde trotzdem mir ihr reden.«

»Nicht notwendig. Aldington sagte, er würde dies übernehmen.«

»Du hast mit ihm über diese Angelegenheit gesprochen?«, fragte Lucien. »Ach ja, er war bei dem Musikabend. Ich bin so froh, dass ich nicht der Erbe bin«, murmelte er, ehe er mit einem durch und durch blasierten Ausdruck auf dem Gesicht einen Schluck trank.

»Das war er, aber wir haben im White's über diese Angelegenheit gesprochen. Ich bin dort gewesen, ehe ich hierhergekommen bin.«

Wexford glotze ihn an. »Warum?«

»Um seinen Ruf zu verbessern«, antwortete Lucien mit einem Schnauben. »Als ob ein paar Besuche im White's, um mit meinem Bruder zu trinken, die vergangenen zwei Jahre seiner Ausschweifungen ausradieren würden.«

Tobias warf jedem von ihnen nacheinander einen verärgerten Blick zu. »Ich fange allmählich an zu glauben, dass dein Bruder die bessere Gesellschaft ist.« Dies brachte ihm das Gelächter beider Männer ein. Tobias sah zur Tür. »Wo ist MacNair? Er ist weniger lästig als ihr beide.«

»Er hat Geschäftliches außerhalb von London zu erledigen«, sagte Lucien. »Wie ging es meinem Bruder?«

An seinem Whisky nippend setzte Tobias sich in seinem Sessel zurecht. »Er hatte Kopfschmerzen. Und er hat gefragt, ob ich meine Mätresse behalten hätte.«

Lucien, der auf dem Weg war, das Glas an die Lippen zu heben, hielt in seiner Bewegung inne, um Tobias mit einem verblüfften Blick anzusehen. »Hat er das?«

»Ich fand das auch merkwürdig. Ich habe ihn gefragt, ob er seine behalten hätte, und er hat mir recht ernst versichert, er hätte nie eine besessen.«

»Das ist mit Sicherheit wahr. Zumindest meines Wissens

nach.« Lucien trank den Schluck, den Tobias kurz verzögert hatte. »Vielleicht sollte ich ihn und meinen Vater mit Cassandra morgen zum Salon der Königin begleiten, damit ich ihn löchern kann, warum er so etwas fragt.«

»Das kannst du nicht tun.« Tobias schaute ihn entnervt an. »Ich möchte nicht, dass er glaubt, wir würden über ihn reden.«

»Aber das *machen* wir«, hob Wexford hervor. Er schaute zu Lucien. »Du würdest tatsächlich zum Salon der Königin gehen, nur um das herauszufinden?«

»Nicht wirklich. Ich wäre vollkommen überflüssig. Ich bin so froh, kein Erbe zu sein«, murmelte er erneut.

»Ich dachte, Ihre Majestät hätte etwas für dich übrig«, meinte Tobias.

»Das hat sie auch, aber das heißt nicht, dass ich an ihrem Salon teilnehmen muss, um zwanzig herausgeputzte junge Ladys zu sehen.« Lucien zuckte mit der Schulter. Er war noch nie daran interessiert gewesen, in der Gesellschaft oder auf dem Heiratsmarkt mitzumischen. Sein Vater, der Herzog, wollte ihn verheiratet wissen, doch als Nachkömmling verspürte Lucien keinen Druck, das zu tun.

Wexford hob sein Glas zu einem Trinkspruch. »Hört, hört.« Lucien stieß mit ihm an.

Tobias schaute stirnrunzelnd auf seinen Whisky. Er vermisste die Tage, an denen er nicht von Gedanken ans Heiraten verzehrt wurde, ob es nun ihn selbst betraf oder Miss Wingate. Er würde sich weitaus besser fühlen, wenn alles für sie festgelegt wäre und er somit eine Sorge weniger hätte.

»Kann sich einer von euch beiden einen gut situierten Gentleman denken, der nach einer Ehefrau Ausschau hält? Er muss keinen Titel tragen, aber er sollte einen guten Ruf haben.« Tobias würde sie nicht an einen Schuft verheiraten.

Er war sich bewusst, dass viele in der Gesellschaft ihn als

solchen sahen, oder zumindest als Schürzenjäger. Verdammt. Er *gab* sich Mühe. Er hatte Barbara seit einer Woche nicht mehr gesehen und er konzentrierte den Löwenanteil seiner Energie darauf, sich bei den Lords zu etablieren.

»Für Miss Wingate, vermutlich?«, fragte Lucien. »Ich werde versuchen, über die Gentlemen nachzudenken, die dem Club in dieser Saison beigetreten sind.«

»Was ist mit Witneys Zweitgeborenem? Ich habe ihn neulich Abend bei Brooks's getroffen.« Wexford winkte mit der Hand ab. »Ja, ich gehe dort immer noch gelegentlich hin. Lästert nur über mich, wenn ihr müsst.«

Lucien lachte und warf einen gespielt geringschätzigen Blick zu Tobias. »Zumindest ist es nicht das White's.«

»Wie dem auch sei, sein Name ist Lord Gregory Blackmore«, fuhr Wexford fort. Er ist von der bescheidenen Sorte. Er hat in Oxford gelehrt und könnte vielleicht Rektor werden. Ich glaube, dass er ans Heiraten denkt.«

»Es ist leichter, ein Leben einzurichten, wenn man eine Frau hat«, bemerkte Lucien.

»Dann ist er also ein Gelehrter?« Tobias dachte an Miss Wingates Interesse an Landkarten und fragte sich, ob die beiden vielleicht tatsächlich zusammenpassen würden.

»Zweifelsohne«, sagte Wexford, nachdem er einen Schluck von seinem Whisky getrunken hatte.

»Das klingt vielversprechend.« Und als der zweite Sohn war es ihm wahrscheinlich egal, dass Miss Wingate keinen tadellosen Ahnennachweis besaß. Außerdem hatte sie dank Tobias' Vater eine beachtliche Mitgift. Die nur noch größer würde, wenn Tobias nicht heiratete.

Verflixt noch mal. Es kam immer wieder darauf zurück, nicht wahr? Er trank den Rest seines Whiskys in einem Schluck und dann stand er auf.

»Vertreiben wir dich?«, fragte Lucien.

Tobias stellte das Glas auf den Tisch und zog seine Weste glatt. »Nein, es ist nur Zeit, heimzugehen.«

Wexford sah zu der Uhr, die zwischen zwei Fenstern stand, die auf die Ryder Street hinausgingen. »Es ist noch früh.«

»Ich bin jetzt ein ehrbarer Gentleman«, meinte Tobias und wischte sich über den Ärmel. »Ich muss respektable Zeiten einhalten.«

Schnaubend hob Wexford sein Glas erneut. »Besser du als ich.«

»Hört, hört«, rief Lucien und ahmte damit Wexfords frühere Worte nach, ehe er selbst einen Schluck trank.

Als Tobias nach unten ging, machten sich der Portwein und der Whisky bemerkbar. Die Klänge aus dem Spielsalon riefen nach ihm wie eine Sirene, doch er blieb standhaft und setzte seinen Weg in die Eingangshalle fort, in der ein Diener ihm seinen Hut und die Handschuhe brachte.

Tobias bedankte sich beim Diener, setzte den Hut auf und streifte die Handschuhe über, ehe er in die kalte Nacht trat. Zum Glück ernüchterte diese ihn ein wenig. Aber nur ein wenig. Das Brooks's war nur einen kurzen Spaziergang entfernt, wie auch zahlreiche andere Vergnügungen, einschließlich der Wohnung seiner – ehemaligen – Mätresse in der Jermyn Street.

Er konnte dorthin gehen oder nach St. James, um sich eine Droschke zu nehmen. Beides war verlockend. Stattdessen würde er aber zum Piccadilly laufen.

»Guten Abend, Toby«, erklang ein vertrautes weibliches Gurren.

Tobias schloss kurz die Augen und stieß die Luft aus, wobei sein Atem in der kühlen Luft zu einer Dampfwolke aufstieg. »Barbara, was tust du hier draußen in der Kälte?« Sie trug einen dicken Mantel, doch es gab wirklich keinen Grund für sie, hier draußen zu sein.

Sie schlenderte nah zu ihm heran. »Ich unternehme bloß einen Spaziergang.«

Er schüttelte den Kopf, als ihr vertrauter Geruch seine Abwehrkräfte zerschlug, die durch den bereits genossenen Alkohol schon angeschlagen waren. »Ich begleite dich nicht nach Hause.«

Sie schlang einen Arm um seine Taille und lächelte zu ihm auf. »Wie wäre es, wenn ich dich nach Hause begleite? Zu meiner Wohnung, meine ich.« Sie streichelte ihm mit den Fingern über den Hintern.

Normalerweise regte sein Körper sich bei dieser Berührung, und sein Schaft würde sich versteifen. Und ein Teil von ihm begehrte sie – der Teil, der warm und vom Whisky umnebelt war. Der Rest von ihm wollte sie nicht, und er war sich nicht ganz sicher, warum. Vielleicht war er endlich bereit, der Mann zu sein, der seines Vaters Wünschen gerecht wurde.

Nein, das nicht. Niemals das. Einem Aufflammen von Rebellion nachgebend hob Tobias die Hand und strich mit seinen behandschuhten Fingerspitzen über Barbaras weiche, runde Wange.

Sein Vater sollte sich mit seinen Machenschaften zum Teufel scheren.

Allerdings, wenn er selbst wirklich gewinnen wollte, war dies nicht der richtige Weg, um dieses Ziel zu verwirklichen.

Tobias löste sich aus ihrer Umarmung. »Gute Nacht, Barbara.«

Er drehte sich von ihr weg und strebte raschen Schrittes auf den Piccadilly und in die langweilige Sicherheit einer Mietkutsche zu.

KAPITEL 7

*D*ie Treppe hinabzuschreiten hatte sich als eine Herausforderung erwiesen. Das Einsteigen in die Kutsche war nur wenig besser verlaufen als das Aussteigen. Als Fiona die weiten Röcke ihrer Hoftracht in den Vorraum des Thronsaals der Königin bugsierte, betete sie, dabei das Gleichgewicht nicht zu verlieren. Wie sehr wünschte sie sich Prudence hier bei ihr und zwar nicht nur für ihre Hilfe, sondern wegen ihrer beruhigenden und unterstützenden Präsenz.

Nach ihrer Rückkehr vom Musikabend am Vortag, hatte Prudence sich übermäßig dafür entschuldigt, Overton verraten zu haben, dass Fiona sich im Kartenspielzimmer aufhielt. Fionas Meinung nach war ihr keine andere Wahl geblieben – Overton war auf Prudence gestoßen, als er sich auf die Suche nach Fiona gemacht hatte, und Prudence hatte ihm klugerweise mitgeteilt, dass Fiona bei Cassandra war. Fiona hatte sich bei Prudence bedankt, dass diese ihre Position nicht riskiert hatte, und dann eingestanden, dass ihre Argumentation eigennützig war, denn sie wollte gar nicht daran denken, sich ohne Prudence in London zurechtzufinden. Und genau das musste Fiona heute, leider.

Das Kleid war ein Ungetüm, und das nicht nur wegen seiner Größe. In seiner Ausführung war die hohe Taille der modernen Mode mit den weiten Reifröcken kombiniert worden, die vor dreißig Jahren der letzte Schrei gewesen waren, sodass als Ergebnis Fiona zehnmal so groß aussah, wie sie eigentlich war. Oder ihr Oberkörper einem winzigen Vogel glich, der auf einem riesigen Felsen saß. Das Ganze war, mit einem Wort, unattraktiv.

Das weiße Kleid mit dem pfirsichfarbenen Überrock, der den Mittelteil des Rocks freiließ, war ebenso schwer wie unhandlich. Fiona war dankbar für den zusätzlichen Halt durch Lord Overtons Arm.

»Vorsichtig, Miss Wingate«, murmelte er, und seine Züge zuckten unmerklich.

Fiona lockerte ihren Griff um seinen Ärmel. »Ich bitte um Verzeihung. Das ist ein tückisches Kleid.«

Lady Pickering wendete den Blick von den vier blassgelben Federn in Fionas Frisur zu dem Raum, in dem etwa ein Dutzend anderer junger Damen bereits Schlange standen, um die Königin zu sehen. »Ja, vier Federn waren genau richtig. Und die Kamee eine brillante Note, wenn ich das sagen darf.« Ihr Blick schweifte weiter zu den zahlreichen Halsketten, die um Fionas Hals drapiert waren, was ebenfalls zu ihrem Gefühl beitrug, ein menschlicher Anker zu sein. Tatsächlich hatte sie sich bei ihrer Ankunft gefragt, wie sie sich von ihrem Sitz in der Kutsche hochhieven sollte. Zum Glück war ihr der Earl dabei sehr behilflich gewesen.

»Entschuldigen Sie mich einen Moment«, meinte Lady Pickering. »Ich muss mit Lady Hargrove sprechen.«

Fiona blickte sich um und fragte sich, ob sich eine der anderen jungen Ladys ebenso lächerlich – oder verängstigt –

fühlte wie sie. Und wo war Cassandra? Auch sie wurde heute präsentiert.

Eine Lady Anfang vierzig und, wie zu vermuten war, ihre Tochter, traten an sie heran. »Guten Tag, Lord Overton. Darf ich Ihnen meine Tochter, Miss Judith Nethergate, vorstellen?«

Der Earl verneigte sich überaus elegant und streckte sein Bein auf eine Weise aus, wie Fiona es noch nie zuvor bei ihm gesehen hatte. »Lady Corby, Miss Nethergate, ich freue mich, Ihre Bekanntschaft zu machen.« Er zeigte auf Fiona. »Erlauben Sie mir, Ihnen mein Mündel vorzustellen, Miss Fiona Wingate.«

Fiona sank in einen eher flachen Knicks. Sie wagte es nicht, auch nur annähernd die Tiefe zu erreichen, die im Thronsaal gefordert würde.

Miss Nethergate war eine sehr hübsche und ganz und gar schickliche englische Rose mit hellblondem Haar und funkelnden blauen Augen. Ihre blütenrosa Lippen passten perfekt zu den Bändern und Rüschen ihres elfenbeinfarbenen Kleides. Es war genauso ostentativ absurd wie Fionas Kleid. Sie vermutete sogar, es sei noch eine Spur übertriebener. Miss Nethergate trug zudem fünf Federn im Haar – vier elfenbein- und eine rosafarbene.

Lady Corbys Blick glitt zu Fiona. »Ich wusste gar nicht, dass Sie ein Mündel haben. Wie charmant.«

»Ja, ich habe die Verantwortung für sie nach dem Ableben meines Vaters übernommen. Miss Wingate genießt bisher ihre erste Saison.« Er blickte zu Miss Nethergate. »Und wie ist Ihre Saison?«

Miss Nethergate klimperte reizend mit den Wimpern. »Dies ist mein Debut, Mylord. Ich freue mich schon auf den Basildon Ball morgen Abend. Werden Sie dort sein?«

»Ja, das werden wir.«

Fiona fragte sich, ob sie ihre Wimpern dazu bringen

könnte, das Gleiche zu tun wie Miss Nethergate gerade eben. Sie würde Cassandra bitten, sie zu unterweisen. Bestimmt würde sie dies schaffen können.

»Ihr Kleid ist wunderschön«, lobte Miss Nethergate mit Blick auf Fionas Kleid.

»Danke. Diese Kleider sind allerdings recht voluminös, nicht wahr?«

»So ist die Garderobe bei Hofe nun mal«, entgegnete Lady Corby mit einem geduldigen Lächeln. »Wenn Sie korrekt schreiten und mit Anmut knicksen, wird das Kleid schön fließen und schwingen. Wie Vögel, die ihr Federkleid zeigen.«

Nun, die Federn erinnerten in der Tat an Vögel. Es musste sich dabei allerdings schon um überaus dicke Exemplare handeln.

»Oh, es ist so weit«, rief Lady Corby aus, deren Lächeln verflog und auf deren Stirn sich konzentrierte Falten zeigten, als sie sich zu den Türen des Thronsaals umdrehte, die sich gerade geöffnet hatten.

»Viel Glück«, wünschte Miss Nethergate, ehe sie sich mit einer mühelosen Grazie umdrehte, die Fiona zum Weinen brachte.

»Keine Sorge«, flüsterte Overton. »Sie haben viel geübt. Sie werden sich wunderbar halten.«

Sie warf ihm einen zweifelnden Blick zu. »Wie ein Vogel?«

Er lachte leise. »Bitte nicht.«

Ihrer Nervosität zum Trotz lächelte Fiona.

Lady Pickering trat nun wieder zu ihnen. »Fertig? Wir warten, bis man uns ruft.«

Fiona blickte sich noch suchend im Raum um und entdeckte Cassandra, die endlich eingetroffen war. Und das war auch gut so, denn ihr Name wurde als Nächstes aufgerufen. Ihre Blicke trafen sich, als sie an Fiona vorbeiging, und Cassandra zwinkerte ihr zu.

»Viel Glück!«, murmelte Fiona.

Wie spektakulär Cassandra in ihrem übergroßen Kleid aussah. Ihr weißes Kleid mit minimalen goldenen und roten Akzenten war einfach wunderschön. Fiona erkannte, dass es durch das Fehlen von Schnickschnack weniger ... protzig wirkte.

Nein, ihre Freundin wirkte ganz und gar nicht protzig, insbesondere nicht angesichts der Art und Weise, wie sie über das Parkett glitt, als würde sie regelmäßig in einem so furchtbar unbequemen Putz herumlaufen. Denn auch wenn Cassandras Kleid auch das schönste hier sein mochte, so war es doch eine tödliche Falle, was Fiona betraf.

Plötzlich hörte Fiona ihren Namen. Jede Faser in ihr erstarrte zu Eis, und sie fürchtete, sie sei zu festgefroren, um sich noch zu bewegen. Doch dann stupste der Earl sie an und führte sie mit sich in den Thronsaal.

Der Raum war rechteckig und an den Seiten von Menschen gesäumt, als wären sie Zuschauer bei einem Sport, und er schien mit jedem Schritt länger zu werden. Am gegenüberliegenden Ende befand sich ein Podest, auf dem Königin Charlotte umgeben von ihren Hofdamen saß.

Fiona stockte der Atem. So lächerlich sie sich auch fühlte, war dies ein Moment, den sie sich nie vorgestellt hatte und den sie nie vergessen würde. Sie war ein Niemand aus dem Nirgendwo, und hier stand sie kurz davor, *der Königin* vorgestellt zu werden. Alles andere, was danach käme, würde irgendwie geringer sein.

Das Gewicht der Blicke aller legte sich drückend auf Fiona und gesellte sich zu der beängstigenden Last ihres Kleides, ihrer Juwelen und ihres Federkopfschmucks. Endlich schien das Podium nahe zu sein. Sie erkannte Cassandra zu ihrer Linken, doch sie wagte nicht, den Kopf zu drehen. Den Blick auf den Boden des Podiums geheftet, setzte Fiona einen Fuß vor den anderen, bis Lord Overton zum Stehen kam.

»Lord Overton und Lady Pickering«, rief jemand.

Der Earl verbeugte sich noch eleganter als im Vorzimmer. »Darf ich Euch mein Mündel vorstellen, Miss Fiona Wingate.«

Lady Pickering sank in einen Knicks. »Ich freue mich, die Schirmherrschaft für Miss Wingate zu übernehmen, Eure Majestät.«

Jetzt war Fiona an der Reihe. All dies hatte sie dutzende Male geübt – bis ihr die Oberschenkel und Waden schmerzten. Und obwohl sie dabei die Reifen unter ihrem Kleid und einen Kopfschmuck mit zwei Federn getragen hatte, waren dies weder das eigentliche Kleid noch dieser Kopfschmuck oder irgendwelche dieser Juwelen gewesen.

Fiona schob vorsichtig ihr rechtes Bein hinter das linke und ließ sich langsam zu Boden sinken. Als sie endlich die richtige Tiefe erreicht hatte, verspürte sie einen Schwindelanfall. Fast geschafft!

Aber ihr linkes Bein wurde plötzlich taub. Sie fürchtete um ihre Balance. Panik stieg rauschend in ihr auf, als sie ins Schwanken geriet. Sie holte tief Luft und sprach sich im Stillen Mut zu. Sie würde es schaffen – sie musste nur aufstehen. Allerdings waren ihre Beine unbeweglich, als wären sie wie angenagelt. Sie wagte es nicht, den Blick zum Earl oder Lady Pickering zu drehen. Sie sollte den Kopf nach vorn richten, den Blick auf die Röcke der Königin gewandt.

Fiona hörte ein Gemurmel zu ihrer Rechten. Sie war schon zu lange unten gewesen. Sie musste aufstehen!

Mit zusammengebissenem Kiefer ballte sie die Hände zu Fäusten und richtete ihr Bein auf. Die Bewegung war jedoch zu rasch erfolgt und das so schwer erkämpfte Gleichgewicht brach vollends zusammen.

Da sie dem Parkett nahe war, brach ihr Körper einfach zu
einem Haufen aus elfenbeinfarbenem und gelbem Desaster
zusammen. In diesem Moment hoffte sie wirklich, das Kleid
sei groß – und monströs – genug, um sie ganz zu verschlucken.

Doch leider war es das nicht. Es verhinderte auch nicht
die Geräusche aufkeuchender Menschen, die an Fionas
Ohren drangen. Fast augenblicklich waren Overtons Hände
bei ihr und halfen ihr, oder genauer gesagt, zogen sie hoch.
Er sagte nichts, aber ein kurzer Blick in sein Gesicht verriet
seine Besorgnis.

Lady Pickering berührte sie am Arm. »Wir bitten um
Verzeihung, Eure Majestät. Miss Wingate fühlte sich ein
wenig überhitzt, bevor sie aufgerufen wurde. Bitte nehmt
unsere ergebenste Entschuldigung an.«

Eine drückende Stille senkte sich über den Thronsaal, als
die Königin Fiona musterte. Sie hielt ihren Blick gerade so
weit abgewandt, dass sie die Königin nicht *direkt* ansah. Die
Königin jedoch blickte sie definitiv direkt an.

»Fühlen Sie sich wohl, Miss Wingate?«, erkundigte sich
die Königin in einem Englisch mit schwachem deutschen
Akzent.

Fiona klammerte sich an Overtons Arm und war für
seine Anwesenheit dankbar. Lady Pickerings Erklärung, dass
Fiona überhitzt war, stimmte im Augenblick sicherlich.
Dennoch antwortete sie mit einem freundlichen: »Das tue
ich. Danke, Eure Majestät.«

»Kommen Sie nach vorn«, bat die Königin leise. Da sie
nur Fiona ansah, die nun ihren Blick erwiderte, hatte Fiona
das Gefühl, dass sie allein näher treten sollte.

Sie schaute kurz mit entschlossenem Blick zum Earl, ehe
sie die Hand von seinem Arm nahm. Mit langsamen
Schritten ging sie auf die Königin zu. »Eure Majestät«, sagte
sie mit gesenktem Kopf und fragte sich, ob sie einen

weiteren Knicks hätte machen sollen. Dafür hatten sie nicht geübt!

»Woher kommen Sie, Miss Wingate?«

»Shropshire, Eure Majestät.« Fiona war von der majestätischen Schönheit der Königin beeindruckt. Sie trug eine hohe weiße Perücke, und ihr Kleid war aus einem herrlichen blauen Brokat gefertigt. Die Hoftracht stand *ihr* ausgezeichnet.

»Und wie lange sind Sie schon eine Waise?«

»Zwei Jahre.«

»Gehe ich recht in der Annahme, dass Sie nicht dazu erzogen wurden, eine Londoner Saison zu erwarten?«

War sie so durchschaubar? »Ja, Eure Majestät.«

»Es ist sehr mutig von Euch, heute hierher zu kommen. Sie haben sich gut behauptet. Ihre Eltern wären stolz auf Sie, da bin ich sicher. Seien Sie nicht enttäuscht, wenn Sie unverheiratet nach Shropshire zurückkehren, denn dies wird das Abenteuer Ihres Lebens sein.« Ihre dunklen Augen schimmerten vor Wärme und vielleicht auch ein wenig vor Aufregung.

Fiona wusste nicht, was sie antworten sollte. Was als nervöser Anlass seinen Anfang genommen und sich dann zu einem Desaster entwickelt hatte, gipfelte nun in etwas, das sie nur als freudige Erleichterung beschreiben konnte. »Vielen Dank, Eure Majestät. Ich freue mich sehr, in London zu sein, und beabsichtige, das Beste aus meiner Zeit hier zu machen.«

»Brillant. Genau das werden Sie.« Sie wandte den Kopf und sprach mit einer ihrer Damen in einem leisen Ton, sodass Fiona nicht hören konnte, was gesagt wurde.

Fiona war bewusst, dass sie entlassen worden war, und tat ihr Bestes, sich so elegant zu drehen, wie sie es bei Miss Nethergate im Vorzimmer gesehen hatte. Sie war erleichtert, als ihr Rock nur leicht wankte. Vielleicht würde sie es meistern, gerade zu dem Zeitpunkt, als alles vorbei war.

Die Worte der Königin hallten in ihren Gedanken wider, als sie sich auf den Weg machten, um sich an die Seite des Raumes zu begeben, damit sie Zuschauer sein konnten, anstatt Protagonisten.

Das Abenteuer ihres Lebens.

Ja, diese Londoner Saison war genau das, und Fiona gedachte nicht, einen einzigen Moment mit Gedanken über ihre Heiratsfähigkeit zu verschwenden. Sie hatte nicht vor, sich kopfüber in den Ruin zu stürzen, aber sie wollte sich auch nicht davon abhalten lassen, Dinge zu genießen, die andere junge Damen taten, wie zum Beispiel um kleine Einsätze in einem absolut akzeptablen Spielsalon zu spielen. Natürlich brauchte sie dafür Geld. Warum hatte sie keine Zuwendung?

Sie blickte den rechts von ihr stehenden Earl, von der Seite an. In seiner Hoftracht aus dunkelgrauem Samt, mit einer silberbestickten grünen Weste und einer kunstvoll gebundenen Krawatte mit Spitze, sah er verändert aus. *Spitze.* Eigentlich hätte er verweichlicht wirken müssen, doch in der Gesamtheit ließ sie seine Männlichkeit noch stärker hervortreten. Stärker als ihr aufgefallen war, um genau zu sein. Nicht, dass sie nicht bemerkt hätte, dass er ein Mann war. Heute aber war es anders. Heute sah er wie die Männer aus, die sich für sie interessiert hatten. Was absurd war, denn *das* hatte er überhaupt nicht gezeigt.

Nein, aber er hatte Fürsorge und Besorgnis demonstriert, als er ihr vom Boden aufhalf. Als könnte er ihre Gedanken lesen, schaute er in ihre Richtung, und in seinen Augen stand leise die Frage, ob es ihr gut ging.

»Ich danke Ihnen«, flüsterte sie. »Dass Sie mich gerettet haben.«

»Es war mir ein Vergnügen. Das werde ich gerne wieder tun. Ich bin Ihr Verbündeter, Miss Wingate.«

Das hoffte sie, denn in dieser Rolle war er ihr weitaus lieber als ihn zum Feind zu haben. Wenn sie seit ihrer Ankunft in der Stadt etwas gelernt hatte, dann wie gut es war, mehr Menschen in ihrem Leben zu haben.

Es war zudem ein bisschen kompliziert.

~

*T*obias griff nach einem letzten Stapel Papiere, den er noch lesen wollte, um sich dann auf den Weg zum Phönix Club zu machen. Er sah auf die Uhr und überlegte, ob er gleich aufbrechen sollte. Oder gar nicht. Es war spät geworden, und es war bereits ein langer Tag mit dem Salon der Königin gewesen.

Unzählige Male hatte er an den Sturz von Miss Wingate denken müssen. Sie hatte gedemütigt gewirkt, doch als sie später die Kutsche erreichten, lachte sie bereits darüber. Er bewunderte ihren Sinn für Humor und ihre Fähigkeit, die Dinge – oder sich selbst – nicht zu ernst zu nehmen. Das war eine gute Erinnerung, denn das Leben mit Tobias' Vater war nicht anders als ernst zu beschreiben gewesen.

Wahrscheinlich hatte es daran gelegen, dass der ehemalige Earl den größten Teil seiner Zeit mit der Erfüllung seiner Pflichten bei den Lords verbracht hatte. Tobias fand diese Aufgabe bislang interessant, doch er hatte nicht das Gefühl, dass ihn irgendetwas davon vereinnahmen würde. Ob gut oder schlecht, genoss er es, sich Zeit für sein Amüsement und seine Entspannung zu nehmen, und deshalb würde er heute Abend in den Club gehen.

Ein leises Klopfen an der halboffenen Tür seines Arbeitszimmers ließ ihn aufblicken.

Miss Wingate lugte mit ihrem Kopf um die Ecke. »Störe ich Sie?«

»Keineswegs, treten Sie ein.« Er stand vom Schreibtisch auf und schlenderte zum Kamin, in dem ein munteres Feuer brannte. »Wollen wir uns setzen?«

»Oh, natürlich, vielen Dank.« Sie schien ein wenig überrascht zu sein.

»Sie sehen viel behaglicher aus als vorhin.« Er hatte sie nicht mehr gesehen, seit sie vom Salon der Königin zurückgekehrt waren. Das Abendessen hatte er bei Brooks's mit ein paar anderen Gentlemen aus einem seiner Ausschüsse eingenommen.

Sie sah an sich hinab und strich über den frühlingsgrünen Rock ihres Kleides. »Tausendmal behaglicher, ja.« Sie lachte leise, ehe sie sich in einem der Ohrensessel in der Nähe des Kamins setzte. »Es ist eine Schande, so eine Menge Geld für die Hoftracht auszugeben, um das Kleid dann nie wieder zu tragen.«

Tobias setzte sich auf den anderen Stuhl ihr gegenüber. »Es sei denn, Sie gehen wieder an den Hof.«

Sie lachte schallend und schüttelte den Kopf. »Das kann ich mir unmöglich vorstellen.«

»Vielleicht müssen Sie eines Tages Ihre Tochter präsentieren.«

»Das bezweifle ich, doch wenn es so weit ist, hoffe ich, dass das Kostüm sich bis dahin zu etwas weit weniger Gefährlichem gewandelt hat.«

»Zumindest den Kopfschmuck können Sie in dieser Saison wieder tragen«, bemerkte Tobias. Das hatte Lady Pickering jedenfalls angedeutet.

»Ja, ich soll eine Feder entfernen, damit er ein wenig verändert aussieht. Ich bin froh über diese Einsparung.« Sie richtete sich auf und fuhr erneut mit der Hand über den Rock ihres Kleides, wobei sie ihren Schoß streifte.

Tobias war gar nicht aufgefallen, wie lang und schlank ihre Finger waren. »Haben Sie jemals Klavier gespielt?«

»Nein, wir besaßen keines.«

»Würden Sie es gern lernen?«

Sie blinzelte ihn an. »Daran habe ich nie gedacht.«

»Hier gibt es kein Klavier, aber ich könnte eines aus Deane Hall herbringen lassen, wenn Ihnen das gefallen würde.«

»Vielleicht sollte ich erst einmal versuchen, auf einem Klavier zu spielen, ehe Sie diese Mühe auf sich nehmen.«

»Das ist wahrscheinlich eine gute Idee. Ich werde Lady Pickering fragen, ob sie ein Klavier besitzt.«

Miss Wingate nickte. »Ich wollte Ihnen für das Buch über Ptolemäus danken. Ich habe es gerade erst angefangen, aber ich bin bereits fasziniert.«

Tobias grinste und war froh, dass sie es interessant fand. »Wunderbar. Ich freue mich darauf, mit Ihnen darüber zu sprechen.« Er dachte an Lord Gregory und wie gut sie wahrscheinlich zusammenpassen würden. Dann würde sie sich mit ihm über Ptolemäus unterhalten. Aus einem unbestimmten Grund fand Tobias diese Vorstellung ein wenig enttäuschend.

»Das würde mir gefallen.« Sie nestelte an ihrem Kleid herum und kniff mit den Fingern in den Stoff seitlich von ihrem Knie. »Ich habe mich gefragt, ob ich Sie, ähm, um eine finanzielle Zuwendung bitten darf.«

Überrascht von ihrer Frage, antwortete Tobias nicht sofort. Daran hätte er eigentlich denken müssen. »Ist das, damit Sie Ihre eigenen Wetteinsätze machen können?«

Miss Wingates Augen weiteten sich kurz, und auf ihren Wangen bildeten sich rosa Flecken. »Nein. Ich meine, vielleicht. Bekommen junge Ladys keine finanzielle Zuwendung?«

Er hatte seinen Kommentar im Scherz gemeint, doch da

sie beide sich über diese Sache gestritten hatten, wurde ihm klar, dass er das vielleicht nicht hätte tun sollen.

»Taschengeld, ja. Ich werde einen angemessenen Betrag festlegen und dafür sorgen, dass Sie ihn morgen erhalten.«

Sie lächelte, während ihre Schultern sich vor Erleichterung senkten. »Ich weiß Ihre Großzügigkeit sehr zu schätzen. Wahrhaftig.«

»Es war die Absicht meines Vaters, dass Sie die bestmögliche Saison genießen. Und dass Sie gut heiraten, natürlich.«

»Ich werde mich immer fragen, woher die Großzügigkeit Ihres Vaters stammte. Ich habe den Eindruck, dass er kein freundlicher Mann war.«

»Ich bin auch darüber verdutzt, und ich gebe zu, dass ein Teil von mir seine Wünsche sehr leicht hätte missachten können, nur um ihn zu ärgern. Aber ich möchte nicht, dass Sie unter der Feindschaft zwischen meinem Vater und mir zu leiden haben.«

»Warum herrschte diese Feindschaft zwischen Ihnen?«

Tobias stieß die Luft aus und drückte sich mit dem Rücken in seinen Sessel. »Immer schon fühlte ich mich meiner Mutter näher. Sie verbrachte die meiste Zeit in Horethorne, dem Haus ihrer Großmutter im Süden von Somerset. Ehe ich zur Schule geschickt wurde, habe ich dort auch die meiste Zeit verbracht.« Einen Moment lang schloss er die Augen und sah die Schaukel vor sich, die von der Eiche im Park hing. Er roch das Gras und die Sommerblumen, und er fühlte den Rausch der warmen Brise als er durch die Luft schwang, und er hörte das Lachen seiner Mutter, als sie seine Schaukel anstieß, sodass er immer höher flog.

»Sie erinnern sich an etwas«, bemerkte sie leise.

Er schlug die Augen auf und erkannte, dass sie ihn eingehend beobachtete. »Ja. Ich vermisse meine Mutter sehr. Vielleicht war die Nähe in unserer Beziehung ein starker

Kontrast zu dem, was ich mit meinem Vater teilte – oder nicht teilte. Er war unerbittlich ernst und herrschsüchtig.«

»Wie lange ist es her, seit Sie Ihre Mutter verloren haben?«

»Als ich sechzehn war.« So lange schon. »Beinahe zwölf Jahre sind seitdem vergangen.«

»Ich bedauere Ihren Verlust. Ich bin sicher, dass sie eine brillante Frau gewesen war, da Sie sie so geliebt haben.«

»Das war sie in der Tat. Und wie war Ihre Mutter? Sie haben bereits angedeutet, dass Ihr Vater nicht sehr väterlich war, um es aus Mangel eines besseren Wortes so auszudrücken. Es scheint, als hätten unsere Väter etwas gemeinsam.«

Plötzlich hatte Tobias einen Gedanken. Sie waren enge Freunde gewesen und das auch seit ihrer Zeit in Oxford geblieben. Dass sie überhaupt befreundet waren, schien angesichts ihrer Herkunft überraschend. Er fragte sich, was sie außerdem gemeinsam hatten. Vielleicht war ihre Freundschaft tatsächlich sehr tief gewesen. Das könnte die verwirrende Widmung zu Miss Wingate, dem einzigen Kind seines engen Freundes erklären.

»Ja, so scheint es. Kein Wunder, dass sie enge Freunde waren«, sagte sie kopfschüttelnd. »Meine Mutter war liebevoll, aber sie war auch sehr unaufmerksam. Nie war sie richtig … zufrieden. Ich bin nicht sicher, wie ich es beschreiben soll. Immer hatte sie für ein warmes und behagliches Heim gesorgt, und dafür, dass ich glücklich war. Wenn ich zurückdenke, scheint es, als hätte sie kein richtiges eigenes Leben gehabt und das stimmt mich ein bisschen traurig.«

Tobias Herz öffnete sich ihr. Es würde ihn sehr belasten, zu glauben, seine Mutter hätte kein eigenes Leben gehabt. Sie hatte Horethorne und ihn gehabt und das hatte ihr anscheinend einen Exzess an Erfüllung und Freude bereitet.

»Das kann ich mir denken.«

»Deshalb bin ich vermutlich so dankbar für die Chance, die Sie mir ermöglichen - die Fähigkeit, Dinge zu sehen, die ich sonst nie zu Gesicht bekommen hätte. Ein Abenteuer zu erleben.« Ihr Mund formte sich kurz zu einem breiten Lächeln. »Das hat die Königin heute zu mir gesagt.«

Tobias beugte sich vor. »Ich hatte Sie fragen wollen, was die Königin gesagt hatte, als sie Sie gebeten hatte, vorzutreten. Ich war nicht sicher, ob Sie dies weitersagen wollten.«

Sie zog eine Schulter hoch. »Es macht mir nichts aus. Sie sagte, dies sei das Abenteuer meines Lebens und ich solle es genießen. Ich habe eine solche Erleichterung verspürt, als sie das gesagt hat. Inzwischen hatte ich schon angefangen, den Verdacht zu hegen, dass eine Londoner Saison wirklich nicht mehr als eine geschäftliche Transaktion wäre. Eine junge Lady bekommt Garderobe und Erfahrungen und im Gegenzug muss sie die bestmögliche Partie machen.«

Die unangenehme Wahrheit ihrer Einschätzung bohrte sich unmittelbar in Tobias und brachte ihn dazu, auf seinem Platz umher zu rutschen. »Ich denke, es ist wirklich einfach nur das«, antwortete er ein wenig zaudernd, als ob es weniger wahr würde, wenn er ihr nicht richtig zustimmte.

Ihr Blick traf den seinen und sie blinzelte nicht. »Wie ich Ihnen gesagt habe, möchte ich nicht heiraten, zumindest nicht gleich jetzt. Allerdings möchte ich auch nicht nach Bitterley zurückkehren. Ich fürchte, mein Leben könnte sich ähnlich wie das meiner Mutter entwickeln.«

Das war ein weiterer direkter Treffer. Tobias drückte sich tief in den Sessel und rieb sich über die Stirn. Es kam ihm in den Sinn, dass er ihr etwas aufzwang, was sie nicht wollte, jedenfalls nicht jetzt. Er war kein bisschen besser als sein Vater. Verdammt, wenn das sich nicht mehr in ihn bohrte als alles andere, was sie zu ihm gesagt hatte.

Ehe er noch etwas sagen konnte, fuhr sie fort: »Ich werde allerdings heiraten. *Weil* ich nicht nach Bitterley zurückkehren möchte, Ich bitte Sie nur um ein wenig Zeit, um die Saison zu genießen und meine, ähm, Freiheit. Es ist meine Hoffnung, dass ich mit der Zeit jemanden finde, mit dem ich harmoniere.«

Wie könnte er solch einem vernünftigen Plan widersprechen? »Sie müssen mir verzeihen, Miss Wingate. Ich fürchte, ich war eher in meine eigenen Probleme verstrickt und habe zu meiner Schande nicht erkannt, was für ein drastischer Wechsel dies für Sie ist. Ja, bitte nehmen Sie sich Zeit, sich einzuleben. Ich denke, dass Sie tatsächlich von einer Erholungspause von den Anforderungen der Saison profitieren könnten. Wir haben morgen Abend den Ball, doch anschließend werde ich Ihre Einladungen für die kommende Woche oder zwei ablehnen, damit Sie sich eingewöhnen können.«

Ihre Stirn legte sich in Falten und sie stützte den Ellbogen auf die Sessellehne. »Ich habe die Veranstaltungen der Saison eher genossen. Sogar den Salon der Königin heute.«

Er lächelte. »Das freut mich. Ich bitte Sie nicht, zu einer Einsiedlerin zu werden. Wir werden bis März einfach keine Einladungen mehr annehmen. Sie können gern Lady Cassandra besuchen und zusammen ausgehen. Hatten Sie nicht einen baldigen Besuch bei Gunter's geplant?«

Ihre Stirn war noch immer gerunzelt und er hatte den Verdacht, dass sie keinen großen Gefallen an seinen Vorschlägen fand. »Ja, wir planen dies noch immer und auch einige andere Dinge.« Fiona holte tief Luft. »Lord Overton, ist dies eine Art von Bestrafung für –«

Er setzte sich in seinem Sessel vor. »Ganz und gar nicht. Ich dachte, Sie *wollten* Zeit, sich einzuleben. Dies schien eine gute Lösung.« Allerdings schien sie ihre Saison sehr zu genießen, wenn er auch dachte, dass sie mehr Anleitung nötig hätte. »Es ist nur für eine kurze Zeit.« Abgesehen davon, könnte er sich, wenn er sie sicher zuhause wüsste, auf die Suche nach seiner Braut konzentrieren.

Schlussendlich entspannten sich ihre Züge und die Linien
auf ihrer Stirn glätteten sich, bis sie dann ganz
verschwunden waren. »Sie haben erwähnt, dass Sie
Probleme hätten. Kann ich Ihnen irgendwie helfen?«

Er richtete den Blick ins Feuer. »Ich, ähm, muss in dieser
Saison heiraten.«

»Müssen? Gibt es einen Grund für Ihre Dringlichkeit?«

Er wollte das tödliche Edikt seines Vaters nicht preisgeben. Es war eine Sache, dass die Leute zu dem Schluss
kamen, er sei auf der Jagd nach einer Komtess, was sein
Wiedereintritt in die Gesellschaft und die Verbesserung
seines Betragens andeuteten. Die Machenschaften seines
Vaters publik zu machen, und damit die Tatsache, dass er
Tobias noch aus dem Grab heraus manipulierte, war weit
mehr, als er zugeben wollte.

»Nun, da ich den Titel geerbt habe, ist es an der Zeit«,
antwortete er. »Ich dachte, ich könnte mich um Ihre Heirat
kümmern und mich dann selbst auf die Jagd auf dem
Heiratsmarkt machen.«

»Ich verstehe.« Sie presste die Lippen zusammen und
drehte den Kopf zum Feuer.

War sie wütend auf ihn? Warum sollte sie das nicht sein?
Er hatte sie wie einen Nebengedanken behandelt und das
gerade auch obendrein noch zugegeben. »Ich entschuldige
mich, Miss Wingate, dafür, Sie als eine Aufgabe betrachtet zu
haben und nicht als eine Person. Es ist wesentlich für mich,
dass Sie Ihre Saison genießen. Und ihre Freiheit.«

Mit einem kleinen Lächeln schaute sie nun wieder zu
ihm zurück. »Ich erkenne, dass dies auch für Sie neu ist, und
etwas, womit Sie nicht gerechnet hatten. Ich bin dankbar,
dass Sie die Wünsche Ihres Vaters in Ehren gehalten haben,
und mir diese erstaunliche Gelegenheit ermöglichen. Und
für meinen vergrößerten Zugriff auf Landkarten.« Sie faltete
die Hände im Schoß »Ich werde in Hinsicht auf meine

Heirat offen bleiben, insbesondere, wenn ich einen Gentleman kennenlerne, der von meiner Vergangenheit oder meinen Interessen nicht abgestoßen ist. Es könnte sein, dass niemand in London mich will.« Fiona lachte leise.

»Das wird nicht passieren«, entgegnete Tobias mit fester Gewissheit. »Sie sind schön, intelligent und geistreich. Nun, jeder Gentleman würde Sie begehren. Wenn Sie aktiv nach einem Ehemann suchen würden, kann ich Ihnen voraussagen, dass Sie innerhalb von zwei Wochen verlobt wären.«

Ihre Augen wurden ganz rund und die Farbe wich ihr größtenteils aus dem Gesicht.

Tobias beeilte sich, ihre Bedrängnis zu zerstreuen. »Nur, wenn Sie das wollten. Wir sind übereingekommen, dass Sie sich Ihre Zeit nehmen. Ich werde all meine Energien auf mich selbst konzentrieren.« Er war derjenige, der innerhalb von zwei Wochen verlobt sein musste! Inzwischen in weniger Zeit als dies. »Es ist gut, dass Sie eine offene Einstellung bewahren wollen, nur für den Fall, dass Sie dem Mann Ihrer Träume begegnen.«

Lachend schob sie eine widerspenstige Locke hinter ihr Ohr. »Ich habe keinen Mann meiner Träume.«

»Dann sollten Sie sich einen vorstellen.«

»Haben Sie eine?«, fragte sie. »Eine Frau Ihrer Träume, meine ich.«

»Das habe ich tatsächlich.« Er warf den Kopf in den Nacken und richtete den Blick zur Decke. »Sie ist klug und lustig. Sie ist reif genug, dass sie weiß, was sie will, und nicht so leicht ins Schwanken gerät. Vermutlich ist sie auch stark und selbstbewusst.« Er senkte den Blick und traf den ihren ein weiteres Mal, um festzustellen, dass sie ihn unverwandt anschaute.

»Sie haben darüber nachgedacht.«

Weil er vor zwei Jahren einen Fehler begangen hatte, den er nicht wiederholen würde. »Das muss ich. Ich bin ein

Earl. Zu heiraten und einen Erben zu haben, war immer schon meine Pflicht gewesen. Dass ich dies nicht früher getan habe, war meinem Vater ein Dorn im Auge. Was, wenn ich ohne Nachkommen *stürbe?*« Er schlug die Handflächen an die Wangen und schaute sie mit offenem Mund an.

Fiona kicherte. »Über den Tod sollten wir nicht scherzen.«

»Warum nicht? Er kommt zu uns allen. Wenn wir über das Leben – und den Tod – nicht lachen können, welchen Sinn hat es dann?«

Sie wurde wieder ernst und legte den Ellbogen wieder auf die Sessellehne, um dann den Kopf in der Hand aufzustützen. »Sie haben ein verlockendes Argument vorgebracht. Ich würde lieber lachen. Nehmen Sie beispielsweise das heutige Debakel. Ich war von Furcht und Nervosität so vereinnahmt, dass ich fast vergessen hätte, mich zu amüsieren. Herrschaft noch mal, ich habe die Königin kennengelernt! Und ja, ich bin auf meinen Arsch gefallen, aber –« Sie schlug sich die Hand vor den Mund. »Entschuldigung.«

Gelächter brach aus ihm hervor, und sobald er einmal angefangen hatte, konnte er nicht mehr aufhören. Es war eine Mischung aus dem Entsetzen, das sich auf ihrem Gesicht spiegelte, da sie »Arsch« gesagt hatte und die Erinnerung an den entsetzten Gesichtsausdruck, als sie vor der Königin von England hingefallen war.

Glücklicherweise stimmte sie ein und ihr Gesicht hellte sich vor Humor und Freude auf. Und natürlich tat sie das. Er hatte es ehrlich gemeint, als er ihr gesagt hatte, sie sei geistreich. Sein Blick fiel auf die Uhr auf dem Kaminsims. Wenn er zum Club gehen wollte, sollte er wahrscheinlich aufbrechen ...

Ihm stand der Sinn nicht danach.

Als sein Gelächter langsam erstarb, setzte er sich bis zur

Stuhlkante vor. »Wir werden morgen immer noch zum Ball gehen. Wie kommen Sie mit dem Tanzen voran?«

»Gut, denke ich. Außer heute habe ich täglich mit dem Tanzlehrer geübt.«

Er stand auf und bot ihr seine Hand. »Zeigen Sie es mir.«

Sie legte ihre Finger auf seine Handfläche und er verspürte einen überraschenden Ruck. Ihr Blick schnellte zu seinem auf und er zog sie vom Sessel hoch.

Als er sie bis zur Mitte seines Arbeitszimmers geführt hatte, trat er von ihr zurück. »Welchen Tanz bevorzugen Sie?«

»Keinen.«

Er zog eine Augenbraue hoch. »Sie mögen Tanzen generell nicht?«

»Ich mag Tanzen. Ich stelle mich nur schrecklich dabei an.«

»So schlecht können Sie nicht sein, Haben Sie Walzer getanzt?«

»Nein. Lady Pickering meinte, ich würde diesen Tanz als Letztes lernen, und in der Zwischenzeit soll ich sagen, ich hätte keine Erlaubnis dazu. Klingt das nicht furchtbar provinziell?« Sie erschauderte.

»Nein.« Wieder lachte er. »Na schön, vielleicht. Ich werde es Ihnen beibringen.«

»Wirklich?«

»Warum nicht?« Er rückte näher zu ihr. »Es gibt mehrere Stile, Walzer zu tanzen, aber ich werde Ihnen die Version zeigen, die ich bevorzuge.« Er fasste sie an der linken Hand und umschloss sie mit seiner, und dann legte er die Handfläche seiner anderen Hand auf ihren Rücken. »Sie legen ihre andere Hand auf meine Schulter.«

Fiona kam seiner Aufforderung nach und schaute ihn dann mit einem Ausdruck leichter Überraschung an. »Wir sind uns so nahe.«

Es waren noch immer mehrere Zentimeter Platz zwischen ihnen, doch er vermutete, dass sie einem Gentleman noch nie so nahe gewesen war. Abgesehen von dem Musikabend, als er sie gerügt hatte. Es war dabei zu einem Augenblick gekommen, in dem er das Küssen erwähnt hatte und er hätte schwören können, dass etwas zwischen ihnen geknistert hätte. Seitdem redete er sich ein, dass dieser Gedanke absurd war.

»Nun wissen Sie, warum eine Erlaubnis erforderlich ist.« Er grinste sie flirtend an, genauso, wie sie es von einem Gentleman auf der Tanzfläche erwarten konnte.

Fiona gab ihm einen Klaps auf die Schulter. »Lassen Sie das!«

»Was soll ich lassen?«, fragte er mit gespielter Unschuld.

»Sich wie einer der jungen Männer benehmen, die mir vielleicht den Hof machen wollen.«

»Ich war auch einmal ein junger Mann.« Der mit jeder Lady geflirtet hatte, der er begegnet war, ungeachtet ihres Alters und Ehestandes. Flirtete er mit ihr?

»Sie sind mein Vormund.«

Ja, das war er. Konsequenterweise sollte er nicht mit ihr flirten. Für einen flüchtigen Augenblick fand er den Gedanken enttäuschend.

»Stimmt. Dann gestatten Sie mir, mich wie ein Vormund zu betragen und Sie den Walzer zu lehren.« Er hob das Kinn und straffte seinen Körper, um den Blick dann auf ihren Scheitel zu konzentrieren. »Das Wichtigste beim Walzer ist nicht zu vergessen, mit dem Takt der Musik mitzuhalten. Sie können eins-zwei-drei in ihrem Kopf zählen. Lassen Sie sich aber nicht zu sehr davon vereinnahmen, weil sie sonst nicht in der Lage sein werden, witzige Bemerkungen mit ihrem Tanzpartner auszutauschen.«

»Sie gehen davon aus, dass mein Partner in der Lage sein wird, amüsant zu sein?«

»Mit einem Langweiler zu tanzen ist wirklich schrecklich.«

Sie nickte mit einem überschwänglichen Ausdruck. »Ja, man ist für so lange Zeit aneinander gebunden. Furchtbar.«

»Ich werde sie durch den Raum führen«, sagte er. »Wir werden uns im Uhrzeigersinn drehen.«

»Und so tun, als würde Musik spielen.«

Tobias drückte seine Handfläche gegen ihren Rücken und fasste ihre Hand fester, um sich dann in Bewegung zu setzen. Ihm kam eine Melodie in den Sinn und er fing an, sie zu summen.

Sie stolperte und er musste sie noch fester halten, damit sie aufrecht blieb. »Was tun sie da?«, fragte sie.

»Tanzen.«

»Nein, das Geräusch, das Sie von sich geben.«

»Ich summe.« Er fing wieder an, als er sie in einem kleinen Kreis herumführte, der alles war, was der Raum zuließ. Sie riskierten, dass ihnen schwindlig wurde.

Fiona blieb so ruckartig stehen, dass er beinahe gestürzt wäre. Die Finger in seine Schulter gegraben, fing sie zu lachen an.

»Wir tanzen gerade! Warum lachen Sie?«

»Weil Sie sich wie eine jammernde Katze anhören.«

Er schaute sie ganz schockiert an, doch er fing bereits zu lachen an.

Sie ernüchterte. »Ich bitte um Entschuldigung«, sagte sie ernst. »Die Katzen. Ich denke, das war vielleicht eine Beleidigung für sie.«

»Fiona!« Dann barst das Gelächter aus ihm heraus und es war weitaus kräftezehrender als beim letzten Mal. Feuchtigkeit trat ihm in die Augen, als er versuchte, wieder zu Atem zu kommen.

Sie grinste, als sie ihn beobachtete. Dann fing auch sie allmählich zu lachen an. Eine lange Weile standen sie dort und kämpften darum, wieder zu Atem zu kommen, während ihre Hände noch immer verschlungen waren.

»Sie haben mich nicht Miss Wingate genannt«, brachte sie gerade so hervor.

Tobias holte tief Luft und wischte sich mit dem Handrücken über die Augen. »Und ich habe mich offenbar wie ein sterbendes Tier angehört.«

»Das habe ich nicht gesagt!«

»Ist das falsch?«

Sie schüttelte den Kopf und ein weiteres Kichern schlüpfte ihr über die Lippen.

In genau dem gleichen Moment schauten sie beide auf ihre immer noch verschlungenen Hände hinab. Ihre Belustigung kam zu einem eher abrupten und offensichtlichen Stillstand.

Sie ließen einander los und traten einen Schritt zurück.

»Nun, das war beinahe ebenso katastrophal wie meine Präsentation bei der Königin«, bemerkte sie.

»So schlimm? Ich habe es eher genossen, oder zumindest die paar Sekunden, die mir gestattet waren.« Er rieb sich die Hände, denn er konnte noch immer die Wärme ihrer Handfläche an seiner fühlen. Er konnte auch ihren Lavendelduft riechen.

Rasch warf er einen Blick zur Uhr und entschied, dass es noch nicht zu spät war. »Ich muss mich auf den Weg in meinen Club machen. Danke für den, ähm, denkwürdigen *Tanz*.«

Sie knickste und ging dabei so tief wie heute Nachmittag. Dieses Mal erhob sie sich allerdings mit Eleganz und Präzision. »Haha! Ich habe es vollbracht. Sehen Sie, es *sind* diese infernalischen Kleider.«

»Das habe ich nie bezweifelt«, gab er darauf zurück. »Oder Sie. Ich sehe Sie morgen, Miss Wingate.« Damit drehte er sich um.

»Gute Nacht«, rief sie hinter ihm her.

Ein paar Minuten später – bereits mit seinem guten Mantel und einem Hut auf seinem Kopf ausgestattet – streifte Tobias im Gehen seine Handschuhe über, als er auf die Bond Street zuhielt, wo er um diese Zeit noch eine Mietdroschke erwischen würde. Er hatte nicht warten wollen, bis seine eigene Kutsche von den Stallungen gebracht worden wäre.

Nun, da die Eheanbahnung von Miss Wingate ein wenig zurückgestellt war, musste er planen, was passieren könnte. Nein, was passieren *sollte*. Er würde in den kommenden Wochen heiraten und Miss Wingate würde unter die Obhut der neuen Komtess gestellt.

Und wer sollte nun diese Komtess sein? Verdammt noch mal. Er musste sein Augenmerk auf jemanden Bestimmtes richten und rasch auf eine Verlobung hinarbeiten. Es schien, als wäre es ihm unter diesen Umständen bestimmt, mit einer Sonderlizenz zu heiraten.

Morgen musste er auf dem Ball nur eines im Sinn haben. Hoffentlich wäre Miss Goodfellow dort. Und wer war die andere Frau, die Lucien erwähnt hatte? Tobias dachte an die junge Lady, Miss Nethergate, die er heute Nachmittag im Salon der Königin kennengelernt hatte. Er erschauderte. Nein, sie war viel zu jung. Er würde seine Fehler aus der Vergangenheit nicht wiederholen.

Sich über sein Ziel im Klaren, sog Tobias die kühle Nachtluft tief ein. Merkwürdigerweise hätte er schwören können, Lavendel zu riechen.

KAPITEL 8

»**C**assandra!« Fiona begrüßte ihre Freundin, sobald sie den Ballsaal der Basildons mit Prudence an ihrer Seite betrat. Es fühlte sich gut an, Prudence zurück zu haben, als ob Fiona mit ihr nichts Furchtbares zustoßen konnte, wie es im Salon der Königin am Vortag passiert war.

Cassandra stand dicht bei der Wand. Ihre Tante, die Fiona kurz beim Edgemont Ball kennengelernt hatte, war tief in eine Unterhaltung mit einer Lady in der Nähe versunken.

»Fiona, ich bin so froh, dich zu sehen. Ich habe mir Sorgen gemacht, dass du heute nicht kommen würdest, nachdem, was gestern passiert ist. Aber dann habe ich entschieden, dass meine Gedanken albern waren, weil du dich von so etwas nie beeinflussen lassen würdest.« Cassandras Stirn runzelte sich. »Fühlst du dich wohl?«

Fiona lachte ausgelassen. »Mehr als das. Denk doch mal, was für eine Geschichte ich den Rest meines Lebens erzählen kann.«

»Was hat die Königin zu dir gesagt? Alle brennen darauf, es zu erfahren.«

»Wenn ich es dir verrate, versprichst du dann, es nicht

weiterzusagen? Mir wäre es lieber, die Leute weiter im Ungewissen zu lassen.« Sie zwinkerte Cassandra zu, die sie angrinste.

»Mir gefällt deine Art zu denken. Es ist kein Wunder, dass wir Freundinnen sind.«

»Tatsächlich hat sie mir gesagt, ich würde gerade das Abenteuer meines Lebens erleben und sie hat recht. Ein Mädchen vom Lande wie ich hat eine Saison in London. Wer hätte sich das vorstellen können? Ich habe mir gestern Abend ein Herz gefasst und Lord Overton informiert, dass ich es mit dem Heiraten nicht eilig hätte.«

Cassandra zog die dunklen Augenbrauen hoch in die Stirn. »Das hast du getan? Was hat er geantwortet?«

»Er hat zugestimmt.« Fiona lenkte den Blick zu Prudence. »Allerdings hat er auch gesagt, ich solle mir nach heute Abend eine Pause von einer oder zwei Wochen gönnen und keine Einladungen annehmen.« Fiona schürzte die Lippen kurz zu einem Schmollmund.

Cassandra blickte wie ein begossener Pudel drein. »Das ist äußerst unglücklich. Ohne dich werden Veranstaltungen wie diese nicht mehr das Gleiche sein.«

»Er sagte, wir könnten dennoch alle Ausflüge unternehmen, die wir geplant hatten. Ich glaube, er ist erleichtert, dass er sich nicht mit mir befassen muss, da er sein Bestreben darauf ausgerichtet hat, seine eigene Ehefrau zu finden. Das haben Prudence und ich daraus kombiniert.«

Prudence nickte zustimmend.

Cassandras Augen leuchteten schelmisch auf. »Weißt du, was ich tun sollte? Ich sollte mit Overton flirten und den Anschein erwecken, als würde eine Verlobung unmittelbar bevorstehen. Meine Brüder würden außer Rand und Band geraten.« Sie lachte, dann tippte sie sich mit dem Finger an die Lippe. »Das wäre so reizvoll.« Blinzelnd ließ sie den Blick hinter Fiona schweifen. »Apropos Brüder, hier kommt

Lucien. Du hast ihn noch nicht kennengelernt, nicht wahr, Fi?«

Fiona drehte sich um und sah Lord Lucien auf sie zukommen. »Das habe ich nicht.« Er sah Cassandra ähnlicher als ihr anderer Bruder Aldington. Dunkelhaarig und dunkeläugig, bewegte sich Lord Lucien mit der räuberischen Anmut einer Katze, die sich an einen Vogel heranpirscht.

In diesem Moment wandte sich Cassandras Tante von der Frau ab, mit der sie gerade gesprochen hatte. »Lucien, da du hier bist, kann ich mich selbst zurückziehen.« Sie zwinkerte Cassandra zu. »Wir sehen uns später, Liebes.« Ihr Blick fiel auf Fiona und dann auf Prudence, was sie scheinbar ein wenig überraschte. Offenbar hatte sie deren Ankunft nicht mitbekommen. »Und eine Freundin ist mit ihrer Begleiterin hier. Ja, du wirst gut versorgt sein. Hervorragend.« Ohne eine Antwort abzuwarten, schlenderte sie lächelnd in Begleitung ihrer Freundin davon.

»Wie ich sehe, ist Tante Christina so hilfreich wie stets«, bemerkte Lord Lucien mit einem ironischen Kopfschütteln.

»Das ist sie«, murmelte Cassandra. »Lucien, erlaube mir, dir meine liebe Freundin, Miss Fiona Wingate, vorzustellen.«

Lord Lucien nahm ihre Hand und verbeugte sich elegant. Er drückte ihr keinen Kuss auf den Handschuh, was Fiona nichts ausgemacht hätte. Im Gegenteil, sie hätte es sogar aufregend gefunden. Er hatte etwas recht Anziehendes an sich. Aber er war auch der Bruder ihrer neuesten, liebsten Freundin, und sie würde sofort wieder damit aufhören, ihn in Gedanken attraktiv zu finden.

»Ich habe schon viel von Ihnen gehört, Miss Wingate«, bemerkte er, und der Klang seiner tiefen Stimme vibrierte über sie hinweg.

»Tatsächlich?«

»Overton ist ein enger Freund.« Er lenkte den Blick zu

Prudence. »Guten Abend, Miss Lancaster. Sie sehen gut aus.«

»Ich danke Ihnen, Mylord. Es ist schön, Sie zu sehen.«

Prudence kannte Lord Lucien? Fiona brannte darauf, zu erfahren, woher die beiden sich kannten, aber sie würde warten müssen, bis sie Prudence danach fragen konnte.

»Lucien, es ist gut, dass du hier bist«, bemerkte Cassandra. »Ich wollte mit dir über die Bälle im Phönix Club sprechen.« Sie blickte zu Fiona. »Ich würde gerne hingehen, aber wie du weißt, ist Tante Christina kein Mitglied. Ebenso wenig wie Miss Wingates Mentorin, Lady Pickering.«

Lord Lucien entgegnete ihr einen amüsierten Blick. »Ich weiß, wie sehr du dir wünschst, den Club zu besuchen, aber ich kann keine von euch einladen.« Es folgte ein entschuldigender Blick in Fionas Richtung.

»Hast du überhaupt versucht Tante Christina einzuladen?«, wollte Cassandra wissen.

»Nein«, antwortete er langsam und dehnte das winzige Wort dabei in die Länge. »Sie würde voraussichtlich ablehnen.«

Flehenden Blickes machte Cassandra einen Schritt auf ihn zu. »Würdest du es bitte versuchen? Sie mag dich. Sie könnte dich eventuell überraschen.«

»Vater wird es nicht gefallen. Und Con ebenfalls nicht.«

»Seit wann interessiert es dich, was sie mögen?«

Er formte die Lippen zu einem teuflischen Lächeln. »Noch nie.«

»Ich bin tatsächlich überrascht, dass du sie nicht eingeladen hast, nur um Papa zu ärgern. Und Con.«

»Da hast du ein ausgezeichnetes Argument.« Er legte den Kopf schief. »Warum ist mir das nicht eingefallen?« In gespieltem Ernst sah er aus zusammengekniffenen Augen zu seiner Schwester. »Du warst schon immer viel zu gerissen.«

Cassandra reckte ihr Kinn in falscher Überheblichkeit in die Höhe. »Das sagst du mir.«

Ihr liebevolles und lockeres Geschwistergeplänkel löste in Fiona einen Schmerz aus. Sie selbst hatte nie Geschwister gehabt, und konnte nicht einmal behaupten, eine enge Beziehung zur Familie zu haben. Als sie die beiden sah, wurde ihr klar, dass sie sich genau das wünschte – eine Verbindung mit anderen. Eine Familie.

Vielleicht wäre eine Heirat gar nicht so übel, nicht dass sie jemals gedacht hätte, dass es übel sein würde. Aber möglicherweise würde es nicht schaden, es lieber früher als später in Betracht zu ziehen. Ja, sie würde unvoreingenommen bleiben, genau wie sie es Overton versprochen hatte.

»Fiona, du wirst als unser Gast kommen, sobald Tante Christina die Einladung angenommen hat«, verkündete Cassandra fröhlich.

»Du bist sehr zuversichtlich.« Lord Lucien schüttelte den Kopf. »Aber das bist du ja immer. Das heißt aber nicht, dass du immer recht hast. Wundere dich nicht, wenn Tante Christina nichts mit dem Club zu tun haben will.«

»Das kann ich mir nur schwer vorstellen. Warum sollte jemand – insbesondere eine Frau – eine Einladung ablehnen? Ich würde alles dafür geben, Mitglied zu sein.«

»Das versicherst du mir bei jeder Gelegenheit«, erinnerte Lucien sie augenzwinkernd.

»Wenn du mir nicht sagen würdest, wie herrlich und wunderbar es dort ist, wäre ich vielleicht nicht so erpicht darauf, in den Club einzutreten.« Cassandra blickte zu Fiona. »Du hättest ihn hören sollen, als er den Club vor der Eröffnung eingerichtet hat. Er sprach immer von einer teuren Tapete oder dem Marmor, den er für einen Kamin bestellt hatte, oder dem riesigen Gemälde von Pan, der ein Bacchanal veranstaltet, das er für die Eingangshalle in

Auftrag gegeben hatte. Er hat dafür gesorgt, dass ich vor Neid schäumte.«

Lucien grinste. »Es ist die Pflicht eines Bruders, seine jüngere Schwester zu peinigen. Du hast vergessen, das Schwesternporträt zu erwähnen, auf dem Circe und ihre Nymphen zu sehen sind, während sich Odysseus Männer im Foyer der Ladys vor ihnen verneigen.«

»Das würde ich sehr gerne sehen«, bemerkte Fiona, die sich mehr denn je darauf freute, den Phönix Club kennenzulernen.

Lord Lucien ließ den Blick für einen Moment schweifen und er hob jemandem die Hand zum Gruß.

Ein blonder Gentleman schritt auf sie zu. Er war groß und schlank, mit einem sanften, zaubernden Lächeln. »Guten Abend, Lord Lucien.« Seine Aufmerksamkeit wanderte zu Cassandra, Fiona und Prudence.

»Guten Abend, Lord Gregory. Erlauben Sie mir, Ihnen meine Schwester, Lady Cassandra, Miss Wingate und ihre Begleiterin, Miss Lancaster, vorzustellen. «

Lord Gregory verbeugte sich vor jeder von ihnen, wobei er mit Cassandra begann, wie es der Anstand gebot. Sein Blick blieb jedoch auf Fiona haften. »Möchten Sie das nächste Set tanzen, Miss Wingate?«

Fiona war überrascht, dass er sie und nicht Cassandra aufforderte. Ihre Freundin war attraktiver und besaß einen weit höheren Rang. Das zählte doch sicher für einen Lord? Sie hatte keine Ahnung, welchen Rang er tatsächlich innehatte. Lady Pickering hatte sie ermutigt, in Debrett's nachzuschlagen, aber Fiona fand das Studium von Titeln und Leuten, mit dem Ziel, sich ihre Namen einzuprägen, weitaus weniger unterhaltsam, als beispielsweise eine Landkarte zu studieren und sich die Namen von Ländern, Städten, Flüssen und so fort zu merken.

Sie neigte den Kopf zu Lord Gregory. »Das wäre reizend, danke.«

»Sollen wir in der Zwischenzeit ein wenig flanieren?«, erkundigte Lord Gregory sich erfreut.

Einerseits wollte Fiona ihre Freundin nicht verlassen, doch andererseits fühlte sie sich angesichts ihrer Tanzkünste auch selbstbewusster und wollte gern ausprobieren, ob sie sich tatsächlich verbessert hatte. Oder vielleicht nahm sie auch an, dass nichts Schlimmeres passieren konnte als das, was am Vortag im Salon der Königin bereits geschehen war. »Ja, lassen Sie uns gehen.« Sie knickste vor Lord Lucien und Cassandra, ehe sie dann Prudence zunickte und Lord Gregorys Arm nahm.

»Es war mir ein Vergnügen, Sie kennenzulernen, Miss Wingate«, ergriff Lord Lucien das Wort, als sie losschlenderten.

Der Ballsaal der Basildons war deutlich größer als derjenige der Edgemonts, doch war ihr Haus auch insgesamt umfangreicher. Hunderte von Kerzen erleuchteten den Raum, und die Spiegel ließen seine Größe wahrscheinlich noch eindrucksvoller wirken.

Fiona und Lord Gregory starteten ihre Runde am Außenrand des Ballsaals. Sie fragte sich, ob sie ihren Vormund entdecken würde.

»Sie sind ein Freund von Lord Lucien?«, erkundigte sich Fiona. »Lady Cassandra ist mir nach meiner Ankunft in London eine gute Freundin geworden.«

»Ich kenne ihn nicht gut, nein. Wir haben uns erst kürzlich näher kennengelernt. Er war mit meinem älteren Bruder in Oxford.«

»Ich verstehe.«

»Ich habe *immer* noch keine Einladung!«, verkündete eine Dame in einem schrillen Ton, der unmöglich zu ignorieren

war, als sie an ihr vorbeigingen. »Das kann ich mir kaum
vorstellen!«

Fiona sah zu der Lady hin, die gerade so markant gesprochen hatte. Sie war Ende dreißig, mit einem recht fülligem
Gesicht, das einen empörten Ausdruck zeigte.

»Gewiss wird deine Einladung bald kommen, dessen bin
ich sicher«, beschwichtigte die andere Lady, die im Profil zu
ihnen stand, mit einer ruhigeren und leiseren Stimme.

»Ich frage mich, ob sie vom Phönix Club sprechen«,
bemerkte Fiona, als sie die beiden Damen hinter sich ließen.
»Der Club scheint der große Renner zu sein.«

»Das ist er wirklich. In der Tat habe ich selbst kürzlich
eine Einladung erhalten.«

Fiona legte den Kopf schief und blickte zu ihm auf. »Tatsächlich? Gut gemacht.«

Mit einem ironischen Lächeln sah er auf sie herab. »Ich
habe *nichts* geleistet.«

»Und haben Sie angenommen?«

»Ich habe mich noch nicht entschieden. Erst gestern habe
ich die Einladung erhalten. Lord Lucien hat mich gestern
Abend im Brooks's aufgesucht, und sich noch einmal versichern lassen, dass sie auch bei mir angekommen ist.«

»Sie müssen sie natürlich annehmen, denke ich, nicht
wahr? Scheinbar ist es eine besondere Ehre. Sie haben diese
Lady gehört und gesehen. Im Phönix Club Mitglied zu sein,
ist wichtig für jemandes Ansehen.«

»Ich bin mir nicht sicher, ob das so stimmt. Es gibt diejenigen, die eine Mitgliedschaft unter ihrer Würde erachten,
da es sich um einen Club handelt, der sowohl Männer als
auch Frauen aufnimmt, auch wenn sie die meiste Zeit
getrennt sind, was untragbar ist.«

Fiona hätte um ein Haar geschnaubt. Sie konnte sich viele
Dinge vorstellen, die als untragbar erachtet werden konnten,
doch dies hier gehörte bestimmt nicht dazu. »Nun, ich kann

nicht Mitglied werden, weil ich unverheiratet bin. Ich würde schon meinen, das als etwas Untragbares zu erachten, wenn nicht sogar Schlimmeres.«

»Mein Bruder ist nicht eingeladen worden, und er ist der Erbe. Ist das nicht seltsam?«

»Ich bin mir nicht sicher, ob das so ist. Es scheint, als würden ganz bestimmte Leute eingeladen – oder auch nicht eingeladen – und man muss annehmen, dass sie beim Club einen guten Grund für ihre Auswahl haben.« Fiona verlangsamte ihre Schritte. »Handelt es sich um mehrere? Oder trifft Lord Lucien alle Entscheidungen allein?«

»Soviel mir bekannt ist, gibt es ein Komitee.« Er senkte die Stimme. »Die Sternkammer.«

Kurz drückte Fiona die Hand an die Lippen und erwiderte seinen Blick. »Sie nennen sich doch nicht wirklich so?«

Er schüttelte den Kopf. »So nennen die anderen sie.«

»Diejenigen, die nicht eingeladen sind, möchte ich wetten.« Die Sternkammer war nicht gerade eine wohlwollende Bezeichnung. Außerdem drückte sie Geheimhaltung und Willkür aus. »Wer gehört zu diesem Komitee?«

»Das weiß niemand so genau, aber Lord Lucien gehört offenbar dazu, da er Besitzer des Clubs ist. Zumindest sollte man das annehmen.«

»Meines Erachtens ist das eine berechtigte Vermutung. Der Rest ist geheim?«

»Auf der Seite der Ladys gibt es vier Schirmherrinnen, und es wird angenommen, dass sie ebenfalls dem Komitee angehören.«

»Wer sind diese Schirmherrinnen?« Fiona fragte sich, ob man sie bitten könnte, Cassandra und ihr auf irgendeinem Wege die Teilnahme an einem der Bälle dort zu ermöglichen. Vielleicht wäre eine von ihnen bereit, als Sponsorin zu fungieren. Sie wusste absolut nicht, ob so etwas überhaupt möglich war, doch warum sollte sie es nicht versuchen?

»Mrs. Renshaw ist eine davon. Sie ist für die Seite der Ladys des Club zuständig, wie Lord Lucien es für die Seite der Gentlemen ist. Das hat Lord Lucien mir gestern Abend erklärt.«

Mrs. Renshaw. So bald wie möglich würde Fiona mit Cassandra über sie sprechen.

»Ich denke, Sie sollten sich geschmeichelt fühlen, da Sie eingeladen wurden«, bemerkte Fiona.

Er antwortete nicht sofort. Sie betrachtete sein Profil, und wie seine langen, dunkelblonden Wimpern beim Blinzeln herabfächerten. »So hatte ich das noch gar nicht gesehen, doch das muss ich wohl. Ich stehe gewöhnlich nicht, ähm, an oberster Stelle der Gästeliste, was das gesellschaftliche Leben anbelangt.« Ein schwacher, rosa Schatten huschte über seine Wangenknochen. »Das hätte ich Ihnen gegenüber wahrscheinlich nicht zugeben sollen.«

»Unsinn, ich bin froh, dass sie das getan haben. Ich kann Ihren Standpunkt von ganzem Herzen nachvollziehen. Ich mag das Mündel eines Earls sein, doch ich stamme aus einem kleinen Dorf in Shropshire und ich war noch nie zuvor von dort weg gewesen. Dann wurde ich gestern der Königin vorgestellt.«

»Das ist ein beachtlicher Fortschritt.« Er grinste sie an, und sie musste zugeben, dass er recht attraktiv war. »Dies ist tatsächlich auch meine erste Saison. Die letzten Jahre habe ich damit verbracht, am Christ Church College von Oxford zu unterrichten.«

»Wie faszinierend! Was haben Sie unterrichtet?«

»Religiöse Studien. Ich bin bestrebt, Vikar zu werden, gleichwohl mein Vater hofft, dass aus mir eines Tages noch ein Bischof wird.«

»Wollen Sie das?«

Das Rosa kehrte auf seine Wangen zurück. »Ehrlich? Ja.« Er schüttelte den Kopf. »Ich kann nicht glauben, dies Ihnen gegenüber zugegeben zu haben. Das ist recht unbescheiden, nicht wahr?«

Fiona lachte. »Nein, das ist es nicht. Ambitionen sind nicht verkehrt, nicht einmal für einen Gottesmann.«

»Gott könnte in diesem Punkt widersprechen«, entgegnete er trocken.

»Aber ich bin mir sicher, dass Ihr Ehrgeiz mit Ihrem Streben verbunden ist, das Wort Gottes zu verbreiten.«

»Was Komplimente anbelangt, ist der Phönix Club Ihnen weit unterlegen, Miss Wingate.« Er warf ihr einen leicht mokanten Blick zu. »Vielleicht gehöre ich zu den religiösen Männern, die lediglich eine Lebensstellung finden wollen, um nur die Früchte zu ernten, und dann die ganze Arbeit von einem angestellten Pfarrer erledigen lassen.«

»Nun, das klingt nach dem Vikar in Bitterley.« Fiona dachte an den armen jungen Kaplan, Tom Keeble. Der Vikar leistete nichts anderes als die Kanzelreden, und auch das nur einmal im Monat. Den Rest überließ er Tom. »Mir ist bewusst, dass wir uns gerade erst kennengelernt haben, doch so etwas kann ich mir bei Ihnen nicht vorstellen. Und wenn Sie das täten, würden Sie es ganz gewiss nicht zugeben. Und Sie würden auch nicht zweimal darüber nachdenken, die Mitgliedschaft in Londons exklusivstem Club anzunehmen.«

Er lachte. »Sie sind eine äußerst scharfsinnige junge Dame, Miss Wingate.«

»Ich danke Ihnen, Mylord.«

Fionas Blick traf auf ein vertrautes Paar zinngrauer Augen. Lord Overton stand zu ihrer Linken, die Aufmerksamkeit ganz auf sie gerichtet. Seine Miene war undurchschaubar, doch an seiner Haltung war irgendetwas, was ihr den Atem stocken ließ.

Warum?

Als sie sich wieder gefangen hatte, lächelte sie ihn an und hob die Hand, ohne aber richtig zu winken.

»Haben Sie jemanden entdeckt, den Sie kennen?«, erkundigte Lord Gregory sich.

»Meinen Vormund, Lord Overton. Sind Sie mit ihm bekannt?«

Lord Gregory schüttelte den Kopf. »Nein, aber da ich relativ neu in der Stadt bin, gibt es eine ganze Menge Leute, die ich noch nicht kenne.«

»Sollten Sie die Einladung in den Phönix Club annehmen, werden Sie ihn dort zweifellos kennenlernen. Er ist Mitglied und ein enger Freund von Lord Lucien.« Sie schaute zu ihm hinüber. »Werden Sie annehmen?«

»Das werde ich, Ihrer Beratung zum Dank, wahrscheinlich tun.«

»Ich denke nicht, dass Sie es bereuen werden.« Fiona nahm wahr, wie sich die Musiker auf das nächste Set vorbereiteten.

»Ich denke, es ist an der Zeit, uns auf die Tanzfläche zu begeben«, schlug Lord Gregory vor.

Sie zögerte und warf ihm einen entschuldigenden Blick zu. »Ich sollte Sie warnen, dass ich nicht sehr gut bin.«

Darüber schien er nicht im Geringsten besorgt. »Sie werden mehr als versiert sein, da bin ich sicher.«

»Abgesehen davon, dass ich die meisten dieser Tänze erst kürzlich gelernt habe, bin ich offenbar recht ungeschickt, und dies ist eine Eigenschaft, die mir vor meiner Ankunft in London gar nicht aufgefallen ist.«

Er führte sie auf die Tanzfläche. »Bestimmt irren Sie sich. Oder Sie übertreiben.«

Sie ließ seinen Arm los und trat ihm gegenüber. Mit hochgezogener Augenbraue sah sie ihm direkt in die Augen. »Gestern, als ich vor der Königin einen Knicks gemacht habe, bin ich hingefallen.«

Entsetzt verdrehte er die Augen. »Tatsächlich?«

Er hatte natürlich von der Geschichte gehört. Fiona hatte

bemerkt, dass die Leute sie heute Abend unverwandt
anschauten.

»Ja, tatsächlich.«

»Und heute Abend sind Sie ohne eine Spur von Verlegenheit hier. Sie sind eine höchst bemerkenswerte junge Lady,
Miss Wingate.«

Lächelnd legte sie den Kopf schief. »Hoffentlich denken
Sie das am Ende des Sets immer noch.«

*E*s war der beste Tanz, den Fiona bislang getanzt
hatte. Sie wirkte anmutig und selbstbewusst, und
insbesondere sah sie aus, als würde sie sich prächtig amüsieren. Wie auch ihr Partner. Tobias wandte seine Aufmerksamkeit von ihr ab und schlenderte zu Lucien hinüber, der bei
Miss Lancaster stand.

»Tanzt du dieses Set nicht?«, fragte Lucien. »Ich hatte
erwartet, dass du eine volle Tanzkarte hast.«

»Gestatte mir, sie herauszuholen und dir zu zeigen«,
entgegnete Tobias sarkastisch. »Warum tanzt *du* nicht?«

Lucien lachte auf. »Ich tue so, als hättest du mich das
gerade nicht gefragt. Warum hast du solch eine Laune?«

Hatte er das? Tobias strich sich übers Kinn. »Wie ich sehe,
hast du Lord Gregor mit Miss Wingate bekannt gemacht.«

»Das war doch der Plan, nicht wahr?« Lucien starrte
seinen Freund an, als wäre dieser verrückt geworden.

Tobias warf einen Blick zu Miss Lancaster, die Miss
Wingate wahrscheinlich alles weitersagen würde, was sie
mitbekommen hatte. Lächelnd bat Tobias die Begleiterin, sie
beide zu entschuldigen, ehe er Lucien ein Zeichen gab, ihm
zu folgen.

»Was ist mit dir los?«, fragte Lucien, als sie Miss
Lancaster hinter sich gelassen hatten.

»Ich möchte über Miss Wingate nicht vor ihrer Begleiterin sprechen. Ich habe angenommen, das wäre offensichtlich.« Tobias winkte ab. »Es hat sich eine Planänderung
ergeben. Ich werde mein Mündel nicht zu einer raschen
Heirat drängen. Wie du neulich Abend so hilfreich vorgeschlagen hast, gewähre ich ihr eine Pause von diesem plötzli-
chen Wandel in ihrem Leben.«

»Liegt es daran, weil sie gestern im Salon der Königin
hingefallen ist?«

Tobias hörte den Humor in seiner Stimme und funkelte
ihn finster an. »Das war sehr traumatisch.« Sie selbst lachte
allerdings inzwischen darüber, also war es vielleicht nicht so
schlimm. »Nein, das ist nicht der Grund. Nicht genau,
zumindest.« Er fuhr sich mit den Fingerspitzen über die
Stirn.

»Du hast Miss Wingate sehr lieb gewonnen«, bemerkte
Lucien leise. »Es ist sehr umsichtig von Dir, ihr eine Erholungspause zu gönnen –, was genau das Gegenteil dessen
wäre, was dein Vater tun würde, falls dir das noch nicht
aufgefallen sein sollte.«

»Das war es nicht, aber das bestätigt doch den Wechsel
der Taktik, oder nicht?« Tobias blieb stehen und drehte sich
zur Tanzfläche hin, auf der sich Dutzende von Tänzern,
darunter auch Miss Wingate, im Takt bewegten. »Im
Moment ist es das Beste, wenn ich mich auf meine eigenen
Bestrebungen in Sachen Heirat konzentriere und nicht auf
die von Miss Wingate.«

»Deine Zeit wird immer knapper, nicht wahr?«

Tobias bedachte seinen Freund mit einem weiteren finsteren Blick. »Danke, dass du mich darauf hingewiesen hast.«
Als er den Blick durch den Ballsaal schweifen ließ, entdeckte
er Miss Goodfellow, die mit ihrer Mutter in einer der Ecken
verweilte. Das war gut, denn er wollte sie zum Tanzen
auffordern, sobald er mit Lucien fertig war. Er sah zu ihm

hinüber und fragte: »Wie war der Name der Witwe, die du mir vorgeschlagen hattest?«

»Lady Alford, aber sie hat inzwischen bereits einen Heiratsantrag angenommen. Lord Pettiford hat das Rennen gemacht, fürchte ich.«

»Das war verdammt schnell.«

»Vielleicht solltest du Lord Pettiford zu Rat ziehen, wie du schneller vorankommst.« Verstimmt schaute Tobias zu Lucien. »Nenn mir einen Grund, warum ich dich nicht in den Garten zerren und dir eine verpassen sollte.«

»Weil ich dir gleich eine zurückgeben würde, und das würde dich für deine in Frage kommenden Bräute schrecklich unattraktiv machen.« Lucien grinste und genoss es unübersehbar, seinen Freund wegen seiner Jagd nach einer Ehefrau zu sticheln.

Mit einem leisen Brummen fing Tobias an, sich umzudrehen. »Deine Gesellschaft war heute Abend überaus hilfreich gewesen. Ich bin weg, um mein Vorhaben zu *beschleunigen*.«

Lucien erwischte ihn am Ärmel. »Warte nur einen Augenblick, wenn es dir nichts ausmacht.«

Seufzend wandte Tobias ihm seine volle Aufmerksamkeit zu.

»Cassandra hat mich gebeten, unsere Tante in den Phönix Club einzuladen, damit sie für Cassandra die Patenschaft für einen Ball übernehmen kann. Und für Miss Wingate, da Lady Pickering auf unsere Einladung nicht geantwortet hat.« Er sprach nun fast im Flüsterton und Tobias rückte näher heran, damit ihre Unterhaltung von niemandem belauscht werden konnte.

»Sollten wir dies wirklich in einem Ballsaal besprechen?«, fragte Tobias leise. Wer in den Phönix Club eingeladen wurde und wer nicht, war ein Thema, über das viel debattiert und erkundet wurde. Jeder, der auch nur einen winzigen Gesprächsfetzen mitbekam, würde ihn mit Sicherheit laut herausposaunen.

Lucien sprach noch leiser. »Nein, aber die Angelegenheit ist dringend.«

»Du möchtest die Einladung sofort weitergeben?«, Tobias lächelte kopfschüttelnd. »Du bist deiner Schwester ungemein zugetan.« Oft schon hatte er den Wunsch verspürt, er hätte ein Geschwister, um das er sich auf diese Weise kümmern könnte. Vielleicht sollte er versuchen, Miss Wingate in dieser Weise zu betrachten. Ja, als eine jüngere Schwester, die er behüten und beschützen würde.

»Irgendjemand muss das ja tun«, antwortete Lucien. »Ich versuche bloß, mit so vielen … von uns wie möglich zu reden. Wirst du später im Club vorbeischauen?«

»Das werde ich. Bist du auf den Zorn deines Vater und deines Bruder vorbereitet, den du auf dich ziehen wirst?«

Lucien grinste. »Immer. Vater wird versuchen, Cass den Besuch der Bälle zu untersagen, doch letztendlich werde ich mich durchsetzen, insbesondere dann, wenn Tante Christina sich der Sache anschließt.«

»Wollen wir dies aber wirklich von ihr?« Sie hatte eine Ausstrahlung von Unaufrichtigkeit, die Tobias erzürnte.

»Denk dir eine andere Lösung aus, wie dein Mündel und meine Schwester Zutritt erhalten können, und ich werde deine Strategie unterstützen. Und jetzt geh, um mit Miss Goodfellow zu tanzen.«

»Es ist dein verdammter Club«, murmelte Tobias. »Wenn du selbst keinen Weg findest deiner eigenen Schwester Zutritt zu gewähren, wer sonst?« Mit einem letzten Blick über die Schulter setzte Tobias sich in Bewegung und strebte auf die Ecke zu.

»Guten Abend, Lord Overton«, begrüßte Mrs. Goodfellow ihn. »Wie erfreulich, Sie heute Abend zu sehen.«

Er verneigte sich vor den beiden Frauen. »Die Freude ist

ganz meinerseits. Dürfte ich bitten, dass wir zusammen promenieren und dann tanzen, Miss Goodfellow?«

»Das würde ich sehr begrüßen, danke.«

Begrüßen. Was hatte das zu bedeuten?

Mein Gott, er hatte wirklich eine Laune. Und er wusste immer noch nicht, warum. Er ließ die Anspannung aus seinen Schultern weichen und bot Miss Goodfellow seinen Arm und ein strahlendes Lächeln.

～

Später am Abend, als Tobias mit Miss Wingate und Miss Lancaster in seiner Kutsche saß, streckte er die Beine aus und fühlte sich erheblich besser als zuvor. Seine Promenade und der Tanz mit Miss Goodfellow waren außerordentlich erfolgreich verlaufen. Am Montag würde er sie besuchen, und von jetzt an gerechnet würden sie ihre Verlobung vielleicht schon in einer Woche bekannt geben können.

»Wie war Ihr Abend?«, erkundigte Tobias sich. »Ich habe Sie kaum gesehen.«

»Ich habe sehr viel getanzt. Haben Sie zufällig zugeschaut?« Ihre Augen funkelten verzückt. »Ich kann es nun viel besser.«

»Das habe ich tatsächlich. Gut gemacht.«

»Einige Gäste haben mich auf die unglückliche Situation im Salon der Königin angesprochen. Die meisten meinten, ich sähe gut erholt aus.«

Tobias rümpfte die Nase. »Hat Sie das gestört?«

»Ganz und gar nicht«, entgegnete sie strahlend. »Lord Gregory und ich haben sogar herzlich darüber gelacht.«

»Lord Gregory?«, fragte Tobias, als wüsste er nicht, wer der Mann war und er ihn nicht höchstpersönlich quasi in ihre nähere Umgebung gebracht hatte.

»Wir haben getanzt. Und flaniert, wie ich vermute. Ich mochte ihn sehr.« Ihre Augen blitzten im Lampenlicht. »Er sagte, er sei vom Phönix Club zu einem Beitritt eingeladen worden, wobei er sich aber noch nicht entschieden hat, ob er annehmen wollte. Ich habe ihn überzeugt, dass er es wagen sollte.«

»Tatsächlich?«

»Welchen Grund könnte es für eine Ablehnung geben?« Sie starrte ihn eindringlich an. »Eine Einladung ist heiß begehrt. Zufällig habe ich die Klage einer Lady mitangehört, die vom Club ignoriert wird, jedoch schien sie recht unangenehm zu sein. Und da jedes der mir bekannten Mitglieder, *äußerst* freundlich ist, lässt sich leicht kombinieren, dass die Mitgliedschaft von erlesener Güte sein muss.«

Von ihrer Argumentation bezaubert formte er die Lippen zu einem leichten Lächeln. »Welche Mitglieder kennen Sie denn genau?«

»Ähm, Sie natürlich. Und ich habe heute Abend Lord Lucien kennengelernt.« Sie richtete den Blick zum Dach der Kutsche, als ließe sich die Antwort im Brokatstoff finden. »Nun gut, ich kenne nicht viele, aber *Sie* sind außerordentlich sympathisch.«

Tobias fühlte sich ungemein geschmeichelt und setzte sich noch ein wenig aufrechter hin. »Ich danke Ihnen.«

Miss Wingate legte den Kopf schief. Sie strich sich über eine dunkelrote Locke, die ihre Schläfe berührte. »Was ist die Sternkammer?«

Tobias starrte sie an. »Die was?«

»So wird das Mitglieder-Komitee des Clubs von manchen genannt.«

»Stimmt das?« Er lenkte den Blick zu Miss Lancaster.

Sie zog die Augenbrauen in die Höhe. »Warum sollte ich das wissen?«

»Aus keinem bestimmten Grund. Ich bin bloß ... überrascht.« Er lachte. »Und belustigt. Die *Sternkammer*? Im Ernst?«

»Weil sie so *geheimnisvoll* ist«, antwortete Miss Wingate, die für die letzten beiden Worte die Stimme gesenkt und dabei gegrinst hatte.

»Und weil der Ausschuss über solch eine Macht verfügt«, setzte Miss Lancaster hinzu.

»Sie haben es also gewusst?«, fragte Tobias an Miss Lancaster gewandt.

Sie zuckte mit den Schultern und lächelte verhalten.

Miss Wingate nickte. »Ja, die Macht. Ich würde gerne wissen, wer in diesem Komitee sitzt. Außer Lord Lucien, natürlich. Und den Schirmherrinnen.«

»Wer behauptet, im Komitee säßen auch Schirmherrinnen?« Die Frage schoss ihm aus dem Mund, bevor er darüber nachdachte, wie sich seine Worte anhören konnten. Allerdings war die Annahme, sie könne daraus schließen, wer im Komitee saß, recht töricht.

»Niemand hat das *gesagt*«, gab Miss Wingate unbekümmert zurück und schien keine Mutmaßungen über seine Frage anzustellen. »Lord Gregory und ich haben nur darüber sinniert, um wen es sich bei den Mitgliedern des Komitees handeln könnte. Sie schienen die am ehesten in Frage kommenden Kandidatinnen zu sein. Mrs. Renshaw habe ich noch nicht kennengelernt. Soweit ich weiß, ist sie für die Seite der Ladys zuständig.«

Tobias wusste, was sie plante. »Sie versuchen auf taktische Weise, ihren Eintritt zu einem Ball sicherzustellen, nicht wahr?«

»Ist das schlimm?« Ihre Augen wurden ein wenig schmaler, und sie schürzte die Lippen. »Sie sind ganz bestimmt keine Hilfe dabei.«

»Das stimmt nicht.« Er verschränkte die Arme. »Warum

haben Sie überhaupt so ein unbändiges Interesse daran, einem Ball des Phönix Clubs beizuwohnen?«

Betont stieß sie die Luft aus. »Habe ich Ihnen nicht gerade erst erklärt, wie begehrt eine Einladung in den Phönix Club ist? Sollte Ihnen also wirklich etwas daran liegen, dass ich eine erfolgreiche Saison habe, muss ich auf einen Ball des Phönix Clubs gehen. Denken Sie nur daran, wie reizvoll mich dies für potenzielle Verehrer macht.«

Darauf brach er in Gelächter aus. »Als Gast an einem Ball teilzunehmen, ist nicht dasselbe wie ein Mitglied zu sein. Ich wage zu behaupten, dass es eine Reihe junger Damen gibt, die einen Ball besuchen und sich in Zukunft, wenn sie dafür in Frage kommen, nicht als Mitglied erleben werden.«

»Also liegen einige der Anwesenden unterhalb den hohen Standards des Clubs, während ich nicht einmal die Gelegenheit haben werde, überhaupt teilzunehmen.« Die Hände im Schoß verschränkt, blinzelte sie ihn an.

Verdammt, da war er ja direkt in die Falle getappt. »Ich arbeite an einer Möglichkeit, wie Sie an einem Ball teilnehmen können, einverstanden?«

Sie entfaltete die Hände und stützte sie zu beiden Seiten ihres Schoßes auf den Sitz. »Tatsächlich?«

»Seien Sie nicht enttäuscht, wenn aus der Sache nichts wird.«

»Das ist eine alberne dumme Regel. Sie sind Mitglied und Sie sind mein *Vormund*. Ich sollte mit Prudence als Anstandsdame teilnehmen können.«

Wieder einmal war er nicht imstande, ihrer Argumentation zu widersprechen. Wenn sie wüsste, dass er zum Komitee gehörte, das solche Vorschriften ändern konnte, würde sie die Angelegenheit niemals auf sich beruhen lassen. »Ich werde mit Lucien reden.« Vielleicht sollte der Club jungen Ladys mit männlichen Familienangehörigen – oder einem Vormund

– die Teilnahme an den Bällen gestatten. Dann müsste Lucien seine enervierende Tante nicht einladen. Verdammt, warum war ihm dies nicht schon früher eingefallen?

»Miss Wingate, falls ich Ihre Intelligenz nicht schon bewundernd hervorgehoben habe, gestatten Sie mir bitte, dies noch einmal zu tun.«

Mit einem wohlverdienten, selbstgefälligen Lächeln neigte sie den Kopf. »Vielen Dank, Mylord.«

Sehr klug. Und amüsant.

Und viel zu schön.

»Lord Gregory hat mir gefallen, muss ich sagen«, murmelte sie und lenkte den Blick dabei zum Fenster.

Und sie könnte Tobias auf dem Weg zum Traualtar womöglich sogar überholen.

KAPITEL 9

$\mathcal{F}$iona strebte freudig zu dem Salon, in dem – wie der Butler sagte – Cassandra auf sie wartete. Ehe Fiona ihre Freundin noch begrüßen konnte, winkte Cassandra sie zu sich auf das Sofa.

»Ich habe Neuigkeiten«, sagte sie in einem recht unheilvollen Ton.

»Hat dein Vater dich mit jemandem verlobt?«, fragte Fiona zutiefst besorgt.

Cassandras ausdrucksstarke Miene erstarrte. Für einen Moment schaute sie Fiona nur an, und dann blinzelte sie. »Wie kommst du denn auf so etwas?«

»Du hast gerade so ernst geklungen, und jetzt sind Falten auf deiner Stirn eingegraben.«

Lachend massierte Cassandra sich die Stirn. »Besser?« Auf Fionas Nicken hin legte sie die Hand wieder in ihren Schoß. »Lucien hat mir eröffnet, dass unsere Tante keine Einladung in den Phönix Club erhalten wird.«

Enttäuschung flammte in Fionas Brust auf. »Warum nicht?«

»Das Mitglieder-Komitee ließ sich offenbar nicht dafür

gewinnen.« Cassandra ließ die Luft aus. »Sich darüber aufzuregen hat keinen Sinn. Ich habe meinen Bruder angefleht, es noch einmal zu versuchen, doch er meinte, das Votum des Komitees sei endgültig – und ich dürfe nicht einmal wissen, dass eine Abstimmung stattgefunden habe. Sollte ich jemandem davon erzählen, drohte er, mich zu den Nonnen ins Kloster zu schicken.«

»Dann sollte ich es besser auch niemandem weitersagen.«

»Das würde ich sehr zu schätzen wissen«, antwortete Cassandra trocken.

Stirnrunzelnd lehnte sich Fiona in das Sofa zurück und blickte geradeaus, als ob sie Antworten in der Luft erkennen könnte. »Ich frage mich, warum das Komitee gegen sie gestimmt hat.«

»Weil sie hochnäsig sein kann, und auch unaufrichtig und schlichtweg ... enervierend.« Cassandra lehnte sich ebenfalls zurück. »Trotzdem hat e ich gehofft, man hätte über ihre Unzulänglichkeiten hinweggesehen, da sie Luciens Tante ist. Wir haben allerdings dabei erfahren, dass Lucien gar nicht so viel Macht besitzt, wie ich angenommen hatte, obwohl er der Besitzer ist.«

»Das ergibt keinen Sinn«, stellte Fiona fest. »Es sei denn, er ist nicht der einzige Besitzer.«

Cassandra holte tief Luft und drehte sich zu Fiona um. »Das habe ich gar nicht bedacht. Vielleicht könnten wir herausfinden, ob es einen geheimen, stillen Miteigentümer gibt, und diese Information nutzen, um Einladungen zu den Bällen zu erzwingen.«

Als Reaktion auf Cassandra holte Fiona scharf Luft, und ihre Augen weiteten sich, als sie sich auf dem Sofa drehte. »So etwas würdest du deinem eigenen Bruder nicht antun.«

»Freilich nicht. Leider neigt mein Verstand zum Ersinnen von recht hinterhältigen Plänen. Ich bemühe mich sehr, keine darunter in die Tat umzusetzen. Nur, wenn es kritisch wird.« Cassandra verstummte und schaute Fiona in die Augen. »Unsere Bedürfnisse sind jetzt kritisch, würde ich sagen.«

Etwas verwirrt fragte Fiona: »Welche Bedürfnisse sind das im Einzelnen?«

»Wie wir einen Sponsor bekommen, damit wir zu den Bällen gehen können.«

Richtig. »Ich habe Overton gefragt, warum er nicht einfach für mich einstehen könnte, und dein Bruder für dich. Die beiden sind Mitglieder, und wir gehören zur Familie. Nun, du gehörst zur Familie, und ich bin gewissermaßen ein Familienmitglied.«

»Ausgezeichnet. Was hat er dazu gesagt?«

»Er hat angedeutet, er würde mit Lord Lucien sprechen. Hat dein Bruder nichts zu dir gesagt?«

»Nein, und er ist erst spät heute Morgen vorbeigekommen. Vielleicht war das Mitglieder-Komitee auch damit nicht einverstanden.«

»Sind sie neben der Mitgliedschaft, auch für alle anderen Regeln zuständig?«

Cassandra wischte sich mit einer Hand über die Stirn, ohne sie jedoch dieses Mal zu reiben. »Ich habe keine Ahnung. Allmählich verliere ich die Hoffnung, dass wir an einem der Bälle dort teilnehmen werden. Es würde mich nicht wundern, wenn mein Vater dahintersteckt, wobei Lucien allerdings Papas Erlasse in der Regel ignoriert. Andererseits legt Lucien sich nicht allzu sehr ins Zeug, was mich anbelangt. Verflucht, ich wollte doch unbedingt dieses Bacchanalien-Gemälde bewundern.«

»Und ich möchte das von Circe sehen«, murmelte Fiona.

»Du hattest damals bei unserer ersten Begegnung vorgeschlagen, wir sollten uns hineinstehlen«, meinte Cassandra ganz langsam, als ob sie ausprobieren wollte, wie es sich laut anhörte.

»Da habe ich einen Scherz gemacht.« Hatte sie das?
»Gewissermaßen.«

»Ich glaube, ich habe einen Plan.« Aufregung blitze in ihrem Blick auf.

Fiona fühlte sich gleichzeitig begeistert und doch auch unschlüssig. »Hast du nicht gerade gesagt, deine Pläne seinen hinterhältig?«

»Ich sagte auch, ich würde sie nur in die Tat umsetzten, wenn es absolut notwendig wäre.«

»Was ist dein Plan?«

»Wir verkleiden uns als Gentlemen und stehlen uns auf der Seite der Männer in den Club.«

Fiona starrte sie an »Wie bitte?«

»Das ist ein entsetzlicher Einfall.« Prudence stand mit einem Tablett voll Kuchen und Limonade in der Tür.

»Warum bringst du Erfrischungen?« Immer noch war Fiona über die Hierarchie im Haushalt verwirrt. Prudence war keine Dienstbotin, und doch verrichtete sie Aufgaben, die denen eines Dienstboten ähnelten.

»Weil ich hungrig war und dachte, ihr beide seid das vielleicht auch.« Sie stellte das Tablett auf einen Tisch in der Nähe der Fenster mit Aussicht auf die Brook Street. »Außerdem wollte ich niemandem zur Last fallen«, murmelte sie.

Fiona verstand dieses Gefühl. Wenn sie spät in der Nacht etwas wollte, klingelte sie nie, um sich bedienen zu lassen. Es fiel ihr sogar schwer, überhaupt um Hilfe zu klingeln. Die Tatsache, dass sie eine Kammerzofe hatte, die ihr beim Ankleiden behilflich war und sich um ihre Sachen kümmerte, kam ihr vollkommen übertrieben vor. Allerdings verstand – und schätzte – Fiona die fachkundige Unterstützung ihrer Zofe beim Ankleiden für einen Ball, nicht dass sie diesen Dienst in nächster Zeit wieder benötigen würde.

Fiona und Cassandra gesellten sich zu Prudence an den Tisch, wo sie Limonade trank, ohne sich allerdings zu setzen.

»Bleibst du nicht?«, fragte Fiona und griff nach einem Keks.

Prudence beäugte die beiden Frauen daraufhin misstrauisch. »Das hängt davon ab, ob ihr tatsächlich vorhabt, euch wie Gentlemen zu verkleiden und in den Phönix Club zu schleichen.«

»Hast du eine bessere Idee?« In Cassandras Frage steckte ein gewisser Eifer und das Glitzern in ihren Augen besagte, dass sie tatsächlich auf einen Vorschlag von Prudence hoffte.

Prudence stellte ihr Glas auf dem Tisch ab und nahm auf einem der vier Stühle Platz. »Warum versucht ihr, hineinzukommen?«

Cassandra setzte sich gegenüber von Prudence. »Weil es nicht so aussieht, als dürften wir zu einem Ball gehen. Und es wird ungemein unterhaltsam sein.«

Prudence schürzte die Lippen und bedachte die beiden mit einem missbilligenden Blick. »Dies scheinen nicht gerade gute Gründe zu sein, ein solches Risiko einzugehen. Ich sollte dieser Unterhaltung nicht zuhören«, murmelte sie und machte Anstalten, sich zu erheben.

»Nein, das solltest du nicht«, pflichtete Fiona mit fester Stimme bei. Es lag wirklich nicht in ihrer Absicht, Prudence in Schwierigkeiten zu bringen.

Prudence klaubte einen Keks vom Tablett. »Ich lasse euch mit euren Plänen allein.« Sie warf einen Blick zur Tür, dann senkte sie die Stimme. »Ich, an eurer Stelle, würde mich als eines der Dienstmädchen verkleiden und mich eines Morgens zur Seite der Ladys hineinstehlen – und einfach so tun, als würde ich meiner Arbeit nachgehen. Die Mädchen, die dort arbeiten, tragen eine besondere Dienstbotentracht, ein graues Kleid mit einer dunkelgrünen Schürze. Und eine weiße Haube, selbstverständlich.« Prudence biss von ihrem Keks ab, ehe sie sich umwandte und den Salon verließ.

Fiona wollte fragen, woher Prudence so ein umfangreiches Wissen hatte. Außerdem hatte sie immer noch nicht erkundet, auf welche Weise Prudence mit Lord Lucien Bekanntschaft geschlossen hatte.

Cassandra lehnte sich grinsend auf ihrem Stuhl zurück. »Du kannst dich glücklich schätzen, Prudence zu haben. Was würde ich nicht für eine Begleiterin wie sie geben. Oder irgendeine Gefährtin«, setzte sie seufzend hinzu.

War sie einsam? Fiona gefiel der Gedanke ganz und gar nicht, dass ihre Freundin es sein könnte. Sie wusste, wie sich Einsamkeit anfühlte, wenngleich sie bis zu ihrer Ankunft hier auch nicht gewusst hatte, dass es das war, was sie in Shropshire empfunden hatte. Die Umstellung von einem Leben in einem kleinen Haushalt, in dem es nur sie und Mrs. Tucket gegeben hatte, und Mr. Woodson, der regelmäßig zum Mitanfassen vorbeigekommen war, zu diesem großen Haus in Mayfair mit seinen vielen Bediensteten und Prudence, war eine ebenso große, wie die Teilhabe am gesellschaftlichen Leben.

Nein, auf keinen Fall würde sie nach Bitterley zurückkehren – nicht jetzt. Und wenn das bedeutete, eine Heirat in Kauf zu nehmen, dann würde sie einen annehmbaren Mann finden.

In der Zwischenzeit wollte Fiona allerdings ihre Freiheit auskosten. »Was meinst du, wo wir dunkelgrüne Schürzen auftreiben können?«

Cassandra blinzelte überrascht. »Willst du das wirklich wagen?«

»Der Club gehört deinem Bruder. Sollten wir wirklich auffliegen, welcher Schaden würde dann entstehen? Wenn wir darüber hinaus früh am Morgen gehen, wird uns abgesehen von den Angestellten des Clubs keine Menschenseele zu Gesicht bekommen. Wir müssen nur die Köpfe senken. Vielleicht brauchen wir besonders breitkrempige Hauben, die sich tief in die Stirn ziehen lassen.«

»O ja«, stimmte Cassandra mit einem heiteren Lachen zu. »Ich glaube, es wird Zeit für unseren Einkaufsbummel in Cheapside. Ich werde arrangieren, dass Tante Christina uns morgen dorthin begleitet.«

»Wird sie so kurzfristig verfügbar sein?«

Cassandras Augen wurden schmal. »Sie schuldet mir schließlich einen Gefallen, weil sie mich neulich Abend auf dem Ball im Stich gelassen hat. Wenn ich das meinem Vater erzählen würde, könnte er ihr dafür ihre Zuwendung kürzen.«

»Dein Vater gewährt ihr eine Zuwendung?«

»Er entschädigt sie für ihre Mühe, als meine Anstandsdame zu fungieren.«

Die nächste Frage behielt Fiona für sich – warum musste ein Familienmitglied entschädigt werden, sich einander zu helfen und zu unterstützen? Sie fürchtete die Antwort ebenso wie das Gefühl, das sie für Cassandra damit auslösen könnte. Fiona fing an, einige Dinge über ihre Freundin zu erkennen. Nach außen hin schien sie so vom Glück begünstigt, mit ihrer Familie, ihrem Wohlstand und ihren Privilegien. Wenn sie jedoch einsam war und ihre Familie so kalt, wie Fiona zu erahnen begann, war es kein Wunder, dass Cassandra sich mit der Aussicht auf Unterhaltung an Fiona gehängt hatte. Wieder fragte Fiona sich nach Cassandras Mutter, von der sie inzwischen wusste, dass sie gestorben war, aber über die ihre Freundin nicht sprechen wollte.

»Dann wird sie uns wohl nach Cheapside begleiten müssen«, meinte Fiona lächelnd. »Ich werde Prudence nicht einladen. Auf diese Weise hat sie absolut nichts damit zu tun.« Fiona erstarrte und richtete den Blick zu ihrer Freundin. »Werden wir das wirklich tun?«

Cassandras Augen tanzten, als sie Fiona anschaute. »Davon gehe ich aus. Du hattest recht – niemand wird uns sehen und selbst wenn, welchen Schaden würde das anrichten? Wir werden einfach gehen.«

Es klang wunderbar. Wie ein *Abenteuer*. Und hatte die Königin selbst nicht Fiona aufgefordert, ihr Abenteuer zu genießen? »Ich hoffe, es wird nicht unser einziger Besuch sein. Ich habe vor, Overton zu fragen, ob er mit deinem Bruder über meinen Einfall gesprochen hat, die Regeln so zu ändern, dass Männer ihre unverheirateten Familienmitglieder in den Club mitbringen können.«

»Ich werde selbst mit Lucien sprechen«, entgegnete Cassandra. »Wo ist der Earl heute? Hoffentlich schleicht er nicht herum und lauscht an Türen.« Sie lachte leise, als sie ihr Glas Limonade nahm.

»Er ist aus und stattet Besuche ab.«

Cassandra trank einen kleinen Schluck. »Bei angehenden Bräuten?«

»Möglicherweise.« Fiona hatte dies gar nicht in Betracht gezogen, doch es ergab einen Sinn.

»Ich frage mich, wen er ins Auge gefasst hat. Ich hoffe nur, dass sie angenehm und erfreulich ist – du wirst schließlich mit ihr hier leben.«

Daran hatte Fiona gar nicht gedacht. Wenn er allerdings bald heiratete, würde genau das eintreten. Was würde seine Komtess darüber denken, ihr Haus mit ihrem neuen Ehemann und seinem Mündel zu teilen? Der Druck auf Fiona, zu heiraten, würde zunehmen. »Ich werde mich mit angenehm zufriedengeben.« Und geduldig, für den Fall, dass sie nicht heiratete? Was, wenn seine neue Komtess es hasste, sein Mündel im Haus zu haben, und darauf bestand, Fiona nach Shropshire zurückzuschicken?«

Sie würde hoffen, dass er nicht so rasch eine Ehefrau fand.

*M*isstönende Klänge eines Pianofortes empfingen Tobias, als er sein Haus betrat und Carrin Hut und Handschuhe übergab. »Es ist angekommen, wie ich höre.«

»In der Tat, Mylord. Es ist im Salon aufgestellt worden, wie Ihr angeordnet habt. Allerdings wird es auf eine gefälligere Art arrangiert werden müssen.«

»Ausgezeichnet.« Lächelnd schwenkte Tobias nach links in den Salon, der auf die Straße hinausging. Das kleine Pianoforte stand in der Ecke und wirkte zwischen den anderen Möbelstücken ungeschickt arrangiert. Miss Wingate stand davor und tippte mit ihren Fingern wahllos auf den Tasten herum.

»Das ist ja bereits eine entzückende Melodie«, bemerkte er beim Eintreten und bewirkte damit ein scharfes Luftholen seines Mündels, als sie sich ruckartig zu ihm umdrehte. »Ich bitte um Entschuldigung. Ich hatte Sie nicht erschrecken wollen.«

»Über den Krach, den ich mache, habe ich Sie nicht eintreten hören. Eine Melodie?« Amüsiert bog sie die Lippen nach oben. »Sie sind sehr höflich, insbesondere, nachdem ich mich über Ihr Gesumme lustig gemacht habe.«

Tobias lachte. »Stimmt, ich bin überaus edelmütig. Sollte ich dann einen Lehrer für Sie engagieren?«

»Bestimmt bin ich zu alt, um es noch zu lernen.« Sie blickte zu dem Instrument zurück. »Ich hatte wirklich nicht gedacht, Sie würden es für mich herschaffen lassen. Und ganz bestimmt nicht so schnell.«

Er zuckte mit den Schultern. »Lucien hatte noch eins übrig.«

Ihre Augenbrauen zogen sich zusammen. »Einfach ein überzähliges Pianoforte, das herumsteht?«

»Oder irgendetwas. Lucien ist recht gut im Lösen von Problemen.«

»War es ein Problem, kein Pianoforte zu haben?«

»Natürlich nicht, aber als ich erwähnte, eines für Sie zu beschaffen, meinte er, dass er heute noch ein Instrument bringen lassen könnte.«

»Das haben Sie mir nicht gesagt.«

»Es war eine Überraschung. Ich werde mich morgen nach einem Lehrer umhören.«

»Spielen Sie?«

»Nur sehr oberflächlich. Meine Mutter war sehr begabt. Als ich ein Junge war, haben wir uns alberne Stücke ausgedacht.« Seit Jahren hatte er nicht mehr daran gedacht.

»Über was?«, fragte Miss Wingate mit einem breiten Lächeln.

Die Worte eines der Lieder kamen ihm wieder in den Sinn. »Frösche sind schleimig und sie fressen Fliegen. Vögel sind flaumig und sie können nur fliegen.«

Sie lachte und ihre Augen waren voller Heiterkeit. »Sie sind ein wahrer Poet.«

»Warum lügen Sie über so etwas, wenn Sie über mein entsetzliches Gesumme unerbittlich brutal waren?«

»Habe ich gesagt, es sei entsetzlich?«

»Sie sagten etwas in der Art wie entsetzlich und da Sie mich mit einer liebeskranken Katze verglichen haben, denke ich, dass es wahrscheinlich in etwa zutrifft.«

»Ich habe nicht von einer liebeskranken Katze geredet.« Sie hielt einen Finger in die Luft. »Ich sagte, eine *klagende* Katze.«

»Ich kann mich nicht entscheiden, was davon schmeichelhafter ist.«

»Ganz eindeutig die trauernde Katze.« Sie wandte sich wieder dem Pianoforte zu und schlug einige weitere Töne darauf an. »Vielleicht können wir ein Hauskonzert veranstalten.«

»Für diejenigen, die taub sind, hoffe ich.«

Sie grinste. »Wir werden es für ein unbestimmtes Datum in der Zukunft festlegen. Nachdem wir geheiratet haben.« Sie faltete ihre Hände zusammen und schaute ihn abermals an. »Haben Sie an dieser Front Fortschritte gemacht?«

Ihr Kommentar darüber, dass sie beide heirateten, rüttelte ihn auf, denn in seiner ursprünglichen Interpretation hätten sie *einander* geheiratet. Als ob sein Ruf nicht schon miserabel genug wäre. Was würde die feine Gesellschaft sagen, wenn er sein Mündel heiratete?

Es war nicht einmal der Überlegung wert.

»Ja, das denke ich«, brachte er hervor und lenkte seine Gedanken auf die Frage, die sie gestellt hatte. »Ich habe Miss Goodfellow besucht, und wir haben eine schöne Zeit verbracht.«

Miss Wingate ließ ihre schlanken Finger über die Oberfläche des Pianofortes gleiten. »Spielt sie?«

»Das weiß ich nicht. Das Thema ist nicht zur Sprache gekommen. Wir haben hauptsächlich über den absurden Krieg gesprochen, den wir gerade in Amerika verloren haben.«

»Tatsächlich? Wie merkwürdig für eine junge Lady, sich mit ihrem Bewerber über solch eine Sache zu unterhalten. Das hat man mich zumindest glauben machen.«

Blitzartig suchte er ihren Blick. »Wer hat Ihnen das gesagt? Es ist ein miserabler Ratschlag. Verlassen Sie sich nicht auf *die drei Themen* bei einer Unterhaltung.« Er erschauderte.

»Die drei Themen?«

»Mode, Essen und Blumen. Das ist alles, worüber junge Damen sich unterhalten. Und das Wetter.«

»Sie werden mich nicht dabei ertappen, das Thema Mode

anzuschneiden. Ich kann allerdings bemerkenswert schwärmerisch über die Blumen Shropshires referieren. Zuhause habe ich einen Garten unterhalten. Was einmal mein Zuhause gewesen war, jedenfalls.«

Gewesen war. »Sie können es sich also nicht mehr als ihr Zuhause vorstellen?«

Fiona atmete aus und schlenderte vom Pianoforte weg. »Es ist schwer, sich einen Ort als Zuhause vorzustellen, wenn man keine Familie hat und nichts richtig zu einem gehört. Ein Zuhause ist solide und sicher – und dauerhaft. In den vergangenen Jahren habe ich mich eher als durchreisend gesehen. Das bin ich vermutlich immer noch.«

Tobias ging auf, dass Horethorne der Ort war, den er als sein Zuhause betrachtete. Er lebte hier und in Deane Hall, aber sein Elternhaus, in dem er das Weihnachtsfest und einige Wochen im Spätsommer verbrachte, war der Ort, an dem sich alles am sichersten … und beständigsten anfühlte. Weshalb er es nie loslassen würde.

Er drehte sich in die Richtung, in die sie gegangen war. »Das ist ein schöner Gedanke, wenn auch ein trauriger. Ich möchte, dass Sie sich hier zuhause fühlen.«

Sie brachte ein halbes Lächeln zustande. »Ich fühle mich hier so behaglich, wie ich nur kann. Aber dies ist vorrübergehend.«

»Sie haben Familie – Ihren Cousin und seine Frau. Und Mrs. Tucket ist gewissermaßen wie ein Familienmitglied, nicht wahr?« Die frühere Zofe hatte angefangen, sich als eine Art Hilfe der Haushälterin zu entwickeln, sehr zum Verdruss von Mrs. Smythe. Wenn sie sich nicht zurücknahm, würde Tobias einschreiten müssen. Tatsächlich sollte er vielleicht etwas zu Miss Wingate sagen. Vielleicht könnte sie helfen.

»Ja, das ist sie«, antwortete Miss Wingate. »Mein Cousin und seine Frau sind es allerdings nicht. Wir haben uns nie nahegestanden. Ich habe seine Frau wirklich nur drei oder vier Mal getroffen, seit sie geheiratet haben.«

Das fand Tobias schockierend. Und schrecklich. Warum luden sie Fiona nicht regelmäßig zum Abendessen in ihr Haus ein? Mit dem Wissen, was sie dort erwartete, konnte er Fiona nicht nach Bitterley zurückschicken.

»Es klingt, als würden sich die Dinge mit Miss Goodfellow gut entwickeln?« Es schien, als wolle Miss Wingate nicht weiter über ihren Cousin sprechen und das würde Tobias respektieren.

»Das glaube ich. Ja.«

»Haben Sie noch jemanden besucht?« Miss Wingate ging zum Sofa, um sich elegant auf einer Seite niederzulassen und ihren Rock zu arrangieren. In den beinahe zwei Wochen, die sie inzwischen hier war, hatte sie jede Menge gelernt. Vielleicht brauchte sie doch keine Pause vom gesellschaftlichen Leben.

»Heute nicht.« Er setzte sich in den Sessel, der schräg neben ihrem Platz stand und streckte die Beine aus.

»Das ist wahrscheinlich gut und vernünftig«, meinte sie. »Es ist am besten, wenn Sie sich bei der Suche nach der richtigen Komtess Zeit nehmen«, meinte sie mit einem arglosen Lächeln. »Sobald mehr Leute in die Stadt kommen, werden Sie eine größere Auswahl von in Frage kommenden Bräuten haben.«

Dem konnte er nicht widersprechen, jedoch hatte er nicht den Luxus, Zeit zu haben. Und ihm gefiel die Vorstellung des Heiratsmarktes auch nicht, bei dem er junge Ladys wie Pferde bei Tattersall in Augenschein nahm. Das hatte er außerdem vor zwei Jahren mit einem absolut katastrophalen Ergebnis getan.

»Ich bin nicht sicher, ob mir daran liegt, am Heiratsmarkt teilzunehmen, wenn er voll im Gange ist. Es ist besser für mich, wenn ich mich bald auf jemanden festlege, denke ich.«

»Festlegen? Mylord, das klingt aber ganz und gar nicht romantisch. Sie wollen doch bestimmt etwas für Ihre Frau empfinden? Das ist ein weiterer Grund, sich Zeit zu nehmen, damit die Gefühle wurzen, keimen und erblühen können.«

Beinahe hätte er über ihre Wortwahl gelacht, und das selbst, obwohl ihre Perspektive ihn mit voller Wucht in die Brust traf. Er liebte Miss Goodfellow nicht. Noch nicht, jedenfalls. »Sie bedienen sich einer blumigen Analogie.«

»Ach du lieber Himmel! Gehört das unter eines *der drei Themen*?«, fragte sie in gespieltem Entsetzen.

»Ich werde es durchgehen lassen. Und Sie werden mir irgendwann über Ihre Shropshire Blumen berichten müssen.«

»Fritillaries sind meine Lieblingsblumen. Ich liebe das wechselhafte Muster auf den Blüten. Sie blühen im April und Mai. Wenn Sie mit dem Heiraten bis dahin warten, könnte ich welche für das Bouquet Ihrer Braut bringen lassen.«

Versuchte sie, seine Heirat aufzuschieben? Warum sollte sie das tun? Es sei denn ..

Nein, vom Testament seines Vaters konnte sie nichts wissen. Seine engsten Freunde und der Sekretär seines Vaters waren die einzigen Menschen, die wussten, dass Fiona Horethorne erben würde, wenn Tobias nicht innerhalb von drei Monaten nach dem Tod seines Vaters heiraten würde. Der Sekretär war in Tobias´ Dienste übergegangen. Tobias hatte ihn gefragt, ob Miss Wingate über ihre mögliche Erbschaft in Kenntnis gesetzt würde, aber Dyer hatte ihm versichert, dass sie nichts erfahren würde, es sei denn, die drei Monate würden verstreichen, ehe Tobias heiratete.

Er zog die Beine an, die er im Knie beugte, und stütze seinen Ellbogen auf der Sessellehne ab. »Warum sind Sie plötzlich so an meiner Heirat interessiert?«

»Es ist wichtig für Sie und es beeinträchtigt mich.«

Angespannt bohrte er weiter. »In welcher Weise?«

»Ihre neue Komtess wird das Kommando über diesen Haushalt übernehmen, so wie es sein sollte. Ich bin ein Mitglied dieses Haushalts. Einstweilen.«

Er schaute sie unverwandt an, als ob er ihre weiteren Gedanken ergründen könnte, wenn er sie lange genug anstarrte. Das war allerdings unmöglich.

»Cassandra war vorhin zu Besuch.« Miss Wingate rückte näher an das Ende des Sofas heran. Näher zu ihm. »Haben Sie mit Lord Lucien über meine Idee gesprochen, die Regeln zu ändern, damit Sie mich als Ihren Gast zu den Bällen mitbringen können?«

»Ich hatte noch keine Gelegenheit.« Er verstand wirklich nicht, warum dies so wichtig für sie war. Es war doch nichts weiter als noch ein Ball. Das stimmte nicht ganz. So wie bei Almack`s war die Einladung heiß begehrt, aber viel besser. Wenn er jung und neu in London wäre, würde er wahrscheinlich auch dorthin gehen wollen. Himmel, er war keines von beidem und wenn er kein Clubmitglied wäre, würde er trotzdem alles Erdenkliche versuchen, um sich eine Einladung zu sichern.

Sie drückte sich gegen die Sofalehne und ihr Rock streifte seinen Stiefel. »Das ist sicherlich ein weiteres Problem, das Lord Lucien lösen kann. Insbesondere, weil es seine Schwester betrifft und *ihm der Club gehört.*«

»Wenn Sie es so darstellen, klingt die Sache recht machbar. Seien Sie beruhigt, ich werde mit ihm darüber sprechen.«

»Ich muss sagen, dass ich nicht verstehe, warum Lady Pickering nicht eingeladen worden ist. Sie scheint genau die Sorte von wohlrespektierter Frau in der Gesellschaft zu sein, die der Club aufnehmen möchte.«

»Wie wollen Sie das wissen?«

»Weil alle immer mit Ehrfurcht und Bewunderung von ihr sprechen. Abgesehen davon, hatten Sie doch erwähnt, dass Lord Lucien Ihnen geholfen hat, sie als meine Sponsorin zu gewinnen, nicht wahr? Das würde den Rückschluss zulassen, dass sie zumindest miteinander befreundet sind. Warum hat er sie nicht in seinen Club eingeladen?«

»Weil dies nicht nur bei ihm liegt.«

»Ich denke, es gibt Dinge, die Sie über den Club und seine Regeln wissen, die Sie mir nicht erzählen.« Sie straffte sich und sah ihn mit runder Augen an. »Sind Sie im Mitglieder-Komitee?«

»Warum glauben Sie das?« Er hatte verdammt noch mal zu schnell und mit zu viel Vehemenz geantwortet. Er zwang ein Lachen hervor. »Wenn ich dem Mitglieder-Komitee angehörte, könnte ich dafür sorgen, dass Sie zu den Bällen eingeladen werden.«

Ihren Ellbogen auf die Armlehne des Sofas gestützt, legte sie das Kinn in ihre Hand. »Könnten Sie das? Also macht das Mitglieder-Komitee mehr, als nur Mitglieder einladen. Es kontrolliert jeden Aspekt des Clubs.«

»Das kann ich nicht sagen, weil ich kein Mitglied des Komitees bin.«

»Frauen nicht zu erlauben, Mitglied zu werden, bis sie verheiratet sind, ist eine furchtbare Regel, und auch, dass sie nicht eingeladen werden können, es sei denn, sie werden von einem Mitglied gefördert.«

Tobias fuhr sich mit der Hand durchs Haar und dann fluchte er leise vor sich hin, da er in jeder Hinsicht aufgeregt wirkte. »Es ist keine schreckliche Regel, jungen, unverheirateten Frauen die Mitgliedschaft zu versagen. Das zu erlauben, würde eine junge Frau ruinieren.«

Sie legte den Kopf schief, während sie ihr Kinn weiterhin in der Hand aufstützte. »Aber ältere, unverheiratete Frauen ruiniert es nicht?«

»Sie sind bereits –« Tobias klappte den Mund zu. Er war nicht ganz sicher, was er hatte sagen wollen, aber gewiss würde es nicht adäquat gewesen sein. Er musste noch genau zu unterscheiden lernen, was eine Frau zu einer Jungfer machte und stellte fest, dass diese Idee ihn wirklich neugierig machte. »Ich widerspreche nicht, dass diese Regel ungerecht ist. Sie spiegelt allerdings die Regeln der Gesellschaft wider und wir müssen uns an sie halten.« Sprach es allerdings nicht gegen das Ansinnen des Clubs, sich den Konventionen und der Steifheit der feinen Gesellschaft zu widersetzen?

Ja, aber der Club konnte dennoch nicht zulassen, junge Ladys in den Ruin zu führen.

Fiona ließ den Arm sinken und behielt den Ellbogen auf der Sofalehne. »Ich entschuldige mich, wenn ich einen eher naiven Eindruck in diesen Angelegenheiten mache. Die feine Gesellschaft ist meiner bescheidenen Meinung nach unnötig kompliziert.«

»Ich widerspreche Ihnen nicht«, murmelte er. »Und ich finde Ihre Naivität erfrischend.«

Sie lehnte sich zu ihm. »Tun Sie das?« Ihre dunklen Augen trafen die seinen mit unverhohlener Neugier.

Er ertappte sich, wie er sich ebenfalls nach vorn neigte, sodass ihre Gesichter nur wenige Zentimeter voneinander entfernt waren. »Absolut.«

»Mylord?«

Tobias und Miss Wingate sprangen in genau dem gleichen Moment auf, sodass ihre Nasen mit solch einer Wucht aneinanderstießen, dass beide mit einem gemeinsamen »Au!« auf ihre entsprechenden Sitzmöbel zurückfielen.

Tobias hielt sich das Gesicht, als ein Gefühl der Taubheit in seiner Nase aufstieg. Eine Hand über Mund und Nase gewölbt tat Miss Wingate das Gleiche.

»Ich bitte um Entschuldigung«, sagte Carrin. »Mr. Dyer ist zum verabredeten Termin hier.«

Himmel, das hatte Tobias ganz vergessen. Und vor einigen Minuten hatte er sogar noch an Mr. Dyer gedacht.

Tobias war über die Maßen enttäuscht. Den Blick zu Carrin gerichtet, senkte er allmählich die Hand vom Gesicht. »Ich werde in einem Augenblick dort sein.« Klang seine Stimme so, als ob er eine Erkältung hätte?

Carrin neigte den Kopf und entfernte sich.

Sofort drehte Tobias sich zu Miss Wingate. »Sind Sie wohlauf?«

Sie nickte, als sie langsam die Hand von ihrem Gesicht nahm. Probehalber wackelte sie mit der Nase und antwortete: »Das nehme ich an.«

Er konnte nicht aufhören, auf ihre gerötete Nase zu schauen, und die verlockende Art, wie Fiona sie bewegte. Denn ihre Lippen bewegten sich ebenfalls und nun war er auch auf sie fixiert.

Himmel.

Vorsichtig erhob er sich aus seinem Sessel, damit sie nicht noch eine Art von zusätzlichem Missgeschick zum Opfer fallen würden. »Das tut mir schrecklich leid.«

»Es war ein Unfall.« Sie lachte leise. »Ich bin recht gut in diesen Dingen geworden, seit ich in der Stadt bin. Ich gelobe, dass meine Gelenkigkeit vorher nicht so miserabel war.«

»Das ist mein Einfluss. Ich bewirke, dass Sie ungeschickt werden.«

»Wie kann dies Ihr Verschulden sein?« Lebhaft schüttelte sie mit dem Kopf. »Mir ist gar nicht aufgefallen, dass Sie ungeschickt sind.«

»Angesichts dessen, was gerade passiert ist, glaube ich nicht, dass Sie es ausschließen können. Vielleicht sollten Sie Ihre Pläne in Hinsicht auf eine Verschiebung der Suche nach einem Ehemann noch einmal überdenken, damit Sie so schnell wie möglich von mir fortkommen.« Das hatte er als Witz gemeint, doch in dem Augenblick, als er das Unbehagen in ihrem Blick aufflackern sah, bedauerte er es. »Das war ein

Scherz. All dies war ein Scherz. Ich habe Ihre Geschicklich-
keit natürlich nicht beeinträchtigt.«

»Natürlich«, murmelte sie.

»Ich muss mich jetzt mit meinem Sekretär besprechen.
Klimpern Sie nur weiter auf dem Pianoforte herum, wenn
Sie wollen.« Er lächelte ihr auf seinem Weg nach draußen zu.

Als er sich auf den Weg zu seinem Arbeitszimmer
machte, fragte er sich warum neben seiner schmerzenden
Nase, nun auch noch seine Lippen kribbelten.

KAPITEL 10

»*W*ie sehe ich aus?« Cassandra setzte sich in der Mietdroschke gerade, als sie die Bond Street in Richtung Piccadilly entlangratterten. Glättend fuhr sie mit der Hand über die Vorderseite ihrer dunkelgrünen Schürze und setzte die weiße Haube ein wenig zurecht, die ihre dunklen Locken bedeckte.

»Wie eine Miss der feinen Gesellschaft, die sich als Dienstmagd verkleidet hat«, kicherte Fiona.

Grinsend ließ sich Cassandra auf ihrem Sitz zurückfallen. »Hoffentlich sieht niemand so genau hin.«

Fiona rückte ihre eigene Haube über ihrem Haar zurecht, die sie höchstpersönlich in einem festen, schlichten Stil aufgesetzt hatte. »Ich dagegen, sehe wahrscheinlich einigermaßen normal aus.«

»Mir ist schleierhaft, was das heißen soll, aber du siehst ebenfalls wie eine Miss der Gesellschaft in einer Verkleidung aus.«

Tatsächlich? Fiona war nicht sicher, ob sie das glaubte. Sie war kaum eine Miss der Gesellschaft. Und diese Woche fühlte sie sich auch nicht so, da sie zu keinen Veranstaltungen ging. Nicht, dass sie sich beschweren konnte. Der gestrige Einkaufsbummel in Cheapside mit Cassandras Tante war mehr als eine Kompensation für alles gewesen, was Fiona vielleicht vermisste. Cheapside war eine wimmelnde, quirlige Gegend, in der es so viel zu sehen und zu hören gab. Sie hatte sogar Kaviar von einem der Verkaufskarren probiert.

Cassandras Tante hatte eine Freundin mitgebracht und die beiden hatten Fiona und Cassandra keinerlei Beachtung geschenkt, weshalb der Einkauf ihrer Verkleidung unbemerkt geblieben war. Auf der Suche nach grauen Kleidern, die ihnen richtig passten, waren sie auf einige Schwierigkeiten gestoßen. Das Ergebnis war, dass ihre beiden Kleider eine Spur zu groß waren.

Die Droschke bog auf den Piccadilly ab, wo sie an der Duke Street aussteigen und zum Club zu Fuß weitergehen wollten. Fionas Inneres zog sich vor Aufregung und ein bisschen Angst zusammen.

Nachdem sie beide erklärt hatten, krank zu sein und den ganzen Tag im Bett zuzubringen gedachten, waren sie aus ihren Häusern geschlichen und hatten sich an der Ecke von Brook Street und dem Grosvenor Square getroffen. Mit gesenkten Köpfen waren sie zur Bond Street geeilt und hatten eine Droschke genommen, was für sich genommen schon ein aufregendes Unterfangen war. Niemand konnte behaupten, dass Fiona kein Abenteuer hatte.

Die Droschke kam an der vorgesehenen Stelle zum Stehen und sie stiegen aus. Cassandra bezahlte den Kutscher und dann hakte sie sich bei Fiona unter, als sie anfingen, die Duke Street entlang zu marschieren.

»Ich wünschte, du würdest am Samstag zum Ball kommen«, meinte Cassandra. »Was soll ich dort nur ohne dich anfangen?«

»Tanzen, dich unterhalten und generell wie ein Diamant glänzen.«

Cassandra schnaubte. »Der Teil mit dem Diamant ist höchst zweifelhaft. Mein Vater ist verärgert, dass mir bislang niemand einen Besuch abgestattet hat.«

»Was glaubst du, warum dem so ist?« Fiona hatte auch noch keine Besucher empfangen, doch das hatte sie nicht überrascht.

»Die Saison steckt in ihren Kinderschuhen. Wenn sie eine Person wäre, würde sie noch sabbern.«

Fiona lachte. »Ist dein Vater verärgert, um einfach nur ärgerlich zu sein?«

»Genau.« Cassandra schaute sie von der Seite an. »Ich dachte, Lord Gregory könnte inzwischen bei dir vorgesprochen haben.«

»Tatsächlich? Warum?«

»Es hatte den Anschein, als würdet ihr eine Verbindung teilen. Und dass du ihn recht gut leiden mochtest.«

»Das tat ich. Da tue ich.« Fiona dachte an ihren Rundgang und den Tanz zurück. »Was stellt eine Verbindung dar?«

»Etwas gemeinsam haben, Dinge zu finden, über die man zusammen lachen kann, aber am allerwichtigsten ist ein körperlicher ... Magnetismus, von dem man gegenseitig angezogen wird.«

Plötzlich musste Fiona an neulich denken, als Overton und sie mit den Nasen zusammengestoßen waren. Kurz bevor das passierte, war etwas ... merkwürdig erschienen. Was Cassandra da beschrieb, entsprach irgendwie, wie Fiona sich gefühlt hatte, als ob sie zu ihm hingezogen worden wäre. Dazu noch hatten sie zusammen gelacht. Sie fand ihn sehr einnehmend. Es war schwer, das nicht zu tun, wenn er sich die Mühe machte, nette Dinge zu tun, wie ihr beispielsweise ein Pianoforte zu beschaffen und einen Lehrer zu engagieren, der am Freitag kommen würde, um ihr Unterricht zu geben.

»Du denkst gerade an Lord Gregory«, beobachtete Cassandra.

Das tat Fiona ganz und gar nicht, was sie allerdings nicht zugeben würde. Und ganz bestimmt würde sie nicht verraten, an *wen* sie gerade dachte.

»Ist das dort vorn der Dienstboteneingang?«, fragte Fiona. Nahe der Ecke Duke Street und Ryder Street befand sich eine Pforte zu einer Treppe mit steilen, engen Stufen, die auf der Seite der Ladys zur unteren Ebene führten.

»Ja.« Cassandra beschleunigte ihre Schritte und Fiona beeilte sich, mitzuhalten.

Als sie bei der Pforte ankamen, nahm Cassandra den Arm von Fionas und griff nach der Klinke. Fiona legte den Kopf in den Nacken und schaute an der Fassade hinauf. »Das ist also der Phönix Club«, flüsterte sie.

»Versuche, nicht so ehrfürchtig dreinzublicken.« Cassandra öffnete die Pforte und fing an, die Treppe hinunterzugehen.

Fiona folgte und zog die Pforte hinter sich zu. Am Fuße der Treppe befand sich ein Bereich, zum Lagern von Kohlen und anderen Dingen, doch Fiona schaute nicht genau hin.

»Bereit?«, fragte Cassandra mit der Hand auf der Türklinke.

»Ja«, hauchte Fiona.

Dann waren sie in dem recht dämmrigen Korridor. Ihr Plan war, ein paar Reinigungsutensilien zu finden, und nach oben zu gehen. Fiona hatte diesen Teil des Plans ausgetüftelt. Sie würden Möbel polieren oder die Fußböden säubern. In Wahrheit würden sie gar nichts davon tun, sondern nur vorgeben, beschäftigt zu sein, sollten sie jemandem begegnen, was sie natürlich würden.

Sofort, wie es der Zufall wollte.

Als sie den Korridor entlanggingen, kam eine andere
Dienstbotin – mit einem grauen Kleid und dunkelgrüner
Schürze bekleidet, so wie Prudence gesagt hatte – an ihnen
vorbei, ohne ein Wort zu sagen oder Augenkontakt zu
suchen.

»Ausgezeichnet«, murmelte Cassandra.

Fiona schaute sich ungeduldig um, da sie ihre Gerät-
schaften zum Putzen finden wollte. Sie steckte den Kopf in
eine Türöffnung, um ihn sofort wieder zurückzureißen, als
sie zwei Dienstmädchen im Gespräch erblickte. »Nicht hier
drin«, flüsterte sie.

Sie gingen weiter, und als sie eine andere Tür probierte,
war diese verschlossen.

»Vorsichtig«, flüsterte Cassandra eindringlich.

Sie *war* vorsichtig. Fiona öffnete die Tür mit Bedacht und
spähte hinein. Es war eine Art Lagerraum mit … Reinigungsutensilien! »Treffer!«

Sie nahm einen Eimer und einige Lappen, und drehte
sich, und gab den Eimer an Cassandra weiter. »Wir sollten
ihn füllen, ehe wir nach oben gehen. Sonst werden wir gar
nicht überzeugend wirken.«

»Wo tun wir das?«

»In der Küche könnte eine Pumpe sein.« Mit Häusern
wie diesem kannte Fiona sich nicht aus.

Cassandra zuckte mit den Schultern. »Mir ist nicht
gestattet, die untere Ebene des Hauses aufzusuchen. Aber in
Woodbreak – das ist der Landsitz meines Vaters – ist sie in
der Küche.«

Vorsichtig gingen sie den Korridor entlang und stießen in
der Küche auf eine Pumpe. Fiona tauschte mit Cassandra die
Lappen gegen den Eimer und füllte ihn. Dann machten sich
die beiden endlich auf die Suche nach der Treppe.

Ein paar Minuten später kamen sie im Erdgeschoss an
und traten aus dem Treppenaufgang der Dienstboten in

einen Salon in der hinteren Ecke, dessen Fenster auf die
Duke Street und den Garten gingen.

In zartem Gold und Elfenbein eingerichtet, strahlte der
Raum Wärme und Behaglichkeit aus. Er schien auch
irgendwie zu schimmern. Fiona schlenderte umher. »Es ist
so ein schöner Raum.«

»Wer immer ihn eingerichtet hat, ist brillant«, stellte
Cassandra fest, die mit den Fingerspitzen über die Rückseite
eines Brokatsofas strich. »Ich fühle mich hier richtig
zuhause.«

»Wie wunderbar, dass Frauen solch einen herrlichen Ort
haben, an dem sie sich versammeln können.« Die beiden
Freundinnen hatten überlegt, was sie tun würden, falls sie
heute einem der Mitglieder begegneten. Wenn ja, würden sie
einfach die Köpfe gesenkt halten und eiligst von ihnen
weglaufen. Fiona bezweifelte, dass irgendjemand sie
erkennen würde, doch bei Cassandra könnte das passieren.

»Was macht ihr Mädchen hier drin?« Die schrille befeh-
lende Stimme ertönte hinter ihnen. Fiona stieß einen kleinen
Schrei aus und wirbelte herum. Sie war beeindruckt zu
sehen, dass ihre Freundin nicht im Mindesten den Eindruck
erweckte, als wäre sie irgendwo erwischt worden, wo sie
nicht sein sollte, Aber vielleicht pochte Cassandras Herz
auch dennoch so wild wie Fionas.

Die Frau mittleren Alters, deren Tracht sich von denen
der anderen Mädchen darin unterschied, dass ihre Schürze
weiß war und ein eingestickter Phönix auf der Brust prangte,
kniff die Augen zusammen, als sie sie musterte. Sie stand in
der breiten Tür, die zur Vorderseite des Hauses führte. »Ich
kenne keine von euch beiden.«

Fiona erstarrte. Das war es. Sie waren aufgeflogen. Die
Frau – die Haushälterin? – würde Lord Lucien alarmieren
und vielleicht Lord Overton. Würde er Fiona nach Shropshire zurückschicken?

»Wir sind neu«, antwortete Cassandra ungerührt. Wenn ihre Freundin auch nur halb so erschrocken war wie sie selbst, zeigte sie es nicht im Geringsten.

Die Frau sah aus, als würde sie Cassandra glauben. »Lord Lucien hat euch eingestellt?«

Cassandra nickte. »Ja.«

Die Frau seufzte und schüttelte den Kopf. »Es wäre nicht das erste Mal, dass er vergisst, mich zu informieren.« Sie warf einen Blick zu dem Eimer, den Cassandra hielt. »Von euch wird erwartet, Sorge dafür zu tragen, dass der Ballsaal sauber ist.« Schnell schaute sie nach rechts. »Geht, ehe die Ladys ankommen.«

»Das werden wir«, antwortete Cassandra ernst.

Nachdem die Frau gegangen war, sackte Fiona zusammen und streckte die Hand nach einem Sessel in der Nähe aus, um sich abzustützen. »Ich hatte Angst, dass wir aufgeflogen wären.« Sie schaute Cassandra mit großen Augen an. »Wie hast du es nur geschafft, dich so gut zu beherrschen?«

»Jahrelange Übung im Ausweichen von Vaters Geringschätzung, wenn ich etwas getan hatte, was ihm missfiel.«

»Es war überaus beeindruckend. Und wie bist du auf die Idee gekommen, zu sagen, dass wir neu seien?«

»Mein Bruder hilft gern Menschen in Not und oft unterstützt er sie bei der Suche nach einer Anstellung.«

»Wie großherzig von ihm. Und wie praktisch für uns. Glaubst du, das war die Haushälterin?«

»Das tue ich.« Cassandra bewegte sich auf die geschlossene Tür zu, zu der die Haushälterin geschaut hat.

»Wegen ihrer hübschen Schürze?«

»Hauptsächlich wegen der Autorität in ihrem Tonfall«, entgegnete Cassandra trocken.

»Ja, genau das ist es.« Ein Zittern zog sich über Fionas

Schultern. »Auf welche Ladys, glaubst du, hat sie angespielt?«

Cassandra zuckte mit den Schultern. »Mitglieder? Allerdings würden sie bestimmt nicht so früh am Tag hier erscheinen.« Es war noch nicht einmal Mittag. »Wer weiß, was sie gemeint hat.«

Sie betraten das nächste Zimmer und schlossen die Tür hinter sich. Eine Harfe stand in einer Ecke und ein Pianoforte in einer anderen.

»Das Musikzimmer, vermutlich«, bemerkte Cassandra, deren Blick durch das Zimmer schweifte, ehe er sich auf die offene Tür auf der gegenüberliegenden Seite fokussierte.

»Aha!«, rief Fiona aus, und ging an Cassandra vorbei. »Das Herz des Etablissements – für den Ball jedenfalls.« Sie schritt in den Ballsaal und staunte über die hohen Decken, die mit kunstvoller Stuckarbeit versehen war. Zwei große Kronleuchter hingen von umfangreichen verschnörkelten Deckenmedaillons. Eine Wand teilte den großen Saal, doch zwischen den beiden Bereichen waren die Schiebetüren geöffnet.

»Es ist der *ganze* Ballsaal«, verkündete Cassandra aufgeregt. »Das bedeutet, dass dieser Teil dort drüben die Seite der Gentlemen ist. Das verbotene Reich.« Das letzte Wort fügte sie in einem dunklen, spielerischen Tonfall hinzu, als sie den Eimer auf den Boden stellte und Pirouetten drehte. Ihr Rock streifte den Eimer.

»Vorsichtig, damit du ihn nicht umwirfst, denn sonst müssen wir wirklich noch saubermachen.«

Cassandra lachte. »Das würden wir nicht wollen. Ich habe nicht die geringste Vorstellung davon.«

Fiona schon. Sie konnte Fußböden schrubben und Teppiche ausklopfen. Sie konnte sogar die Feuerstelle säubern, gleichwohl das ihre unbeliebteste Aufgabe war.

»Komm, wir müssen uns umsehen.« Cassandra schritt

bereits in Richtung der Türen auf der anderen Seite des Ballsaals.

Die Putzlappen ließ Fiona neben den Eimer fallen, als sie sich beeilte, Cassandra einzuholen.

Der Ballsaal sah auf der Seite der Gentlemen ganz genauso aus – hohe Fenster, die auf den Garten hinausgingen, ein schimmerndes Eichenparkett als Fußboden, elegante Kerzenhalter und mehrere Spiegel an der Wand gegenüber der Fenster, die den großen Raum noch größer wirken ließen.

Die Hände in die Hüften gestützt stand Cassandra mitten im Raum und ließ den Blick schweifen. »Ich würde gern wissen, wie wohlhabend mein Bruder ist. Dies war kein preiswertes Unterfangen. Mir ist bewusst, dass wir nicht alles gesehen haben, doch bislang ist jeder Raum tadellos entworfen und wunderschön dekoriert, genauso, wie er es beschrieben hat. Mein Vater hätte ihm nie das Geld hierfür gegeben. Er hasst schon die Vorstellung von der Existenz des Clubs.« Cassandra drehte sich zu ihr. »Ich fange langsam an, es für *sehr* wahrscheinlich zu halten, dass mein Bruder nicht der einzige Besitzer ist.«

»Das würde wohl dafür sprechen, dass deine Tante nicht eingeladen wurde, gleichwohl ich vermute, es könnte auch einfach auf die Sternkammer zurückzuführen sein.«

»Vielleicht, aber mein Bruder ist überaus überzeugend. Was immer der Grund ist, liegt die Entscheidung über die Mitgliedschaft nicht ganz allein bei ihm.«

Fiona freute sich ganz besonders darüber, dass sie ihren Plan in die Tat umgesetzt hatten, weil es wirklich nicht so aussah, als würden sie beide an den Bällen teilnehmen können. »Es ist gut, dass wir heute hergekommen sind. Dies wird wahrscheinlich unser einziger Eintritt in den Phönix Club sein.«

»Bis wir verheiratet sind und formgerecht eingeladen

werden.« Cassandras Augen wurden finster. »Wenn mein Bruder nicht dafür sorgt, dass ich eine Einladung erhalte, dem Club beizutreten, werde ich unsere Verbindung vollkommen abbrechen. Würde das meinen Vater nicht erfreuen?«, fügte sie mit einem humorlosen Lachen hinzu.

Fiona dachte daran, was Cassandra gerade erst vor ein paar Minuten über ihren Vater gesagt hatte und auch all die anderen Male, als sie seine Kälte zur Sprache gebracht hatte. »Cassandra, wenn du je –«

Cassandra hob einen Finger an die Lippen. »Pssst. Hast du das gehört?«, flüsterte sie und blickte dabei auf eine geschlossene Flügeltür, die aus dem Ballsaal hinausführte.

Ohne auf Fionas Antwort zu warten, nahm Cassandra sie an der Hand und führte sie zu einem breiten Durchgang, der mit einem dicken Vorhang verhängt war. Sie ließ Fiona los und schob den Stoff langsam auseinander. »Eine Treppenhalle.« Cassandra nickte Fiona zu, und hielt den Vorhang auf, bis sie hindurchgegangen war.

Als die beiden in der Treppenhalle standen, konnten sie direkt auf den Eingang sehen, wo ein Diener bei der Tür stand. Er sah sie nicht, aber wenn er sich umdrehte …

»Nach oben!«, flüsterte Cassandra eindringlich und sauste auf die Treppe zu. Fiona folgte ihr nach. Als sie die Stufen hinaufstiegen, murmelte sie: »So nah dran, ein Bacchanalien-Gemälde zu sehen.«

Oben angekommen gelangten sie auf einen Treppenabsatz. Gegenüber befand sich eine geschlossene Tür.

Eine andere Stimme, diesmal recht tief, brachte Fionas Herz zum Pochen. Mit dem Gedanken, dass sie nach der Begegnung mit der Haushälterin hätten gehen sollen, oder dass sie überhaupt nicht hätten herkommen sollen, schoss sie nach rechts.

Vor ihr befand sich eine Tür nach draußen – vermutlich auf eine Terrasse, denn sie waren auf der ersten Etage. Ehe sie ihren nächsten Schritt überdenken konnte, öffnete sich eine Tür zu ihrer Rechten aus der ein Gentleman hervortrat.

Nicht nur irgendein Gentleman. Ihr Vormund.

Mit weit aufgerissenen Augen starrte sie ihn sprachlos an.

Seine Augen reflektierten ihren kräftigen Schock. »Ach, ich habe eine Aufgabe für Sie«, sagte er und packte sie beim Arm, um sie von der Tür in einen Raum zu ziehen, der sich an der Rückseite des Gebäudes entlang zog.

Fiona drehte den Kopf, um zu sehen, was aus Cassandra geworden war, aber sie konnte sie nicht sehen. Sie konnte allerdings eine Gruppe von Männern – und Frauen – beobachten, die aus dem Raum traten, den Overton gerade verlassen hatte.

»Drehen Sie sich um«, flüsterte er mit einer düsteren Eindringlichkeit. »Und schauen Sie nicht zurück. Wenn irgendjemand Sie erkennt –«

Sie hörte seine Zähne aufeinanderschlagen, als er den Mund zuschnappen ließ. Er grub die Finger in ihren Arm und dann zog er sie auf die Terrasse hinaus und schloss die Tür.

Strahlender Sonnenschein empfing sie, als sie versuchte, ihm ihren Arm zu entwinden.

»Ich werde Sie nicht loslassen«, knurrte er. »Was um alles in der Welt tun Sie hier?« Er hielt lange genug inne, um Sie mit einem Blick zu mustern. »Ist das eine der Dienstmädchenuniformen? Wie um alles in der Welt haben Sie die nur bekommen?«

»Ich –«

»Auf Ihrer Schürze ist kein Phönix, also ist es keine Uniform, was bedeutet, dass Sie bloß versuchen, wie ein Dienstmädchen auszusehen.«

Fiona sah an ihrer Kleidung hinab und strich sich mit der Hand über die Schürze. »Dort sollte ein Phönix sein?«

Overton führte sie über die Terrasse und die Stufen in

den Garten hinunter. Sobald sie unten angekommen waren, blieb er stehen. Er warf einen argwöhnischen Blick zur Rückseite des Gebäudes.

Als er sich wieder zu ihr umdrehte, ließ er ihren Arm los und ergriff stattdessen ihre Hand. »Bleiben Sie dicht bei mir und beeilen Sie sich. Wir haben eine Chance, Sie hier herauszukommen.«

Es war keine Zeit für eine Antwort, selbst, wenn sie in der Lage gewesen wäre, sich eine einfallen zu lassen. Sie kam seiner Aufforderung nach und hastete los, um mit ihm mitzuhalten, als er sie durch den Garten zog und sich dabei vom Gebäude weg bewegte, aber nicht zu weit.

Plötzlich öffnete sich eine der Türen. Als Fiona nach rechts blickte, sah sie, dass es der Ballsaal war, und sich Menschen darin befanden, anders als vorhin, als Cassandra und sie den Raum entdeckt hatten. *Viele* Menschen – mindestens ein Dutzend. Aber sicherlich würde niemand sie erkennen.

»Overton?«, fragte eine weibliche Stimme von der Tür.

Fiona kannte die Frau nicht.

»Ist das –«

»Nur ein Dienstmädchen!«, antwortete Overton mit einem Lachen.

»Deren Hand du hältst.« Die Frau sah sie beide misstrauisch an.

»Ähm, ja.« Er zog Fiona auf die Wand zu, welche die beiden Gärten trennte und dann bog er, praktisch rennend, mit ihr nach links zur hinteren Ecke ab. Dort, hinter einem recht großen Busch stieß er eine Tür in der Wand auf und zog sie auf die andere Seite.

An ihr vorbeigreifend zog er die Tür zu. Sie fühlte das kalte Holz an ihrem Rücken.

»Was um alles in der Welt tun Sie hier?« Er griff sich an die Stirn und starrte auf sie herab.

Sie erwartete, dass seine Augen, wie auch früher, wenn er verärgert war, kalt wären. Allerdings war er vielleicht nicht richtig verärgert, sondern etwas anderes. Seine Augen waren flüssiges Silber, heiß und wild, als er sie gegen die Tür drängte.

»Ich bin –«

»Nicht. Es ist unwichtig, warum Sie hier sind. Das sollten Sie nicht sein.« Noch einmal ließ er den Blick über sie gleiten. »Und wie Sie angezogen sind. Und Ihre Frisur löst sich auf.« Er hob die Hand und fasste eine Strähne. »Und man hat mich mit Ihnen gesehen.«

»Haben diese Leute mich erkannt?«

»Ich hoffe nicht. Gott sei Dank tragen Sie dieses infernalische Kostüm.« Noch immer hielt er ihre Haarlocke und genau wie neulich, bohrte er den Blick in ihren. Nein, nicht so. Dies war mehr. Dies war die *Verbindung*, von der Cassandra gesprochen hatte.

»Ich bin mir ganz und gar nicht sicher, wie ich Sie hier herausbekommen soll.« Er warf einen Blick zum Haus und ließ dabei ihre Locke durch seine Finger gleiten. »Mist. Sie öffnen auch noch die Türen des Ballsaals.«

»Ich werde meinen Weg finden«, meinte Fiona, die entschlossen war, ihm keine weiteren Schwierigkeiten zu machen. »Es tut mir leid. Dies war eine dumme Idee.«

Wieder trafen sich ihre Blicke mit dem gleichen Feuer und der Intensität wie vor einem Augenblick. »Damit haben Sie verdammt recht. Wir werden uns später über die Sache unterhalten. Wie um alles in der Welt werden Sie nach Hause kommen? Sie sollten auf mich warten und ich bringe Sie.«

»Sollte ich mir einfach einen Platz im Garten suchen, wo ich mich verstecke?«

Noch einmal fluchte er und dieses Mal sogar noch vehementer. »Lassen Sie sich nicht erwischen.«

»Das werde ich nicht.« Sie stellte sich auf die Zehenspitzen. »Es tut mir wirklich leid.« Um ihre Entschuldigung zu unterstreichen, drückte sie ihre Lippen auf seine, ohne einen Gedanken an die Folgen eines solchen Aktes zu verschwenden.

In dem Augenblick, in dem ihre Münder sich trafen, zog er sich zurück und ein Ausdruck der Überraschung huschte über seine Züge. Es war eine kurze Pause, denn im nächsten Augenblick schlang er seinen Arm um ihre Taille und zog sie an seine Brust, wobei er seinen Mund auf sie herabsenkte.

Das Gefühl seiner Lippen auf ihren war eine wundersame Freude. Zuerst war die Berührung flüchtig, doch dann legte er seine andere Hand um ihr Gesicht. Sie fühlte sich, als ob sie an ihm zerschmelzen würde.

Ein leises Knurren vibrierte in seiner Kehle, als er den Kopf schräg hielt und mit seinem Mund über ihren streifte. Seine Lippen teilten sich und veranlassten sie, das Gleiche zu tun. Sie hielt sich an seinem Arm und seiner Taille fest, und war begierig auf mehr von … allem.

»Nun, dies ist *überaus* ungehörig.«

KAPITEL 11

*D*ie Stimme der Frau durchschnitt den entrückten Dunst, in dem Fiona sich wähnte, während sie dort in Overtons Armen stand. Als er die Lippen von den ihren hob, war das die schrecklichste Unterbrechung überhaupt. Overton drehte Fiona mit dem Rücken zu der Frau, die gerade gesprochen hatte.

»Ach, Lady Hargrove«, ergriff er mit gestelzter Stimme das Wort. »Ich habe dieses Dienstmädchen gerade getröstet.«

So schrecklich die Situation auch war, hätte Fiona beinahe gelacht. Sie ernüchterte allerdings rasch wieder, als sie fühlte, wie er sich hinter ihr versteifte. Sein Körper war vor Anspannung steinhart.

Panik begann in Fiona aufzusteigen. War sie ruiniert?

»Sie haben sie getröstet, indem Sie sie geküsst haben?«, verlangte Lady Hargrove zu erfahren.

Fiona wollte die Frau korrigieren, denn sie war es gewesen, die *ihn* geküsst hatte. Und warum um alles auf der Welt hatte sie das getan? Jetzt würde er sie ganz bestimmt nach Shropshire zurückschicken.

»Sie ist ein Dienstmädchen hier, Lord Overton«, brachte

Lady Hargrove mit beträchtlichem Missfallen hervor. Gleichwohl Fiona sie nicht sehen konnte, stellte sie sich eine Frau mittleren Alters vor, der ein strenger, urteilender Ausdruck eigen war.

»Gestatten Sie«, mischte sich eine andere Frau ein, deren Stimme weniger empört als Lady Hargroves klang. In Wahrheit klang sie überhaupt nicht wütend, sondern nur besorgt. »Ich werde sie einfach nach drinnen bringen.«

»Vielen Dank, Mrs. Renshaw. Ich bin sicher, dass sie etwas Tee vertragen könnte. Oder etwas anders.« Er führte Fiona zu einer jungen Frau, die vielleicht Mitte bis Ende zwanzig war, schimmerndes braunes Haar besaß und einen freundlichen Gesichtsausdruck. Sie strahlte eine nicht greifbare Eleganz aus, eine Aura von Selbstbewusstsein und Befähigung, die auf der Stelle beruhigend wirkte.

Fiona hatte das Gefühl, dass Mrs. Renshaw sich um Dinge und Leute kümmerte, aber andererseits hatte sie auch die Aufsicht über die Ladys Seite des Clubs, also lag es vielleicht in ihrer Natur. Fiona hielt den Kopf sorgfältig gesenkt, als sie sich bereitwillig in die Obhut dieser Frau begab. Mrs. Renshaw führte sie zum Haus und sie hielten sich von der kleinen Gruppe Menschen fern, die sich draußen versammelt hatte. Fiona konnte sie nur aus dem Augenwinkel sehen. Sie wagte nicht, den Kopf zu drehen.

Als sie die Tür des Hauses erreicht hatten – es war diejenige, die in den elfenbein- und goldfarben eingerichteten Salon führte – gab Fiona der Versuchung nach. Sie drehte den Kopf und erspähte Overton, der zum Ballsaal zurückmarschierte. Sein Körper war noch immer angespannt, der Kopf hocherhoben und seine Züge undurchdringlich.

Dies war solch ein Desaster.

Als Mrs. Renshaw sie in den Salon führte, dachte Fiona an Cassandra. Wo war sie? Hoffentlich hatte sie sich versteckt.

»Ich bin Mrs. Renshaw und ich beaufsichtige die Seite der Ladys des Clubs. Wir werden die Hintertreppe in mein Büro hinauf nehmen. «

Fiona zauderte und fragte sich, ob sie ihr von Cassandra erzählen sollte. Aber Mrs. Renshaw strebte bereits in den engen Dienstbotenverschlag, der auch die Treppe nach unten in das Untergeschoss enthielt – dem Ursprung dieser Exkursion, die sich nicht als das Abenteuer entpuppte, das Fiona geplant hatte.

Wie auch immer, war es, ob erwartet oder nicht, ein *Abenteuer*.

Sie gingen nach oben statt nach unten, und Mrs. Renshaw führte sie in ein weiteres prachtvoll eingerichtetes Zimmer, das direkt über dem Salon lag, den sie gerade verlassen hatten. Bücherregale säumten eine halbe Wand, und hohe Fenster gaben den Blick auf den Garten und die Duke Street darunter frei. Zwischen den beiden Fenstern mit Blick auf den Garten stand ein schöner Schreibtisch mit gedrechselten Beinen und Schubladengriffen in Form von Blumen. Darüber hing ein kleines Landschaftsgemälde, das sehr alt aussah. Fiona fühlte sich von den leuchtenden Grün- und Blautönen der hügeligen Landschaft und dem wolkenfreien Himmel angezogen.

»Das ist ein schönes Gemälde«, sagte sie, vielleicht in der Hoffnung, dem zu entgehen, was als Nächstes folgen musste, wobei ihr natürlich klar war, das nicht zu können.

»Es hatte meiner Mutter gehört«, antwortete Mrs. Renshaw leise. Sie deutete auf die Möbel, die in der Mitte des Raumes gruppiert waren – ein kleines Sofa und drei Sessel. »Wollen Sie nicht Platz nehmen? Ich würde Sie mit Ihrem Namen ansprechen, aber ich kenne ihn nicht. Sie sind hier kein Dienstmädchen.« Keine Spur eines Vorwurfs lag in ihren Worten, sondern es war nur eine schlichte Feststellung der Tatsachen.

Dennoch versuchte Fiona, Cassandras Selbstbewusstsein von vorhin nachzuahmen. »Lord Lucien hat mich kürzlich eingestellt?« Trotz ihrer Bemühungen um Selbstsicherheit, klangen ihre Worte eher wie eine Frage.

Mrs. Renshaw lächelte, ohne allerdings die Zähne zu entblößen. Sie war eine sehr attraktive Frau. Neben ihrer beruhigenden Ausstrahlung besaß sie auch eine gewisse Kultiviertheit, die sie älter wirken ließ, als sie wahrscheinlich war. Fiona glaubte nicht, dieses Attribut je für sich selbst erlangen zu können.

»Ich wüsste es, falls er das getan hätte.« Mrs. Renshaw schien immer noch nicht im Geringsten darüber beunruhigt, was passiert war oder Fionas Versuch, sie anzulügen. »Sie sind kein Dienstmädchen hier«, wiederholte sie, »also, wer sind Sie dann?« Sie saß mit geradem Rücken auf dem Sofa und schaute Fiona erwartungsvoll an.

Fiona ging auf, dass die Zeit für Ausflüchte vorüber war. Sie ließ sich auf dem mittleren Sessel nieder, der Mrs. Renshaw direkt gegenüberstand. »Ich bin Miss Fiona Wingate, das Mündel von Lord Overton.«

Mrs. Renshaw hob kurz die dunklen Brauen, ehe diese wieder zu ihrer sanft gerundeten Form zurückfanden. »Ich verstehe.« Es war ihr hoch anzurechnen, dass sie kein Wort über den Kuss verlor.

O Gott, sie hatten sich geküsst.

»Und warum sind Sie hier wie ein Dienstmädchen gekleidet?«, fragte Mrs. Renshaw.

»Ich, äh, wollte den Club von innen ansehen. Das war ein furchtbar törichtes Unterfangen. Ich bin noch ziemlich neu in der Stadt.«

»Ja, ich habe von Ihnen gehört. Sie stammen aus Shropshire?«

»Aus einem sehr kleinen Dorf dort. Ich habe keine Erfahrung mit ...» Fiona sah sich um, bevor sie fortfuhr. »Mit all dem hier.«

»Also dachten Sie, sich wie ein Dienstmädchen des Phönix Clubs zu verkleiden und sich hineinzustehlen, um sich umzusehen, würde Ihnen irgendwie helfen, Erfahrung zu sammeln?«

»Ähm, ich denke schon.« Wieder wunderte sich Fiona wegen Cassandra. Sie waren unzweifelhaft getrennte Wege gegangen, als sie die Stimmen auf der Männerseite gehört hatten. Während Fiona direkt auf ihren Vormund gestoßen war, musste Cassandra ... wohin gegangen sein? »Ich wollte mir den Club von innen ansehen. Es war ein Jux. Und ein dummer obendrein. Was wird jetzt geschehen?« Fiona zupfte am Saum ihrer Schürze.

»Da ich jetzt weiß, wer Sie sind, werde ich Sorge dafür tragen, dass Sie zu Lord Overtons Haus zurückgebracht werden.«

»Sollte ich auf ihn warten?« Im Moment wollte sie ihm nicht wirklich gegenübertreten, doch das würde sie letztendlich müssen. Es sei denn, er schickte sie auf direktem Wege nach Shropshire zurück, ohne sie überhaupt noch einmal zu sehen oder zu sprechen. Fiona konnte sich solch ein Verhalten von ihm vorstellen, und sie fragte sich tatsächlich, ob sie das nicht verdient hatte. Nachdem sie sich als Dienstmädchen ausgegeben und, noch schlimmer, ihn geküsst hatte.

»Nein, Sie müssen nicht warten. Ich vermute, Sie werden diese ... Angelegenheit zu Hause besprechen.« Mrs. Renshaw stieß die Luft aus und legte die Stirn in Falten.

»Bin ich ruiniert?« Fiona war es ein Dorn im Auge, dass sie in diesen Dingen so naiv war. Der Earl hatte von Ruin gesprochen, doch was hieß das eigentlich genau?

»Ich glaube nicht. Scheinbar hat niemand einen guten Blick auf Sie erhaschen können, oder weiß, wer Sie sind. Und bei mir ist Ihr Geheimnis vollkommen sicher. Niemals würde ich zum Untergang einer anderen Frau beitragen wollen.« Sie lächelte Fiona gutmütig an. »Der Skandal, der sich im Garten zugetragen hat, wird einzig und allein auf Lord Overton zurückfallen.«

Entsetzen überfiel Fiona. Mit einem Griff, der ihre Knöchel erbleichen ließ, krallte sie sich an den Sessellehnen fest. »Das war ein Skandal?«

»Er wurde beobachtet, wie er ein Dienstmädchen geküsst hat. Ja, das ist ein Skandal. Liebe Güte, Sie sind wirklich neu in der Stadt, nicht wahr? Gentlemen sollten ein Dienstmädchen nicht in aller Öffentlichkeit küssen.« Ihre Augen wurden schmal. »Im Grunde sollten sie überhaupt nicht küssen, doch das ist ein Thema für einen anderen Tag. Overtons Ruf wird darunter zu leiden haben, was wirklich schade ist, da er so hart daran gearbeitet hat, ihn wiederherzustellen.«

»Was stimmt denn mit seinem Ruf nicht?«

Mrs. Renshaw blinzelte. »Vielleicht sollte ich die Erörterung dieses Themas besser Ihnen beiden überlassen.«

Fiona setzte sich in ihrem Sessel vor, was dazu führte, dass sie beinahe auf den Fußboden rutschte. Sie krallte sich noch fester an die Armlehnen. »Er will mir nichts sagen.« Dessen war sie sich nicht ganz sicher, doch sie war sich auch nicht sicher, ob sie ihn danach fragen wollte. Sie musste allerdings wissen, was die Frau gemeint hatte. »Er ist ein Earl. Was kann an seinem Ruf schon verkehrt sein?«

»Overton ist ein Lebemann. Besser gesagt, war er ein Lebemann. Er hat versucht, sich zu rehabilitieren, und das war ihm auch gelungen.« Kurz legte sie die Stirn in Falten. »Er hat seine Geliebte aufgegeben und in Gesellschaft von Luciens Bruder mehrere Abende im White's verbracht.« Mrs. Renshaw straffte die Schultern und schüttelte einmal mit dem Kopf. »Er hat versucht, seinen Wert zu demonstrieren, indem er sein wüstes Benehmen abgelegt hat, weil er jetzt Earl ist.«

Und sie hatte es ruiniert. Fiona presste ihre Hand auf den Mund. Sie hatte seine harte Arbeit vollkommen zunichtegemacht. Ein Schaudern fuhr blitzschnell über sie hinweg, als sie die Hand in den Schoß legte. »Wie wird dieser Vorfall ihn beeinträchtigen?«

»Ich würde sagen, gar nicht, da nur wenige Leute Zeugen dessen geworden sind, was sich zugetragen hat, wobei Lady Hargrove einem bisschen Klatsch nicht widerstehen kann, wenn sie ihn als hilfreich für andere erachtet. Und in diesem Fall wird sie das unzweifelhaft glauben, da Overton auf der Jagd nach einer Frau ist. Sie wird es als ihre Pflicht erachten, Sorge dafür zu tragen, dass seine voraussichtlichen Bräute wissen, dass er weiterhin mit anderen Frauen anbandelt.«

Fiona wollte ihr Gesicht mit den Händen bedecken, doch sie setzte sich aufrecht und ruhig hin. »Ich fühle mich schrecklich. Was kann ich tun?«

»Nichts. Und das würde er auch nicht von Ihnen wollen. Wenn Sie erkannt würden, wären Sie ruiniert. Und während ein Earl so etwas überleben kann – gesellschaftlich –, können Sie das nicht. Es würde auch ein überaus schlechtes Licht auf ihn werfen, da er ihr Vormund ist. Viele würden denken, er hätte die Situation ausgenutzt.« Mrs. Renshaws Nasenflügel flatterten. »Hat er das?«

»Überhaupt nicht«, antwortete Fiona wie aus der Pistole geschossen. »Ich habe ihn geküsst.« Dann hatte er sie geküsst. Und sie hatte seinen Kuss erwidert.

»Ich verstehe. Nun, wenn etwas zwischen Ihnen beiden ist, würde ich Sie ermuntern, eiligst herauszufinden, was genau es ist.« Mrs. Renshaw rutschte auf ihrem Platz vor und streckte die Hand über den Bereich zwischen ihnen, um mit den Fingern über Fionas Handrücken zu streichen. »Haben Sie keine Angst. Ich kann sehen, dass sie sich deswegen Vorwürfe machen, aber Lord Overton ist ein erwachsener Mann. Während es von Ihnen vielleicht falsch gewesen war, herzukommen, war das, was geschehen ist, lediglich eine unglückliche Verknüpfung der Ereignisse.«

Mrs. Renshaw stand auf. »Und nun werden wir Sie nach Hause bringen. Ich werde eine Droschke anhalten, die sie heimbringt.«

Fiona konnte Cassandra nicht zurücklassen. Sie reckte den Kopf und sammelte den Mut zu sprechen. »Ich, ähm, war nicht allein.«

Vor Überraschung erschlaffte Mrs. Renshaw der Kiefer. »Tatsächlich? Wer ist diese andere Person?«

»Meine Freundin.« Fiona wollte ihre Identität nicht preisgeben, doch wenn sie gefunden würde, wäre nichts mehr daran zu ändern. Sie würde es aufschieben, bis es so weit war. *Wenn* sie gefunden würde. Vielleicht war Cassandra die Flucht gelungen. Würde Fiona das getan haben? Nein, sie könnte ihre Freundin nicht einfach im Stich lassen, wie sie es auch jetzt nicht tun würde. »Wir wurden drüben auf der Seite der Gentlemen getrennt. Im ersten Stock.«

»Ich werde mich darum kümmern. Sie entspannen sich für den Augenblick.« Mit einem Abschiedslächeln ging sie hinaus und schloss die Tür hinter sich.

Fiona sprang praktisch aus ihrem Stuhl zum Fenster. Der Garten unter ihr war verwaist. Wo war Overton jetzt? Und was würde er wohl von ihrem Benehmen halten?

Händeringend ging sie im Zimmer hin und her. Warum *hatte* sie ihn geküsst? Außer ihrer Mutter hatte sie noch nie jemanden geküsst. Dieser Kuss war natürlich von einer ganz anderen Art gewesen. Es war diese Art von Kuss, die sie in einem gewissen Buch gesehen hatte, das in der untersten Ecke der Bibliothek ihres Vaters verborgen gewesen war.

Ehe ihr Cousin es zusammen mit den anderen Büchern mitgenommen hatte.

Vielleicht hatte ihre beharrliche Neugier auf Dinge, die sie in diesem Buch erblickt hatte, sie getrieben ihn zu küssen. Oder es war die von Cassandra erwähnte Anziehungskraft, die Fiona überkommen und sie zum Earl gedrängt hatte. Er war zornig gewesen, und sie hatte sich furchtbar gefühlt. Also hatte sie sich entschuldigt. Dann wollte sie etwas tun, um es wiedergutzumachen.

Wie ihn beispielsweise zu küssen?

Fiona blieb stehen, kniff die Augen zusammen und bedeckte sie dann mit ihrer Hand. Sie zwang sich Atem zu holen, um ihren rasenden Puls zur Ruhe zu bringen. Alles würde gut werden. Schlimmstenfalls würde sie genau dort landen, wo sie angefangen hatte – in Bitterley.

Ihr Inneres begehrte auf. Das wäre wirklich schrecklich. Sie wollte nicht dorthin zurück. Die einzige Person, die sie vielleicht vermisst hätte, wäre Mrs. Tucket, und sie war hier bei ihr. Und hier hatte sie Prudence, Cassandra, Lady Pickering ... und Lord Overton.

Sie ließ die Hand sinken und kehrte zum Fenster zurück, um noch einmal auf den Garten hinunter zu schauen. Genauer gesagt, konzentrierte sie sich auf den hinteren Winkel, wo die kleine Pforte teilweise von einer Ranke verborgen war. Sie fühlte das kühle Holz der Tür an ihrem Rücken und die Wärme des Earls an ihrer Vorderseite. Ihr wurde ganz heiß, als sie sich in Erinnerung rief, wie er ihre Taille umfasst und sie an sich gezogen hatte ... wie er sie mit seiner bloßen Hand am Gesicht berührt und seine Lippen auf die ihren gelegt hatte.

Viel zu rasch war das ganze Intermezzo vorüber gewesen, und sie hegte keine Erwartung, dass es noch einmal dazu kommen würde. Das sollte es auch nicht. Er war ihr Vormund. Und offenbar war er auch ein Lebemann, der kürzlich seine Geliebte aufgegeben hatte, da er nun bemüht war, seinen Ruf zu verbessern.

Ein überwältigendes Gefühl von Frustration und Versagen überfiel sie. Es war nicht ihre Absicht gewesen, ihm so großen Ärger einzubrocken. Sie hatte gar nicht an ihn gedacht, und das tat ihr schrecklich leid.

Ein paar Minuten später öffnete sich die Tür. Fiona wandte sich vom Fenster ab, als Cassandra ins Zimmer rauschte. Sie trafen sich in der Mitte und umarmten sich.

»Ich habe mir solche Sorgen gemacht, was mit dir passiert ist.« Cassandra drückte sie fest an sich, ehe sie einander losließen.

»So wie ich mich um dich gesorgt habe.« Fiona warf einen Blick auf Mrs. Renshaw, die bei der offenen Tür stand. »Wurdest du entdeckt?«

»Nicht, bevor Mrs. Renshaw gekommen ist.« Sie schenkte ihr ein dankbares Lächeln. »Ich kauerte in der Wäschekammer und habe überlegt, was ich tun sollte.«

»Und jetzt müsst ihr euch beide schnell auf den Weg machen, ehe die Leute unten sich verabschieden.«

Cassandra ging zur Tür, und Fiona folgte ihr. Mrs. Renshaw führte sie zwei Stockwerke bis in die unterste Etage hinunter, und dann kehrten sie den Weg bis zur Tür zurück, durch die sie am Morgen gekommen waren. Mrs. Renshaw begleitete sie die Treppe hinauf in die Duke Street, wo bereits eine Droschke wartete.

Sie wandte sich an Fiona und Cassandra. »Ich habe den Kutscher angewiesen, Sie beide in der Nähe Ihrer entsprechenden Häuser abzusetzen, und nicht direkt davor. Er ist bereits bezahlt, also brauchen Sie sich keine Sorgen darüber zu machen.«

»Wie können wir Ihnen jemals danken?«, fragte Fiona, die noch immer von Bedauern und Enttäuschung über sich selbst überwältigt war.

»Indem ihr so etwas nie wieder macht.« Sie lächelte die beiden Freundinnen an. »Ich weiß, wie es ist, wenn man eine Dummheit begeht. Ihr fühlt euch jetzt schlecht deswegen – und das solltet ihr auch – aber ihr werdet daraus lernen und weiser daraus hervorgehen. Etwas anderes zu tun, würde das wahre Scheitern bedeuten.«

Fiona nahm sich ihre Worte zu Herzen und schwor sich im Stillen, aus diesem Fehler zu lernen. »Von nun an werde ich mein Handeln aus der Perspektive aller anderen betrachten.«

Mrs. Renshaw richtete den Blick auf Cassandra. »Ich werde Lord Lucien nicht sagen, dass Sie hier waren.«

»Ich könnte Sie umarmen«, antwortete Cassandra blinzelnd. »Ich danke Ihnen.«

»Gehen Sie jetzt.« Mrs. Renshaw winkte die beiden zur Droschke und blieb auf dem Gehsteig stehen, bis sie eingestiegen waren und das Gefährt davonrollte.

Neben Cassandra sitzend, lehnte Fiona den Kopf an die Rückenlehne. »Das war so eine dumme Idee.«

»Es war nicht meine beste«, meinte Cassandra mit einem Augenzwinkern. »Es tut mir so leid. Was ist dir passiert?«

»Mir ist nichts passiert, aber ich habe, glaube ich, Lord Overton ruiniert.«

Cassandra drehte den Oberkörper zu Fiona zu und starrte sie an. »Was?«

»Als wir diese Stimmen hörten, bin ich in Panik geraten. Ich bin nach rechts gerannt – dorthin, woher die Stimmen kamen.«

»Ich habe mich schon gewundert, warum du diese Richtung gelaufen bist. Ich bin zur Tür gegenüber der Treppe gesaust. Es war eine Dienstbotenkammer.«

»Du warst geistesgegenwärtig.« Fiona atmete langsam aus, damit sie die Erzählung der Ereignisse nicht überstürzte. »Das war ich nicht. Ich bin direkt in Overton hineingelaufen. Er hat mich sofort erkannt und mich fortgezogen, ehe mich jemand gesehen hat.«

Cassandras Augen leuchteten vergnügt. »Wunderbar! Dann hat er dich in Mrs. Renshaws Büro gebracht?«

»Nicht direkt«, antwortete Fiona gedehnt, während ihr die Ereignisse zum dutzendsten Mal durch den Kopf gingen. »Er hat mich auf die Terrasse hinausgebracht, und von dort aus in den Garten hinunter. Ich bin nicht sicher, was er dachte, wohin wir gehen würden, nur dass wir nicht dort sein sollten, wo alle anderen waren.« Wie sie es hasste, ihn in diese Situation gebracht zu haben.

Cassandra machte ein langes Gesicht und presste die Lippen zusammen. »Richtig. Du sagst, du hättest ihn ruiniert.« Sie zuckte kurz und fragte: »Wie um alles in der Welt willst du das angestellt haben?«

»Ähm, es ist kompliziert. Während unseres Aufenthalts im Garten befanden sich Personen im Ballsaal. Sie haben die Türen geöffnet, und irgendjemand hat ihn erkannt. Wir sind schnell auf die andere Seite des Gartens gelaufen, auf die Seite der Ladys, und ich wähnte uns in Sicherheit.«

»Aber das wart ihr nicht?« Cassandra spannte ihren Körper an und ihre Schultern strafften sich.

»Ich hatte mich wegen der ganzen Situation entsetzlich gefühlt. Er war wütend. Ich habe mich entschuldigt, und im nächsten Moment habe ich ihn geküsst.« Aus Furcht vor Cassandras Reaktion hielt sie sich die Hand vor die Augen. Das bewahrte sie jedoch nicht davor, ihre Freundin zu hören.

Cassandras Keuchen erfüllte den Raum. »Er hat dich geküsst?«

Fiona wischte sich mit der Hand übers Gesicht und legte die Hand dann in ihren Schoß. »Nein, ich habe ihn geküsst. Dann hat er mich geküsst. Alles war so schnell gegangen.«

»Hast du es genossen?«

Mit dieser Frage hatte Fiona nicht gerechnet. Sie schrak

auf und dachte unvermittelt wieder an diesen Augenblick und das Vergnügen über seine Umarmung zurück. »Ja.« Die Antwort war ein leises Flüstern, wie ein beinahe lautloses Eingeständnis dessen, was sie nicht zuzugeben wagte und dennoch nicht zu unterdrücken vermochte.

Hastig sagte Fiona irgendetwas anderes, um davon abzulenken, was sie verraten hatte. »Er wird mich unverzüglich nach Shropshire zurückschicken.«

»Hat er das gesagt?«

»Nein, aber warum sollte er nicht? Etwas anderes habe ich wirklich nicht verdient.«

»In welcher Weise hast du ihn ruiniert? Wenn man euch beim Küssen erwischt hätte, wärst du die Ruinierte, nicht er.«

»Weil keiner mich erkannt hat. Wegen meiner Verkleidung haben sie mich für ein Dienstmädchen gehalten und sie dachten, Lord Overton würde sich an mir vergehen.«

Cassandra zog eine Grimasse, legte die Stirn in Falten und spannte den Kiefer an. »Jetzt verstehe ich. Und er hatte so hart daran gearbeitet, seinen Ruf zu verbessern.«

Fiona versteifte sich. »Du wusstest davon?«

»Vage.« Cassandra winkte ab. »Er steht im Ruf, ein Lebemann zu sein, wie auch eine ganze Reihe anderer Gentlemen, darunter auch mein Bruder. Ich meine natürlich Lu. Con ist der biederste Gentleman, den du je kennengelernt hast. Die arme Sabrina.«

»Sabrina?«

»Seine Frau. Sie ist reizend. Hoffentlich kommt sie bald in die Stadt, damit du sie kennenlernen kannst.« Mit einem Stirnrunzeln berührte Cassandra Fionas Arm. »All das ist meine Schuld. Ich hätte dieses Abenteuer nie vorschlagen dürfen. Du musst die ganze Schuld auf mich schieben.«

»Das kann ich nicht. Wir haben es zusammen getan.«

»Ich will nicht, dass Overton dich nach Shropshire zurückschickt. Bitte sag, was immer du sagen musst.«

Fiona lächelte und nahm die Hand ihrer Freundin an. »Ich würde dich nie zum Sündenbock machen, wie du mich auch nicht im Club im Stich gelassen hast.«

»Das konnte ich nicht! Ich wusste ehrlich gesagt nicht, was ich tun sollte, aber ich hätte dich nicht einfach dort zurückgelassen.« Sie drückte Fionas Finger. »Obwohl wir uns erst seit kurzem kennen, hatte ich noch nie eine so liebe Freundin wie dich.«

»Ich ebenfalls nicht, weshalb ich dich auch gar nicht erwähnen werde. Overton wird nicht einmal wissen, dass du ebenfalls dort warst. Und Mrs. Renshaw wird dein Geheimnis auch für sich behalten.«

Cassandra seufzte auf. »Ich habe das alles nicht verdient. Ich bleibe dabei, es ist meine Schuld.«

Einen Moment lang schauten sie sich an, ehe sie sich in die Arme fielen, gegen den Sitz sackten und beide lachten.

Sie lösten sich voneinander und Fiona ließ sich auf die Sitzfläche zurückfallen. »Ich weiß nicht, wie ich das amüsant finden kann. Es graut mir davor, Lord Overton zu sehen.«

»Sollte er versuchen, dich nach Shropshire zurückzuschicken, musst du mir, oder besser noch Lu, erlauben, uns einzumischen. Ich werde dich nicht fortlassen. Wie soll ich diese Saison nur ohne dich überstehen?«

Fiona wusste die Zusicherung ihrer Freundin zu schätzen, doch es war mehr als das. Auch sie wollte nicht nach Bitterley zurückkehren, weshalb sie alles Notwendige tun würde, um das zu verhindern – ungeachtet dessen, worauf ihr Vormund bestand.

Und was wäre, wenn dazu auch Küssen gehörte? Das würde es natürlich nie geben, aber sie könnte davon träumen.

KAPITEL 12

Stoisch stand Tobias da, als er zusah, wie Evie Renshaw sein Mündel durch den Garten des Phönix Clubs auf der Seite der Ladys davonführte. Innerlich jedoch tobte er. Nicht vor Wut – nun ja, nicht einzig vor Wut –, sondern vor einer vollkommen überraschenden, unerwünschten und unpassenden Begierde.

»Overton, ich muss darauf bestehen, dass Sie diese Art von Umgang mit unseren Dienstmädchen auf der Stelle unterlassen.« Eine Hand in die Hüfte gestemmt stand Lady Hargrove vor ihm und schaute ihn aus etwa einem Meter Entfernung an.

»Es war bloß *ein* Dienstmädchen«, murmelte er. Die nicht einmal ein Dienstmädchen war. Das konnte er allerdings nicht sagen, ohne die Frage zu beantworten, wer sie in Wirklichkeit war. Es war besser, sie würde von allen für ein Dienstmädchen gehalten werden.

Und er war ein Lüstling.

»Ein Dienstmädchen, fünf Dienstmädchen – es sollten gar keine Dienstmädchen sein!« Lady Hargrove drehte sich zu Lucien, der Tobias mit einer Mischung aus Mitleid und

Unglauben ansah. »Lord Lucien, wenn Sie Ihren Freund nicht im Zaum halten können, müssen wir vielleicht einen Ausschluss in Betracht ziehen.«

Tobias' Augen weiteten sich kurz. In der Zeit, seit der Club existierte, was über ein Jahr war, hatten sie noch nie ein Mitglied ausgeschlossen. Es gab kein einziges Verfahren. Noch nicht. Verdammt, Tobias sträubte sich, der Erste zu sein. Konnten sie überhaupt jemanden rauswerfen, der im verdammten Mitglieder-Komitee saß? Als ob er Tobias' Frage gehört hätte, schüttelte Lucien kaum merklich mit dem Kopf. Das trug nur wenig zur Aufbesserung von Tobias' Laune bei.

»Lassen Sie uns mit unserem Gespräch über die kommenden Veranstaltungen fortfahren, die in der nächsten Woche beginnen.« Freundlich lächelnd bedeutete Lucien denjenigen, die in den Garten gekommen waren, mit einem Zeichen, wieder in den Ballsaal zurückzukehren.

Als Tobias an seinem Freund vorbeiging, sagte er kein Wort. Lucien jedoch murmelte: »Wir werden uns später darüber unterhalten.«

Tobias konnte es kaum abwarten.

Im Ballsaal verkündete Mrs. Holland-Ward, eine der Schirmherrinnen der Ladys, den Plan, eine Serie thematisierter Bälle zu veranstalten, die mit dem ersten der Saison am zweiten März ihren Anfang nehmen sollte. Gleichwohl der Frühling noch nicht angebrochen war, würde es eine Feier zu Ehren der neuen Saison und der Anfänge werden. Versammelt waren die Schirmherrinnen, das Mitglieder-Komitee – von dem die Schirmherrinnen nicht wussten, dass es sich um das Mitglieder-Komitee handelte – und einige andere ausgewählte Mitglieder beider Seiten des Clubs. Die letztere Gruppe war eingeladen worden, damit nicht nur das Mitglieder-Komitee präsent war, womit ihre Identität geheim gehalten werden sollte.

Tobias dachte daran, wie gern Fiona zu den Bällen kommen wollte. Konnte er das jetzt erlauben? Würde irgendeiner der heute hier Anwesenden sie erkennen? Er hatte versucht, sie vor allen abzuschirmen, und niemand hatte erkannt, dass sie sein Mündel war. Evie würde es allerdings wissen. Was machte Evie jetzt gerade mit ihr?

Und wie würde Tobias mit ihr verfahren?

Wut – die sich einzig auf ihn selbst richtete – stieg ihn ihm auf, und er strengte sich an, das Aufkommen eines finsteren Gesichtsausdrucks zu unterdrücken. In einem Moment hatte er alles Gute ruiniert, was er in den vergangenen zwei Wochen bewirkt hatte. Wegen eines Kusses. Aber was für ein Kuss … Noch immer konnte er die süße Zartheit ihrer Lippen fühlen, den begierigen Griff ihrer Hände an seinen Schultern, den köstlichen Druck ihres Körpers gegen seinen.

Sie war sein gottverdammtes *Mündel*.

Sie war auch eine schreckliche Belastung. Was um alles in der Welt hatte sie sich dabei gedacht, als *Dienstmädchen* verkleidet hierher zu kommen? Es war eindeutig ein gut durchdachter und vorbereiteter Plan gewesen. Nein, es war nicht gut durchdacht. Es war absoluter Wahnsinn. Sie war furchtbar nah dran gewesen, von allen gesehen zu werden. Wenn er im Obergeschoss nicht der Erste gewesen wäre, der zur Tür hinausgegangen war, und sie vor allen anderen entdeckt hätte … Er wollte gar nicht daran denken.

Er sollte sie morgen nach Shropshire zurückschicken. Oder dafür sorgen, dass sie mit größter Eile verheiratet würde – ehe sie sich noch ruinieren konnte. Heute war sie dem verdammt nahe gekommen. Im fiel ein, dass sie nicht gleich heiraten wollte, aber sie hatte ihren Anspruch auf Wünsche mit ihrem unverschämten Betragen verwirkt.

»Hast du irgendetwas davon gehört?«, fragte Lucien leise auf seiner rechten Seite.

Blinzelnd erkannte Tobias, dass die Leute nun in

Gruppen zusammenstanden und einige im Gehen begriffen waren. Die Männer – Wexford, MacNair und einige weitere Gefährten – betraten die Seite der Gentlemen des Ballsaals, um vermutlich nach oben zu gehen.

»Du kannst mir erzählen, was ich verpasst habe«, meinte Tobias eifrig, um sich auf den Weg ... wohin zu machen? Fiona zu finden? War sie noch immer hier? Evie war noch nicht zurückgekommen.

Lucien setzte sich in Bewegung, um dann mit einem misstrauischen Blick direkt vor Tobias stehen zu bleiben. »Du hast das verdammte Thema verpasst, das du vorhin aufgebracht hast – ob unverheirateten Verwandten von Mitgliedern die Teilnahme an den Bällen gestattet werden sollte.«

»Himmel, das habe ich verpasst? Ich bin wohl, ähm, abgelenkt.«

»Das nehme ich wohl an.« Lucien schüttelte den Kopf. »Ja, das hast du verpasst. Drei der vier Schirmherrinnen waren dafür, also ist es durchgegangen. Junge Ladys mit Verwandten, die Mitglieder sind, dürfen teilnehmen, aber sie müssen eine Anstandsdame haben.«

»Lass mich raten, Lady Hargrove war nicht dafür.« Tobias warf einen Seitenblick auf die Frau. Sie war Ende vierzig und seine unbeliebteste Schirmherrin, also war es natürlich sie, die ihn beim Küssen mit Fiona gesehen hatte. Lady Hargrove war allerdings ein geschätztes Mitglied der feinen Gesellschaft, und ihr Ehemann war ein jovialer und großzügiger Gentleman, wirklich von der besten Sorte, was der Hauptgrund war, warum sie als Schirmherrin ausgewählt worden war. Auf der Suche nach geeigneten Frauen für diese Rolle hatten sie sich unter den Ehefrauen von Gentlemen umgesehen, welche die ersten Einladungen für die Mitgliedschaft angenommen hatten. Lord Hargrove war einer dieser Männer.

»Du hast recht«, meinte Lucien. »Also können meine
Schwester und dein Mündel den Ball nächste Woche besuchen. Allerdings muss ich eine Anstandsdame für Cass
finden.«

»Sie kann Miss Lancaster nehmen. Fi–« Tobias erkannte,
dass er sie in Gedanken beim Vornamen nannte. Was logisch
schien, da sie sich vor einer kurzen Weile geküsst hatten. Er
konnte allerdings eine solche Vertrautheit nicht offen zeigen.
Himmel, er sollte dies nicht einmal denken. »Miss Wingate
wird nicht kommen.« Tobias hielt es für eine sehr schlechte
Idee, sie wieder hierher zurück zum Schauplatz des Skandals
zu bringen. Nicht, dass es ein Skandal für sie war. Himmel,
wenn niemand wusste, dass sie es gewesen war, könnte sie
vermutlich zu diesem verdammten Ball kommen. Sie hatte
aber dieses verdammte dunkelrote Haar, das so auffällig war.
Es war möglich, dass niemand eine Verbindung herstellen
würde, da sie heute eine Haube getragen hatte, aber diese
hatte ihr Haar nicht vollkommen bedeckt.

»Warum nicht? Ich dachte, diese ganze Eingabe heute war
nur darauf ausgerichtet gewesen, dass dein Mündel teilnehmen kann.«

»Es ist … unwichtig.« Tobias wischte sich mit der Hand
übers Gesicht.

»Du bist immer noch abgelenkt«, meinte Lucien. »Von
dem Dienstmädchen. Ein Dienstmädchen? Was um alles in
der Welt hast du dir nur dabei gedacht?« Er sah Tobias mit
einem eisigen Blick an. »Lass die Finger von meinen Dienstmädchen.«

Ehe Tobias etwas Dummes antworten konnte, wie
beispielsweise, dass sie keines seiner Dienstmädchen war,
schritt Evie in den Ballsaal. Er ließ Lucien stehen und ging
auf sie zu.

»Wo ist sie?«, fragte er.

»Auf ihrem Weg nach Hause.« Evie sah ihn mit einem

Blick an, der ihm alles sagte, was er wissen musste – sie wusste ganz genau, wer das »Dienstmädchen« war und dass sie niemandem etwas verraten würde.

Tobias drückte ihr kurz die Hand. »*Danke.*«

Ohne einen Blick zurück verließ er den Club.

Als er bei seinem Haus ankam, hatte er sich mehrere Strategien überlegt, wie er Fiona womöglich handhaben könnte. *Miss Wingate.* Sobald er eingetreten war, bat er Carrin sie zu seinem Arbeitszimmer zu beordern. Dort wartete er ungeduldig auf ihr Erscheinen.

Er musste nicht lange warten.

Inzwischen trug sie ein Kleid mit Blumenmuster, und ihr leuchtendes Haar war auf eine strengte Art frisiert, ohne dass sich, wie im Garten, eine Locke gelöst hätte. Zaudernd trat sie ein.

»Machen Sie die Tür zu.« Aus Gründen des Anstands hätte er sie nicht darum bitten sollen, doch dies war eine Unterhaltung unter vier Augen.

Sie kam seiner Aufforderung nach und wagte sich dann bis zur Mitte des Zimmers vor. Trotz der offensichtlichen Anspannung in ihrem Körper sah sie bezaubernd aus. Ihr Kiefer war angespannt, als sie ihn mit wohlbegründeter Vorsicht ansah.

Die Arme verschränkt, stand er vor seinem Schreibtisch und zwang sich, nicht auf ihren Mund zu schauen, damit er nicht an ihren Kuss erinnert wurde. »Warum waren Sie wie ein Dienstmädchen gekleidet im Club?«

»Ich wollte sehen, wie er von innen aussieht. Ich dachte, es wäre ungefährlich, zu dieser Tageszeit zu gehen.«

»Sie dachten, es wäre ungefährlich?« Er fuhr sich mit einer Hand durchs Haar, ehe er sie sinken ließ. »Es ist nichts Ungefährliches daran, wenn Sie sich wie ein Dienstmädchen verkleiden und in einen Privatclub stehlen, selbst wenn es sich um einen handelt, in dem Frauen erlaubt sind.«

»Das verstehe ich jetzt«, antwortete sie leise.

»Das hoffe ich verdammt noch mal auch. Die Ironie ist, dass Sie sich einen wirklich furchtbaren Tag für Ihren Ausflug ausgesucht haben. Es hat ein Treffen stattgefunden, um die Bälle der Saison zu besprechen und auch, ob die Familienmitglieder – und Mündel – von Mitgliedern daran teilnehmen können.«

»Und? Können sie?« fragte sie mit einer Stimme, die mit jedem Wort kleinlauter und höher wurde.

Mit finsterem Blick trat er auf sie zu. »Es ist unwichtig, weil Sie nicht gehen werden.«

Kurz riss sie die Augen auf. »Weil Sie mich nach Bitterley zurückschicken.«

»Das sollte ich verdammt noch mal wirklich tun. Was haben Sie sich nur gedacht, sich als Dienstmädchen zu verkleiden und –« Abrupt hielt er inne und runzelte die Stirn. »Wie sind Sie überhaupt darauf gekommen, sich als Dienstmädchen zu verkleiden?«

»Ich bin clever.«

Ja, das war sie. »Wer hat Ihnen geholfen?«

»Niemand.«

»Ich glaube Ihnen nicht. Warum sagen Sie mir nicht die Wahrheit?«

Sie reckte das Kinn und sah ihm unverwandt in die Augen. »Wenn Sie mich wegschicken wollen, dann tun Sie es einfach, bitte.«

Er verringerte die Distanz zwischen ihnen, sodass sie den Kopf in den Nacken legen musste. »Sie haben Glück, dass Sie nicht erkannt worden sind, denn ansonsten wären Sie ruiniert gewesen.«

»Habe ich Sie ruiniert?« Sie senkte den Blick, als sie die Stirn bekümmert runzelte. »Es scheint, als hätte ich das möglicherweise getan.«

Konnte ein Mann ruiniert sein? Wahrscheinlich, doch

dazu gehörte schon ein gehöriger Aufwand – insbesondere für einen Earl. »Schon lange, bevor Sie gekommen sind, hatte ich meinen Ruf bereits etabliert.«

Noch einmal schaute sie zu ihm auf. »Aber Sie versuchen, ihn zu rehabilitieren und ich habe Ihre Bemühungen ruiniert.«

»Hat Evie Ihnen das gesagt?« Er erkannte die Verwirrung in ihrem Blick und fügte erklärend hinzu: »Mrs. Renshaw, meine ich.«

»Es ist wichtig, dass ich die Folgen meiner gedankenlosen Handlung verstehe, was ich jetzt tue. Es tut mir leid.«

Er konnte sehen, wie Fiona es bereute, und er konnte spüren, wie diese Reue sie in Wellen überkam – so sehr, dass er versucht war, sie in den Arm zu nehmen und zu trösten. Was die schlechteste Idee in der Geschichte der Ideen war. »Was soll ich mit Ihnen tun?« Er stellte diese Frage ebenso ihr wie sich selbst.

»Ich verspreche, dass ich von nun an eine vorbildliche junge Lady sein werde.«

»Sie glauben, ich sollte Ihnen erlauben, ihre Saison fortzusetzen? Ich dachte, ich sollte darauf bestehen, dass Sie umgehend heiraten.«

Sie nickte. »Ich verstehe, und ich werde hart auf dieses Ziel hinarbeiten, damit ich keine Bürde mehr für Sie bin.«

Er verzog das Gesicht. »Sie sind keine Bürde.«

»Das war ich heute.«

Da konnte er nicht widersprechen. Während er vielleicht nicht ruiniert war, hatte sie allerdings sein Vorhaben, eine Ehefrau zu finden, sehr viel schwieriger gemacht.

»Ich würde alles tun, um die Zeit zurückzudrehen und nicht zu tun, was ich getan habe.«

Der Kuss explodierte in seinem Verstand. Doch das meinte sie wahrscheinlich nicht. »In den Club zu gehen?«

»Nun, das auch.« Ein schwacher Hauch von Rosa stieg

ihr in die Wangen. »Ich habe damit gemeint, Sie zu küssen. Ich weiß nicht, warum ich das getan habe. Ich habe mich einfach schlecht gefühlt und es schien das Richtige zu sein.«

Das Richtige … Wie konnte das möglich sein? Sie war sein Mündel und er war für ihr Wohlergehen und ihre Zukunft verantwortlich.

Dann fiel sein Blick auf ihren Mund und die sinnliche Rundung ihrer Lippen, und er rief sich in Erinnerung, wie sie sich in seinen Armen anfühlte. Ein überwältigender Drang, sie wieder aufs Neue an sich zu ziehen, überfiel ihn. Das Richtige, in der Tat. »Das darf nicht wieder passieren.« Seine Stimme klang rau.

Er trat einen Schritt von ihr zurück und stieß mit seinem Atem einen Teil der Frustration aus seinem Körper. Sexuelle Frustration, wenn er ehrlich mit sich war. Er entschied, dass Ehrlichkeit überbewertet war, und schob die Anspannung auf die Einwirkung der heutigen Ereignisse auf seine Heiratspläne. Ihm lief die Zeit davon.

»Gehen Sie jetzt nach oben. Und bleiben Sie dort bis morgen.« Er klang selbstherrlich und unausstehlich, wie sein verdammter Vater, aber das musste er. Ihre Beziehung hatte sich heute allerdings verändert und er musste sie wieder dorthin zurückverwandeln, wo sie hingehörte – er war ihr Vormund und sie war sein Mündel.

»Ich darf bleiben?«

»Offensichtlich. Sorgen Sie dafür, dass ich meine Entscheidung nicht bereue.«

»Das werde ich. Danke.« Sie drehte sich zum Gehen, doch dann zauderte sie an der Tür. Als sie wieder über die Schulter zurückschaute, sagte sie: »Es tut mir wirklich leid. Wenn es etwas gibt, was ich tun kann, um Ihnen zu helfen, hoffe ich, dass Sie es mich wissen lassen werden.«

Du könntest mich heiraten. Das würde meine Probleme lösen.

Die Idee war aus dem Nichts gekommen und sie erschütterte ihn bis ins Mark. Er sagte nichts, als Fiona ging und sein Herz pochte wild bei dem Gedanken, der ihm gerade in den Sinn gekommen war.

Er steckte in Schwierigkeiten, was sie anbelangte. Insbesondere, weil er offenbar nicht aufhören konnte, sie als Fiona anstatt Miss Wingate zu sehen. Sie war sein Mündel und keine Frau, die er begehrte.

Unglücklicherweise war sie beides.

KAPITEL 13

*M*rs. Tucket gähnte laut, als sie sich beeilte, die Hand vor den Mund zu halten. »Ich muss zu Bett gehen, Mädchen.« Sie fing an, sich von ihrem Sessel in dem kleinen Salon zu erheben, den Fiona sich mit Prudence teilte, doch sie geriet ins Wanken.

Fiona sprang aus ihrem Sessel auf und beeilte sich, Mrs. Tucket aufzuhelfen. Die ältere Frau lächelte sie an und tätschelte ihr die Hand. »Danke, meine Liebe.«

»Sie hätten Ihren Gehstock bringen sollen.« Vor einer Woche hatte Fiona sie mitgenommen um einen zu beschaffen, aber Mrs. Tucket benutzte ihn nicht beständig.

»Bah, ich habe nicht weit zu gehen und ich werde keine Treppen auf und ab laufen.«

»Lassen Sie sich von mir zumindest bis zu Ihrem Zimmer helfen«, bot Fiona an, die Mrs. Tucket noch immer am Arm hielt.

»Das wird nicht nötig sein. Wenn ich allein nicht mehr so weit laufen kann, bin ich ein verlorener Fall. Sie bleiben bei Miss Lancaster.« Mrs. Tucket lächelte Prudence zu.

Fiona ließ sie widerstrebend los. »Versprechen Sie, dass

Sie in ihr Zimmer gehen? Dass Sie nicht mehrere Treppen hinuntersteigen, um Mrs. Smythe zu beunruhigen.«

»Nein, das tue ich nicht«, versprach Mrs. Tucket seufzend. »Ich hatte nur versucht, ihr zu helfen, die Dienstmädchen anzuweisen. Dies ist solch ein großer Haushalt und ich dachte, Mrs. Smythe könnte etwas Hilfe gebrauchen.«

»Sie sind jetzt im Ruhestand, Mrs. Tucket«, sagte Fiona freundlich zu ihr. Gestern hatte sie sich mit ihr darüber unterhalten, sich nicht in die Domäne der Haushälterin einzumischen. »Sie müssen gar nichts davon tun. Entspannen Sie sich einfach und lassen Sie die Arbeit von anderen erledigen.«

»Es ist sehr schwierig, aufzuhören, Dinge zu tun, die man sein ganzes Leben lang getan hat. Seit ich elf war, wie Sie sich erinnern, als meine Mutter gestorben war und als die Älteste, musste ich mich um alle, einschließlich meines armen Vaters, kümmern.« Kopfschüttelnd tappte sie zur Tür. »Gute Nacht.«

»Gute Nacht«, riefen Fiona und Prudence hinter ihr her.

»Sie ist solch eine liebenswürdige Frau.« Fiona nahm wieder in dem Sessel neben dem von Prudence Platz und nahm das Buch wieder auf, das sie auf die Sitzfläche gelegt hatte, als sie aufgestanden war, um Mrs. Tucket zu helfen. »Ich frage mich, ob sie nicht in einem Häuschen in Shropshire glücklicher wäre. Ich sollte mit Lord Overton darüber sprechen. Allerdings ist das wirklich nicht seine Angelegenheit. Wahrscheinlich sollte ich warten und es meinem Ehemann überlassen, zu entscheiden, was zu tun ist. Er wird es sein, der sie unterstützen wird.« Sie drehte den Kopf zu Prudence. »Wird er sie unterstützen? Ich nehme an, dass Mrs. Tucket auch ihn nichts angeht, aber für mich ist sie so gut wie ein Familienmitglied.«

»Dann wirst du nur einen Ehemann auswählen, der das versteht und wertschätzt.«

Fiona war sich nicht sicher, ob das so einfach wäre, doch diesen Ratschlag würde sie sich zu Herzen nehmen. »Du bist so klug.«

»Ich bin nicht sicher, ob das ganz richtig ist«, entgegnete Prudence mit einem Stirnrunzeln. »Ich hätte eure Pläne, den Phönix Club zu besuchen, vereiteln sollen, anstatt tatenlos daneben zu stehen, als ihr eure Verkleidungen gekauft und diesen leichtsinnigen Plan in die Tat umgesetzt habt.«

Sobald sie zuhause angekommen war, hatte Fiona ihr erzählt, was passiert war. Nicht alles natürlich. Den Teil mit dem Kuss ließ sie dabei aus. »Dir kann nicht die Schuld an dem gegeben werden, was passiert ist. Ich wollte dich fragen, wie du von den Uniformen für die Dienstmädchen gewusst hast.« Dazu hatte sie vorher keine Gelegenheit mehr gehabt, da sie in das Arbeitszimmer des Earls gerufen worden war.

Prudence konzentrierte sich auf ihre Stickarbeit und ihre Hand führte die Nadel vielleicht eine Spur langsamer als noch vor einem Moment. »Ich erinnere mich nicht. Wahrscheinlich hatte ich etwas mitangehört.« Sie schaute nicht auf.

Fiona war nicht sicher, ob sie ihr das glaubte, doch sie würde sie nicht drängen. »Ich habe auch fragen wollen, wie du mit Lord Lucien bekannt geworden bist. An dem Abend, an dem ich ihn kennengelernt habe, kanntet ihr euch bereits.«

Jetzt schickte Prudence ihr einen verstohlenen Blick. Ihre Hand blieb still, doch es war nur ein Moment, ehe die Nadel wieder in den Stoff stach. »Lord Lucien hilft den Menschen. Ich hatte früher in einer Schule gearbeitet, doch das hatte mir nicht gefallen.« Sie sprach langsam und betont, was Fiona nur noch neugieriger machte. »Ich habe von einer Freundin von ihm gehört und ihn um Hilfe gebeten, eine neue Anstellung zu finden.«

Es steckte eindeutig mehr hinter dieser Geschichte, doch

es schien gleichermaßen offensichtlich, dass Prudence nicht alles preisgeben wollte. Sie stellte keinen Augenkontakt her und ihr Körper war angespannt. »Ich habe dir kein Unbehagen bereiten wollen, Prudence«, bemerkte Fiona leise. Sie dachte daran, was Cassandra ihr darüber erzählt hatte, dass Lord Lucien den Leuten half und sie war froh, dass er dies für Prudence getan hatte. »Ich hoffe, du bist hier glücklicher.«

Dann sah Prudence auf und ihr Blick traf auf Fionas. »Das bin ich ganz bestimmt. Vielleicht sollte ich das nicht laut zugeben, aber ich hatte einfach eine Chance gewollt, in der feinen Gesellschaft zu sein, obwohl ich nicht *Teil* der feinen Gesellschaft bin, wenn du verstehst, was ich meine. Tatsächlich ist es mir so lieber. Es gefällt mir nicht, im Mittelpunkt von irgendetwas zu stehen.« Ihre Schultern zuckten.

»Es ergibt einen Sinn, weil ich mich irgendwie genauso fühle. Ich nehme allerdings an, dass es mir nichts ausmacht, der Mittelpunkt der Aufmerksamkeit zu sein, wobei mir allerdings eine Neigung eigen ist, Ausgangspunkt eines Desasters zu sein.«

»Der Salon der Königin war nur eine Gelegenheit von vielen.« Prudence warf ihr ein kleinlautes Lächeln zu.

»Stimmt, aber die Saison ist auch noch jung«, entgegnete Fiona trocken. Und es schien, als wäre sie für ihre Dauer hier, was sie immer noch überraschte. Sie hatte von Overton eher erwartet, dass er seine Meinung ändern und sie nach Shropshire zurückschicken würde. Tatsächlich könnte er, wenn sie sich für Mrs. Tucket einsetzte, einfach entscheiden, dass es ganz praktisch wäre, sie beide zurückzuschicken.

»Guten Abend, die Ladys!« Overtons Stimme lenkte Fionas Aufmerksamkeit zur Tür. Er stand am Türeingang und sein Blick schweifte von Fiona zu Prudence, als ob sie ihn erwischt hatte, wie er sie anschaute.

»Guten Abend, Mylord«, antwortete Prudence und legte ihre Stickarbeit in den Schoß.

Overton trat weiter ins Zimmer. »Ich bin gekommen, um Miss Wingate zu informieren, dass ihre Pause von der Gesellschaft vorbei ist.« Dann schaute er Fiona mit kühlem Blick an. »Sie werden den Dungannon Ball am Samstag besuchen. Sie müssen sich von Ihrer besten Seite zeigen, denn Lady Dungannon ist eine der Schirmherrinnen des Phönix Clubs.«

Das bedeutete, dass sie große Macht besaß. War das für Fiona wirklich wichtig, da sie an den Bällen des Clubs nicht teilnehmen würde? Sie konnte sich nicht durchringen, diese Frage zu stellen. »Werden Sie zum Ball kommen?«

»Ja.«

Sie starrte ihn an und wollte ihn wieder fragen, ob es etwas gab, was sie tun könnte, um den Schaden wiedergutzumachen, den sie ihm zugefügt hatte. Doch sie wusste, dass sie nichts tun konnte. »Ich werde eine vorbildliche junge Lady sein. Meine Tanzkünste werden perfekt sein.«

Sein Mundwinkel zuckte, doch er presste die Lippen fest zusammen und straffte sich. »Gut. Genießen Sie ihren Abend in angenehmer Ruhe.« Mit diesen Worten ging er.

Fiona blickte eine ganze Weile auf den leeren Türrahmen. Dann atmete sie hörbar aus und drehte das Buch auf ihrem Schoß so um, dass ihr Blick auf die Seite fiel, bei der sie vorhin aufgehört hatte. Nachdem sie dreimal versucht hatte, den gleichen Absatz zu lesen, schlug sie das Buch zu. »Er ist immer noch wütend auf mich.«

»Ich wage zu behaupten, dass er das nicht bleibt«, entgegnete Prudence. »Er kommt mir nicht wie jemand vor, der grollt.«

Außer vielleicht, wenn es um seinen Vater geht, aber war es wirklich Groll, wenn die Beziehung belastet war?

Prudence sah nicht von ihrer Stickarbeit auf. »Es ist kein

Schaden entstanden – dein Ruf ist intakt. Er wird es überwinden.«

Das schlechte Gewissen lastete auf Fiona und sie platzte heraus: »Aber sein Ruf ist es nicht.«

»Sein Ruf?« Prudence runzelte die Stirn.

»Ich habe dir nicht alles erzählt, was sich zugetragen hat. Das wollte ich nicht, aber ich brauche Hilfe. Ich weiß nicht, wie ich dies in Ordnung bringen soll.«

»Was hast du ausgelassen?«

»Den Teil, in dem Overton beobachtet wurde, wie er ein Dienstmädchen geküsst hat.«

»Er hat dich geküsst?« Prudence starrte sie an, wobei sie die Augen vor Empörung verengte.

»Nicht zu Anfang. Ich habe ihn geküsst.«

»Bist du dir ganz sicher, dass er die Situation nicht ausgenutzt hat? Männer neigen zu so etwas.« Prudence schürzte die Lippen.

»Er hat nichts ausgenutzt. Wir waren im Garten des Clubs. Es war ein … ähm, angespannter Moment. Ich weiß wirklich nicht, warum ich ihn geküsst habe.« Außer, dass sie es einfach gewollt hatte. »Ich weiß, dass es seinen Ruf, den er zu verbessern suchte, nachteilig beeinträchtigt hat.«

»Das sollte es«, antwortete Prudence fest. »Er sollte ein Dienstmädchen nicht küssen. Ähm, dich.«

»Wie ich sagte, *ich* habe ihn geküsst. Und jetzt wird er weiter als Wüstling betrachtet.«

»Ist er zurückgewichen, als du ihn geküsst hast?«

»Nein.«

»Dann war er ein gleichwertiger Teilnehmer und hat verdient, was immer für ein Urteil über ihn kommt.«

»Das erscheint kaum gerecht. Ich werde offensichtlich überhaupt nicht darunter zu leiden haben.«

Prudence starrte sie einen langen Augenblick an. »Ich werde nie denken, dass das eine unglückliche Situation ist.

Im Gegenteil. Ich freue mich, dass du ohne Einwirkung auf dein Ansehen daraus hervorgehst. Es ist absolut fantastisch. Wir Frauen müssen an Siegen für uns nehmen, was immer wir können.«

»Es fühlt sich nicht wie ein Sieg an.«

»Glaube mir Fiona. Lord Overton wird darüber hinwegkommen. Du andererseits würdest das nicht. Zumindest in den Augen der feinen Gesellschaft.« Das war fast genau das Gleiche, was Mrs. Renshaw gesagt hatte. Die beiden waren in ihren Auffassungen eher unnachgiebig, weshalb Fiona sich ob ihrer vergangenen Erfahrungen fragte. Keine der beiden konnte ruiniert sein, denn sonst hätten sie nicht ihre entsprechenden Positionen inne.

»Aber der Earl versucht, eine Ehefrau zu finden, und das wird einen negativen Effekt haben.«

»Es ist dennoch sein Fehler und nicht deiner. Und es ist auch nicht deine Verantwortung, ihn von seinem Betragen zu retten – wenn du das könntest, was nicht der Fall ist.«

So viel dazu, von Prudence Hilfe für Overton zu erbitten.

Fiona stand auf. »Ich werde mich zurückziehen.«

»Du hast ein fürsorgliches Herz, Fiona. Ich verstehe, dass du dich für den Vorfall im Club verantwortlich fühlst, aber es war nicht ganz allein deine Schuld. Laste dir keine unnötige Bürde auf.«

»Danke, Prudence.« Fiona zog sich in ihr Schlafzimmer zurück und schloss die Tür hinter sich. Während sie das Buch auf den Nachttisch legte, dachte sie über Prudence´ Ratschlag nach. Gleichwohl sie verstand, was Prudence sagen wollte, war sie nicht einer Meinung mit ihr, dass es nicht ganz ihr Fehler gewesen war. Wenn sie in erster Linie nicht so töricht gewesen wäre, in den Club zu gehen, wäre all dies gar nicht erst geschehen.

Sie würde eine Möglichkeit finden, die Dinge mit dem Earl wieder ins Lot zu bringen. In der Zwischenzeit würde

sie darüber sinnieren, warum sie den Impuls, ihn zu küssen,
nicht einfach ignoriert hatte. Sie hatte andere Männer
attraktiv gefunden – Lord Lucien, Lord Gregory. Dennoch
zog nichts an ihnen sie auf die gleiche Weise an wie ihr
Vormund.

~

*R*ückblickend hätte Tobias auf das Auslassen des
Dungannon Balls bestehen sollen. Zwischen den
Gerüchten die über seine Übertretung mit einem »unschul-
digen Dienstmädchen« umherschwirrten und der Tatsache,
dass Miss Lancaster krank war und Mrs. Tucket als
Anstandsdame fungierte, hätte ihm bewusst sein sollen, dass
es unbequem werden würde, um es gelinde auszudrücken. Er
hoffte nur, dass sich die ganze Sache nicht zu einer ausge-
wachsenen Katastrophe entwickelte.

Wirklich, konnte etwas noch schlimmer sein als das, was
sich neulich im Club zugetragen hatte?

Sobald er mit Miss Wingate und Mrs. Tucket den Ballsaal
betrat, war er sich der starrenden Blicke und des Flüsterns
bewusst. Er hatte sich unverzüglich in den Spielsalon begeben, um etwas zu trinken.

Bei seiner Rückkehr in den Ballsaal überlegte er, ob er
ganz gehen sollte. Er sollte Miss Wingate nicht im Stich
lassen, aber sie hatte Mrs. Tucket und Lady Pickering.

Letztere sah ihn hereinkommen und als ihr Blick den
seinen traf, kniff sie die Augen zusammen. Sie entfernte
sich von der Gruppe, mit der sie zusammengestanden hatte,
und schritt direkt auf ihn zu, wobei sie den Blick auf ihn
heftete.

Tobias fühlte sich daran erinnert, wie er sich gefühlt
hatte, wenn seine Mutter ihn beim Stibitzen von Keksen in
der Küche erwischt hatte. »Guten Abend, Lady Pickering«,

begrüßte er sie freudig, in der Hoffnung, damit einer Lektion zu entgehen.

Das war allerdings ein törichter Gedanke.

Sie drängte ihn an die Wand. »Sie haben die Sache ganz schön verpfuscht. Sie sah ihn stirnrunzelnd an und ihre Augen flackerten vor Missbilligung.

»Mmm.«

Lady Pickering legte den Kopf schief. »Ist das alles, was Sie dazu zu sagen haben?«

Er zuckte mit den Schultern. »Was sollte ich sagen?«

Sie stieß hörbar die Luft aus und drehte sich zum Ballsaal um, den sie dann überblickte. »Es ist ein Jammer, denn ich hatte vor, Ihnen zwei Frauen vorzustellen, die darauf brennen, zu heiraten. Sie sind allerdings nicht daran interessiert, einen Wüstling zu heiraten. Beide würden gern einen Gentleman finden, den sie lieben oder zumindest ehren könnten.«

Verdammt. »Das klingt genau nach der Sorte Komtess, nach der ich suche.«

»Dann ist das sogar mehr als jammerschade.« Sie warf den Kopf in den Nacken und warf einen weiteren bösen Blick in seine Richtung. »Ein Dienstmädchen. Was haben Sie sich bloß gedacht?«

» Ich hatte ehrlich gesagt nicht nachgedacht.« Fiona hatte ihn geküsst und er hatte daraufhin vorrübergehend den Verstand verloren. Was keine Entschuldigung war. Nie hätte er den Kuss erwidern dürfen. Er hatte eine schlechte Situation genommen und sie eintausend Mal schlimmer gemacht.

Tobias neigte sich zu Lady Pickering und flüsterte. »Ist es wirklich so schlimm? Es war nur ein flüchtiger Kuss. Mehr war nicht passiert.«

»Nun, das ist immerhin etwas, nehme ich an. Allerdings wird das von den Massen nicht so gesehen. Sie erinnern sich viel lieber wieder und wieder an Ihr schlechtes Bertragen, was gewährleistet, dass alle glauben, Sie würden im Phönix

Club eine heiße Affäre unterhalten.« Mit hochgezogenen Augenbrauen schaute sie ihn an. »Ich würde damit rechnen, dass dieses geheimnisvolle Mitglieder-Komitee Sie ausschließt.«

Er wollte ihr versichern, dass dies nicht geschehen würde, doch das würde nur Fragen oder gar einen Verdacht aufwerfen. Außerdem war er nur ein Mitglied. Konnten sie für seinen Ausschluss stimmen?

»Und wenn ich Ihnen sage, dass sie nicht einmal beim Club angestellt ist?«

Lady Pickerings Augenbrauen schossen so hoch, dass sie fast in ihrem Haaransatz verschwanden. »Ist das wahr?«

Er stieß die Luft aus und richtete den Blick zur Tanzfläche, auf der Miss Wingate tanzte. Mit diesem verfluchten Lord Gregory. »Das spielt keine Rolle.«

Tobias versuchte, Miss Goodfellow auszumachen, aber anscheinend war sie heute Abend nicht anwesend. Er war enttäuscht, aber wenigstens konnte sie auf diese Weise nicht mitanhören, was heute Abend über ihn gesprochen wurde.

»Glauben Sie, dass meine Chancen bei Miss Goodfellow auch ruiniert sind?«, fragte er.

»Das ist schwer zu sagen. Ihre Mutter könnte Ihrem Interesse kühl gegenüberstehen, aber das liegt daran, dass ihr Vater Pfarrer war und sie sehr religiös eingestellt ist. Andererseits sind Sie ein Earl und keine ihrer anderen Töchter hat so gut geheiratet.«

»Das sagt mir, was Mrs. Goodfellow wohl von mir denkt, aber ich werde nicht sie heiraten. Was ist mit *Miss* Goodfellow?«

»Nun, dies ist ihre vierte oder fünfte – oder gar sechste – Saison, und sie gilt allgemein als alte Jungfer. Ich bin mir nicht sicher, ob sie nach dieser noch eine weitere Saison haben wird. Sie wäre ein Närrin, wenn sie Ihren Antrag ablehnen würde. Es sei denn, sie will nicht heiraten, wie es manchmal bei Frauen der Fall ist, die als Jungfer enden.«

Tobias sah eine Chance, eine Antwort auf eine seiner Fragen zu bekommen. »Wie wird eine Frau zur Jungfer? Ist es eine bestimmte Anzahl von Saisons oder ein bestimmtes Alter, das diese Bezeichnung definiert? Warum geschieht das überhaupt? Nichts an Miss Goodfellow deutet darauf hin, dass sie nicht heiratsfähig wäre.«

Lady Pickering schaute ihn an, als hätte er eine Sprache gesprochen, die sie nicht verstand. »Was für eine seltsame Frage. Wenn es einer Frau nicht gelingt zu heiraten, denkt die Gesellschaft meiner Vermutung nach einfach anders über sie.«

»Das ist lächerlich. _Ich_ zumindest habe etwas getan, um die Meinung der Gesellschaft über mich zu ändern.«

»Manche würden sagen, dass eine junge Frau in ihrer fünften Saison ohne einen einzigen Heiratsantrag etwas getan haben muss. Es ist vielleicht nicht erkennbar, aber es gibt einen Grund, warum sie nicht verheiratet ist.«

»Ich behaupte immer noch, dass es lächerlich ist. Was ist, wenn die junge Frau schüchtern ist oder einfach noch nicht den richtigen Gentleman kennengelernt hat?«

»Wollen Sie entscheiden, ob Sie Miss Goodfellow heiraten sollten? Ich glaube nicht, dass es für Sie eine Rolle spielen sollte, in ihrer wievielten Saison auch immer sie sich befindet.«

Er warf ihr einen schiefen Blick zu. »Das ist es ganz und gar nicht. Es könnte allerdings vielleicht schon zu spät sein. Ich habe gestern bei ihr vorgesprochen und sie hat mich nicht empfangen. Vielleicht dehnen sich die strengen Ansichten ihrer Mutter auch auf sie aus.«

Lady Pickering nickte mitfühlend. »Es tut mir leid, das zu hören. Sie werden eine andere junge Dame finden müssen, die Gefahr läuft, sich als alte Jungfer wiederzufinden. Wenn

Sie möchten, werde ich nach einer geeigneten Kandidatin Ausschau halten.«

»Ich bin gut genug für Frauen, die von der Gesellschaft wahrscheinlich als nicht gut genug erachtet werden.« Erschüttert schüttelte er den Kopf.

»Sie könnten sich auch Zeit lassen, Ihren Ruf gründlicher rehabilitieren und abwarten, welches neue Angebot in den nächsten Wochen eintrifft.«

»Da würde ich eine ,beinahe Jungfer' vorziehen, denke ich.« Und das nicht nur, weil er nicht gerade erpicht darauf war, eine junge Lady in ihrer ersten Saison zu heiraten.

Das spielte keine Rolle, da seine Zeit fast abgelaufen war. Sein Vater war am zwölften Dezember gestorben. Damit blieben ihm nur noch fünfzehn Tage, zu heiraten. Und zwar nicht, um eine zukünftige Komtess zu finden, sondern um mit ihr verheiratet zu sein. In vierzehn Tagen würde er seinen Namen, sein Haus und sein Bett mit ihr teilen.

Ihm wurde am gesamten Körper kalt. Nicht nur, weil es ein beängstigendes Vorhaben war, sondern auch, weil er sich nicht vorstellen konnte, wie dies geschehen sollte. Miss Goodfellow war angenehm, und er mochte sie, aber sie zur Frau zu nehmen...

Es hatte eine Zeit gegeben, da hatte er sich verlieben wollen. Wie er Fi– Miss Wingate erzählt hatte, besaß er das Bild einer ideale Frau im Kopf. Doch die Forderungen seines Vaters hatten alle Hoffnungen und Träume, die Tobias zu eigen waren, beinahe gänzlich zunichtegemacht. Allmählich fing er an, der ganzen Situation mit Verdruss gegenüberzustehen.

»Ich bin mir nicht sicher, ob Sie Mrs. Tucket als Miss Wingates Anstandsdame für heute Abend hätten mitbringen sollen.« Lady Pickering lenkte den Blick stirnrunzelnd zu einer Ecke.

Tobias folgte ihrem Blick. Mrs. Tucket saß in ihrem

Sessel, den Kopf vorgeneigt, das Kinn auf der Brust gebettet, die Augen geschlossen und den Mund offen stehend.

Er hätte heute Abend zu Hause bleiben sollen. Sie alle hätten zu Hause bleiben sollen.

»Schläft sie?«, fragte Lady Pickering.

»So scheint es.« Er fuhr sich mit einer Hand über die Wange. »Ich werde sie wecken gehen.«

Als er daraufhin zu Mrs. Tucket ging, bemerkte er, dass Lady Pickering ihm folgte. Sie kamen an einigen Ladys vorbei, die sich – der Richtung ihrer Aufmerksamkeit und ihrem geflüsterten Gemurmel zu urteilen, das hörbar von »Overtons Mündel« unterbrochen wurde –, eindeutig über die schlummernde Anstandsdame unterhielten.

Als Tobias sich der Frau näherte, fuhr diese zusammen. »Verdammter, verfluchter Mist!«

Jeder in einem Umkreis von drei Metern drehte sich unverzüglich mit aufgerissenen Augen zu ihr um. Schweigen legte sich über die Ecke, als alle die alte Lady in erwartungsvoller Stille anstarrten.

Mrs. Tucket war wieder in ihren Ruhezustand zurückgefallen, das Kinn auf der Brust, die Lippen geschürzt. Aus dieser Entfernung konnte Tobias ihr Schnarchen vernehmen.

Er weigerte sich, mit irgendjemandem Blickkontakt aufzunehmen, und berührte die Anstandsdame sanft an der Schulter. »Mrs. Tuck–«

Sie schreckte so vehement auf, dass sie beinahe vom Sessel gestürzt wäre. Tobias musste sie am Ellbogen fassen und er legte ihr den Arm um die Mitte, um sie aufrecht zu halten. Zusammengesackt, aber sitzend.

In ihrer Verwirrung – zumindest hoffte er, dass es sich um Verwirrung handelte – fuhr sie mit der anderen Hand herum und traf ihn am Kiefer. Er taumelte zurück und ließ dabei ihren Ellbogen los, was ihr ermöglichte, ihn zu stoßen, sodass er auf dem Hintern landete.

Die Stille um sie herum war ohrenbetäubend, und irgendwie schien die Musik zum Tanzen ganz weit weg zu sein. Dann war Geplapper zu hören und ... Gelächter. Zuerst ganz leise, doch dann immer ausgelassener, bis Tobias die Musik nicht mehr hören konnte.

Er rappelte sich auf, brachte seine Kleidung in Ordnung und kehrte zu Mrs. Tucket zurück, die sich blinzelnd und gähnend in ihrem Sessel aufrichtete. Sie blickte zu Tobias auf, als hätte sie ihn nicht gerade umgestoßen.

»Hatten Sie ein schönes Nickerchen?«, fragte er leise und zwang sich zu einem Lächeln. Er musste sie nach Hause schicken, womit er als Anstandswauwau für Miss Wingate übrig blieb. Wie konnte er in dieser Funktion handlungsfähig sein, wenn er all seine Energie aufwenden musste, um an sie als Miss Wingate und nicht als Fiona zu denken ... der Frau, die in den letzten drei Nächten seine Träume heimgesucht hatte? *Verdammter Mist*, in der Tat.

»Ich bin eingeschlafen?« Mrs. Tucket wedelte mit der Hand. »Nur für einen Moment. Wo ist Fiona?« Sie blinzelte in Richtung Tanzfläche.

»Sie tanzt mit Lord Gregory.« Bei einem Blick über die Schulter stellte Tobias fest, dass Lady Pickering nur wenige Meter von ihm entfernt stand und ihr Gesichtsausdruck eine Mischung aus Humor und Mitleid war. Er schaute sie flehend an und formte lautlos das Wort »*Hilfe*«.

Glücklicherweise kam sie unverzüglich zu ihm. »Ich übernehme gern die Aufgabe der Anstandsdame von Miss Wingate.« Sie schenkte Mrs. Tucket ein gutmütiges Lächeln. »Kehren Sie nach Hause zurück und ruhen Sie sich aus.«

»Ich brauche nicht nach Hause zu gehen«, entgegnete Mrs. Tucket starrköpfig.

Tobias befürchtete, dies könnte noch mehr Aufsehen erregen, als es ohnehin schon der Fall war. Als ob sein derzeitiger schlechter Ruhm nicht schon schlimm genug wäre. Er drehte sich so, dass er mit dem Gesicht zur Wand stand und damit den meisten Anwesenden den Rücken zukehrte. Dann blickte er Mrs. Tucket mit seinem ernstesten Blick an. »Wenn Sie jetzt nicht gehen, wird das ein schlechtes Licht auf Miss Wingate werfen«, warnte er leise. »Das wollen Sie doch sicher nicht.«

Besorgnis verdüsterte ihre Züge. »Wie kann das sein?«

»Sie haben diese … Sache gemacht, die Sie tun, wenn Sie schlafen. Das Fluchen. Dann haben Sie mich geschlagen und mich umgestoßen.«

Ihr Gesicht nahm einen eher grausigen gräulichen Farbton an. »Ich verstehe. Und ich entschuldige mich aufrichtig.«

»Ich werde Sie nach unten begleiten, und meine Kutsche wird Sie nach Hause bringen. Lady Pickering wird sich um Miss Wingate kümmern. Alles wird gut werden.« Er bot ihr seinen Arm an und half ihr, sich aufzurichten. Zum Glück hatte sie heute Abend ihren Gehstock bei sich. Er war zu Boden gefallen, was wahrscheinlich passiert war, als sie ihre bemerkenswerten boxerischen Fähigkeiten demonstriert hatte.

Tobias bückte sich, um ihn aufzuheben und ihr zu reichen, damit sie sich zur Tür aufmachen konnte. Im Hinausgehen bemühte er sich sehr, keine Menschenseele anzuschauen.

Nachdem er sie einem Diener übergeben hatte, der versprach, sie in die Kutsche zu setzen, sobald diese vorfahren würde, was, wie der Mann versprach, schnell geschehen würde, kehrte Tobias in den Ballsaal zurück. Seine Schritte wurden langsamer, als er durch die Tür trat, und er fragte sich, warum er nicht ebenfalls ging. Er würde nicht mit Mrs. Tucket nach Hause zurückkehren, aber es gab so viele andere Stätten, die er aufsuchen konnte.

Das White´s. Wo voraussichtlich noch weitere Wetten auf

ihn abgeschlossen worden waren, und auch Trowley und andere wie er nur darauf lauerten, zuzuschlagen. Also sollte es vielleicht nicht dort sein.

Der Phönix Club, natürlich. Er hatte sich an den letzten Abenden in der Bibliothek aufgehalten, um mit niemandem über den Vorfall mit dem Dienstmädchen zu reden, das nicht einmal ein Dienstmädchen war.

Bei Barbara. Seine frühere Geliebte würde ihn freudig wieder aufnehmen. Es waren alle paar Tage weitere Briefe an ihn geschickt worden, in denen sie ihn ermutigte, seine Meinung zu ändern. Der gestrige Brief war allerdings erbost gewesen, da sie von seiner Affäre mit einem Dienstmädchen des Phönix Clubs gehört hatte. Sie hatte ihn beschuldigt, ein verlogener Schuft zu sein. Also dann nicht zu Barbara.

Als ob er zu ihr gegangen wäre. Sie kam nicht mehr in Frage. Wenn er an eine Frau dachte, mit der er Zeit verbringen wollte, stellte er sich immer öfter Fi– verflixt, Miss Wingate vor. Er dachte an ihre charmanten Unterhaltungen über Landkarten und Geografie, die Tanzlektionen, und wie er ihr beim Erlernen des Pianoforte zuhörte. Er dachte an ihren Lebenshunger und Wissensdurst, und er wollte aus nächster Nähe mitbekommen, wenn sie all das erlebte, was sie sich wünschte, alles, was sie glaubte, in ihrem Leben vermisst zu haben.

Als sie ihn geküsst hatte, war etwas in ihm entriegelt worden. Jetzt begehrte er sein Mündel, und sie zu bekommen war unmöglich.

Bevor er sich zurückziehen und gehen konnte, wie er es hätte tun sollen, kam sie lächelnd auf ihn zu, die Hand auf Lord Gregorys Arm. Tobias bedauerte zutiefst, nicht gegangen zu sein.

»Danke, Lord Gregory«, sagte sie und nahm die Hand von seinem Ärmel. Ihre Wangen waren vom Tanzen auf reizende Art gerötet. Auch ihre Augen leuchteten, was vermutlich auf seinen Charme oder sein gutes Aussehen zurückzuführen war.

»Es war mir ein Vergnügen, Miss Wingate. Hoffentlich werde ich Sie bald wiedersehen.« Er zwinkerte ihr zu, um sich dann vor Tobias zu verneigen. »Lord Overton.«

»Lord Gregory«« , murmelte er, als der Mann sich umdrehte und davonging.

Fiona warf einen Blick in die Ecke, und dann sah sie Tobias alarmiert an. »Wissen Sie, wo Mrs. Tucket ist?«

»Ich habe sie nach Hause geschickt.«

Sie starrte ihn überrascht an. »Warum?«

»Weil sie eingeschlafen ist und alle in ihrer Umgebung von ihr etwas zu hören bekommen haben.«

Sie hob die Hand vor den Mund und sah ihn entsetzt an. »O je. Es tut mir so leid, Mylord.«

Er wollte von ihr nicht so genannt werden. Er wünschte sich, sie würde ihn Tobias nennen.

Dazu würde es nie kommen.

Lady Pickering kam auf sie zu. Gut. Jetzt konnte er gehen.

»Lady Pickering wird für den restlichen Abend als Ihre Anstandsdame fungieren«, meinte er.

»Wie war Ihr Tanz?«, fragte Lady Pickering an Fiona gerichtet, als sie neben sie trat.

»Bezaubernd, danke. Ich habe endlich die Schritte beherrscht. Nicht einmal bin ich ihm auf die Füße getreten.« Sie sah sehr stolz aus, und obwohl Tobias sich für sie freute, war er auch enttäuscht, dass Lord Gregorys Zehen nicht zu leiden hatten.

»Fantastisch«, lobte Lady Pickering.

»Ich werde nun gehen«, verkündete Tobias.

»Das ist wahrscheinlich das Beste.« Lady Pickering beugte sich zu ihm hin und heftete den Blick auf sein Kinn. »Es hat den Anschein, als könnten Sie bis morgen früh einen blauen Fleck bekommen.«

Fiona trat näher an ihn heran und hob die Hand, als ob sie sein Gesicht berühren wollte. Seine Augen weiteten sich allein bei der Andeutung dessen, hier inmitten eines Ballsaals, in dem er bereits den ganzen Abend von allen angestarrt worden war.

Gott sei Dank, schien auch sie ihren Fehler zu bemerken, indem sie so tat, als würde sie sich schnell eine nicht vorhandene Locke hinter das Ohr streichen. »Was ist vorgefallen?«

»Mrs. Tucket hat ihn geschlagen, als er ihren Schlummer unterbrochen hatte.«

»O nein.« Fiona verzog schmerzlich das Gesicht. »Das tut mir so leid««, flüsterte sie.

»Das wird schon wieder.« Er berührte seinen Kiefer und fand mühelos die empfindliche Stelle. Ja, er könnte durchaus einen blauen Fleck bekommen. Ein glänzendes Finale für ein paar glanzvolle Tage.

Falls er davon ausgehen konnte, dass seine Pechsträhne vorbei war. Das sollte er wahrscheinlich nicht.

An Lady Pickering gewandt fragte er: »Bringen Sie Miss Wingate nach Hause?«

»Natürlich. Ich wünsche Ihnen einen schönen Abend, Overton. Und benehmen Sie sich«, setzte sie in einem vorwurfsvollen Flüsterton hinzu.

So langweilig das auch klang, blieb Tobias nichts anderes übrig.

KAPITEL 14

*D*as Dienstmädchen arrangierte die Blumen, die Lord Gregory mitgebracht hatte, und platzierte sie auf einem Beistelltisch im Salon. Fiona bedankte sich bei ihr, ehe sie das Zimmer verließ, und wandte sich dann wieder ihrem Gast zu, der in einem Sessel gegenüber des Sofas saß, auf dem Fiona Platz genommen hatte. Prudence war zwar anwesend, doch sie hielt sich ein wenig abseits der beiden und hatte in einem Sessel beim Fenster, das auf die Brook Street hinausging, Stellung bezogen.

Fiona betrachtete den Strauß aus Narzissen und Schneeglöckchen. »Nochmal vielen Dank für die Blumen, Lord Gregory. Sie sind einfach wunderschön. Auf mich wirken Narzissen so heiter.«

»Es freut mich, dass sie Ihnen gefallen.« Er saß aufrecht in seinem Sessel, und seine Haltung war steif, als ob er sich ein wenig unwohl fühlen würde. Ein Bein war leicht ausgestreckt, während das andere im Knie angewinkelt war. Er sah beinahe so aus, als würde er für ein Porträt posieren. Und es würde ein prächtiges Porträt werden, das ihn mit seinem blonden Haar, das sich keck über seine Stirn wellte, und seinem zu einem schwachen Lächeln geformten Mund zeigte.

»Wie schön, dass Sie heute zu Besuch kommen.« Fiona warf einen Blick zu Prudence, die sie gerade noch aus dem Augenwinkel sehen konnte. Diese konnte ihr allerdings keine Hilfe leisten. Nicht, dass Prudence etwas von Fionas Hilfsbedürftigkeit gewusst hätte. »Sie sind mein erster Besucher«, meinte Fiona und beschloss, ihre Unerfahrenheit offen zu zeigen.

Lord Gregorys Lächeln wurde breiter. »Sie sind auch mein erster Besuch.«

Fiona lachte leise. »Dann passen wir gut zusammen.«

»Das habe ich auch gedacht«, murmelte er.

Fiona wurde sich der möglichen Andeutung ihrer Worte bewusst und fürchtete, einen Fehler gemacht zu haben. Sie wollte vermeiden, ihm das Gefühl zu geben, sie würden einander umwerben. Umwarben sie einander? Was genau machte das Werben aus?

»Mit Freuden teile ich Ihnen mit, dass ich die Einladung des Phönix Clubs für meinen Beitritt angenommen habe. Ich freue mich schon auf den ersten Ball am Freitagabend. Sie werden dort sein, wie ich annehme?«

»Oh, das haben Sie gut gemacht«, bemerkte sie erfreut darüber, dass er ihren Rat befolgt hatte. »Leider jedoch, werde ich nicht dabei sein.«

Sein Lächeln erstarb vollständig. »Das war meine Annahme gewesen, da Ihr Vormund Mitglied ist.«

»Ich glaube, wir hatten bereits eine Einladung für eine andere Veranstaltung angenommen.« Das war eine glatte Lüge, aber sie wusste nicht, was sie sonst sagen sollte.

»Ich verstehe. Nun, das ist enttäuschend.« Er lenkte den Blick von ihr ab und ließ ihn dann mit einem Hoffnungsschimmer in seinen Augen zu ihr zurückschweifen. »Welche

Veranstaltung? Ich werde sehen, ob ich ebenfalls eine Einladung annehmen kann.«

Fiona warf einen weiteren Blick zu Prudence. Ihre Blicke trafen sich, und Prudence zuckte unmerklich mit den Schultern.

»Im Moment kann ich mich nicht besinnen.« Seitdem der Earl Fionas gesellschaftliche Privilegien wieder in Kraft gesetzt hatte, war sie noch nicht mit der Frage an ihn herangetreten, welche Einladungen sie angenommen hatten. Allerdings war sie ihm auch eher aus dem Weg gegangen. Genauer gesagt, er schien ihr aus dem Weg zu gehen. Seit dem Ball am Samstag hatte sie ihn nur im Vorbeigehen gesehen. »Ich kann Ihnen später oder morgen eine Nachricht zukommen lassen.«

»Das würde ich sehr zu schätzen wissen.« Seine Schultern entspannten sich ein winziges bisschen. »Wenn das Wetter besser wird, können wir vielleicht im Park spazieren gehen.«

Darauf hatte Fiona natürlich ganz besonders gewartet. Es hatte einfach etwas ganz Spezielles für sie, inmitten der feinen Gesellschaft an einem Ort spazieren zu gehen, den sie schon seit Jahren auf einer Landkarte betrachtet hatte. »Das würde mir ungemein viel Freude bereiten.«

Lord Gregory setzte sich in seinem Sessel vor, wobei sein Blick fest auf den ihren gerichtet war. »Dann sind wir uns ja einig, wie es scheint. Ich bin so glücklich. Ich freue mich auf unser nächstes Treffen – bald.« Er stand auf und verbeugte sich zum Abschied, ehe er hinausging.

Ausatmend ließ Fiona ihren Körper vollkommen entspannen, während sie sich auf das Sofa zurücksinken ließ. Ihr war gar nicht aufgefallen, wie nervös sie gewesen war.

Prudence nahm auf dem Sessel Platz, der dichter beim Sofa stand – es war derselbe Sessel, auf dem Overton gesessen hatte, als sie mit ihren Nasen zusammengestoßen waren. »An Lord Gregorys Absichten kann es kaum Zweifel geben. Bist du zufrieden?«

»Verzeih mir, dass ich so begriffsstutzig bin, aber welche Absichten sind das genau?«

»Brautwerbung, Heirat. Eins folgt auf das andere. Er hat deutlich gemacht, dass er dich bald wiedersehen möchte.« Prudence schenkte ihr ein zufriedenes Lächeln, was einiges aussagte, da sie nur selten lächelte. »Wie du ihm gesagt hast, passt ihr gut zusammen.«

Fiona stöhnte auf und ließ die Stirn für einen Moment in ihre Hand fallen. Das hatte sie zwar gesagt, aber gar nicht so gemeint. Sie hatte lediglich gemeint, dass sie den Umstand eines ersten offiziellen Besuchs gemeinsam hatten. Hätte sie die Angelegenheit noch einmal klarstellen sollen, damit er keinen falschen Eindruck bekam? *War* es ein falscher Eindruck? *Wollte* sie nicht von ihm umworben werden?

Sich mit den Fingern über die Augen und die Wangen wischend, schaute sie Prudence an, die nicht mehr lächelte. »Ich habe über unsere Neuheit bei offiziellen Besuchen gesprochen.«

»Ich glaube nicht, dass er das erkannt hat«, entgegnete Prudence leise. »Und ich auch nicht. Falls du nicht an einer Werbung interessiert bist, solltest du ihm das so rasch wie möglich mitteilen.«

»Ich weiß nicht, woran ich interessiert bin.«

Diese Frage plagte sie während des gesamten Tages und auch während des Abendessens, das sie wieder einmal ohne den Earl einnahmen. Die Frage ging ihr noch immer mit größter Dringlichkeit durch den Kopf, als sie sich später am Abend in der Bibliothek mit dem Studium von Landkarten abzulenken suchte.

Sie hatte sich gerade in die Topografie von Südeuropa vertieft, als Lord Overton hereinkam. Sofort änderte sich die

Atmosphäre und war von greifbarer Anspannung erfüllt. Ihr Herz schlug schneller.

»Guten Abend, Miss Wingate.«

Sie straffte sich auf ihrem Stuhl am Tisch, auf dem die Landkarten ausgebreitet waren. »Guten Abend, Lord Overton.«

Er schlenderte zur anderen Seite des Tisches. »Ich entschuldige mich, dass ich schon wieder das Abendessen ausgelassen habe. Ich bin in Westminster aufgehalten worden.«

»Es besteht keine Notwendigkeit, sich zu entschuldigen. Wo wir allerdings schon von Entschuldigungen sprechen, würde Mrs. Tucket Ihnen gern nochmals Ihr Bedauern über die Vorfälle neulich Abend auf dem Ball ausdrücken.«

Er lächelte und fuhr mit seinen Fingern über den verblassten blauen Fleck an seinem Kiefer. »Wäre sie nicht auf den Stock angewiesen, könnte sie eine Zukunft als Boxerin haben.«

»Sie würde widersprechen, dass sie nicht auf den Stock angewiesen ist, also sagen Sie ihr das bitte nicht.«

Er zog eine Augenbraue hoch. »Sie glauben, sie würde sich tatsächlich auf einen Kampf einlassen?«

Fiona rief sich in Erinnerung, wie die alte Lady Hühner und Ziegen zusammengehalten hatte. Es war kein Kampf, doch sie besaß ein Temperament, das zum Kommandieren anderer geeignet war. Fiona stellte sich vor, dass dies eine willkommene Eigenschaft in einem Wettkampf sein könnte. »Es würde mich nicht überraschen. Wichtiger ist allerdings meine Annahme, dass sie erschreckend gut darin sein könnte.«

Er blickte auf die Landkarte hinab. »Die Topografie Südeuropas?«

»Ich versuche, mir vorzustellen, wie die französische

Armee in Portugal eingefallen ist. Ihr Weg mutet schwierig an.«

»Das war er.« Er umrundete den Tisch und stand dann recht nah bei ihr in der Ecke. Mit seinen Fingerspitzen, fuhr er über das Tagus Tal. »Napoleon wollte eine kürzere Route, aber sie war abgelegener und unwegiger.«

»Ich schließe meine Augen und versuche, mir vorzustellen, wie sie ausgesehen hat.«

»Es gibt Zeichnungen, dessen bin ich sicher. Vielleicht sind das die Bücher, nach denen wir als Nächstes schauen sollen.«

Er sprach, als ob sie für einige Zeit auf diese Weise zusammen sein würden. Das würden sie natürlich nicht, da sie beide wahrscheinlich in kurzer Zeit verheiratet wären.

Sie legte den Kopf in den Nacken, um zu ihm aufzuschauen, um dann festzustellen, dass sein Blick auf sie, statt auf die Landkarte gerichtet war. Er ging ein paar Schritte nach rechts – von ihr weg.

»Ich bin gekommen, um Ihnen zu sagen, dass ich meine Meinung über den Ball im Phönix Club geändert habe. Wir werden am Freitag hingehen.«

Überrascht sprang sie von ihrem Stuhl auf. »Warum?«

»Wie ich gehört habe, hat Lord Gregory seine Einladung angenommen. Ich dachte, Sie würden den Ball vielleicht gern besuchen, weil er dort sein wird.« Er heftete seine Aufmerksamkeit auf die Landkarte.

Eine Welle der Verwirrung überkam sie. »Sie ändern immer wieder Ihre Meinung über mich. Ich meine, über die Dinge, die zu tun mir gestattet sind.« Die letzten Worte fügte sie eilig hinzu, denn sie dachte, dass ihre erste Aussage in vielerlei Hinsicht interpretiert werden konnte. Vielleicht sollte sie sich mehr Zeit nehmen, ihre Worte zu überdenken, da ihr das so oft passierte. Zumindest heute.

»Es hat den Anschein, als würde Lord Gregory Ihnen den

Hof machen.« Er warf ihr einen kurzen Blick zu. »Sie mögen ihn, nicht wahr?«

»Das tue ich«, gab sie zur Antwort. Hatte Prudence etwas zu ihm gesagt? Wer noch würde darüber wissen, dass Lord Gregory die Einladung angenommen hatte?

»Dann müssen Sie gehen. Sobald ein Gentleman in London einen Besuch abstattet, ist das ein Signal, dass die Brautwerbung voranschreitet. Wenn er Sie noch einmal besucht, und Sie beide weiter zusammen tanzen oder anderweitig Zeit miteinander verbringen, wird eine Verlobung erwartet.«

Fiona schluckte. »Und wenn das nicht passiert?«

»Es hängt von der Situation ab, aber in vielen Fällen wird die Frau als irgendwie unzulänglich angesehen.«

»Die Frau, nicht der Mann?«

Er formte die Lippen zu einem kurzen, humorlosen Lächeln. »Es ist nicht besonders gerecht.«

»Es ist ein Wunder, dass überhaupt irgendjemand in der Lage ist, eine Verbindung einzugehen. Wie kann man entscheiden, ob man zueinander passt, wenn man nicht sehr viel Zeit miteinander verbringt? Und wenn man das tut, scheint es, als hätte man sich verpflichtet. Ob man zueinander passt oder nicht.«

»Das kann passieren, vermute ich. Meine Mutter dachte, dass mein Vater und sie zusammenpassen würden, doch nachdem sie geheiratet hatten, erkannte sie, dass dies nicht der Fall war.«

Fiona dachte an ihre eigenen Eltern und stieß die Luft aus. »Das kommt natürlich nicht nur in London vor. Die Dinge mögen auf dem Lande etwas entspannter zugehen, doch es bestehen dennoch Erwartungen. Ich glaube, meine Eltern passten auch nicht zusammen.« Sie schenkte ihm ein kleines, verschwörerisches Lächeln. »Vielleicht haben uns die Fehler unserer Eltern vorsichtiger gemacht. Wie

kommen die Dinge zwischen Miss Goodfellow und Ihnen
voran?«

Wieder wandte er den Blick von ihr ab. »Sie sind im
Augenblick ein bisschen ins Stocken geraten.« Er drehte sich
so, dass seine Hüfte gegen die Tischkante stieß. »Mir kommt
gerade in den Sinn, dass bei dem Ball am Freitag ein Walzer
gespielt werden wird – es ist immer der dritte Tanz. Sie
sollten ihn mit Lord Gregory tanzen. Glauben Sie, Sie
können das?«

Sie wollte fragen, warum die Dinge mit Miss Goodfellow
ins Stocken geraten waren, doch sie hatte den Verdacht, es
könnte aufgrund der Vorfälle im Garten des Clubs ihre
Schuld gewesen sein. Aufgrund dessen, was sie zur Beschädi-
gung seines Rufs getan hatte.

Stattdessen beantwortete sie seine Frage bezüglich des
Tanzens. »Meine einzige Erfahrung im Walzertanzen habe
ich mit Ihnen gemacht.«

Er hob die Augenbrauen leicht an. »Dann brauchen Sie
noch eine Lektion, denke ich.« Er reichte ihr die Hand. »Ich
werde nicht summen, das verspreche ich.«

Sie legte die Finger in seine Hand. Er schloss die Finger
darum und verursachte damit eine Hitzewallung, die ihren
Arm hinauffuhr. Als sie sich erhob, kribbelte es in ihrem
ganzen Körper, und sie ertappte sich dabei, wie sie in Erinnerung an ihren Kuss auf seinen Mund starrte.

Sie dachte am besten gar nicht daran.

Ihre Hand haltend, führte er sie vom Tisch fort. »Wissen
Sie noch, welche Haltung Sie einnehmen müssen?«

Sie nickte, drehte sich zu ihm um und legte eine Hand auf
seine Schulter. Ihre verschränkten Hände verschoben sich
dabei, und er brachte seine Hand an ihre Taille. Zwischen
ihren Oberkörpern waren wenige Zentimeter Platz geblieben, und Fiona war sich ihrer Nähe und der beständigen

Anziehungskraft, die sie weiterhin zu ihm trieb, sehr intensiv bewusst.

»Sind Sie bereit?«, murmelte er und sein zinnfarbener Blick traf den ihren.

»Ja.«

Er fing an, sich zu bewegen und lenkte sie sanft durch den Raum, wobei er mit männlicher Anmut dahinglitt und dabei den Möbeln auswich. Und das vollbrachte er ohne hinzusehen, da seine Aufmerksamkeit ganz allein auf sie gerichtet war. Selbst wenn sie gewollt hätte, wäre sie nicht imstande gewesen, den Blick von ihm abzuwenden. Erging es ihm ebenso?

Ohne Musik mutete der Raum irgendwie kleiner an, und intimer – und der Abstand zwischen ihnen war mit einer ganz eigenen Energie aufgeladen, die nur sie erzeugen konnten. Ohne Musik war es kein richtiger Tanz, sondern ein Zusammenfinden, bei dem sie den Walzer als Vorwand nutzten, um sich im Gleichklang zu bewegen.

Nach ein paar Runden meinte er: »Ich denke, das haben Sie gemeistert.«

»Ich bin lediglich Ihrer Führung gefolgt. Wie ich vermute, kann ich nur so gut wie mein Partner sein.«

Er lächelte. »Das stimmt nicht. In den anderen Tänzen, die Sie gelernt haben, sind Sie sehr gut geworden. Ich habe Sie neulich auf dem Ball tanzen sehen.«

Er hatte ihr zugeschaut? »Tatsächlich?«

»Es ist meine Aufgabe, auf Sie aufzupassen.« Diese Worte hätten sie eigentlich enttäuschen sollen, denn sie wäre gern mehr gewesen als nur eine Verantwortung. Doch die Art, wie er sie weiterhin ansah, machte sie ein wenig schwindlig.

»Mögen Sie mich denn überhaupt, Mylord?« Sie hatte ihn eigentlich necken wollen, aber sie wollte die Wahrheit wissen. Sie war das Mündel seines Vaters, und seit sie in sein

Leben getreten war, hatte sie ihm eine Menge Schwierig-keiten und Ausgaben bereitet.

Er wurde langsamer, bis sie ganz stehen blieben. »Fiona.« Ihr Herz schlug schnell und in einem kräftigen Takt. Er hatte sie bei ihrem Vornamen genannt und nicht Miss Wingate.

Sie fühlte, wie sein Daumen über ihre Hand strich, und seine Finger bewegten sich wie ein leises Raunen über ihr Rückgrat. »Ich mag dich sehr«, hauchte er.

Fiona glitt mit ihrer Hand an seiner Schulter entlang, bis sie auf seinen steifen, senkrechten Hemdkragen traf. Sie neigte sich ein wenig zu ihm, womit sie den Abstand, der sie voneinander trennte, um die Hälfte verringerte. Als sie ihre Aufmerksamkeit wieder auf seine Lippen richtete, konnte sie seinen Kuss beinahe schmecken ...

Abrupt ließ er von ihr ab und wich einen Schritt zurück. Eine Welle kalter Enttäuschung spülte über sie hinweg. Sie schlang die Arme um ihre Mitte. Er wollte sie nicht mehr küssen – er hatte gesagt, sie dürften das nicht tun. Er war ihr *Vormund*. Aber was war mit diesem Magnetismus oder was auch immer sie für ihn empfand? Sie würde eine Möglichkeit finden müssen, damit aufzuhören.

»Sie sind mehr als bereit, mit Lord Gregory Walzer zu tanzen, würde ich sagen.« Er brachte die Worte mit stoischer Miene vor. »Er ist eine ausgezeichnete Partie.«

Sie war es allmählich leid, dies von anderen zu hören. »Ich weiß. Aber die Heirat zwischen uns ist noch keine ausgemachte Sache. Ich fühle mich noch nicht so weit, diesen Schritt zu wagen.« Allerdings hatte sie dem Earl versprochen das zu tun. Sie war es ihm schuldig, nicht länger ein Ärgernis zu sein. Insbesondere dann, wenn er sie eindeutig als solches betrachtete.

»Sie werden sich bald entscheiden müssen. Lord Gregory ist nicht töricht, und Sie sind eine ausgezeichnete Partie.«

»Warum? Ich bin ein unbedeutendes Ding vom Lande.«

»Sie sind intelligent, schön und Sie verfügen über eine bemerkenswert großzügige Mitgift«, erweiterte er trocken. »Dank meines Vaters. Als zweitgeborener Sohn wird dies für Lord Gregory zweifelsohne verlockend sein.«

»Ich bin also eine gute Investition«, murmelte sie.

»Das ist ein zusätzlicher Vorzug. Auch ohne ihn hätte Lord Gregory Ihnen wahrscheinlich den Hof gemacht.«

Fiona erstarrte. Dann legte sie den Kopf schief und schaute ihn einen Augenblick an. »Er weiß von meiner Mitgift?«

»Das würde ich annehmen.«

»Warum? Gibt es irgendeine Veröffentlichung, in der heiratsfähige junge Ladys mit ihrem Stammbaum und Vermögenswert aufgelistet sind?« Wut brodelte in ihr auf.

»Natürlich nicht. Aber wenn eine junge Lady in den Heiratsmarkt eintritt, werden gewisse Dinge mitgeteilt.«

»Also haben Sie mitgeteilt – der gesamten feinen Gesellschaft –, dass ich eine übergroße Mitgift bekomme?«

»Das habe ich bekannt gemacht, ja.« Seine Brauen senkten sich tief herab, als er die Augen verengte. »Das ist die übliche Verfahrensweise hier, insbesondere wenn eine junge Lady keinen – wie Sie es ausdrücken – Stammbaum hat.«

»Ich verstehe.« Nie würde sie genau wissen, ob ein Mann überhaupt an ihr interessiert war, oder ihrem Geld, das sie ihm einbringen könnte. Geld, das nicht ihres war, aber mit dem sie ihr Leben ändern und unabhängig sein könnte. Frauen wurde diese Möglichkeit natürlich nie angeboten. Man stelle sich nur vor, wenn ein Vater – oder ein verfluchter Vormund – sagte: »*Das ist deine Mitgift, aber wenn du entscheidest, nicht zu heiraten, kannst du sie für dich selbst verwenden.*« Beinahe hätte sie laut aufgelacht.

»Sie scheinen wütend zu sein«, sagte er langsam.

»Ich fühle mich, als würde ich in einer Falle sitzen. Ich bin vollkommen auf Sie und meinen zukünftigen Ehemann angewiesen. Ich weiß nicht einmal, was ich in Hinsicht auf die arme Mrs. Tucket unternehmen soll. Wahrscheinlich würde sie in Shropshire glücklicher sein, aber ich kann nichts für sie in die Wege leiten. Ich muss Sie oder meinen Ehemann um eine Rente für sie bitten. Anscheinend besitze ich eine Mitgift, die ich dafür verwenden könnte, doch da sie nicht wirklich mir gehört, kann ich das nicht.«

Auf seiner Stirn zeichneten sich Furchen ab. »Sie sitzen nicht in der Falle. Ich tue mein Bestes, um Ihnen die besten Möglichkeiten zu bieten.«

»Wie von der feinen Gesellschaft vorgeschrieben. Ich muss tanzen lernen, und wie ich mich zu benehmen habe, damit ich einen Ehemann finde.«

Seine Stirn runzelte sich noch stärker. »Ich habe auch Bücher und Landkarten für Sie beschafft. Und ein Pianoforte. Ich habe versucht, Ihnen die Dinge zu geben, die Sie nie besessen hatten und an denen sie eindeutig Freude haben.«

Ein Teil ihres Zorns verrauchte, doch das Gefühl, in einem Käfig gefangen zu sein, nicht. Fiona dachte kurz daran, mit Mrs. Tucket nach Shropshire zurückzukehren, aber auch dort hatte sie keine Wahlmöglichkeiten, da ihr Cousin sie ebenso verheiraten würde, wie Overton es vorhatte. »Mylord, ich bin Ihnen für alles dankbar. Und ich werde es Ihnen vergelten, indem ich Lord Gregory heirate, vorausgesetzt, er macht mir einen Antrag. Das ist scheinbar die bevorzugte und beste Lösung. Ich wünsche Ihnen einen guten Abend.«

Sie drehte sich um und verließ die Bibliothek, ohne die Landkarten aufzuräumen. Denn wenn sie noch einen einzigen Augenblick in seiner Gegenwart geblieben wäre, hätte dies ihr Wesen vollkommen brechen können.

~

*N*ach einem besonders langen Tag in Westminster begab Tobias sich auf direktem Wege zum Spielsalon des Phönix Clubs, in dem er im Laufe einer Stunde einen beträchtlichen Geldbetrag verlor. Das meiste davon kassierte Mrs. Jennings, eine aufmerksame, scharfsinnige Witwe um die vierzig Jahre ein.

Als er den Tisch verließ, tat sie es ihm gleich. »Sie wirkten abgelenkt, als wir gespielt haben, Overton«, meinte sie, als sie zwischen den Tischen entlanggingen.

Zwischen seinem mühseligen Mündel und dem Mangel an Heiratsaussichten war Tobias mehr als abgelenkt. Man konnte ihn auch als griesgrämig beschreiben. »Mein Verstand ist überlastet«, gab er zu. »Es war ein anstrengender Tag in Westminster.«

»Da ist etwas, das ich nun in Bezug auf Mr. Jennings nicht vermisse«, sagte sie. »Er hatte viel zu viel Zeit dort verbracht, und das war wahrscheinlich auch die Ursache des Herzanfalls, der ihn umgebracht hat.«

Tobias erinnerte sich, dass er vor zwei Jahren – auf seinem Sitz in den Commons – gestorben war. »Mr. Jennings war eine gewichtige Stimme.«

»Das war er in der Tat. Haben Sie den heutigen Tag auf diese Weise verbracht?«, fragte sie und sah ihn neugierig aus ihren strahlenden blau-grauen Augen an. »Über etwas referiert?«

»Himmel nein.« Tobias verzog das Gesicht auf komische Art. »Das versuche ich niemals. Allerdings habe ich eine kleine Rede über die Wahlreform gehalten, doch es gibt nicht viele Unterstützer dafür.«

Mrs. Jennings lächelte anerkennend. »Mr. Jennigs wäre stolz auf Sie gewesen.«

Tobias´ Vater wäre entsetzt gewesen, was er als zusätzli-

chen Bonus rechnete. »Werden Sie nach oben in das Mitgliederrefugium gehen?«, fragte er mit der Absicht, ihr seine
Begleitung anzubieten.

»Das werde ich.« Auf ihre Bestätigung hin, bot er ihr
seinen Arm an und eine Einladung. »Danke. Kann ich Ihr
Benehmen auf irgendetwas über freundliche Höflichkeit
hinaus zurückführen?«

Er führte sie in die Treppenhalle. »Was meinen Sie?«

»Ich weiß, dass Sie auf der Suche nach einer Ehefrau sind.
Wahrscheinlich bin ich zu alt für Sie. Meine jüngere
Schwester ist das allerdings nicht. Sie ist, gewissermaßen,
eine Jungfer und derzeit nicht in London.«

Tobias mochte Mrs. Jennings, doch dies war eine merk-
würdige Unterhaltung. Machte er einen verzweifelten
Eindruck?

»Ich habe letzte Woche von Ihrer ... Situation gehört, hier
im Garten.« Sie sah ihn mit einem verständnisvollen Blick
an, als sie die Treppe hinaufgingen. »Ich habe mich gefragt,
ob sie vielleicht nach einer Braut Ausschau halten, die sich
von ihren ... Aktivitäten nicht beunruhigen ließe.« Mit
gesenkter Stimme setzte sie hinzu. »Meiner Schwester wäre
es egal. Sie wäre in der Tat mit einem Arrangement glücklich, das Ihnen einen Erben beschert und sie danach ihre
Leben getrennt führen ließe.«

Tobias setzte den Fuß auf die nächste Stufe und musste
sich am Handlauf festhalten. Mrs. Jennings fasste ihn noch
fester und stieß ein kleines Lachen aus. »Ich hatte Sie nicht
erschrecken wollen.«

»Ich hatte nicht, ähm, erwartet, dass Sie so etwas sagen
würden.« Sein Verstand arbeitete angestrengt auf der Suche
nach einer angemessenen Antwort. *Gab* es eine angemessene
Antwort?

»Solche Dinge werden in der Regel nicht so offen angesprochen, aber ich sehe keinen Grund, ein Blatt vor den

Mund zu nehmen. Sie scheinen sich eine Frau zu wünschen und Sie befinden sich in einer heiklen Lage. Ich wollte nur eine Lösung anbieten.«

»Ausgezeichnet! Ich danke Ihnen.« Er zwang sich zu einem Lächeln. »Ich werde über Ihr Angebot nachdenken.«

Sie hatten den oberen Treppenabsatz erreicht. »Ich begebe mich in die Bibliothek«, verkündete er, da er gerade noch im letzten Moment beschloss, lieber nicht riskieren zu wollen, zusammen mit ihr im Mitgliederrefugium sitzen zu müssen Er glaubte nicht, weitere Versuche von »Hilfestellung« überstehen zu können.

Sie nahm ihre Hand von seinem Arm. »Ich danke Ihnen für Ihre Zerstreuung vorhin. Meine Modistin wird sich freuen, den nächsten Auftrag von mir zu erhalten.« Mit einem breiten Lächeln ließ sie ihn stehen und schlenderte in Richtung des Mitgliederrefugiums davon, das heute Abend, da es Dienstag war, von Ladys recht bevölkert sein würde.

Tobias zauderte. Er sollte hingehen. Was, wenn seine Braut dort war und er nur hineingehen musste, um sie zu finden?

Verdrießlich machte er auf dem Absatz kehrt und begab sich in die Bibliothek. Dort schritt er direkt zur Anrichte mit den Spirituosen und fluchte prompt, als er keinen schottischen Whisky finden konnte.

»Wir warten auf eine Lieferung, glaube ich«, meinte Wexford von einem Tisch hinter ihm. »Aber es gibt irischen Whisky!« Grinsend holt er sein Glas.

»Irischen«, murmelte Tobias, während er sich einschenkte. Er setzte sich zu Wexford an seinen Tisch und nippte am Whisky. »Nicht schlecht.«

Wexford verengte munter die Augen. »Wenn du dieses Glas ausgetrunken hast, wirst du den anderen nicht mehr wollen. Darauf wette ich zehn Pfund.«

Tobias schüttelte den Kopf. »Keine Wetten mehr. Ich habe unten schon genug verloren.«

»Das habe ich gehört.« Lucien, mit einem Glas Portwein in der Hand, setzte sich auf einen weiteren Stuhl am Tisch. »Ich komme gerade aus dem Mitgliederrefugium, wo Mrs. Jennings mit ihrem Gewinn prahlt.«

»Hoffentlich ist das alles, wovon sie spricht.« Beim Gedanken, sie könne den Vorschlag, den sie ihm gemacht hatte, jemandem verraten, zuckte er innerlich zusammen. Das würde sie bestimmt nicht tun. Er kannte sie nicht als die Art von Person, die sich an anzüglichen Informationen ergötzte.

Sowohl Lucien als auch Wexford schauten ihn mit großen Augen an.

»Vögelst du sie auch?«, fragte Wexford ungläubig. »Ich meine, sie ist verdammt attraktiv, aber versuchst du nicht, wieder eine weiße Weste zu bekommen?«

Aus den Tiefen seiner Kehle brachte Tobias ein Knurren hervor. »Ich vögle sie nicht. Oder sonst jemanden.« Er nahm einen großen Schluck von seinem Whisky. Wexford mochte recht haben, wenn er meinte, er könnte bekehrt sein, sobald er dieses Glas ausgetrunken hatte. Lag dies allerdings daran, dass der Whisky gut war, oder daran, dass Tobias im Augenblick auch mit dem billigsten Gin vorliebgenommen hätte?

»Unwichtig«, brummte Tobias, stellte das Glas ab und lehnte sich in seinem Stuhl zurück. »Sie hat mir ein Hilfsangebot gemacht. Mir bleiben noch zwölf Tage bis zur Heirat und meine Aussichten sind gleich null.«

»Sie hat sich angeboten?«, fragte Lucien.

»Nicht direkt.« Doch auch das hatte sie angedeutet. »Können wir Mrs. Jennings vergessen und uns auf die vorliegende Angelegenheit konzentrieren?«

Lucien zog die Brauen hoch. »Und die wäre?«

»Eine Frau zu finden, verdammt. Wenn ich nach Schottland eilen will, muss ich in ein paar Tagen aufbrechen.«

»Da du derzeit keine Aussichten hast, nehme ich an, dass du von einer Entführung sprichst?« Wexford sah grinsend zu Lucien, der vergeblich versuchte, eine unbeteiligte Miene zu wahren.

»Ich kann nicht glauben, dass Mrs. Jennings tatsächlich versucht hat, hilfsbereiter zu sein als ihr hier.« Tobias nahm sein Glas und trank den Whisky aus. Er wollte sich erheben, aber Lucien brachte ihn mit einem Wink dazu, sich wieder zu setzen.

»Wir entschuldigen uns«, verkündete Lucien nüchtern, während er einen beschwichtigenden Blick zu Wexford warf. »Du brauchst Hilfe bei der Suche nach einer angemessenen Braut, mit der du nach Schottland durchbrennen oder mit einer Sonderlizenz heiraten kannst.«

»Ja.« Tobias machte es sich auf seinem Stuhl bequem und verschränkte dabei die Arme vor der Brust.

»Was ist mit Mrs. Goodfellow passiert?«, fragte Lucien.

»Ihre Gefühle für mich – wenn sie je welche gehegt hatte – könnten sich abgekühlt haben.« Das konnte Tobias nicht einmal mit Sicherheit sagen, da er sie nicht mehr gesehen hatte.

Lucien schloss die Hand um sein Glas auf dem Tisch und tippte mit den Fingern an den Rand. »Da ist ein Jammer. Die Dinge schienen sich so gut zu entwickeln. Ihr habt getanzt, du hast ihr einen Besuch abgestattet und sie ist in einer Position, deine Werbung mit Freuden zu begrüßen. Man fragt sich, warum du ihr nicht vor Tagen schon einen Heiratsantrag gemacht hast.« Das war eine versteckte Frage, aber Tobias war sich nicht sicher, was es war, und das gefiel ihm auch nicht. Es gefiel ihm außerdem nicht, dass Lucien ins Herz von etwas traf – nämlich Tobias´ Herz, und die Tatsache, dass er Schwierigkeiten hatte, jemanden zu heiraten, ohne dass besagtes Organ beteiligt war.

Wexford runzelte die Stirn, als er Tobias für einen Augenblick musterte. »Das sollte doch nicht so schwer sein. Du bist ein wohlhabender und einigermaßen attraktiver Earl. Viele Frauen würden dir das Ja-Wort geben, selbst wenn du es mit einem Dienstmädchen treibst.« Er hielt eine Hand zur Selbstverteidigung hoch. »Nicht dass du das tust. Nicht mehr.«

»Wexford hat ein gutes Argument vorgebracht«, meinte Lucien langsam. »Bezüglich deiner Möglichkeiten. Es hängt alles davon ab, wie groß deine Bedrängnis ist, und es scheint, als würdest du dich dem Punkt nähern, an dem du, ähm, deine Aussichten erweitern oder deine Erwartungen herunterschrauben müsstest? Und das soll nicht heißen, dass du irgendeiner Frau einen Heiratsantrag machen sollst, sondern lediglich, dass das, was du normalerweise voraussetzen würdest, vielleicht ignoriert werden müsste.«

Wie beispielsweise sich verlieben. Tobias hatte aufrichtig gehofft, ihm würde dies passieren. Allerdings lief ihm die Zeit davon.

»Himmel, du kannst dich morgen nach Schottland auf den Weg machen und unterwegs eine Frau finden!« Wexfords Vorschlag war vollkommen unnütz. »Oder du kannst eine in Schottland finden. Hat MacNair eine unverheiratete Schwester oder Cousine?«

Lucien schüttelte den Kopf. »Er hat zwei Schwestern, aber ich denke, dass sie beide verheiratet sind. Selbst wenn sie es nicht wären, bin ich sicher, dass er sie nicht so bald an einen Wüstling, wie einen von euch, verheiraten würde, wie es mir auch nicht einfiele.«

»Ich wollte nicht mich selbst vorschlagen«, meinte Wexford ein bisschen hitzig. »Außerdem weißt du, dass ich mindestens für die nächsten drei Jahre nicht an einer Heirat interessiert bin.«

Tobias löste seine Arme und legte eine Hand auf den Tisch. »Und ich bin kein Wüstling mehr.«

»Das Dienstmädchen vergangene Woche war also nur ein flüchtiger Ausrutscher?«, fragte Wexford.

»Sie war kein Ausrutscher. Sie war noch nicht einmal ein Dienstmädchen.« Tobias nahm sein Glas in die Hand und bemerkte dann, dass es leer war. Zum Glück für ihn, bemerkte ein Diener in der Ecke seinen Whiskymangel und kam herbei, um das Defizit zu beheben. Tobias sah ihn dankbar an, als er das leere Glas abräumte. »Vielen Dank.«

Luciens Augen glitzerten, als er Tobias über den Tisch hinweg ansah. »Ja, genau dazu wollte ich noch kommen. Ich habe seitdem erfahren, dass die Frau, mit der du herumge-tändelt hast, tatsächlich nicht einmal eine Angestellte gewesen war. Die Haushälterin der Ladys Seite sagte, dass sie und eine andere junge Frau, die sie nicht kannte, an jenem Morgen im Salon gewesen wären. Die beiden hatten behaup-tet, sie seien neu und ich hätte sie eingestellt. Das habe ich nicht.«

Fiona war mit einer anderen jungen Frau zusammen gewesen? Das hatte sie nicht erwähnt. War das Prudence? Wahrscheinlich beschützte Fiona sie, was mutig war. Wenn Tobias erfuhr, dass sie es gewesen war, würde er sie auf der Stelle feuern.

Der Diener servierte Tobias´ Whisky. Er murmelte ein weiteres Dankeschön, ehe er sich einen großen Schluck genehmigte.

»Ich kann sehen, wie dein Verstand arbeitet.« Lucien schien Tobias´ Unwillen zu wahrzunehmen, an der Unterhal-tung über die Identität der Frauen teilzunehmen. »Kennst du diese Frau?«

Tobias wollte sein Mündel nicht bloßstellen. Wenn er das

aber nicht tat, würden seine Freunde denken, er hätte eine Frau geküsst, die er gerade erst im Garten kennengelernt hatte, während sie sich eigentlich im Club besprechen sollten. War das überhaupt von Bedeutung? Sie hatten ihm ohnehin schon die Rolle des unverbesserlichen Schwerenöters zugeschrieben.

Lucien sah ihn kurz aus zusammengekniffenen Augen an. »Vielleicht versuchst du dich zu erinnern. Ihr Haar schien rot gewesen zu sein.«

»Hat dein Mündel nicht rotes Haar?«, sinnierte Wexford.

Tobias spannte sich an. Er wollte Lucien nicht unbedingt anschauen. Oder Wexford.

Lucien murmelte etwas, ehe er einen Schluck von seinem Port nahm. »Warum war sie wie ein Dienstmädchen gekleidet hier und wer war bei ihr?«

Mit einem eisigen Blick zu Lucien sagte Tobias: »Ich habe nicht bestätigt, dass sie es gewesen war.«

»Das musst du nicht«, entgegnete Lucien leise. »Alles ergibt jetzt einen Sinn.«

Wexford beugte sich zu Tobias. »Hast du etwas für sie übrig?«

»Nein.« Tobias wusste nicht, was er für sie fühlte. Eine Sache war sicher. Er dachte viel zu viel an sie.

Lucien starrte ihn eindringlich an und wiederholte seine Frage: »Wer war bei ihr und warum waren sie hier?«

»Ich habe nicht gewusst, dass sie nicht allein gewesen ist.« Das war die absolute Wahrheit. »Sie wollte wissen, wie der Club von Innen aussah. Es war töricht und das weiß sie auch. Das ist alles, was ich zu der Angelegenheit zu sagen habe.«

Wexford fuhr fort, ihn eingehend anzuschauen, als ob er versuchte, einer bestimmten Sache auf den Grund zu gehen. »Warum kannst du nicht einfach *sie* heiraten?«

»Sie ist jung und noch nicht zum Heiraten bereit. In Lord

Gregory hat sie bereits einen perfekten Bewerber und sie ist absolut nicht begeistert.«

Wexford setzte sich auf seinem Stuhl zurück und stieß ein leeres Lachen aus. »Das ist ein eindeutiger Beweis, dass sie unreif und einfältig ist.«

»Oder dass sie vielleicht an jemand anderem interessiert ist.« Lucien nippte an seinem Port.

Tobias biss die Zähne zusammen. »Hört auf, Ehestifter zu spielen. Ihr beide. Wie würde es aussehen, wenn ich meinem Mündel den Hof machte? Als ob mein Ruf nicht schon schlecht genug wäre.«

»Das scheint ein ausgezeichnetes Argument zu sein, sie zu heiraten«, meinte Wexford mit einem Schulterzucken. »Wenn die Leute ohnehin schon Empörendes von dir erwarten, dann gib es ihnen.«

Hatte Tobias das nicht nach seiner gescheiterten Verlobung vor zwei Jahren getan? Er hatte erwogen, mit seiner Braut in Spe nach Gretna Green durchzubrennen – nachdem sie bereits mit einem anderen Mann verlobt worden war. Glücklicherweise hatte er den Fehler in seiner übereilten Überlegung erkannt. Noch wichtiger allerdings war, dass er erkannt hatte, dass diese Frau ihn überhaupt nicht liebte. Sie hatte die Vorstellung einer Heirat geliebt, mit wem auch immer sie zusammen war, und auch die Idee, nach Schottland durchzubrennen hatte sie gereizt. Das war der Augenblick, in dem Tobias zur Besinnung gekommen war und seine Meinung geändert hatte. Daraufhin hatte er ihr dann geraten, ihre Verlobung mit dem anderen fortzusetzen. Anschließend hatte sie Gott und der Welt erzählt, er hätte versucht, sie zu entführen. Gleichwohl viele das nicht von ihm geglaubt hatten, kam die feine Gesellschaft zu dem Schluss, dass er mit seinem Versuch, mit ihr durchzubrennen, ein miserables Verhalten gezeigt hatte. Sie verurteilten ihn als Lüstling und Schurken und er beschloss daraufhin, genau das zu werden.

Vielleicht war er tatsächlich ein Lüstling und Schurke und ein Wüstling und ein Verwerflicher. Er *hatte* einer Frau vorgeschlagen, durchzubrennen, die bereits verlobt war, und er *hatte* ein Dienstmädchen geküsst – *sein Mündel* –, ohne sich Gedanken zu machen.

»Er ist furchtbar still geworden«, beobachtete Lucien. »Ich denke, er überlegt es sich.«

»Das tue ich nicht.« Tobias nahm einen Schluck von seinem Whisky. »Können wir bitte über etwas anderes sprechen?«

Sonst würde Tobias unweigerlich anfangen, sich Fiona Wingate als seine zukünftige Frau vorzustellen.«

KAPITEL 15

»$\mathcal{D}$anke, dass du heute als meine Anstandsdame wie auch Fionas fungierst«, sagte Cassandra zu Prudence, als sie bei Gunter's saßen und auf ihr Eis warteten.

Fiona ordnete ihre Röcke um ihren Stuhl. »Warum auch nicht, da sie uns beide auf dem Ball im Phönix Club am Freitag beaufsichtigen wird.«

»Ich bin immer noch ein bisschen überrascht, dass wir gehen können. Mein Vater war nicht erfreut, und er sagte, ich könnte nur diesen *einen* Ball besuchen.« Cassandra zog ein Gesicht. »Es würde ihm recht geschehen, wenn ich meinen zukünftigen Ehemann dort kennenlernen würde.«

»Da wir schon von zukünftigen Ehemännern sprechen«, murmelte Fiona. »Anscheinend habe ich eine Mitgift und mein Vormund hat die Information darüber als Köder publik gemacht, um Bewerber anzulocken. Was für eine abstoßende Praxis.«

»Das ist üblich, fürchte ich«, entgegnete Cassandra verständnisvoll. »Mir ist nicht klar gewesen, dass du das nicht gewusst hast.«

»Fiona blinzelte sie an. »Hast du gewusst, dass ich eine Mitgift habe?«

»Nicht genau, aber Con hatte erwähnt, dass du eine mögliche Konkurrenz für mich sein könntest – und nimm das bitte nicht persönlich, aber Con ist ein bisschen ein Idiot – also habe ich angenommen, dass du eine Mitgift hast.«

Ein kleiner Schmerz bohrte sich in Fiona. »Warum, weil ich ohne sie keine Konkurrenz wäre?«

Cassandra blinzelte überrascht. »Ganz und gar nicht. Con, wie auch mein Vater, glauben einfach, Position, Land und Geld seien das Wichtigste, was eine Frau in eine Ehe einbringen kann. Da du die ersten beiden Dinge nicht besitzt, musst du Letzteres haben.«

»Dessentwegen, was dein Bruder gesagt hat.« Fiona duckte verlegen den Kopf. »Entschuldigung. Ich hätte erkennen sollen, dass ich in dieser Sache nicht so naiv sein darf. Und in allen anderen.«

Cassandra, die zu ihrer Linken saß, streckte kurz die Hand aus und drückte Fionas. »Es ist nicht nötig, dass du dich entschuldigst. Ich hoffe nur, dass du nicht wütend auf mich bist.«

»Überhaupt nicht. Du bist mir nur eine gute Freundin.«

»Außer, dass ich dich in den Phönix Club geschleppt habe.« Sie machte ein bedauerndes Gesicht. »Ich kann nicht glauben, dass *du* nicht wütend auf *mich* bist. Insbesondere, weil ich sicher in einem Schrank versteckt war.«

Fiona lachte. »Nur, weil du geistesgegenwärtiger warst als ich.«

Cassandra grinste, als ihr Eis am Tisch serviert wurde. Es war ihr zweiter Besuch in dem Teehaus und dieses Mal freute Fiona sich, den Schokoladengeschmack zu probieren, während Prudence und Cassandra Orangeneis bestellt hatten.

Während Fiona ihren Löffel in die Hand nahm, griff sie

die Angelegenheit ihrer Mitgift wieder auf. »Ich wünschte mir nur, ich könnte die Mitgift anstatt meines Ehemannes bekommen. Dann könnte ich dafür Sorge tragen, dass Mrs. Tucket in den Ruhestand gehen kann. Gestern Abend hat sie mir ihren Wunsch gestanden, wieder aufs Land zurückkehren zu wollen.«

Prudence schaute sie traurig an. »Es tut mir leid, das zu hören.«

»Ihr war schrecklich peinlich, was neulich Abend auf dem Dunannon Ball passiert ist. Sie hat Angst, sie würde alles für mich ruinieren.« Fiona tauchte den Löffel in die Eiscreme. »Wenn ich Geld hätte, würde ich dafür sorgen, dass sie ein kleines Häuschen hat, in dem sie behaglich und in Frieden leben kann.«

»Dein Cousin in Shropshire würde sich nicht darum kümmern?«

»Ich wüsste nicht, warum er das sollte. Mrs. Tucket war bereits das Dienstmädchen meiner Familie, bevor ich geboren wurde. Er würde sich ihr gegenüber nicht verpflichtet fühlen.« Fiona probierte das Schokoladeneis und genoss den dunklen, vollen Geschmack.

»Hast du mit Lord Overton über diese Angelegenheit gesprochen?«, fragte Prudence, womit sie Fiona überraschte, da sie normalerweise nicht viel sagte.

»Nicht direkt, aber er ist über meine ... Frustration im Bilde, dass ich nicht über meine Mitgift verfügen kann«, antwortete Fiona. »Ich habe vor, dies mit meinem zukünftigen Ehemann zu besprechen, der im Augenblick Lord Gregory zu werden scheint. Allerdings will ich nicht vorlaut sein, und so muss ich warten, bis er mir einen Heiratsantrag macht.«

Cassandra sah sie ein bisschen schockiert an. »Erwägst du wirklich, ihn zu heiraten?«

»Ich *muss* es erwägen.«

»Ist das allerdings, was du wirklich willst?«

Aus irgendeinem Grund dachte Fiona an Lord Overton. Wahrscheinlich, weil er ihre Position unhaltbar gemacht hatte. Wenn er sie nicht nach London gebracht hätte, würden Mrs. Tucket und sie das Leben leben, das sie so lange genossen hatten.

Genossen? Fiona hatte sich in Shropshire gelangweilt, und sogar ganz schrecklich, im Nachhinein betrachtet.

»Was ich wirklich möchte, ist Unabhängigkeit«, meinte sie leise, ehe sie ihren Löffel in die Eiskrem tauchte und einen großen, köstlichen Mundvoll davon genoss.

Cassandra schluckte einen Bissen von ihrem Eis und blickte Fiona wehmütig an. »Wäre das nicht wunderbar? Vielleicht wird Lord Gregory ein Ehemann sein, der dir die Freiheiten lässt, die du dir wünschst. Und er könnte Mrs. Tucket sehr wohl unterstützen, insbesondere, wenn er dich liebt und begreift, wie wichtig sie für dich ist. Ich denke, eine Ehe, in der Liebe oder zumindest gegenseitige Achtung und Fürsorge vorhanden sind, stellt die größte Freiheit dar, auf die wir hoffen können.«

Liebe? Darüber hatte Fiona überhaupt nicht nachgedacht. Sie war sich ziemlich sicher, dass ihre Eltern sich nicht geliebt hatten. Sie war sich nicht sicher, wie diese Liebe überhaupt aussah. Sie wusste nur, dass sie, von ihren Eltern abgesehen, niemanden geliebt hatte, und das war etwas anderes.

»Warum denkst du das?«, fragte Fiona.

»Weil die Ehe gesellschaftlich das Ideal ist. Ohne sie wird es uns in den Augen der feinen Gesellschaft immer an etwas fehlen, egal ob wir finanziell in der Lage sind, unabhängig zu leben oder nicht. Ich hoffe, ich finde einen fürsorglichen Ehemann. Das ist leichter als die anderen Alternativen«, erläuterte Cassandra und stürzte sich mit dem Löffel auf ihren Teller. »Mein Vater besteht darauf, dass ich mich bis

Ende Mai verlobe, ansonsten wird er eine passende Ehe arrangieren. Meiner Vermutung nach wird das meine Chancen auf eine liebevolle Verbindung schmälern.«

Prudence zuckte mit der Schulter. »Gelegentlich funktioniert eine arrangierte Ehe gut. König George und Königin Charlotte waren recht glücklich, bevor, nun ja, bevor.«

Fiona wusste, was sie meinte – bevor der König erkrankt und sein Sohn zum Regenten ernannt worden war.

Cassandra wedelte mit dem Löffel. »Das mag zwar stimmen, aber sein ältester Sohn und seine Frau, deren Ehe arrangiert war, verachten einander.«

»Es gibt nur eine Lösung«, erklärte Fiona. »Wir müssen unser Nadelgeld zusammenlegen und davonlaufen. Wohin sollen wir gehen?«

Cassandra kicherte.

Prudence hob die Hand. »Wenn ich auch Geld beisteuere, darf ich dann mitkommen?«

»Natürlich!«, antworteten Fiona und Cassandra unisono, bevor sie alle in Gelächter ausbrachen.

»Das hört sich an, als hätten Sie eine ziemlich lustige Zeit.«

Fiona fasste sich wieder und blickte zu der Gestalt auf, die sich ihrem Tisch genähert hatte. Die zierliche Frau mit blasser Haut und blondem Haar richtete ihre blauen Augen zuerst auf Cassandra. »Guten Tag, Lady Cassandra.«

»Lady Bentley.«

Fiona nahm die Anspannung in Cassandras Stimme wahr und vermutete, dass sie für die neu Hinzugekommene nicht viel übrig hatte.

Cassandra schenkte Lady Bentley ein ausdrucksloses Lächeln. »Erlauben Sie mir, Ihnen meine Freundin, Miss Fiona Wingate, und ihre Begleiterin, Miss Lancaster, vorzustellen.«

Fiona erhob sich und knickste, wie auch Prudence. »Es ist

mir ein Vergnügen, Sie kennenzulernen.« Sie versuchte, sich in Erinnerung zu rufen, wer Lady Bentley war. Der Name kam ihr bekannt vor, wahrscheinlich aus dem Debrett's, doch es gelang Fiona nicht, den Titel zuzuordnen.

Lady Bentley richtete ihren strahlend blauen Blick auf Fiona. »Miss Wingate, sind Sie das Mündel von Lord Overton? Es scheint, als wären Sie es. Ich habe von Ihrer Präsentation bei der Königin gehört.«

Natürlich hatte sie das.

»Wie charmant von Ihnen, das zu erwähnen«, bemerkte Cassandra, deren Stimme und Gesichtszüge dabei eine gewisse Schärfe annahmen.

»Ja, nun, das war ja auch die Geschichte überhaupt«, meinte Lady Bentley mit einem leisen, aber gänzlich unangenehmen Lachen. Zumindest in Fionas Ohren. »Overton hat mir wirklich leidgetan. Er hatte sich so schwer damit getan, dass ich Bentley ihm vorgezogen habe.«

Fiona wusste nicht, was sie auf diese überraschende Enthüllung entgegnen sollte. Warum um alles in der Welt hätte diese Frau einen anderen als Overton wählen wollen? Er war geistreich, umsichtig, gut aussehend und fürsorglich. »Tatsächlich? Er scheint mir bestens gelaunt zu sein.« Fiona blickte zu ihren Tischnachbarinnen. »Meint ihr nicht auch?«

»Auf jeden Fall.« Cassandra blinzelte Lady Bentley mit gespielter Unschuld an. »Hatten Sie sich tatsächlich für Bentley entschieden, oder wurde die Wahl für Sie getroffen? Ich kann mir nicht vorstellen, warum Sie ihn dem Earl vorziehen sollten.« Sie verdrehte kurz die Augen, ehe sie sich zu Fiona hinüberbeugte und flüsterte, allerdings nicht so leise, dass Lady Bentley es nicht hören konnte: »Damals war Bentleys Selbsteinschätzung noch nicht ganz so aufgeblasen. Außerdem *ist* sein Vater ein Herzog.« Sie schürzte die Lippen.

Lady Bentley kniff die Augen zusammen. »Er hatte nicht,

wie Overton, versucht, mich nach Gretna Green zu entführen. Overton wäre ein schrecklicher Ehemann gewesen.
Autokratisch und kalt, wie sein Vater bekanntlich war.«

Fiona glaubte nicht einen Moment lang, dass ihr
Vormund jemanden entführen würde. Auch die anderen
Dinge, die Lady Bentley über ihn sagte, glaubte sie nicht.
»Ich habe Lord Overton nie als etwas anderes als warm-
herzig und freundlich erlebt. Vielleicht haben Sie seine
Absichten missverstanden.«

»O ja, das muss es sein«, pflichtete Cassandra eifrig bei.
»Ich wette, die Wahrheit ist, dass er angeboten hatte, Bentley
zu entführen, damit er der Heiratsfalle entkommen würde.«

»Sie sind ganz und gar nicht amüsant«, patzte Lady
Bentley deutlich beleidigt.

Cassandra setzte eine nüchterne Miene auf und senkte
die Stimme zu einem reuigen Ton. »Ich bitte um Verzeihung.
Ich dachte, Sie scherzen, und wir würden bloß mitspielen.«

»Nun, guten Tag.« Lady Bentley machte auf dem Absatz
kehrt und schritt zur Tür, worauf ihr Dienstmädchen rasch
nachfolgte.

»Was für eine unangenehme Frau«, murmelte Prudence.

»In der Tat«, stimmte Fiona zu. »Wollte Overton sie
wirklich heiraten?«

Cassandra zuckte mit den Schultern. »Ich erinnere mich,
dass sein Herz gebrochen war, aber ich schenke dem Klatsch
nicht viel Beachtung. Und ich war zu der Zeit natürlich noch
nicht herausgekommen.«

Er hatte ein gebrochenes Herz gehabt. Fiona fühlte eine
Woge des Mitgefühls für ihn in sich aufsteigen. »Mir ist klar,
dass ich ihn nicht sehr gut kenne, aber er hat sich mir gegenüber nie kalt oder wie ein Autokrat verhalten. Ja, er ist
herrisch und recht bestimmend, was meine Zukunft anbelangt, aber selbst in dieser Hinsicht scheint er seine Meinung
mir zugunsten zu ändern, um mir zu gestatten, die Dinge

nach meinem eigenen Ermessen anzugehen. Der Ball am Freitag ist ein Paradebeispiel. Er hatte mich nicht gehen lassen wollen und nun hat er seine Meinung geändert.«

Cassandra legte den Kopf schief, als sie Fiona musterte. »Ich frage mich, warum. Hat er eine besondere Zuneigung zu dir entwickelt?«

»Es kann daran liegen, dass er bestrebt ist, nicht wie sein Vater zu sein«, schlug Prudence vor. »Ich habe die Dienstboten über Lord Overton reden hören. Seine Beziehung zu seinem Vater war angespannt, insbesondere, nachdem er nicht wie erwartet zwei Saisons zuvor geheiratet hatte. Falls der vorige Earl ein Autokrat war, ist es nur verständlich, wenn der derzeitige Earl Entscheidungen ablehnt, die im gleichen Licht gesehen werden können.«

Das war eine Erklärung. Fiona wollte ihn danach fragen. Würde er über seinen Vater offen zu ihr sein und darüber, was damals mit Lady Bentley gewesen war? Ging sie das überhaupt etwas an? Eigentlich nicht, doch sie dachte, dass sie eine gewisse Verbindung zueinander hatten – wenn auch nicht als Familie, dann wenigstens als Freundschaft?

»Ich habe heute Morgen etwas gehört, was mich neugierig gemacht hat«, meinte Prudence, die ihren Löffel hinlegte, da sie mit ihrem Eis fertig war. »Die Haushälterin und der Butler haben sich über die Notwendigkeit des Earls zu heiraten unterhalten.«

»Warum sollte dies deine Neugier wecken?«, fragte Cassandra. »Er ist ein Earl und er braucht einen Erben.«

»Sie sagten etwas darüber, dass sein Vater ihn in eine schreckliche Lage gebracht hätte.« Prudence schaute zu Fiona auf. »Damit könnten sie sich auf eine Meinungsverschiedenheit bezogen haben, welche die beiden vor seinem Tod hatten.«

Und mit ihrem Betragen vergangene Woche hatte Fiona die Situation nicht verbessert. Sie hatte alle daran erinnert, dass er ein Wüstling war und vielleicht nicht der beste Heiratskandidat, ob er nun ein Earl war oder nicht. »Cassandra, gibt es irgendetwas, was ich tun kann, um ihm zu helfen? Sein derzeitiges Dilemma bezüglich seines guten Rufes ist einzig und allein meine Schuld.«

»Unglücklicherweise gibt es nichts, was du deshalb tun könntest. Aber du hast mich auf eine Idee gebracht.« Sie tippte sich kurz mit dem Finger an ihr Kinn. »Mein Bruder Constantin ist über jeden Zweifel erhaben. Er kann Overton vielleicht auf eine Art und Weise helfen, die wir nicht können. Ich werde mit ihm sprechen.«

Fiona war so froh, das zu hören, selbst, wenn sie nicht verstand, warum er eine Hilfe sein könnte. »Was kann er tun? Während wir hier am Tisch gesessen haben, hast du ihn als Idiot beschrieben.«

Cassandra lachte. »So viel ist wahr, aber in diesem Fall ist seine Aufgeblasenheit von Vorteil. Er kann sich für Overton aussprechen und Zeit mit ihm verbbringen, sodass die Leute ihn von einer anderen Perspektive sehen. Overton muss nur aufpassen, nicht zu viel Zeit mit ihm zu verbringen, da er sonst als dumpf angesehen werden könnte.« Sie ließ ein Lächeln aufblitzen. »Ich scherze. Con ist nicht immer so langweilig wie Lu sagt.«

»Das wäre wundervoll«, entgegnete Fiona, die für die Unterstützung ihrer Freundin dankbar war. »Ich fühle mich so schrecklich wegen dem, was passiert ist.«

Cassandra schaute sie mit einem ermunternden Lächeln an. »Wir werden tun, was wir können. Und jetzt lasst uns besprechen, was wir am Freitag tragen!«

Fiona lenkte ihre Gedanken zu der Veranstaltung und darauf, Lord Gregory zu sehen. Würde sie seinen Heiratsantrag wirklich annehmen, falls er ihr einen machen sollte? Sie schien keine andere Wahl zu haben. Wenigstens war er freundlich und sie genoss seine Gesellschaft. Sie könnte es weitaus schlimmer treffen, wie beispielsweise den Vikar, den ihr Cousin offenbar im Sinn hatte.

Außerdem ging sie davon aus, dass Lord Gregory eher bereit wäre, sich Mrs. Tuckets anzunehmen, doch ehe sie ihre Zusage gab, würde sie sich vergewissern müssen, dass dies wirklich stimmte. Nun, am Freitag auf dem Ball würde sie darüber mit ihm sprechen.

In der Zwischenzeit wollte sie ihren Vormund auf jede erdenkliche Weise unterstützen, *wenn* er dies annehmen würde.

~

»*D*arf ich eintreten?« Als Tobias von den Dokumenten aufblickte, die er nach dem Abendessen an seinem Schreibtisch las, sah er sein Mündel an der Türschwelle seines Arbeitszimmers stehen. Ihr schlichtes grünes Kleid bildete einen tiefen Kontrast zu ihrem leuchtend roten Haar. Von ihrer Schönheit in Bann geschlagen, erhob er sich wie von einem unsichtbaren Seil gezogen. Er bewegte sich um den Schreibtisch herum, zwang sich aber dann, anzuhalten.

»Bitte.« Er trat zu dem kleinen Sofa beim Kamin und hoffte, sie würde sich neben ihn setzen, wenngleich das eine Versuchung darstellte.

Sie schritt vorwärts und der Saum ihrer birnenfarbenen Röcke streifte den Teppich, als zu ihm trat.

»Hoffentlich störe ich Sie nicht bei Ihrer Arbeit«, sagte sie und blickte zu seinem Schreibtisch.

Er drehte ihr den Oberkörper zu und legte einen Arm auf die Rückenlehne des Sofas, wobei er diesen am Ellbogen abknickte, damit er mit den Fingern nicht ihre Schulter berührte. »Ganz und gar nicht. Ich bin sogar dankbar für die

Ruhepause. Liegt Ihnen etwas auf dem Herzen, das Sie besprechen möchten?«

Sie senkte den Blick auf ihren Schoß, wo sie an ihrem Kleid nestelte. Dann streckte sie die Hände derart, dass sich ihre Finger bogen, und bettete die Handflächen auf ihren Schoß, wobei sie ihn zaghaft anlächelte.

»Sie scheinen nervös zu sein«, stellte er fest. »Ist etwas nicht in Ordnung?«

»Nein, es ist nichts. Heute war ich mit Cassandra bei Gunter's. Und Prudence natürlich.« Sie zauderte, ehe sie hinzusetzte: »Wir haben Lady Bentley getroffen.«

Tobias presste die Zähne aufeinander, um nicht laut zu fluchen. »Ich verstehe«, antwortete er langsam. »Wie war diese ... Begegnung?«

»Sie kam an unseren Tisch, und Cassandra machte uns miteinander bekannt. Lady Bentley, ähm, erwähnte etwas davon, dass Sie versucht hätten, sie zu entführen ...« Wieder wandte sie den Blick ab und Tobias konnte nicht genau erkennen, was sie fragte.

»Haben Sie ihr geglaubt?«

Fionas Blick schnellte zu ihm, ihre Pupillen weiteten sich vor Empörung, wie er meinte. »Gewiss nicht! Das war das Absurdeste, was ich je gehört habe. Ich bin mir obendrein nicht einmal sicher, ob ich glauben soll, dass Sie diese Frau heiraten wollten. Sie war überaus abscheulich.«

Tobias konnte sich ein Lachen nicht verbeißen. »Das ist sie, aber zu meiner Verteidigung muss ich sagen, dass mir das damals nicht bewusst war. Ich brauchte eine Frau, und sie war zauberhaft. Ich war der Ansicht, wir würden perfekt zusammenpassen.«

Fiona Lippen pressten sich zu einer geraden Linie zusammen, die ihre Missbilligung offenbarte. »Nachdem ich Mrs. Bentley nun kennengelernt habe, kann ich mir nicht vorstellen, dass das auch nur im Entferntesten möglich war.«

Ein weiteres Lachen entglitt ihm, und weil er bemüht war, es zu unterbinden, lag das Geräusch irgendwo zwischen einem Schnauben und einem Husten. Anschließend musste er sich räuspern. »Das haben Sie aus einer einzigen Begegnung mit ihr geschlossen?«

»Vollkommen mühelos. Es überrascht mich, dass Sie diese Frau annehmbar fanden, um gar nicht davon zu reden, dass Sie ihr den Hof gemacht haben.«

Er zuckte zusammen, als er sich mit der Hand seitlich über sein Gesicht rieb. »Ich war ungeduldig, endlich zu heiraten. Mein Vater hatte festgesetzt, dass es an der Zeit war, und ich hatte keine Einwände dagegen. Lady Priscilla, wie sie damals hieß, gab mir das Gefühl, der allerwichtigste Mensch auf Erden zu sein. Ich war so sicher, dass wir heiraten würden. Ich war gerade auf meinem Weg, sie über meine Absicht aufzuklären, ihren Vater um ihre Hand zu bitten, als ich erfuhr, dass sie Bentleys Antrag bereits angenommen hatte. Wie ich jetzt nur ungern zugebe, fand ich diese Nachricht damals bestürzend.«

»Warum hat sie behauptet, Sie hätten sie entführt?«

»Weil ich ihr angeboten hatte, mit ihr nach Gretna Green durchzubrennen. Ich war sicher, dass ihr Vater sie unter Druck gesetzt haben musste, um Bentleys Antrag anzunehmen. Als Sohn eines Herzogs stand er im Rang höher als ich. Ich hatte herausfinden müssen, ob es ihre Entscheidung war, ihn zu wählen, also arrangierte ich ein Treffen mit ihr allein auf einem Ball.«

»Ist das nicht ziemlich skandalös?«

Er zog eine Augenbraue hoch und strengte sich an, nicht zu lächeln. »Und das von der Frau, die sich als Dienstmädchen verkleidet in einen Privatclub gestohlen hat?«

Sie errötete. »Und war es ihre Entscheidung oder die ihres Vaters?«

»Die ihres Vaters, aber sie schien gewillt zu sein, sich

seinen Wünschen bereitwillig zu fügen, wie eine junge, gehorsame Lady, die versteht, dass eine eheliche Verbindung vielleicht das Wichtigste ist, was sie für sich tun kann.«

Fiona machte ein angewidertes Gesicht, wobei sie die Nase rümpfte und den Mund verzog. »Wie ausgesprochen abstoßend. Aber ist das nicht genau das, was Sie von mir erwartet haben?« Sie sprach leise, doch der Widerhall ihrer Worte bohrte sich direkt in seine Brust.

Zuckend senkte er den Kopf. »Ja. Das bedaure ich zutiefst. Ich hoffe, Sie nehmen meine Entschuldigung an. Leider ist das die Verfahrensweise der feinen Gesellschaft – für Frauen und für Männer. Es war für meinen Vater von allergrößter Wichtigkeit, wen ich geheiratet hätte.«

»War er wütend, als sie sich für einen anderen entschied?«

Die alte, vertraute Anspannung packte Tobias, doch das Gefühl hielt nur einen Moment an. Nun, da sein Vater nicht mehr lebte, wusste er, dass er die Unzufriedenheit des Mannes nicht länger erdulden musste. »Er war enttäuscht. Unsere Beziehung hatte sich davon nie erholt.«

»Wie kommt das?«

Tobias umklammerte die Rückenlehne des Sofas, als er sich an den Abend auf dem Ball erinnerte, den sie besucht hatten. »Als ich Lady Priscilla vorschlug, mit mir durchzubrennen, war sie von der Idee äußerst angetan – nicht, weil es eine Chance war, den Mann zu heiraten, den sie liebte, sondern wegen des Ruhms und der Popularität, die ihr dies einbringen würde. Ich erkannte meinen Irrtum, geglaubt zu haben, sie würde eine gute Ehefrau sein, und ermunterte sie, Bentley zu heiraten.«

»Sie haben Ihre Meinung geändert?«

»Ja. Damals hat sie allen erzählt, ich hätte versucht, sie zu entführen.« Er gab ein missbilligendes Geräusch von sich, das tief aus seiner Kehle aufzusteigen schien. »Die meisten glaubten ihr nicht, aber für eine Weile war es zweifelhaft. Ich wurde bei mehreren Gelegenheiten direkt geschnitten und mein Vater war wütend auf mich. Ich wurde als Wüstling, Schuft und Schwerenöter bezeichnet – die schlimmste Sorte der Verwerflichen. Von dem Urteil, das alle über mich gefällt zu haben schienen, wurde ich zunehmend frustrierter, insbesondere, da ich letztlich korrekt gehandelt hatte. Dann beschloss ich, genau das zu werden, was sie mir anhängten.«

Einen Augenblick lang blieb sie still. »Ich kann mir nicht vorstellen, dass Ihr Vater davon begeistert war.«

»Ganz und gar nicht. Er kochte vor Wut. Eine ganze Weile hatten wir nicht miteinander gesprochen.« Tobias richtete den Blick auf das Portrait seines Vaters, das an der Wand links von seinem Schreibtisch hing. Darauf stand der frühere Earl mit seinem Pony, als er etwa sieben oder acht Jahre alt war. Das Portrait war wegen seiner großen Tierliebe das Lieblingsbild seines Vaters. Er hatte immer gehofft, sein Vater würde zu ihm einmal mit der gleichen Zärtlichkeit sprechen wie mit seinem Pferd, doch das hatte er nie getan. Jetzt fragte sich Tobias, warum er das Bild nicht abgenommen hatte. Vielleicht hoffte er selbst jetzt noch auf einen Schimmer von Zuneigung von diesem Mann.

»Als ich erfuhr, dass er krank war …, dass er im Sterben lag, dachte ich, wir würden unsere Differenzen aus der Welt schaffen, doch an so etwas war er nicht interessiert.« Er hatte sich stattdessen darauf konzentriert, was Tobias zu tun hätte, wenn er nicht mehr war - die Verantwortung für sein Mündel übernehmen und so bald wie möglich heiraten oder die Folgen tragen.

»Es tut mir so leid«, sagte Fiona leise.

»Er fand mein Benehmen abscheulich und ich muss zugeben, dass ich alles gab, um dafür zu sorgen, dass er so dachte. Seine Missbilligung war der beste Zuspruch, den ich mir verdienen konnte.« Er schüttelte den Kopf. »Rückblickend war das keine überaus kluge Entscheidung, wenn man berücksichtigt, dass ich irgendwann heiraten muss.«

»Ich habe die Sache mit meinem Betragen nicht gerade unterstützt.« Als sie ihm mit den Fingerspitzen über das Bein fuhr, löste sie damit eine Hitzewallung aus, die ihn durchströmte. Von dem Moment an, als er sie in der Tür gesehen hatte, hatte sein Körper von einem beständigen, andauernden Verlangen gepocht. Ihre Berührung weitete dieses Verlangen noch aus, sodass nun Begierde in ihm pulsierte und das Blut in seinen Schaft rauschte.

Er rutschte umher, in dem vergeblichen Versuch seine Begierde mit seinem Frack zu kaschieren, doch das war ziemlich hoffnungslos. Vielleicht würde sie nichts bemerken.

»Bitte ärgern Sie sich nicht länger darüber, was passiert ist«, meinte er mit belegter Stimme. »Mein Ruf war wohlbekannt, ehe Sie sich als Dienstmädchen verkleidet hatten.«

»Dennoch waren Sie auf bestem Wege, die Dinge zu verbessern und das habe ich ruiniert.«

Er hielt den Blick unverwandt auf die Seite ihres blassen Halses gerichtet, wo ihr Puls stark und sicher schlug und vielleicht eine Spur zu schnell. »Tatsächlich?«

Ihre Lippen teilten sich und er fragte sich, ob sie die gleiche Erregung verspürte wie er, wenn das überhaupt möglich war. Denn er fühlte sich mit aller Mach zu ihr hingezogen und wünschte sich nichts mehr, als sie hier auf das Sofa zu legen, ihre Röcke hochzuschieben und zwischen ihre Beine zu tauchen.

»Was haben Sie gefragt?«, flüsterte sie.

»Ich habe eigentlich nichts gefragt.« In seiner Fantasie rollte er ihr die Strümpfe herunter und küsste die Hinterseiten ihrer Knie, ehe er mit seiner Zunge an ihrem Schenkel entlangglitt. Sich räuspernd, um die Lust aus seiner Stimme zu vertreiben, fuhr er fort: »Ich sinniere lediglich darüber nach, ob Sie etwas damit zu tun hatten. Vielleicht bin ich wirklich, was mein Vater und alle anderen behaupten – ein Verwerflicher, ein Wüstling, ein *Schuft*.«

»Das sind Sie natürlich nicht.«

»Nein? Und warum kann ich, wenn ich dich anschaue, einzig daran denken, dich zu küssen? Und nicht nur deinen Mund. In meiner Fantasie ziehe ich dir deine Kleider aus, damit ich dich überall küssen kann. Das ist sicherlich ungehörig, denn du bist mein Mündel. Nein, es ist mehr als ungehörig. Es ist skandalös.« Er streckte den Arm aus und ließ die Finger über ihre Schulter streifen – zuerst den Teil, der vom Ärmel ihres Kleides bedeckt war und dann die bloße Haut, als er sich weiter zu ihrem Hals vorarbeitete. »Es ist eindeutig schamlos.«

»Wäre es so schlimm, wenn es nur ein Kuss wäre?« Die Frage klang höher als ihr normaler Tonfall. Ihre Augen waren groß, und ihre Pupillen unmissverständlich von Begierde geweitet.

»Aber was, wenn es das nicht wäre?« Er wanderte mit den Fingerspitzen seitlich an ihrem Hals empor, bis zu einer Stelle hinter ihrem Ohr. Sanfte drückte er seinen Daumen auf ihren Kiefer.

Sie beugte sich vor und legte ihren Mund auf seinen, was ihn ebenso schockierte wie neulich, als sie dies im Garten getan hatte. Nein, so schockierend war es nicht. Davor hatte er sich nie vorgestellt, dass sie einmal einen Kuss austauschen könnten. Doch seitdem hoffte er in jedem Augenblick auf eine Gelegenheit. Jetzt war sie gekommen.

Er schmiegte eine Hand seitlich um ihren Kopf und führte die andere Hand um ihren Leib, wo er die Finger auf ihrem Rücken spreizte und seinen Daumen unter ihre Brust schob. Er legte seine Lippen schräg auf ihre, wobei er sich ein wenig vom Sofa erhob.

Sie schlang eine Hand um seinen Hals und umklammerte seinen Nacken. Er hob den Daumen und drückte ihn an ihr

Kinn. Als er sich einen kurzen Moment zurückzog, flüsterte er: »Öffne deinen Mund nur ein kleines Stück, damit ich dir zeigen kann, wie …«

Ihre Lippen teilten sich und wieder schockierte sie ihn, als ihre Zungen sich trafen. Bei ihrem Zusammentreffen keuchte sie auf und er verlor sich staunend in ihrer Reaktion. Er zwang sich, langsam vorzugehen und ihr das Voran-schreiten dieses Rituals in all seinen köstlichen Einzelheiten dieser süßen und schwindelerregenden Augenblicke, wenn man sich zum ersten Mal in das Terrain des Geliebten vorwagte. Vielleicht würde sie finden, dass es wie das Studium einer neuen Landkarte wäre. Hoffentlich würde sie das berückend finden.

Der Kuss vertiefte sich und jeder von ihnen erkundete den anderen. Ihre Finger gruben sich in seinen Kopf und seinen Nacken und er schob seine Hand in ihr Haar, begierig darauf, die Nadeln herauszuziehen, damit er sich in ihrer Weichheit verlieren konnte.

Das tat er allerdings nicht, denn dann würde er sich voll-kommen verlieren. Das konnte er nicht tun. Sie war sein Mündel und obwohl sie sich an einem zurückgezogenen Ort befanden, war die Tür seines Arbeitszimmers nicht geschlossen.

Dennoch wich Tobias nicht zurück. Er wollte diesen herrlichen Moment nicht unterbrechen. Mit dem Rücken drückte er sie in die Ecke des Sofas und schob seine Hand zu ihrer Vorderseite, um sie um ihre Brust zu legen. Sie keuchte erneut, aber sie zog sich nicht zurück. Im Gegenteil umklam-merte sie ihn noch fester und bog sich ihm entgegen.

Ein tiefes Knurren entrang sich seiner Kehle, als er seinen Mund von ihrem löste. Nicht um sie zu verlassen, sondern um das Neuland vor ihm eingehender zu erforschen. Er küsste sie am Kinn, dem Kiefer, dann noch einmal ihren Mund und verschlang sie dabei begierig. Sie warf den Kopf zurück und zerrte an seinem Haar, als er mit seinen Lippen ihren Hals entlangfuhr. Dann fasste er ihre Brust noch fester und fuhr mit dem Daumen über die entblößte Haut oberhalb ihres Ausschnitts. Wie er sich danach sehnte, das Kleidungs- stück und die darunter befindlichen wegzureißen, um das Relief ihres Körpers offenzulegen.

»O ja.« Sie stieß ein herrlich dunkles und sinnliches Stöhnen aus, auf das ein Wimmern, das Tobias' Schaft noch härter werden ließ. Er leckte über die Kante ihres Mieders und saugte an ihrem Fleisch.

Sie schrie auf und er legte eine Hand auf ihren Mund. Als er zu ihr aufschaute, erkannte er das unbändige Verlangen in ihren Zügen und hätte beinahe die Kontrolle verloren. Dann legte er einen Finger auf ihre Lippen. »Schhh.«

»Mylord«, hauchte sie, bevor sie seine Fingerspitze in ihren Mund saugte.

»Tobias«, zischte er. »Mein Name ist Tobias.«

Ihre einzige Antwort bestand in einem Nicken und dem Druck ihrer Hand in seinem Nacken. Er legte den Kopf zurück und versuchte, aus ihrem Kleid schlau zu werden. Es war von der Art, die an der Vorderseite geschnürt waren, also konnte er die Schleife aufziehen, die vorne am Mieder saß und das Kleid würde aufklaffen.

Um seine Theorie zu überprüfen, zog er an der Schleife. Das Kleid klaffte auf und gab den Blick auf das darunter befindliche Korsett frei. Und darunter befand sich ihr verflixtes Unterhemd. »Ich verabscheue Damengarderobe«, murmelte er.

Unbeirrt griff er nach dem Saum ihres Kleides und zog den Rock hoch, bis er das Unterhemd fand. Als er den Rock ein Stück weiter hochschob, entblößte er ihr Bein, bis seine Fingerspitzen ihren nackten Oberschenkel ertasteten. Sie spreizte die Beine, doch anstatt das als Ermutigung zu nehmen, erstarrte er.

Was in aller Welt machte er da? Sie war immer noch sein Mündel, und das *war* schamlos.

Tobias ließ von ihr ab und lehnte sich zurück, wobei sein Brustkorb sich rasch hob und senkte, obwohl sein Puls endlich anfing, langsamer zu werden. Weil er das musste. Das war nicht nur schamlos, es war Irrsinn.

Mit verwirrtem Blick schaute sie ihn an. »Habe ich etwas falsch gemacht?«

»Nein, aber ich. Ich hätte nie erlauben dürfen, dass so etwas passiert.«

»Du sagst das, als hättest du die alleinige Verantwortung. Warum kümmerst du dich nicht um deinen Körper und deine Entscheidungen, und ich kümmere mich um meine.« Sie warf ihm einen Blick zu, der gleichzeitig prüde und verführerisch wirkte, und schnürte die Spitze ihres Kleides wieder zu, sodass das Mieder ihre Unterwäsche verdeckte. »All das, was gerade passiert ist, habe ich begrüßt und genossen.«

»Fiona, ich bin dein Vormund.«

»Dank deines Vaters.« Sie erhob sich und strich sich mit den Händen über ihr zerknittertes Kleid. »Ich denke, jetzt hege ich auch eine besondere Abneigung gegen ihn.«

Was wollte sie damit sagen? »Das darf nicht wieder vorkommen.« Die Worte kamen leise und harsch über seine Lippen, da er Mühe hatte, sie zu formulieren.

»Das hast du schon einmal gesagt, und trotzdem sind wir hier.«

Zufrieden, stehen zu können, ohne mit dem Kern seiner Begierde zu prangen, da seine Erektion inzwischen ein wenig abgeklungen war, stand er auf. »Bitte verzeih mir meine Fehleinschätzung. Ich werde der Versuchung in Zukunft widerstehen. Ich habe dir gesagt, was ich bin.«

Ihr Blick wanderte über ihn, was seinen Schaft erneut erregte. »Ein Schurke. Ein Wüstling. Ein Schwerenöter. Ein

Verwerflicher.« Sie sprach mit ruhigem Bedacht, und es war süße Poesie. »Ja, ich kann sehen, was du bist, und im Gegensatz zu dem, was du vielleicht denkst, ist es nicht schlimm.« Mit einem Ruck ihrer Röcke drehte sie sich um und verließ das Arbeitszimmer.

»Himmel«, murmelte Tobias, als er sich auf das Sofa zurücksinken ließ und sein Körper vor ungestillter Lust erschlaffte.

Er begehrte sein Mündel nicht nur, sondern er fing auch an, zu überlegen, ob er sie tatsächlich heiraten könnte. Die Frage war nur, ob sie dies in Betracht ziehen würde.

KAPITEL 16

$\mathcal{N}$ ach einer Nacht, in der sie mehrmals von quälenden Träumen geweckt worden war, fühlte sich Fiona am Morgen aufgewühlt und unsicher. In Tobias' Gegenwart war es ihr gelungen, die Fassung zu wahren, doch sobald sie in ihrem Schlafzimmer angekommen war, war sie zu einem bebenden Häufchen von unbefriedigtem Verlangen an der Tür zusammengebrochen.

Als sie im Bett lag, hatte sie die Augen geschlossen und sich an das Buch erinnert, das sie in der Bibliothek ihres Vaters gefunden hatte. Das mit detaillierten Zeichnungen versehene Werk beschrieb, wie Männer und Frauen Lust schenkten und empfingen. Beim ersten Mal, als sie es gefunden hatte, war sie entsetzt gewesen, doch im Laufe der Jahre, als ihre Neugier immer mehr erwachte, war sie immer wieder zu dem Buch zurückgekehrt. Ohne dieses Buch hätte sie keine Ahnung gehabt, was mit Tobias hätte passieren können. Tatsache war, dass sie *wusste*, was hätte passieren können, und sie war zutiefst enttäuscht, dass es nicht dazu gekommen war.

Es bedeutete aber auch, dass sie wusste, wie sie sich zumindest ein bisschen Erleichterung verschaffen konnte.

Er hatte ihr die Augen darüber geöffnet, was sie in Hinsicht darauf versäumte, welche Freuden ihr die Ehe bringen konnte. Sie war töricht genug gewesen, diesen körperlichen Aspekt nicht zu berücksichtigen, und den Umstand, dass er in direktem Zusammenhang mit der magnetischen Anziehung stand, die sie zu ihm verspürte. Es war schlicht und einfach Begierde, und das hatte sie noch nie zuvor für jemanden empfunden, einschließlich Lord Gregory nicht.

Stirnrunzelnd tauchte sie schließlich aus ihrem Zimmer auf, um gleich darauf in ihrem kleinen Salon auf Prudence zu stoßen. Sie saß an dem kleinen runden Tisch beim Fenster und sah von der Zeitung auf, die sie in der Hand hielt. »Wie ist heute dein Befinden?«

»Ich habe nicht gut geschlafen.« Fiona wollte ihr nicht anvertrauen, was vorgefallen war. Ob sie mit Tobias darin übereinstimmte, dass es schamlos war, wusste sie nicht so genau, aber ganz bestimmt war es ungehörig.

»Konntest du mit Lord Overton über unsere Begegnung mit Lady Bentley sprechen?« Prudence wusste, dass Fiona aus jenem Grund nach unten gegangen war. Glücklicherweise war sie bei Fionas Rückkehr bereits zu Bett gegangen.

»Ganz kurz«, meinte sie. »Offenbar hatte er ihr den Hof gemacht, und sie hatte Bentley ihm vorgezogen. Er hatte jedoch keinen Versuch unternommen, sie zu entführen.« Fiona verdrehte die Augen.

»Natürlich«, murmelte Prudence. »Mir ist aufgefallen, dass du eine ganze Weile unten warst.«

Das war eigentlich keine Frage, aber Fiona konnte ihre Neugierde ziemlich laut heraushören. »Ich war in der Bibliothek und habe einige Zeit mit den Landkarten zugebracht.«

In diesem Moment betrat der Butler den kleinen Salon.

»Verzeihen Sie mein Eindringen, meine Damen. Miss Wingate, wenn Sie frei sind, wird Ihre Anwesenheit im Arbeitszimmer seiner Lordschaft erbeten.«

Eine Hitzewallung durchzuckte Fiona, dicht gefolgt von einem Angstschauder. Was könnte der Earl wollen? Wäre es unangenehm, mit ihm in der gleichen Umgebung zu sein, in der sie sich am Abend zuvor so innig umarmt hatten?

»Ich bin gleich da, Carrin«, antwortete Fiona und strich sich mit der Hand über ihr hochgestecktes Haar.

Nachdem der Butler gegangen war, meinte Prudence: »Du siehst gut aus. Du siehst sogar sehr hübsch aus.«

Fiona warf einen Blick zu Prudence und ließ die Hand sinken. »Danke.« Und verflixt, denn Fiona wollte nicht, dass irgendjemand, selbst Prudence nicht, davon wüsste, welchen Wert sie darauf legte, wie sie in Tobias´ Gegenwart aussah.

Tobias. Sie sollte ihn wirklich nicht so nennen, nicht einmal in Gedanken.

Fiona ging die Treppe hinunter, wobei ihre Schrittfolge von schnell aus lauter Vorfreude zu ruhig vor Beklemmung abwechselte. Als sie beim Arbeitszimmer ankam, fühlte sie sich, als wäre sie ein paar Runden ums Haus gelaufen.

Als sie über die Schwelle trat, wäre sie beinahe gestolpert. Tobias war nicht anwesend.

Sein Sekretär, ein rundlicher Herr mit dunklem, schütterem Haar und einem warmen Lächeln, erhob sich von seinem Platz auf dem Stuhl neben Tobias´ Schreibtisch. »Guten Tag, Miss Wingate. Danke, dass Sie gekommen sind, um sich mit mir zu treffen. Nehmen Sie doch einen Moment Platz.«

Sie warf einen Blick in Richtung des Sofas, aber dort wollte sie sich nicht hinsetzen. Stattdessen nahm sie auf einem weiteren Stuhl auf der anderen Seite von Tobias´ Schreibtisch Platz. »Ich habe nicht gewusst, dass ich mich mit Ihnen treffen würde, Mr. Dyer. Carrin sagte mir nur, meine Anwesenheit sei im Arbeitszimmer erforderlich.«

»Ich verstehe. Nun, ich bitte um Verzeihung. Es war nicht meine Absicht, Sie zu überraschen. Da die Frist für die Hochzeit seiner Lordschaft in zehn Tagen abläuft und er keine Braut hat, dachte ich, wir sollten die Einzelheiten Ihrer Erbschaft besprechen.«

Ihrer was? Fiona starrte ihn an, da es ihr die Sprache verschlagen hatte.

»Nun, der Zwölfte fällt auf einen Sonntag, sodass der Besitz offiziell am dreizehnten auf Sie übergehen wird. Das Anwesen hat einen Verwalter, der von Lady Overton angestellt wurde, und Sie werden ihn wahrscheinlich behalten wollen, zumindest für eine Weile –«

Fiona hob eine Hand, und endlich gelang es ihr, Worte zu formulieren. »Von welchem Erbe sprechen Sie? Ich weiß nichts von einem Anwesen oder etwas anderem.«

Mr. Dyers Gesichtsfarbe wurde um mindestens eine Nuance blasser. Er rutschte auf seinem Stuhl umher und starrte auf die Papiere, die vor ihm auf einer Ecke des Schreibtischs lagen. »Oh. Ich dachte, seine Lordschaft hätte Sie über die Bedingungen des Testaments seines Vaters ins Bild gesetzt.«

Empörung und Enttäuschung kämpften in ihrem Inneren. »Das hat er nicht. Ich bitte Sie, mich aufzuklären, da es anscheinend ... mich betrifft.« Irgendwie brachte sie ein Lächeln zustande, doch es war kein angenehmes, wie sie fürchtete. Sie verschränkte die Hände so fest in ihrem Schoß, dass ihre Finger taub zu werden begannen.

Dyer zauderte. Er war zweifelsfrei verblüfft, warum sein Arbeitgeber ihr nichts von alledem erzählt hatte. Jedenfalls wirkte er verwirrt.

Der Sekretär hüstelte. »Nun, das ist ungewöhnlich, denn ich dachte, seine Lordschaft hätte Sie über die Situation informiert. Im Testament seines Vaters steht, dass seine Lordschaft innerhalb von drei Monaten nach dem Tod des vormaligen Earls heiraten muss, und dieses Datum ist der zwölfte März.«

Jetzt ergab Tobias' Suche nach einer Komtess und seine scheinbare Unfähigkeit, eine zu finden, einen Sinn. Er war nicht auf der Suche nach einer Frau, weil er eine wollte, sondern weil er heiraten musste. Auch das von Prudence mitgehörte Gerede der Dienerschaft war nun erklärbar.

»Was passiert, wenn er bis zu diesem Datum nicht heiratet?«, fragte Fiona.

»Wenn er unverheiratet bleibt, wird eines seiner Anwesen auf Sie übertragen.«

»Wie kann das sein? Ist der Besitz eines Earls nicht mit dem Titel verbunden?»

»Das ist unterschiedlich, aber in diesem Fall gehörte das betreffende Anwesen der Familie von Lord Overtons Mutter – dem jetzigen Lord Overton. Nach ihrer Heirat mit dem früheren Grafen ging Horethorne in seinen Besitz über.«

Fiona schwirrte der Kopf. Sie sollte ein ganzes Anwesen besitzen? Das würde alles ändern. Sie müsste sich weder um Mrs. Tucket noch um sich selbst sorgen, geschweige denn, wann oder ob sie heiraten sollte. Ihr Herz pochte wie wild in ihren Ohren. Es war selten, dass Frauen Eigentum besaßen. Sie fragte sich, ob ihr Cousin davon wusste, und ob er sie daran hindern konnte, Anspruch darauf zu erheben.

»Das Anwesen wird meines sein? Es wird nicht einem Mann gehören, der es für mich verwaltet?«

Der Sekretär schüttelte den Kopf. »Die Anweisungen sind eindeutig – Sie werden die alleinige Eigentümerin sein.«

Sie starrte ihn in absolutem Unglauben an. Das war mehr als unerwartet. Es war ein verdammtes Wunder. »Hat das Anwesen Einkommen?«

»Genügend, um für das Haus aufzukommen und den Bewohnern einen bescheidenen Lebensstil zu ermöglichen.«

Das war unglaublich. »Es heißt Horethorne, sagten Sie?« Der Name klang vertraut.

Dyer lächelte. »Ja, es ist eine bezaubernde Liegenschaft im Süden von Somerset.« Sobald er Somerset sagte, fiel Fiona wieder ein, wo sie den Namen des Anwesens gehört hatte. Und damit erinnerte sie sich genau daran, was es war, ehe der Sekretär auch nur zu Ende gesprochen hatte. »Seine Lordschaft hat einen Großteil seiner Kindheit dort verbracht.«

Ihr Mut sank. »Lord Overton hat mir vom Haus seiner Mutter erzählt«, sagte sie leise, und ihr schmerzte das Herz ob der Grausamkeit seines Vaters. »Warum würde der vorige Earl so etwas in sein Testament schreiben?«

Dyer wandte den Blick ab. »Ich bin sicher, dass ich das nicht weiß.«

»Wie kann das sein? Sie waren sein Sekretär, nicht wahr?«

»Das war ich. Seine Lordschaft war ein anspruchsvoller Arbeitgeber, und er tolerierte keine Nachfragen, insbesondere bezüglich seiner Absichten nicht. Solch eine Neugier war in seinen Augen Aufmüpfigkeit.« Einen Moment lang schien es, als würde das Kinn des Sekretärs beben, ehe sein Kiefer sich anspannte. »Ich kann nicht widersprechen, dass diese Handlung eindeutig grausam war.«

Und dennoch war es, während es für Tobias schrecklich war, wundervoll für sie. Wieder fragte sie sich, warum Tobias Vater sie hierin verstrickt hatte. Es war eine Sache, ihr Vormund zu sein, aber eine ganz andere, ihr eine extravagante Saison zu ermöglichen, eine große Mitgift bereitzustellen und nun ein Anwesen?

»Wenn Lord Overton am Zwölften heiratet, werde ich Horethorne nicht erben, ist das richtig?«

Dyer nickte. »Die Wahrscheinlichkeit, dass er dies tut, ist allerdings gering. Er würde mit einer Sondergenehmigung heiraten oder vielleicht nach Gretna Green durchbrennen müssen.« Letzteres sagte er mit einem Lächeln, um dann rasch zu ernüchtern. Sein Hals lief rot an. »Vergessen Sie bitte, dass ich das gesagt habe.«

Fiona war nicht sicher, ob der Mann von den Gerüchten über Tobias und Gretna Green gehört hatte, doch das nahm sie an. Warum sonst sollte er auf diese Weise reagieren? Ihre Gedanken kehrten zu einem Punkt früher im Gespräch zurück. »Sie waren überrascht, dass ich von alldem nichts wusste. Hat Seine Lordschaft Ihnen gesagt, ich wüsste es?«

Wieder zauderte der Mann und ein schwaches Rosa hielt sich beharrlich über seinem Hemdkragen. »Das hat er.«

Wann hatte er vorgehabt, es ihr zu sagen? Oder hatte er entschieden, das seinem Sekretär zu überlassen?

Sie löste ihre Hände voneinander und bog sanft die Finger, um das Gefühl darin wiederherzustellen. »Gibt es sonst noch etwas, das ich wissen sollte?«

»Nicht im Augenblick. Haben Sie irgendwelche Fragen an mich?«

»Nein.« Sie erhob sich und er sprang von seinem Stuhl auf. »Vielen Dank, Mr. Dyer. Ich hoffe, Sie haben nicht das Gefühl, als würde Sie dies in eine unangenehme Situation bringen. Sie machen nur Ihre Arbeit. Lord Overton – dieser Lord Overton – wird nicht wütend auf Sie sein.« Wenn er das wäre, würde Fiona ihm die Leviten lesen. Wiederholt.

»Das hoffe ich nicht.«

»Er ist nicht wie sein Vater.« Zumindest versuchte er, das nicht zu sein. Sie ging auf die Tür zu, doch dann blieb sie abrupt stehen. Das Gesicht zu ihm umgewandt sagte sie: »Ich habe eine Frage. Was passiert mit meiner Mitgift, wenn ich nicht heirate?«

»Wenn Sie mit fünfundzwanzig noch nicht verheiratet sind, wird das Vermögen an Sie übergehen.«

»Erinnern Sie mich bitte, wie viel das ist?«

»Sechstausend Pfund.«

Solch eine enorme Summe! Und nur drei Jahre, bis sie ihr gehören könnte. Ihr Geburtstag war in weniger als einer Woche und dann würde sie zweiundzwanzig sein. Drei Jahre, und sie könnte eine finanziell unabhängige Frau mit einem *Anwesen* sein.

»Ich bitte um Verzeihung, doch das waren vermutlich zwei Fragen und nun habe ich noch eine dritte. Es ist die letzte, das verspreche ich Ihnen.«

»Stellen sie so viele Fragen, wie Sie wollen.«

»Gibt es eine Möglichkeit, dass seine Lordschaft Horethorne behalten kann, wenn er nicht heiratet?«

Dyer flatterte mit den Augen. »Ich fürchte nein.«

Damit war das Anwesen für ihn so gut wie verloren. Es sei denn, er beschloss, tatsächlich jemanden nach Gretna Green zu entführen.

»Danke, Mr. Dyer.« Sie neigte den Kopf und ging aus dem Arbeitszimmer, während ihr der Kopf von Ideen und Plänen schwirrte, die sie vor einer halben Stunde noch nicht gehabt hatte. Ihr Leben würde sich vollkommen verändern, und das hatte sie Tobias´ Tragödie zu verdanken.

Was für ein furchtbares, schlimmes Durcheinander.

~

Tobias betrat den kleinen Salon vor seinem Schlafzimmer und erstarrte. Eine Gestalt lag auf der Chaiselongue, die beim Kamin aufgebaut war. Leise kam er näher und ließ seinen Blick von der blassgrünen Decke, die über die untere Körperhälfte der Person gedeckt war, zu dem dicken dunkelroten Zopf wandern, der im Schein des heruntergebrannten Feuers zu schimmern schien.

Fiona lag mit dem Rücken ihm zugekehrt, doch ihr Haar war unverwechselbar. Oder die sanfte Rundung ihrer Schultern und die Vertiefung in ihrer Taille. Er weidete sich am Anblick der Rundung ihrer Hinterseite. Das war unverschämt von ihm, doch sie war in sein Reich eingedrungen. Sie musste damit rechnen, dass er sie zumindest betrachten würde.

Was, um alles in der Welt, tat sie überhaupt hier? War sie gekommen, um die Verrücktheit der vergangenen Nacht wiederaufleben zu lassen? Das konnte er *nicht* zulassen. Am besten würde er sie ignorieren und sich unmittelbar in sein Schlafzimmer begeben. Doch was wäre, wenn jemand sie hier schlafend vorfinden würde ...

Himmel. Es war ein Glück, dass sie noch nicht entdeckt worden war.

Er musste sie wecken. Als er näher an sie herantrat, atmete er den unverwechselbaren Duft von Lavendel ein. Von Fiona. Von Verlockung und Verheißung.

»Fiona«, flüsterte er. Als sie sich nicht rührte, wiederholte er ihren Namen, aber lauter. Noch immer keine Regung.

Er griff nach ihrer Schulter, seine Fingerspitzen streiften ihren Oberarm entlang. »Fiona«, rief er sie eindringlicher.

Sie rollte sich zu ihm herum, doch die Augen hielt sie geschlossen. Ein leises Seufzen entglitt ihren geteilten Lippen, und Tobias fühlte sich von Sehnsucht nahezu überwältigt. Sie blinzelte und ihre Wimpern flatterten, ehe sich ihr dunkler Blick auf ihn senkte, zunächst ganz schmal und dann ein wenig weiter.

»Mylord«, brachte sie hervor und richtete sich auf. »Ich muss eingenickt sein.«

»In meinem privaten Salon. Was tun Sie hier?«

»Ich musste mit Ihnen sprechen, und es war schon recht

spät geworden.« Sie strich sich eine Haarsträhne aus der Stirn. »Mir ist keine andere Möglichkeit eingefallen, um sicherzustellen, dass ich heute Abend noch mit Ihnen reden kann.«

»Was auch immer Sie zu besprechen haben, kann doch sicher bis morgen warten.« Er bemühte sich, nicht auf ihren Morgenmantel zu starren, der ihren eleganten Hals bis zum verführerischen Tal ihrer Brüste in Form eines V entblößte. »Und es war ganz bestimmt nicht notwendig, dass Sie hierherkommen, um auf mich zu warten.«

»Doch, das war es.« Sie erhob sich mit einer anmutigen Bewegung, worauf die Decke an ihrem Bein entlang seitlich die Chaiselongue herunterrutschte. »Ich hatte heute ein Treffen mit Mr. Dyer, und er hat mir einige überaus verblüffende Neuigkeiten mitgeteilt.«

Das Vergnügen, sie anzuschauen, kollidierte mit ihren Worten und versetzte ihn in einen Zustand der Dissonanz. »Dyer?« *Mist.* Es gab nur einen Grund, warum Dyer mit ihr sprechen würde, und ja, das würde sie wirklich außerordentlich überrascht haben.

»Er hat Sie über das Testament meines Vaters in Kenntnis gesetzt.«

Sie zog eine kastanienbraune Augenbraue hoch, und ihre Lippen kräuselten sich. »Er dachte, Sie hätten das bereits übernommen. Stellen Sie sich seine Bestürzung vor, als er feststellen musste, dass ich von der ganzen Sache nichts wusste. Das war nicht sehr nett von Ihnen.«

»Ich hatte es nicht als notwendig erachtet, solange es nicht dazu käme. Nie hätte ich damit gerechnet, dass das einmal passieren würde – dass ich nicht rechtzeitig heiraten würde. Oder, ich habe mir besser gesagt nicht gestattet, daran zu denken.« Horethorne zu verlieren, war unvorstellbar.

Da war ein leises Zischen zu vernehmen, als sie rasch die

Luft ausstieß. »Sie haben sich offenbar auch nicht erlaubt, an mich zu denken. Aber ich bin ja auch niemand von Bedeutung, nur Ihr Mündel, für das Sie die Verantwortung tragen und für das Sie eine vorteilhafte Heirat arrangieren sollten.«

»An der Sie, wie Sie deutlich gemacht haben, im Moment nicht interessiert sind.«

»Sie haben ebenfalls versäumt, die Summe meiner Mitgift zu erwähnen. Sechstausend Pfund! Oder die Tatsache, dass sie in meinen Besitz übergehen würde, sollte ich bis zu meinem fünfundzwanzigsten Geburtstag nicht verheiratet sein.«

Er verlagerte das Gewicht, da es ihm unter der Last ihres Blickes unbehaglich wurde. Sie hatte recht. An sie hatte er nicht gedacht. Er hatte es als seine Pflicht angesehen, die Situation zu regeln, weil sie sein Mündel war, und es war ihm nie in den Sinn gekommen, sie in Kenntnis zu setzen oder zu Rate zu ziehen. Warum sollte er auch, wenn er nicht mit dem Eintreten dieser Dinge gerechnet hatte? »So wie ich nicht, wie es mein Vater vorgesehen hatte, ans Heiraten dachte, war mir auch nicht in den Sinn gekommen, Sie könnten bis dahin nicht verheiratet sein. Ich dachte, Ihr Zaudern sei von kurzer Dauer, bis Sie sich in London eingelebt hätten, und in drei Jahren würden Sie zweifellos verheiratet sein. Es sei denn, Sie hätten vor, jeden Antrag abzulehnen, den Sie bekommen.«

»Das könnte ich tun. Insbesondere jetzt, da ich weiß, dass ich dann sechstausend Pfund besitze.« Sie reckte das Kinn vor. »Aber wieder einmal haben Sie mir mein Recht abgesprochen, darüber Bescheid zu wissen, geschweige denn, eine Entscheidung zu treffen. Wie soll ich Entscheidungen über mein Leben, über meine Zukunft treffen, wenn ich nicht vollständig im Bilde bin?«

Sie trat auf ihn zu, die Augen weit geöffnet und die Gesichtszüge ruhig. Doch sie war nicht gänzlich gelassen.

Eine Spannung ging von ihr aus, die so spürbar war, dass er sie wie Brot hätte schneiden können.

Er bog die Hände. »Ich hatte vorgehabt, Ihnen dies nach dem Ball morgen Abend zu sagen; wenn ich mit Sicherheit weiß, ob ich heiraten werde oder nicht.«

»Das ist immer noch eine Möglichkeit?« Sie klang überrascht.

»Das ist es.« Morgen würde Miss Goodfellow dort sein und er beabsichtigte, sie zu fragen, ob sie einer Heirat mit ihm zusagen würde. Er würde ihr offen sagen, warum er sie um ihre Hand bat und seine Erwartungen bezüglich einer hoffentlich romantischen Verbindung darlegen. Und zumindest würde er erwarten, dass sie Freunde würden und sich als Paar so verhielten, wie es den Erwartungen entsprach. Es war nicht die Verbindung, von der er geträumt hatte, aber alles, was er angesichts des endgültigen Datums erreichen konnte, das sein Vater ihm genannt hatte.

In diesem Moment erkannte er, dass er vorhatte, Miss Goodfellow eine Höflichkeit zu erweisen, die er Fiona versagt hatte – die Wahrheit.

Plötzlich war ihm zu heiß und er streifte seinen Frack ab, den er über die Lehne von einem der Sessel vor dem Kamins hängte. »Fiona, es tut mir leid. Ich hätte Ihnen von Anfang an alles sagen sollen. Doch da kannte ich Sie noch nicht. Ich hatte ein junges Ding vom Lande erwartet, das liebend gern heiraten wollte und damit nicht mehr meiner Verantwortung unterstanden hätte.«

»Ich weiß nicht, was schlimmer ist. Dass Sie mir nichts gesagt haben, nachdem Sie mich kennengelernt haben, oder Sie mich für ein einfältiges Dummchen gehalten haben, das sich Ihrem Willen fügt. Sie versuchen, nicht wie Ihr Vater zu sein, doch das gelingt Ihnen nicht richtig.«

Ihre Worte bohrten sich wie Klingen in ihn und riefen einen scharfen, tiefen Schmerz hervor. Denn es lag etwas

Wahres darin. Er hatte dies – *sie* – behandelt, wie sein Vater es getan hätte. »Bitte vergleichen Sie mich nicht mit ihm«, flüsterte er.

»Als Frau war und werde ich stets den Launen eines Mannes unterworfen sein – meines Vaters, meines Cousins, Ihres Vaters und nun Ihren.« Jetzt sah sie wütend aus, und ihre Augen blitzten. »Ich bin vollkommen auf die Überbleibsel angewiesen, die Sie mir zugedenken. Bis jetzt. Wenn Sie nicht heiraten und ich nicht heirate, ehe ich fünfundzwanzig bin, habe ich die Chance, unabhängig zu sein, meine eigenen Entscheidungen zu treffen, und über meine Zukunft zu bestimmen. Das ist das Wunderbarste, was ich je erlebt habe und all dies wollten Sie mir vorenthalten. Ich dachte, Sie hätten eine Zuneigung zu mir entwickelt. Sie können so nett sein, so rücksichtsvoll, und Sie scheinen zu merken, wenn Sie despotische Neigungen an den Tag legen…«

»Despotisch?« Er verzog das Gesicht.

»Und Sie halten sie im Zaum. Doch dann muss ich erfahren, dass Sie mich über Dinge im Unklaren gelassen haben, die mein Leben und meine Perspektive verändern werden, und ich habe das Gefühl, Sie überhaupt nicht zu kennen.«

Er verringerte die Distanz zwischen ihnen und ergriff ihre Hände. »All dies hat mein Vater in Gang gesetzt, um mir den größtmöglichen Schmerz zuzufügen. Ich frage mich, ob er irgendwie wusste, dass ich Gefühle für Sie entwickeln würde, und wegen dieser Ablenkung nicht heiraten könnte.« Er schüttelte den Kopf. »Ablenkung klingt furchtbar, aber so ist es. Sie sind mein *Mündel*. Ich sollte mich nicht so zu Ihnen hingezogen fühlen, wie es nun einmal der Fall ist.« Er ließ eine Hand los und fasste die untere Hälfte ihres Zopfes zwischen seinen Fingern. Als er mit dem Daumen über die seidigen Stränge fuhr, konnte er sich ein leises Lächeln nicht verkneifen. »Ich bedaure so sehr, Ihnen nichts gesagt zu haben. Bitte verstehen Sie das. Horethorne ist mein allerliebster Besitz. Ihn zu verlieren, würde bedeuten, meine Mutter noch einmal zu verlieren.«

Sie bekam einen glasigen Blick, als sie ihn anschaute und mit ihrem Daumen über seine Hand streichelte. »Ich weiß. Es ist eine furchtbare Situation. So wütend ich auch war, als ich erfuhr, dass Sie mir das verheimlicht haben, weiß ich nicht, ob ich an Ihrer Stelle nicht dasselbe getan hätte.« Sie hob seine Hand und küsste seine Knöchel. »Es tut mir leid, Tobias.«

Er holte tief Luft. »Du hast meinen Namen gesagt. Noch einmal. Bitte.«

»Tobias.« Abermals küsste sie seine Hand und hielt seine Haut an ihre Lippen gedrückt, als sie es ein drittes Mal aussprach. »*Tobias.*«

»Mir ist gerade aufgefallen, dass unsere Namen drei gleiche Buchstaben haben – alles Vokale. Das hat doch gewiss etwas zu bedeuten.«

Sie legte den Kopf schief.

»Was?«

»Ich habe keine Ahnung.« Er fasste ihren Zopf und legte die andere Hand in ihren Rücken, um sie an sich zu ziehen, während er den Mund auf ihren legte.

Sie legte ihre Hand an sein Revers und ließ sie von dort aus seitlich an seinem Hals emporgleiten, wobei sie mit dem Daumen von der Vorderseite seines Halses bis zur Unterseite seines Kinns wanderte. Mit einem leisen Stöhnen öffnete er den Mund und stieß die Zunge hervor, um ihr Inneres zu lecken. Sie begegnete seinem Vorstoß mit einer Parade und glitt dann mit der Hand zu seinem Nacken, wo sie mit den Fingern an seinem Haar zupfte.

Tobias ließ die Finger an ihrem Zopf emporklettern und schmiegte dann die Hand um ihren Hinterkopf, während er über ihren Mund herfiel. Sie erwiderte seinen Kuss auf gleiche Wiese und umklammerte ihn heftig, wobei sie ihn mit einer Wildheit küsste, wie er sie noch nie erlebt hatte.

Eine winzige Stimme in seinem Hinterkopf raunte ihm zu, aufzuhören, doch ein stärkerer Chor drängte ihn, zu nehmen, was sie ihm bot. Was, wenn sie ertappt würden? Das Risiko war gering, denn er hatte die Tür hinter sich geschlossen, und niemand würde ihn zu dieser Stunde stören, es sei denn, er würde um Hilfe ersuchen.

Er schob eine Hand vor, bis er unter ihren Arm gelangte, und ertastete die Rundung ihrer Brust. Heute Abend würde ihm kein Kleid oder Korsett im Wege sein, denn sie trug nur ihren Morgenmantel und vermutlich ein Nachthemd darunter. Tobias streichelte sie durch die Stoffschichten hindurch und spürte, wie ihre Brustwarze sich verhärtete. Er zerrte am Band auf der Vorderseite und schob vorsichtig eine Hand in das Kleidungsstück. Jetzt war er nur noch durch eine dünne Lage Stoff von ihr getrennt. Er schmiegte die Hand um ihre Brust und bedeckte ihren Hals mit einer Spur aus Küssen, wobei er von ihrem leisen Wimmern und dem beharrlichen Druck ihrer Finger gegen seine Kopfhaut ermuntert wurde.

Als er den Morgenrock über ihre Schultern geschoben hatte, ließ er ihn zu Boden fallen. Sein gesamter Fokus war nun auf ihre Brust gerichtet, als er am Halsausschnitt ihres Nachthemds zog. Es war breit genug, um es herabzuziehen, und entblößte damit ihre Haut, sodass er ihre unbedeckte Brustwarze in den Mund nehmen konnte.

Sie keuchte auf und grub die Finger in seine Haut. »*Tobias.*«

Er wollte mehr. Er brauchte *mehr*.

Er drehte sie ein wenig, um sie auf die Chaiselongue zu dirigieren. Beim Hinabsinken löste sie seine Krawatte, zog sie ihm vom Hals und warf sie beiseite. Sie machte sich an den Knöpfen seiner Weste zu schaffen, und als sie sie alle aufbekommen hatte, wand er sich aus dem Kleidungsstück und ließ es fallen.

Im Feuerschein war sie so wunderschön. Ihr Haar war leuchtend und üppig, und ihre Haut schimmerte wie eine Perle. Wieder küsste er sie und sie fuhr mit den Fingern durch sein Haar, über seinen Hals und in seinen Hemdausschnitt, wobei ihre warme Haut ihn neckte.

Mit seinem Mund wanderte er an ihrem Körper immer tiefer und traf erneut auf ihre Brust, was ihn veranlasste, gierig an ihrer Brustwarze zu saugen, während sie sich ihm entgegenreckte. »Tobias.«

Immer wenn sie seinen Namen aussprach, erschauderte er. Es lag wohl eine große Intimität in der Art und Weise, wie sie ihn betonte, oder vielleicht in der Art, wie sie ihn berührte und anschaute. Er vermochte sich nicht genau zurückzubesinnen, seit wann sie angefangen hatte, seine Gedanken zu beherrschen, doch es hatte ihn absolut und vollständig überkommen, und er mochte nicht mehr umkehren.

Sein Knie zwischen die ihren gedrängt, beugte er sich über sie und ließ den anderen Fuß auf dem Boden. Sie hatte die Arme um seine Taille gelegt und zog, während er spürte, wie sie sich von der Chaiselongue erhob und ihr Körper den seinen suchte. Sobald er den Saum ihres Nachthemds zwischen seinen Fingern fühlte, schob er das Kleidungsstück auf ihre Hüften. Sanft liebkoste er ihre Schenkel und dann ihren Schamhügel, wobei er sich an den Schaudern erfreute, die über ihre Haut zuckten. Sie stöhnte auf, als er über ihre Scham streichelte und die Fingerspitzen über ihre weiche Falte gleiten ließ.

Sie wand sich unter ihm, während sie ihn fest um die Taille und dem Hals hielt. »Tobias, bitte.«

Scheinbar wusste sie, was sie wollte, oder zumindest, dass sie etwas wollte. Er wollte sie nicht enttäuschen.

Tobias hob den Kopf und küsste sie auf den Hals an der Stelle unter ihrem Ohr. Dann führt er einen Finger in sie ein und flüsterte: »Ist es das, was du willst?«

»Ja.« Sie zog an seinem Haar und dirigierte seinen Mund an ihren. Dann presste sie die Lippen auf seine und küsste ihn immer wieder, wobei sie ihn mit der Zunge neckte. »*Mehr.*«

Sein Körper bebte vor Verlangen, als er in sie eindrang und die Finger tief in sie stieß, bis sie sich ruckartig aufrichtete und in seinen Mund keuchte. Ihre Muskeln krampften sich um ihn an und drängten ihn, schneller zu werden. Er massierte abwechselnd ihre Knospe und drang in sie ein, wobei er ihren Stößen mit seinen eigenen begegnete.

Ihre Schreie wurden lauter und immer heftiger wölbte sich ihr Leib unter ihm. Er spürte, wie kurz davor sie war, und wollte sie in die Selbstvergessenheit stürzen. Er zog seine Lippen von ihr zurück und rutschte nach unten, wobei er ihr Nachthemd bis zu ihrem Bauch schob. Dann legte er den Mund auf ihr Geschlecht und schnippte mit der Zunge über ihren Kitzler, während er einen Finger in ihrer Scheide bewegte.

Sie stieß eine Abfolge unverständlicher Worte aus, während ihr Leib erbebte. Ihre Schenkel schlackerten um ihn, als er über und in ihr Geschlecht leckte und es mit den Fingern teilte. Dann krampften sich ihre Muskeln zusammen und drückten ihn, als sie einen hohen, schluchzenden Schrei ausstieß. Er streckte die Hand nach oben und berührte ihren Mund mit einem Finger. Sie saugte ihn zwischen die Lippen und sein Schaft reagierte darauf, indem er gegen seine Kleidung zuckte und sich nach Erlösung drängte.

Allmählich fing sie an, ruhiger zu werden, und ihre Bewegungen langsamer. Sie ließ seinen Finger los, und er schaute auf, um zuzusehen, wie sie den Kopf gegen die Lehne der Chaiselongue zurücksinken ließ. Er küsste auf die Oberschenkel, dann die Hüfte und schließlich die Neigung zwischen ihrem Bauch und ihrem Geschlecht.

Sie streckte die Hand nach ihm aus und packte sein Hemd über beiden Schultern. »Du kannst noch nicht fertig sein.«

Er zog sein Hemd aus dem Hosenbund und sah ihr in die dunklen, schokoladenglänzenden Augen. »Nicht einmal zur Hälfte. Aber wenn wir weitermachen wollen, brauche ich eine positive Antwort auf eine entscheidende Frage.« Zart streichelte er mit den Fingerspitzen über ihre Wange. »Willst du mich heiraten?«

KAPITEL 17

*J*hn heiraten?

Zum zweiten Mal an diesem Tag hatte es Fiona die Sprache verschlagen. Er wollte sie nicht heiraten. Er wollte sie vögeln.

Sie drückte ihn gegen die Brust und brachte ihn so aus dem Gleichgewicht, dass er auf seinem Hinterteil am Ende der Chaiselongue landete. »Du willst mich nicht wirklich heiraten.«

Er blickte sie an, und ein leichtes Zucken umspielte seine Lippen. »Warum nicht?«

»Schau dir nur an, wo wir uns befinden und was wir gemacht haben. Ich mag vom Lande sein, aber ich bin keine Närrin.«

»Ich bin sehr verwirrt. Hast du keinen Spaß gehabt? Ich dachte, du hättest es genossen.«

»Natürlich habe ich es genossen.« Endlich hatte sie einmal eine richtige Erlösung erlebt – einen Orgasmus, wie im Buch stand. Das Buch enthielt Zeichnungen dessen, was er gerade getan hatte, aber sie hatte sich nie vorstellen können, was für ein unvorstellbares Wunder es war. Fiona zog den Ausschnitt ihres Nachthemdes nach oben und bedeckte ihre Blöße damit vollständig.

»Dann heirate mich, und wir können es immer und immer wieder tun.«

Das war äußerst verlockend. Als sie ihn daraufhin noch einmal anschaute, sank ihr Blick zu seinem Hemdausschnitt das die Ausdehnung seiner Brust, die teilweise von dunklem Haar bedeckt war, auf verlockende Weise erahnen ließ. Es juckte ihr förmlich in den Händen, ihn zu erforschen, so wie sie eine neue Landkarte verschlang, und die Finger dabei über jede faszinierende Entdeckung fuhren.

»Das ist kein guter Grund zum Heiraten.« Sie griff nach ihrem Morgenmantel und stand von der Chaiselongue auf.

»Es ist ganz sicher kein schlechter Grund. Die Leute haben schon aus weitaus geringeren Gründen geheiratet.«

Fiona musste nur an ihre Mutter und ihren Vater denken, um zu wissen, wie wahr das war. Die beiden waren nicht durch eine große Leidenschaft verbunden gewesen. So sehr sie sich auch bemühte, konnte sie sich nicht an einen einzigen Moment der Intimität zwischen ihren Eltern erinnern – keine verstohlenen Blicke, keine Berührungen und schon gar keine Küsse. Trotzdem war es nicht genug, diese ... *Verbindung* zu haben. Insbesondere nicht, wenn Unabhängigkeit in Aussicht stand, ein Gut, das eine Frau wie sie niemals hätte erwarten können. Ein wunderbares Leben – und *Abenteuer* - war für sie zum Greifen nahe. Selbst die Königin hatte ihr geraten, danach zu suchen. Und wenn sie heiratete, würde sie sich nicht mit weniger zufriedengeben müssen als mit dem Mann ihrer Träume. Das war eine Vorstellung, die Tobias ihr in den Kopf gesetzt hatte.

Sie zog ihren Morgenrock über ihr Nachthemd und verschloss die Vorderseite. »Sie sollten die Frau Ihrer Träume heiraten«, sagte sie leise. »Insbesondere nach dem, was mit Lady Bentley passiert war. Darüber hinaus, habe ich verdient, den Mann meiner Träume zu finden – wenn er existiert.«

Er stand auf und mit dem Feuer in seinem Rücken war sein Gesicht undurchdringlich.

»Wir beide haben verdient, geliebt zu werden.« Sie dachte daran, wie er seine Mutter verloren hatte und die darauffolgenden Jahre einer schwierigen Beziehung zu seinem Vater. Ja, Liebe. Und für sich selbst wollte sie ebenfalls Freiheit. »Nichts davon ändert etwas daran, wo wir uns befinden.« Es sei denn, sie würde ihn vor dem Zwölften Heiraten, denn dann würde sie Horethorne verlieren. »Hast du mich wegen des Anwesens deiner Mutter gebeten, deine Frau zu werden?«

»Nein.« Er stieß einen Atemzug aus. »Aber ich würde lügen, wenn ich behaupten würde, dass es sich hierbei nicht um einen zusätzlichen Vorteil handelt. Ich könnte eine Sonderlizenz beantragen und dann könnten wir nächste Woche verheiratet sein.«

»Oder ich könnte meine Antwort wiederholen – sie lautet immer noch nein – und ich werde in wenigen Tagen erben.«

»Willst du das?«

Sie konnte die Beklemmung in seiner Stimme hören und ihr krampfte sich das Herz zusammen. »Ich möchte … Freiheit.« Sie dachte an die Warnung ihrer Mutter, dass sie sich ganz sicher sein sollte, ehe sie eine lebenslängliche Bindung einginge. In ihrem Ratschlag hatte Bedauern gelegen und als Fiona sich auf die gelegentliche Melancholie ihrer Mutter zurückbesann, wusste sie, dass sie sich nicht so fühlen wollte. Als ob sie ohne Wahlmöglichkeiten in der Falle säße. Und ohne Freiheit. »Das ist furchtbar.«

»Es ist genauso, wie es meinem Vater gefallen hätte.«

»Du glaubst, er hatte sich vorgestellt, dass dies passieren könnte?«

»Ich glaube, er hat auf mein Scheitern gesetzt.« Tobias fuhr sich mit der Hand durchs Haar und seine Schultern sackten zusammen. »Oder er kannte mich besser, als ich mich selbst kenne. Ob er nun von mir erwartet hatte, dass ich der Versuchung mit dir oder einer anderen erliege oder nicht, schien er einfach auf die Tatsache gewettet zu haben, dass ich nicht in der Lage sein würde, innerhalb von drei Monaten zu heiraten.« Tobias lachte humorlos auf. »Ich bin nah genug dran gewesen.«

Bis sie seine Chancen zunichtegemacht hatte.

»Fiona, ich verstehe die Verlockung vor allem, was mein Vater für dich festgelegt hat, aber bitte überleg es dir noch einmal. Ich weiß nicht, was ich tun soll, wenn ich Horethorne verliere.«

»Du würdest es nicht verlieren. Ich würde dir erlauben, das Anwesen zu besuchen, wann immer es dir beliebt.« Ihm erlauben. Er würde ihre Erlaubnis brauchen und das war nicht das Gleiche wie es ein Zuhause zu nennen. Fiona verstand diesen Unterschied und konnte die Schuldgefühle nicht ignorieren, die sie plagten. Konnte sie dies wirklich als einen wahrgewordenen Traum erachten, wenn es auf Kosten von Tobias' Träumen ging?

»Doch das ist nicht ganz das Gleiche, nicht wahr?« Er bückte sich und hob seine Weste und die Krawatte auf. Dann drehte er sich zum Stuhl und nahm seinen Frack, den er zusammen mit den anderen Kleidungsstücken über seinen Arm legte. »Gute Nacht, Fiona.«

Sie sagte nichts, als er in seinem Zimmer verschwand und die Tür hinter sich mit einem Klicken zuzog.

Es war eine schreckliche Idee gewesen, heute Abend hierher zu kommen. Was hatte sie zu erreichen gehofft?

Ein innerer Konflikt tobte in ihr. Tobias hatte zugegeben, dass er niemals ihr Vormund hatte sein wollen und er hatte wiederholt Dinge getan, die auf seinen Mangel an aufrichtiger Fürsorge für sie hindeuteten. Aber andererseits hatte er auch das Gegenteil getan – er hatte ihr zugehört und seine Meinung geändert. Er hatte ihr Dinge und Erfahrungen zugänglich gemacht, die ihr Freude machten und bewiesen, wie sehr er sich kümmerte.

Er hatte nicht darum gebeten, sie in seinem Leben zu haben oder sich von ihr die Sache stehlen zu lassen, die ihm am meisten auf der Welt bedeutete. Das wahre Wunder war, dass er sie nicht hasste. Dennoch war ihre Anwesenheit wahrscheinlich ein schmerzhafter Dorn.

Nun, dann würde sie ihn entfernen. Sobald sie Horethorne geerbt hätte, würde sie sich umgehend dorthin begeben. Dann wäre sie nicht länger seine Sorge.

Oder sie könnte ihn heiraten.

Sie schüttelte den Kopf, als wäre die Frage laut ausgesprochen worden und der Sprecher könnte ihre Reaktion sehen. Sein Heiratsantrag war in aller Hast ergangen, in einem vollkommen hitzigen Augenblick. Selbst wenn dem nicht so gewesen wäre, würde sie nie wirklich wissen, ob er nun sie wollte oder nur das Haus seiner Mutter. Wollte sie von ihm begehrt werden?

Gemessenen Schrittes verließ sie seinen Privatsalon und blieb ruckartig stehen, als sie ihre Umgebung erfasste und sich nach irgendjemandem umsah, der vielleicht noch auf war. Es war recht spät. Selbst die Dienstboten wären inzwischen zu Bett gegangen, oder etwa nicht?

Fiona ging in ihr Zimmer und zog ihren Morgenrock aus, schlüpfte unter die Bettdecke und schauderte einige Minuten lang, bis das Bett von ihrer Körperwärme behaglich geworden war. Oder war es ihre lauernde Hitze?

War für ein köstliches Intermezzo das gewesen war. Vollkommen unerwartet.

Vollkommen?

Nach ihrem Kuss gestern Abend hatte ein kleiner Teil in

ihr gehofft, dass es wieder passieren würde, doch sie hatte nicht mit diesem Feuer gerechnet, das zwischen ihnen aufgeflammt war. Möglicherweise hatte sie davor geträumt ...

Jetzt musste sie akzeptieren, dass es nie wieder passieren würde. Nicht, nachdem sie ihm sein Haus genommen hätte. Sie beide würden getrennte Wege gehen und Fiona würde den heutigen Abend in lieber Erinnerung behalten.

Ihre Wege würden sich allerdings nicht trennen. Wie könnten sie das, wenn sie sein geliebtes Horethorne besaß? Durch dieses Anwesen würden sie für immer miteinander verbunden bleiben.

Sie zwang sich, an den Ball zu denken, der am folgenden Abend stattfinden sollte, oder angesichts der späten Stunde besser gesagt, heute Abend. Da sie so hart für die Erlaubnis gearbeitet hatte, daran teilzunehmen, sollte sie voller Vorfreude sein. Stattdessen waren ihre Emotionen bittersüß. Wahrscheinlich wäre dies ihr erster und letzter Ball im Phönix Club.

Sie würde einfach sicherstellen müssen, dass er denkwürdig würde.

~

*W*as für eine jämmerliche Nachtruhe.

Tobias sehnte sich danach, den Kopf auf den Schreibtisch zu legen, aber er musste nach Westminster, ehe er nach Hause zurückkehren würde, um sich für den Ball umzuziehen. Noch bevor er sich von seinem Schreibtisch erhoben hatte, kam Carrin in sein Arbeitszimmer. Der Butler wirkte ... aufgewühlt.

»Mylord, die Gräfinwitwe ist angekommen. Habe ich, ähm, auf irgendeine Weise die Tatsache übersehen, dass sie in die Stadt kommt?«

Tobias sprang auf und strich sich das Haar mit den

Händen zurück. »Falls dem so ist, dann habe ich das wohl ebenfalls. Ich nehme an, dass es sich um eine vorsätzliche Überraschung handelt.« Soweit Tobias im Bilde war, hatte seine Großmutter dies mit seinem Vater mindestens zweimal getan.

Carrins Gestalt entspannte sich sichtlich vor Erleichterung. »Ausgezeichnet, Sir. Sie wartet im Salon auf Sie.«

»Ich sollte sie besser nicht warten lassen.« Tobias eilte am Butler vorbei, blieb dann stehen und drehte sich wieder um. »Wo werden wir sie unterbringen? Die besten Zimmer sind alle von unseren Gästen belegt.«

»Es ist wohl am einfachsten, Mrs. Tucket in ein kleineres Zimmer im Obergeschoss umzusiedeln«, schlug Carrin vor.

»Ja, veranlassen Sie das sofort. Mit meiner Entschuldigung an Mrs. Tucket. Hoffentlich bringt sie Verständnis dafür auf.« Tobias hatte ein schlechtes Gewissen, dass sie mit ihren Gehschwierigkeiten eine weitere Treppe hinaufsteigen musste. Es fand sich eventuell noch eine andere Möglichkeit. Er würde darüber nachdenken.

Carrin nickte zur Antwort, und Tobias machte auf dem Absatz kehrt, um eiligst zum Salon zu hasten. Seine Großmutter war eine zierliche Frau mit enormer Persönlichkeit. Oder zumindest wirkte sie überaus einschüchternd. Wahrscheinlich war es nicht dasselbe.

Mit einem aufgesetzten Lächeln stürmte er in den Salon und fand sie am Kamin sitzend vor. »Willkommen, Großmutter. Ich wünschte, ich hätte gewusst, dass du kommst. Dann hätte ich dafür sorgen können, dass ein Raum für dich vorbereitet wäre.

»Man kümmert sich gerade darum, gleichwohl mir gesagt wurde, dass mein übliches Schlafzimmer von deinem Mündel belegt ist.« Ihre schmale Oberlippe war leicht gekräuselt.

Trotz ihrer fünfundsiebzig Jahre sah sie mehr als ein

Jahrzehnt jünger aus – noch immer besaß sie einige dunkle Haare, die sich mit dem Grau mischten, und die wenigen Falten, die ihr Gesicht zeichneten, waren sanft, die meisten davon um ihren Mund herum, was wahrscheinlich an ihrer Gewohnheit lag, die Lippen zu schürzen. So, wie sie es gerade tat.

»Soll ich sie in ein anderes Zimmer umsiedeln lassen?« In Gedanken war er bereits dabei, sie in Miss Lancasters Zimmer unterzubringen und Miss Lancaster in das Zimmer von Mrs. Tucket zu verlegen.

Die Witwe winkte ab. »Bemühe dich nicht. Ich glaube nicht, dass ich länger als eine Woche bleibe.« Das war ein relativ kurzer Aufenthalt, da die Reise jeweils zwei Tage für den Hin- und Rückweg beanspruchte – gutes Reisewetter vorausgesetzt.

Tobias nahm neben ihr Platz. »Ich bin einigermaßen überrascht, dich hier zu sehen.«

»So wie du es sein solltest. Ich habe immer noch auf eine Einladung zu deiner Hochzeit gewartet, doch als diese nicht eintraf, habe ich beschlossen, mir selbst ein Bild zu machen, was zum Teufel hier los ist.«

Ein schrecklich mulmiges Gefühl machte sich in Tobias' Bauch breit. »Warum dachtest du, ich würde heiraten?«

»Weil in dem letzten Brief deines Vaters an mich stand, dass du das zu Beginn der Saison tun würdest.«

»Das ist alles, was er geschrieben hatte?« Tobias fragte sich, ob sie von der Heiratsbedingung seines Vaters wusste.

Ihre immer noch dunklen Brauen wölbten sich. »Ja, warum?«

»Nur so. Ich bin erfreut, dich zu sehen, Großmutter.« Und schockiert. Sie kam selten in die Stadt, und er fühlte sich geschmeichelt, dass sie nach ihm sehen wollte. Auch wenn das seltsam war.

Sie war nicht einmal nach London gekommen, als ihr

Sohn schwer erkrankt war. Allerdings war das auch im Dezember gewesen, der absolut schlechtesten Reisezeit. Anstatt eines Besuchs hatte sie ihm täglich einen Brief gesandt, und sein Vater hatte im Gegenzug von seinem Sekretär alle drei Tage eine Antwort verfassen lassen. Weil er so ein Unmensch gewesen war.

»Wie stehen die Dinge mit deinem Mündel? Ist sie gefügig? Attraktiv? Schon verlobt?«

»Nicht wirklich, ja und nein.« Seine Ehrlichkeit in Bezug auf Fiona überraschte ihn. »Eine Heirat steht nicht an oberster Stelle ihrer Prioritätenliste.«

»So ein Unfug. Steht sie nicht kurz davor, eine alte Jungfer zu werden?«

»Sie wird kommende Woche zweiundzwanzig.«

»Dann ja, sie ist schon fast über das heiratsfähige Alter hinaus.«

»Wieso? Wie kommt es, dass ich achtundzwanzig bin und kein Mensch sagt, ich sei nicht heiratsfähig?«

Seine Großmutter starrte ihn an, und ihre blaugrauen Augen hatten dabei die Farbe von Frost. »So begriffsstutzig kannst du doch nicht sein. Du bist ein *Earl*. Und ein betuchter noch dazu.«

»Was ich meine, ist, warum ist sie – oder jede andere junge Dame – plötzlich unverheiratbar? Es ist ja nicht so, als hätten sie etwas Wertminderndes getan.« Es war ihm zuwider, wie sich das anhörte, als er sie wieder einmal einem Produkt gleichsetzte.

»Ach nein? Wenn sie im ersten oder den ersten beiden Jahren, die sie auf dem Heiratsmarkt sind, keinen Ehemann gefunden haben, muss es ein Defizit geben. Meiner Annahme nach ist das bei deinem Mündel entschuldbar.« Wieder zog sie die Lippen kraus. »Weil sie bis jetzt noch keine Saison gehabt hat.«

»Sie hat mindestens einen Bewerber auf sich aufmerksam

gemacht«, bemerkte Tobias. Das schloss ihn nicht ein, denn er war kein Bewerber. Er war lediglich der Mann, der sie ausgenutzt hatte.

»Dann gibt es absolut *keinen* Grund für sie, unverheiratet zu sein«, brachte die Witwe entschieden hervor. »Stell ihr ein Ultimatum.«

Tobias biss sich auf die Lippe, um sich das Lachen zu verkneifen. »Das habe ich, ähm, ein bisschen versucht. Miss Wingate hatte einige ... Herausforderungen bei der Anpassung von ihrem früheren Leben auf dem Lande zu meistern.«

»Das hätte dein Vater kommen sehen müssen. Ich habe ihm gesagt, er solle ihr keine Saison ermöglichen, aber er war unnachgiebig.« Sie zuckte mit den Schultern, und in ihren Zügen zeichnete sich ein derartig ausgeprägtes Missfallen ab, dass Tobias' Neugier angestachelt war.

»Was weißt du über Miss Wingate? Ich verstehe nicht, warum Vater sich so sehr für sie eingesetzt hat. Er hätte ihr auch eine bescheidene Mitgift zur Verfügung stellen können und es ihrem Cousin überlassen, sie zu verheiraten.«

Die Witwe setzte sich aufrechter hin, ihr Interesse war offensichtlich geweckt. »Sie hat einen Cousin?«

»Sie hat in einem Häuschen auf seinem Anwesen gewohnt.«

Seine Großmutter stieß einen ganz und gar undamenhaften Laut des Spottes aus. »Das ist absolut nicht nachvollziehbar. Dein Vater war ein Narr, diese Sache nicht ihm zu überlassen. Stattdessen hat er sie zu deinem Problem gemacht. Es tut mir leid, wie er dich behandelt hat, Deane.« Wieder schürzte sie die Lippen. »Overton, um genau zu sein. Daran muss man sich erst einmal gewöhnen.«

»Es stört mich nicht im Geringsten, wenn du mich weiterhin Deane nennst.« Er lächelte. »Es ist mir sogar lieber.«

»Das ist nicht überraschend, bedenkt man die Entfrem-
dung zwischen deinem Vater und dir. Doch das darfst du dir
nicht zu Herzen nehmen. Du könntest nicht unterschiedli-
cher sein als er, was seine skandalösen Neigungen angeht.«
Ihr Blick wurde sanfter, aber nur leicht. »Davon hattest du
allerdings keine Ahnung, da du über die Gründe für seine ...
Bindung an Miss Wingate nicht im Bilde bist.«

Sein Vater hatte »skandalöse Neigungen«, und das unterschied ihn von Tobias, der ebenfalls ... skandalöse Neigungen
besaß? O nein – hatte sein Vater etwa eine Liaison mit
Fionas Mutter gehabt? War sie seine Halbschwester? Vielleicht war die »Freundschaft« mit Fionas Vater nur eine List
gewesen. Tobias gefror das Blut in den Adern. »Hatte er eine
Affäre?« Nur mit Mühe brachte er die Worte hervor.

»Seit Oxford.« Wieder schürzte sie die Lippen. »Wenigstens hatte er sich geschickt darin gezeigt, sie zu geheim zu
halten. Ich glaube nicht, dass irgendjemand jemals von
seinen abscheulichen, widernatürlichen Sünden erfahren
hat.«

Seit Oxford. War Fionas Mutter dort einmal Dienstmädchen gewesen? Augenblick. Abscheuliche Sünden gegen die
Natur ...

Tobias erstarrte. »Mit wem hatte er eine Affäre?«

»Diesem abtrünnigen Wingate! Sie hatten sich in der
Schulzeit kennengelernt. Ich weiß nur davon, weil ich sie
einmal beobachtet habe.« Wieder überlief sie ein Schauer,
und sie presste die Hände an die Wangen.

»Sie hatten all die Jahre eine Affäre?« Plötzlich ergaben so
viele Dinge einen Sinn, auch die distanzierte Beziehung
zwischen seinem Vater und Tobias´ Mutter. Es war ihr hoch
anzurechnen, dass sie ihn Tobias gegenüber nie verunglimpft
hatte. Sie hatte nur gesagt, er sei unfähig, sie zu lieben, was sie
akzeptierte, zumal sie Tobias hatte, der sie liebte und sie ihn

im Gegenzug. Nachdem Tobias Kenntnis davon bekommen hatte, gelobte er sich, seine Frau zu lieben. Was unmöglich wäre, wenn er sich an die Bedingungen seines Vaters hielt. Genau *das* war womöglich das Ziel des Mannes gewesen – dafür zu sorgen, dass Tobias keine Zeit blieb, sich zu verlieben.

»Ja«, antwortete seine Großmutter. »Ein paar Mal im Jahr reiste dein Vater nach Shropshire. Gelegentlich kam Wingate nach Deane Hall, doch das habe ich unterbunden, als du alt genug warst, dich mit Besuchern zu unterhalten.«

Tobias dachte zurück und versuchte, sich an männliche Besucher zu erinnern, doch es fielen ihm keine ein. Der Zorn auf seinen Vater verrauchte, als er sich das Leben vorzustellen versuchte, das zu führen er gezwungen worden war. Er war jedoch immer noch verärgert über den Schmerz, den er Tobias´ Mutter zugefügt hatte.

Schluckend blickte Tobias zu seiner Großmutter. Während sie von dem Verhalten ihres Sohnes angewidert schien, wollte Tobias es nur begreifen. »Hatte er Wingate geliebt?«

Seine Großmutter erstarrte einen Augenblick lang, ihre Lippen waren geteilt und sie schien ins Leere zu starren. Schließlich sagte sie: »Daran habe ich nicht gedacht.« Sie blinzelte und konzentrierte sich auf Tobias. »Könnte das wahr sein?«

»Ich hoffe es«, entgegnete Tobias leise und hatte das Gefühl, endlich seinen wahren Vater vor Augen zu haben. »Wo du abscheuliches, sündhaftes Verhalten siehst, sehe ich einen Mann, der versucht hat, sein Glück in einer Welt zu finden, die nicht akzeptieren wollte, was für ihn dieses Glück wäre.«

»Ich hatte nicht in Betracht gezogen, dass er Wingate geliebt haben könnte.« Sie runzelte die Stirn, was sich aber auf ihre inneren Gedanken zu beziehen schien. »Trotzdem entschuldigt das nicht, wie er deine Mutter behandelt hat. Sie hatte etwas Besseres verdient und du auch.«

Ein plötzlicher Anflug von Liebe schwoll in seiner Brust an. »Ich danke dir für deine Worte. Ich war traurig, weil meine Eltern sich nicht zu lieben schienen.«

»Du hast eine romantische Natur, genau wie dein Großvater. Ihm und mir war das Glück beschieden, ein Liebespaar zu sein.«

Tobias erinnerte sich kaum an seinen Großvater. Der Mann war gestorben, als Tobias sechs Jahre alt war. »Du hältst mich für einen Romantiker?«

Sie blickte ihn an, als besäße er ein drittes Auge mitten auf der Stirn. »Bist du das nicht?«

Tobias lachte mit großer Herzlichkeit. Das musste das allerbemerkenswerteste Gespräch sein, das er je mit seiner Großmutter geführt hatte.

»Ich glaube, du hast recht, dass dein Vater diesen Mann geliebt haben musste«, entgegnete sie.

Tobias stimmte ihr zu. »Jetzt wird klar, warum Miss Wingate so wichtig für ihn war. Sie war die Tochter seiner Liebe, und als solche war sie wie eine Tochter für meinen Vater.« Die Assoziation veranlasste ihn, rasch hinzuzufügen: »Aber sie ist nicht mit mir verwandt.«

»Natürlich nicht.«

Er atmete erleichtert aus. Wenn Fiona seine Schwester gewesen wäre ... Gott, es war unerträglich, den Gedanken noch tiefer zu verfolgen, als er bereits getan hatte. Er würde viel Zeit damit verbringen, diese Vorstellung aus seinem Verstand zu bannen.

»Es überrascht mich, dass er so wenig Umgang mit ihr pflegte«, meinte Tobias. »Genau wie ich hatte sie keine Ahnung, warum mein Vater solch ein großes Interesse an ihrer Zukunft hatte. Wir nahmen an, dass unsere Väter eine enge Freundschaft verband und weiter nichts.«

»Hast du vor, ihr diese Informationen mitzuteilen?« Die Witwe rümpfte die Nase. »Warne sie, dass sie es geheim halten muss.«

»Ich muss es ihr sagen. Sie wird es wissen wollen.« Niemals könnte er dies vor Fiona geheim halten, und nicht nur, weil er ihr dummerweise bereits andere Dinge verheimlicht hatte. Doch was dies anbelangte, hatte er seine Lektion gelernt. Zu spät, allerdings.

Tobias musterte seine Großmutter einen Moment. »Bist du wirklich gekommen, um dich nach meiner Heirat zu erkundigen, oder hattest du mir etwas über meinen Vater und Wingate erzählen wollen?«

Wieder winkte mit der Hand ab. »Vermutlich wollte ich auch dein Mündel kennenlernen und ihr meine Unterstützung anbieten.« Das beantwortete seine Frage nicht, doch er glaubte auch nicht, dass sie das vorhatte. »Ich hätte dir meine Hilfe vorher nicht verweigern sollen. Ich war wütend auf deinen Vater, weil er dich genötigt hat, dich um sie zu kümmern.«

»Das hat mich eigentlich nicht gestört.« Anfangs war das natürlich schon der Fall gewesen, und das hatte er Fiona sogar gesagt. Er zuckte innerlich zusammen und er machte sich im Geiste eine Notiz, sich dafür noch einmal zu entschuldigen. Er war ein Riesenidiot gewesen.

»Ach nein? Es klingt, als wäre sie eine Katastrophe – sie weigert sich zu heiraten und hat Mühe, sich anzupassen.«

»Sie lebt sich gut ein, um ehrlich zu sein. Sie hat sich mit Lady Cassandra Westbrook angefreundet.«

»Dein Mündel zählt die Tochter des Herzogs von Evesham zu ihren Freunden? Ist sie dasselbe Mädchen, das vor der Königin hingefallen ist?«, fragte die Witwe ungläubig.

Tobias beäugte sie neugierig. »Du hast schon aufgepasst.«

Sie schnaubte. »Ich lasse mir die Zeitungen aus der Stadt

kommen. Daher weiß ich auch, dass du dich danebenbenommen hast. Machst du immer noch deine Mätzchen, um dem Gang vor den Pfarrer zu entgehen?«

»Eigentlich hatte ich gehofft zu heiraten. Ich war nur ... abgelenkt.« Ganz und gar. Unwiederbringlich. Auf wundervolle Weise.

»Von diesem mühseligen Mündel. Nur gut, dass ich hier bin. Ich kümmere mich um das Mädchen, und wenn nötig, schicke ich sie zurück aufs Land. Ich kann mir nicht vorstellen ...«

Tobias kniff sich in den Nasenrücken. »Bitte hör auf. Sie ist nicht lästig, und du schickst sie nirgendwo hin. Sie ist ehrlich gesagt ganz reizend. Sie ist klug, charmant, bringt mich immer wieder zum Lachen und hat einzigartige Ansichten, die keine der anderen Ladys in der Stadt vertreten.«

Die Witwe blickte ihn unverwandt an. »Gütiger Himmel, Deane, das klingt, als ob du in sie verliebt wärst.«

Ein mulmiges, schwindelmachendes Gefühl überfiel ihn. *Ja*, er *war* in sie verliebt. Weshalb er sie auch heiraten wollte. Nicht, weil er unbedingt mit ihr ins Bett gehen wollte – wenngleich er dies schon tat. Und nicht, weil er Horethorne behalten wollte – wenn dies auch, wie er zugegeben hatte, ein erweiterter Vorteil war. Der Hauptgrund, warum er sie zur Frau wollte – der einzige Grund, auf den es wirklich ankam –, bestand darin, dass er sie liebte. Er konnte sich nicht vorstellen, dass sie fortgehen würde. Allein der Gedanke, seine Großmutter könnte sie »aufs Land zurückschicken«, reizte ihn, aus seinem Stuhl aufzuspringen, zu Fionas Schlafzimmer zu eilen und sie anzuflehen, bei ihm zu bleiben.

Allerdings hatte er ihr bereits einen Antrag gemacht – und zwar einen ganz *miserablen*, wie ihm jetzt aufging. Hatte sie ihn wegen der Unzulänglichkeit seines Antrags abgewiesen, oder empfand sie nicht dasselbe für ihn? Steuerte er geradewegs auf eine weitere Situation wie mit Priscilla zu, in der er beiseite geschoben und sein Herz gebrochen würde?

Er vermochte Fiona nicht mit Priscilla vergleichen. Vor zwei Jahren hatte er sich verliebt geglaubt, doch das war nichts im Vergleich zu dem, was er jetzt empfand. Allein beim Gedanken, Fiona zu sehen, zog sich seine Brust zusammen, und dann wurde es ihm plötzlich vor Vorfreude ganz leicht.

»Anhand deines Schweigens kann ich erkennen, dass du das begriffen hast.« Die Witwe atmete auf eine Weise aus, die nach Resignation klang. »Was gedenkst du, zu unternehmen?«

»Das weiß ich noch nicht im Einzelnen, aber heute Abend werden wir an einem Ball teilnehmen. Ich würde dich einladen, mitzukommen, doch du wirst wahrscheinlich zu müde sein.«

»Das bin ich, aber ich möchte dieses Mädchen – diese junge Lady – kennenlernen, bevor ihr aufbrecht. Ich muss mich ein paar Stunden ausruhen. Dann sollte sie sich mir hier vorstellen.«

Tobias wünschte, er hätte Zeit, um Fiona vorzubereiten, aber er war für Westminster bereits spät dran. »Ich werde Carrin informieren, aber jetzt muss ich gehen.« Er stand auf, nahm ihre Hand und drückte sie leicht. »Danke, dass du gekommen bist. Ich bin froh, die Wahrheit zu wissen. Ich glaube, ich verstehe meinen Vater jetzt ein bisschen besser.«

»Ich weiß nicht, wie das möglich sein soll, aber ich freue mich für dich.« Sie lächelte zu ihm auf. »Du bist ein guter Junge.«

Mit einem leisen Glucksen ließ Tobias ihre Hand los und entfernte sich. Auf dem Weg hinaus setzte er Carrin von der geplanten Begegnung zwischen Fiona und seiner Großmutter in Kenntnis. »Sie sollten vielleicht dafür sorgen, dass

Miss Lancaster und Mrs. Tucket anwesend sind. Miss Wingate könnte Unterstützung gebrauchen.« Er zwinkerte dem Butler zu, bevor er nach draußen zu seiner wartenden Kutsche schritt.

Während er sich gegen die Sitzbank zurücksinken ließ und das Gefährt sich in Bewegung setzte, dachte er über die Frage seiner Großmutter nach: Was sollte er bezüglich seiner Gefühle für Fiona unternehmen?

Zuallererst musste er aufhören, sich wie ein selbstverliebter Schnösel zu benehmen. Dafür musste er aufhören, an sich selbst und seine Zwickmühle zu denken.

Er musste sie auch überzeugen, dass er sie nicht wegen des Testaments seines Vaters heiraten wollte. Und um das zu tun, konnte er nur an eine Sache denken, auf die es ankam. Etwas, das immer eine greifbare Erinnerung an die Liebe gewesen war, die er nie gekannt hatte.

Doch jetzt erkannte er, dass Liebe mehr war als ein Haus. Seine Mutter – und ihre Liebe – waren ein Teil von ihm; wie auch sein Vater. Tobias spürte den unaufhörlichen Drang, ihn zufriedenzustellen, und das war nicht ganz allein auf die Falle zurückzuführen, die er teuflisch gelegt hatte. Die Wut, die er lange Zeit auf seinen Vater verspürt hatte, verrauchte. Tobias wollte sie nicht mehr. Und er würde sich auch nicht mehr an Horethorne klammern.

Er würde sich für die Liebe entscheiden.

KAPITEL 18

*M*it Prudence und Mrs. Tucket im Salon sitzend, wartete Fiona auf das Eintreffen von Tobias' Großmutter, der Witwe des Earls of Overton. Fiona war überrascht gewesen, als sie aufgefordert wurde, sie kennenzulernen, doch jetzt war sie nervös. Prudence hatte von den Dienstboten erfahren, dass die Witwe unerwartet eingetroffen war. Außerdem hatte sie Fionas Neugier geteilt, warum die Witwe ein Gespräch führen wollte.

Ohne die Anwesenheit ihres Enkelsohns.

Fiona hatte Carrin gefragt, ob Seine Lordschaft ebenfalls dabei sein würde, und der Butler hatte erklärt, der Earl wäre in Westminster. Hoffentlich würde er rechtzeitg nach Hause kommen, um sie und Prudence zum Ball zu begleiten, aber wenn nicht, würde er sie dort treffen.

Zehn Minuten nach der verabredeten Zeit traf die Witwe des vormaligen Earls ein. Zierlich, mit überraschend dunklem Haar für eine Frau in ihrem Alter, marschierte Lady Overton mit einer Agilität einer weitaus jüngeren Frau in den Raum. Oder vielleicht verglich Fiona sie mit Mrs. Tucket, die, obschon einige Jahre jünger, unter weit mehr

Schwierigkeiten litt. Es war kein Wunder, wenn man das Leben der Witwe eines Earls mit dem Dasein eines Mädchens für alles verglich. Allein der Gedanke daran brachte Fiona dazu, sich noch mehr dafür einzusetzen, dass für Mrs. Tuckets Wohlergehen gesorgt würde. Es stünde ihr frei, sich zu entspannen und auf Horethorne Behaglichkeit zu finden.

Wie auch schon am Vortag flammte der Konflikt in ihrem Inneren auf. Fiona war einerseits über die Aussicht, ein Anwesen zu erben, ganz begeistert und andererseits über Tobias´ Verlust des Besitztums, das er am meisten liebte, tief betrübt.

Prudence gab ein kleines Geräusch von sich und Fiona erschrak. Als sie den Blick zu ihr wandte, sah sie, dass Prudence vom Sofa aufgestanden war. Fiona strengte sich an, es ihr nachzumachen und die Röte stieg ihr vor Verlegenheit den Nacken empor.

Mrs. Tucket stand nicht auf. »Entschuldigt Mylady, dass ich mich nicht erhebe«, sagte sie. »Meine Hüfte macht mir heute mehr als sonst zu schaffen.«

»Sie müssen Miss Wingates Zofe aus Shropshire sein«, bemerkte die verwitwete Komtess, wobei ihr Blick prüfend über Mrs. Tucket, dann Prudence und schließlich Fiona schweifte. »Und Sie müssen Miss Wingate sein.«

Fiona sank in einen Knicks. »Guten Tag, Mylady.«

»Ich hoffe, Sie werden nicht fallen, wie es Ihnen im Salon der Königin passiert ist.«

»Ich werde versuchen, das zu verhindern.« Fiona erhob sich und wartete, bis die Witwe in einem Sessel Platz genommen hatte, ehe sie ihren Platz neben Prudence auf dem Sofa wieder einnahm. »Gestatten Sie mir, Ihnen meine Begleiterin, Miss Lancaster vorzustellen.«

Die Witwe schaute mit geschürzten Lippen zu Prudence. »Sie sind zu hübsch, um eine Begleiterin zu sein.«

Prudence´ Wangen nahmen ein schwaches Rosa an, was Fiona noch nie zuvor bei ihr erlebt hatte. »Danke, Mylady«, murmelte Prudence.

»Welch ein glücklicher Umstand, dass sie alle hier sind«, kündigte die Witwe an. »Ich kann mir vorstellen, dass es sich recht außerordentlich anfühlen muss, Mitglied des Haushalts eines Earls zu sein.«

»In der Tat«, meinte Mrs. Tucket eilig. »Es ist überwältigend, um ehrlich zu sein. Ich freue mich darauf, nach Shropshire zurückzukehren.«

Ein schwaches Lächeln zeigte sich auf dem Gesicht der Witwe. »Und wann wird das sein?«

Mrs. Tucket zuckte mit den Schultern. »Nicht, bis Fiona entscheidet, dass sie mich nicht mehr braucht.«

»Ich werde Sie immer brauchen«, wandte Fiona liebevoll ein.

»Was ist mit Ihnen, Miss Wingate?«, fragte die Witwe. »Wie finden Sie London? Ist die Saison genau so, wie Sie es sich erhofft hatten?«

»Nicht wirklich«, antwortete Fiona ehrlich. »Ich habe mich darauf gefreut, London zu erkunden, doch ich bin in meinen Aktivitäten stärker eingeschränkt, als ich erwartet hatte.«

»Natürlich sind Sie das, meine Liebe. Dies ist London und nicht irgendein hinterwäldlerisches Dorf in Shropshire.«

Fiona versuchte, dies nicht als Beleidigung zu nehmen. Die Art und Weise, wie sie aufgewachsen war, musste der Witwe wahrscheinlich ebenso fremd anmuten, wie London auf Fiona bei ihrer Ankunft gewirkt hatte. »Sobald das Wetter wärmer ist, werden Sie mehr unternehmen und sehen. Sie werden weniger eingeschränkt sein, wenn Sie einmal verheiratet sind. Was sind Ihre Pläne in dieser Richtung?«

»Sie hat die Aufmerksamkeit des Sohnes eines Marquess auf sich gezogen!«, prahlte Mrs. Tucket stolz.

Die Witwe legte den Kopf schief, als sie Fiona anschaute. »Der Erbe?«

»Nein, sein zweiter Sohn, Lord Gregory Blackmore.«

»Witneys Reserve.« Wieder schürzte die Witwe die Lippen. »Er ist ein Akademiker mit einem Auge darauf, sich seinen Lebensunterhalt durch den Dienst in einer Kirche zu verdienen, stimmt das?«

»So ist es«, antwortete Fiona. »Sie sind gut informiert.«

»Nur weil ich nicht in der Stadt bin, bedeutet das nicht, dass ich nicht über alles auf dem Laufenden bin.« Unzweifelhaft, da sie Fionas Missgeschick vor der Königin erwähnt hatte. »Wer noch hat Ihr Interesse geweckt?«

Tobias war der einzige Mann, der Fiona in den Sinn kam, doch sie konnte der Witwe gegenüber schlecht zugeben, dass ihr Enkelsohn mehr als ihr Interesse geweckt hatte. Er hatte beinahe jeden Gedanken in ihrem Kopf erobert. »Niemand im Besonderen.«

»Wie kann das sein? Ich gebe zu, die Saison hat gerade erst angefangen, aber Sie sollten zahlreiche Bewerber haben. Sie sind eine Schönheit, dem roten Haar zum Trotz, und mein Enkelsohn hat mir gesagt, dass Sie nicht hohlköpfig sind.«

Fiona unterdrückte ein Lachen. Sie war bereit zu wetten, dass Tobias nicht diese Umschreibung gewählt hatte. Was hatte er wohl gesagt? Dass er sie gegenüber seiner Großmutter pries, brachte sie überraschenderweise dazu, sich wunderbar zu fühlen. »Vielleicht habe ich nicht genügend Veranstaltungen besucht.« Sie lenkte die Aufmerksamkeit nicht auf die Tatsache, dass Tobias sie eine Weile davon abgehalten hatte, auszugehen.

»Nun, ich bin nicht überzeugt, dass Lord Gregory eine passende Wahl ist. Während Ihre Abstammung nicht der

Rede wert ist, besitzen Sie genügend anziehende Attribute, einschließlich einer sehr großzügigen Mitgift, um eine bessere Partie zu machen.«

Was wäre eine bessere Partie als der zweite Sohn eines Marquess, der freundlich und charmant war? Ihr kam der gleiche Name wie zuvor in den Sinn und Fiona schob ihn beiseite. Eine frustrierte Stimme in ihrem Hinterkopf fragte nach dem Grund, warum genau dieser Gentleman ihr einen Heiratsantrag gemacht hatte.

Außer, dass er sie eigentlich nicht heiraten wollte. Nicht aus den richtigen Gründen, jedenfalls.

Und es war sein Fehler, dass sie nicht begeistert war, Lord Gregory zu heiraten. Tobias war derjenige, der ihr in den Kopf gesetzt hatte, sich mit keinem anderem Mann als dem Mann ihrer Träume zufriedenzugeben.

»Ist etwas an Lord Gregory verkehrt?«, fragte Mrs. Tucket mit einem Anflug von Beunruhigung in ihrer Stimme.

»Verkehrt ist nicht das richtige Wort«, entgegnete die Witwe hochmütig. »Ich bin sicher, dass Miss Wingate es besser treffen kann – und sollte.« Sie lenkte ihren eisgrauen Blick auf Fiona. »Sie haben noch reichlich Zeit in dieser Saison, um eine Partie zu machen. Wie ich erfahren habe, ist Lady Pickering Ihre Mentorin. Ich werde mit ihr sprechen und wenn nötig selbst übernehmen. Die Eheanbahnung ist eine wichtige Aufgabe und sollte nicht unterschätzt werden.«

Fiona dachte an die Verbindung, die ihr Cousin für sie hatte arrangieren wollen und lehnte das heftig ab. Die Eheanbahnungen sollten vollkommen abgeschafft werden. Diese Meinung sprach sie allerdings nicht aus. Wie um alles in der Welt sollte sie antworten? Sie entschied sich für ein: »Lady Pickering ist entzückend gewesen.«

Mrs. Tucket zog die Stirn kraus, womit sich direkt über

ihren Augenbrauen tiefe Grübchen bildeten. »Wäre es schlimm, wenn sie Lord Gregory akzeptieren würde?«

Ein weiteres Schürzen der Lippen folgte darauf von Lady Overton. »Ich gebe ihr den Ratschlag, Lord Gregory nicht zu akzeptieren.« Noch einmal wandte sie ihre Aufmerksamkeit Fiona zu. »Mein Ratschlag sollte nicht ignoriert werden.«

Dies alles war so merkwürdig. Die Witwe kam ohne Vorankündigung nach London. Diese Audienz, in der sie offensichtlich die gewichtige Bedeutung der Eheanbahnung unterstreichen wollte. Ihr ausgeprägter Mangel an Unterstützung für Lord Gregory, der nicht nur passend, sondern auch bewundernswert erschien.

Was war hier los?

Abrupt erhob die Witwe sich. »Danke für die erhellende Unterhaltung. Wenn ich nicht von meiner Reise erschöpft wäre, würde ich heute Abend mit Ihnen auf den Ball gehen. Morgen werde ich sie allerdings zu ihrem Besuch bei Madame Moreau begleiten.«

Eine Opernsängerin, die in jemandes Haus auftrat. Fiona erinnerte sich nicht an die Einzelheiten. Sie erhob sich, wie auch Prudence, und blieb stehen, bis die Witwe das Zimmer verlassen hatte.

»Nun, das war ein komischer Vogel«, meinte Mrs. Tucket mit einem Schnalzen ihrer Zunge, so als ob sie einen Pudding beschrieb, der nicht ordentlich gelungen war.

»Sie ist die Witwe eines Earls.« Prudence brachte die Feststellung hervor, als würde dies alles erklären.

Fiona dachte nicht nur an den Titel der Frau, sondern ihre Familie. »Sie ist auch die Mutter von Tobias′ Vater.« Und angesichts allem, was sie über den früheren Earl wusste, schien es logisch, dass seine Mutter eine einschüchternde, anspruchsvolle Naturgewalt wäre.

Mrs. Tucket stemmte sich aus ihrem Sessel hoch. »Es ist

Zeit, dass ich noch ein paar Stufen mehr nach oben steige, damit ich meinen Mittagsschlaf halten kann.«

Fiona widerstrebte es, dass Mrs. Tucket noch eine Etage höher steigen musste. Sie musste in ein Häuschen umsiedeln, in dem alles auf einer Ebene wäre. »Warum halten Sie nicht in meinem Zimmer ein Nickerchen?«, schlug sie vor.

»Unsinn, Sie werden anfangen, sich für den Ball vorzubereiten.« Mrs. Tucket winkte zu Prudence, ehe sie ihr Zimmer anbieten konnte. »Wie auch Sie. Ich werde einen Diener bitten, mir nach oben zu helfen. Ich mag diesen Baines ganz gern. Er ist ein strammer Bursche.« Sie zwinkerte ihnen zu und dann lachte sie leise auf ihrem Weg aus dem Salon.

Fiona drehte sich zu Prudence. »Es scheint, als sei die Witwe gekommen, um sich um mich zu kümmern. Warum?«

»Ich habe keine Ahnung.« Prudence schaute Fiona eindringlich an. »Aber die drängendere Frage, die mir ihm Kopf herumgeht, ist eigentlich, warum du Seine Lordschaft Tobias genannt hast.«

Hatte sie das? Fiona hoffte, sie würde nonchalant erscheinen. »Ich habe mich falsch ausgedrückt. Wie bizarr.«

»Sehr«, murmelte Prudence. »Sollen wir uns auf den Ball vorbereiten?«

»Ja, lass uns das tun.« Fiona freute sich darauf, ihr liebstes und bislang noch nicht getragenes Kleid anzuziehen. Nein, sie freute sich darauf, ihre Aufmerksamkeit auf etwas zu lenken, das ihren Vormund nicht einschloss, oder die Art und Weise, wie er ihr Informationen vorenthalten hatte oder wie der alleinige Gedanke an ihn sie erzittern ließ.

Sie musste sich auf das Leben freuen, das sie ohne ihn führen würde.

∿

*D*ie Schlange der Kutschen vor dem Phönix Club war bemerkenswert lang. Beide Eingänge waren geöffnet und voller Menschen. War das schon den ganzen Abend so? Tobias war eine Stunde zu spät dran gewesen, da er in Westminster zu tun gehabt hatte. Er war nach Hause geeilt, doch er hatte es verpasst, die Ladys zu begleiten. Jetzt konnte er kaum erwarten, hineinzukommen.

Um Fiona zu sehen.

Seit er begriffen hatte, dass er in sie verliebt war, fühlte sich die Vorfreude auf sie beinahe schmerzhaft an. Immer wieder lächelte er zu den merkwürdigsten Anlässen, was Fragen und verwunderte Blicke nach sich zog.

Endlich war er hier. Er hoffte nur, sie bei so vielen Leuten ohne große Mühe zu finden.

Den Menschenmassen am Eingang ausweichend, schlüpfte Tobias in die untere Etage, wo sich das Personal des Clubs tummelte. Mehr als einmal musste er jemandem ausweichen und entschuldigte sich wortreich. Er hatte gedacht, dies sei ein leichterer Zugang, aber er hatte sich offensichtlich getäuscht.

Als er endlich bei der Treppe ankam, eilte er ins Erdgeschoss, um festzustellen, dass er so nicht in das eigentliche Haus gelangen konnte. Also ging er noch eine Treppe höher und kam im ersten Stock auf der Herrenseite heraus.

Leise Stimmen und das Geräusch von Glas, das auf Glas traf, drangen aus der Sternkammer – wie er und die anderen Mitglieder des Mitglieder Komitees den Raum nun nannten, nachdem sie von ihrem Spitznamen erfahren hatten. Es war die Tagungsstätte des Komitees, um Einladungen und andere Angelegenheiten zu besprechen. Tobias wich von seinem Bestreben ab, Fiona zu finden, und steckte den Kopf ins Zimmer. Nur Lucien und Wexford saßen drinnen und tranken.

»Warum versteckt ihr euch hier oben?«, fragte Tobias mit einem Lächeln.

»Wir verstecken uns nicht. Wir stärken uns.« Wexford stellte sein Glas ab und sprang vom Stuhl auf. »Was darf ich dir einschenken?«

Tobias trat ein. »Nichts. Ich kann es kaum erwarten, nach unten zu kommen.«

Lucien zog eine Augenbraue hoch. »Ach nein? Miss Goodfellow wird heute Abend da sein. Darf ich annehmen, dass sie der Anlass für deine Vorfreude ist?«

»Sie muss der Grund sein«, bemerkte Wexford, nachdem er einen Schluck seines irischen Whiskys getrunken hatte. »Deane hat fast keine Zeit mehr. Weniger als zehn Tage, nicht wahr?«

Tobias ließ das Kinn in einem einzigen Nicken sinken. »Ja, aber es wird nicht passieren – die Hochzeit, meine ich. Jedenfalls nicht vor diesem Zeitpunkt.»

Beide Männer starrten Tobias an.

Wexfords Brauen wanderten tiefer, als er die Augen zusammenkniff. »Du gibst also auf?«

»Ganz und gar nicht. Ich habe immer noch vor zu heiraten.« Er holte Luft und korrigierte sich. »Ich *hoffe* zu heiraten.« Er konnte nicht davon ausgehen, dass Fiona seinen Antrag annehmen würde. Sie hatte schon einmal Nein gesagt.

»Was ist mit Horethorne?« Lucien stellte die Frage leise, fast ehrfürchtig. Er wusste, wie viel dieser Ort Tobias bedeutete.

»Der neue Besitzer wird sich gut darum kümmern.« Er fühlte solche Freude, als er daran dachte, dass sie zum ersten Mal eine Stätte hätte, die sie dauerhaft ihr Zuhause nennen konnte.

Lucien wirkte nicht überzeugt. »Woher weißt du das?«

»Weil mein Vater es Fiona, genauer gesagt, Miss Wingate,

vermacht hat, falls ich nicht bis zum festgesetzten Datum heiraten sollte, was so kommen wird.«

Lucien blähte die Nasenflügel leicht auf und bedachte ihn mit einem wissenden Blick. »Wen hoffst du zu heiraten? Es ist, glaube ich, nicht Miss Goodfellow.«

Schon immer war Lucien verdammt scharfsinnig gewesen, nicht dass Tobias das Bedürfnis gehabt hätte, ein Geheimnis aus seinem Plan zu machen, zumindest nicht seinen Freunden gegenüber. »Das ist es nicht. Ich hoffe, dass Miss Wingate meine Komtess wird.«

Wexford stieß ein Glucksen aus. »Oh, gut gespielt!«

Tobias wandte dem lachenden Wexford seine Aufmerksamkeit zu, wie auch Lucien. »Das ist kein Spiel.«

»Deane spekuliert mit der Heirat nicht darauf, das Haus seiner Mutter zu erhalten. Er ist in sein Mündel verliebt«, stellte Lucien klar.

Wexfords Lachen erstarb auf der Stelle. Er starrte Tobias einen Moment lang an, um sich dann, mit den Ellbogen auf den Tisch gestützt, vorzubeugen. »Du hast also doch eine Neigung zu ihr?« Er grinste. »Spektakulär.«

Lucien stellte sein leeres Glas auf den Tisch und stand auf. »Komm, lass uns zu deiner zukünftigen Komtess gehen.«

»Du gehst davon aus, dass sie Ja sagen wird?«, fragte Tobias, der plötzlich nervöser war als den gesamten Tag zuvor. Nein, so nervös, wie er es seit zwei Jahren nicht mehr gewesen war. Die Erinnerung daran, wie er erfahren hatte, dass Priscilla sich für einen anderen entschieden hatte, kam in ihm hoch.

»Besteht die Möglichkeit, dass sie es nicht tut?« Wexford stand ebenfalls auf, trank seinen Whisky aus und stellte das geleerte Glas ab.

»Vielleicht hat sie mich bereits abgewiesen.«

Wexford verzog das Gesicht und Lucien klopfte Tobias

auf die Schulter. »Ich bedaure, das zu hören«, meinte Lucien. »Warum hat sie Nein gesagt?«

»Wahrscheinlich, weil sie gerade erfahren hatte, dass sie Horethorne erben wird, wenn ich nicht heirate.«

Lucien nickte und Erkenntnis leuchtet in seinen Augen auf. »Wie auch Wexford, hatte sie angenommen, du wolltest sie heiraten, um dir das Anwesen zu erhalten.«

»Kannst du es ihr verübeln?«, fragte Wexford.

»Ganz und gar nicht. Wenn ich ehrlich bin, war das sogar einer der Gründe, warum ich gefragt hatte. Das, und dass wir zu dem Zeitpunkt halbnackt waren.«

Wexford schüttelte den Kopf. »Mein Gott, Deane, du solltest doch dein Benehmen rehabilitiert haben. Hast du denn kein Schamgefühl?«

Lucien nahm die Hand von Tobias' Schulter und drehte den Kopf zu Wexford. »Lass ihn in Frieden.« Er richtete die Aufmerksamkeit erneut auf Tobias. »Was ist dein Plan?«

»Ich habe nicht wirklich einen. Sie hat mich gestern Abend einfach abgewiesen. Ich kann mir nicht vorstellen, dass sie heute ihre Meinung ändert.«

»Hast du den Teil mit der Liebe erwähnt?«, fragte Wexford. »Ich vermute, das könnte deiner Sache dienlich sein.«

»Nein, aber was ist, wenn nicht?« Tobias hoffte, dass sie beide etwas miteinander verband, das über die körperliche Anziehung hinausging, die zwischen ihnen aufgeblüht war. Sie waren Freunde und vielleicht sogar Vertraute. Aber mehr als das? Er wusste es nicht. Und angesichts der Tatsache, dass er seine Beziehung zu Priscilla vollkommen falsch interpretiert hatte, vertraute er nicht vollständig auf sich selbst, dies richtig hinzubekommen.

»Es gibt nur eine Möglichkeit, das herauszufinden.« Lucien sah ihn entschlossen an. »Gelobe uns nur, dass du dich nicht zu einem noch ausgeprägteren Degenerierten entwickelst, wenn sie dich erneut abweist.«

Das konnte Tobias überhaupt nicht versprechen.

≈

*M*itten auf der Haupttreppe befand sich ein Treppenabsatz mit einer Tür, die zu einer weiteren Treppe führte, welche wiederum in einer Galerie mündete. Diese Galerie verlief auf der Gentlemen Seite des Ballsaals. Als Tobias mit Lucien und Wexford die Galerie betrat, konnte er den Ballsaal unter ihnen aus der Vogelperspektive überblicken.

»Was trägt sie?«, erkundigte sich Wexford, während er auf das Gedränge hinunterblickte.

»Lila, glaube ich. Das war vor einigen Tagen zumindest ihr Plan.« Tobias ließ den Blick schweifen, bis er blinzeln musste, um seine Augen wieder mit etwas Tränenflüssigkeit zu benetzen.

»Gehen wir auf die Seite der Ladys«, schlug Wexford vor, ehe er die Galerie entlangging und eine Tür zu einer identischen Galerie öffnete, die auf die andere Seite des Ballsaals hinausging.

»Dort drüben?« Lucien deutete auf die gegenüberliegende Seite des Ballsaals in der Nähe der Türen, die zum Garten hinausführten.

Ja, das war sie. Selbst aus dieser Entfernung war sie unverkennbar, und nicht wegen ihres lilafarbenen Ballkleids. Es war das flammende Rot ihres Haares, die anmutige Neigung ihres Halses und ihrer Schultern, die Grazie, mit der sie sich hielt – wie eine einzelne, schimmernde Perle inmitten von unscheinbarem Sand.

»Ist das Lord Gregory bei ihr?« Wexford blickte finster drein.

Tobias spannte sich an. »Ja.« Sie standen recht dicht beieinander, und sie lächelte zu ihm auf.

»Du musst nach unten gehen.« Lucien strebte auf die andere Tür zu, die sie zum Treppenhaus der Ladys führte, und Wexford folgte ihm.

Nur Tobias war nicht imstande, sich zu rühren. Seine Füße fühlten sich wie mit dem Boden verwachsen an, und sein Blick war unverwandt auf Fiona gerichtet. Und auf Lord Gregory.

Einen Moment später spürte er einen Ruck an seinem Ärmel. »Komm schon.«

Tobias schaute nicht zu Wexford. Er vermochte nicht den Blick von Fiona loszureißen, die über irgendetwas lachte, was Lord Gregory sagte. Tobias´ Körper wurde ganz starr, als Fiona Lord Gregory am Arm berührte.

Schließlich wandte er sich ab. »Ich kann das nicht. Ja, ich bin ein erbärmlicher Feigling. Mir wurde schon einmal das Herz gebrochen, und da Fiona mich bereits zurückgewiesen hat, muss ich wohl mit einer weiteren Niederlage rechnen.«

»Priscilla hat dir nicht das Herz gebrochen. Das hast du damals selbst gesagt«, widersprach Lucien.

»Nun, es hatte sich verdammt danach angefühlt. Ich war gedemütigt.« Nicht, weil sie sich für einen anderen entschieden hatte und alle Bescheid wussten, aber er hätte es besser wissen müssen. Er hätte erkennen müssen, dass nicht wirklich etwas zwischen ihnen war, und Priscilla ihr Hofieren lediglich so ernst genommen hatte, wie es ihr von ihrem Vater diktiert worden war. Und sobald sich jemand mit einem höheren Rang um sie bemüht hatte, war es aus gewesen.

Was, wenn Tobias auch dies falsch beurteilte? Was, wenn seine Einbildung ihm vorgaukelte, dass Fiona etwas für ihn empfand, und dies aber nur in seiner Vorstellung so war? »Dies ist anders«, flüsterte er und richtete den starren Blick auf das Gemälde, das an der gegenüberliegenden Wand hing, aber er konnte kein einziges Detail erkennen. »Ich glaube nicht, dass ich eine Zurückweisung von Fiona überstehen würde.«

»Lieber Gott, bist du melodramatisch.« Lucien versetzte ihm einen sanften Schubs. »Du würdest Lord Gregory lieber das Schlimmste tun lassen und es nicht einmal versuchen?«

»Komm schon, Deane, wenn du sie liebst, ist sie das Risiko wert. Und den Schmerz, falls es so weit kommt.« Wexford klopfte ihm auf den Rücken. »Es wird noch mehr wehtun, wenn du nicht um sie kämpfst, möchte ich wetten.«

Seine Freunde hatten recht. Sie hatten mehr als recht. Dies war nicht wie bei Priscilla, denn Fiona war, nun, Fiona. Er wusste genau, wer sie war, und noch wichtiger war, dass sie das ebenfalls wusste. Sie war keine junge Lady, die bestrebt war, gesellschaftlich aufzusteigen und nach der besten Partie Ausschau hielt. Sie hatte sogar erklärt, das *nicht* tun zu wollen. Sie war absolut einzigartig, und er liebte sie ohne Wenn und Aber.

»So viel zu meinen Bemühungen, kein Dummkopf mehr zu sein«, murmelte er. Er schritt auf die Tür zur Treppe zu. »Hat einer von euch eine Ahnung, bei welchem musikalischen Set sie gerade sind?«

Lucien warf einen Blick auf seine Armbanduhr. »Wenn sie im Zeitrahmen sind, müssten sie beim zweiten Set sein.«

Tobias rannte die Treppe buchstäblich hinunter, die glücklicherweise nicht übervölkert war. Der Saal darunter jedoch schon, und es brauchte länger, als er erhofft hatte, um in den Ballsaal zu gelangen. Bei seinem Eintreten fürchtete er, das Set könnte sich bereits dem Ende nähern.

Eilig schlängelte er sich zwischen den Gästen hindurch und ignorierte diejenigen, die ihn ins Gespräch zu ziehen versuchten, bis er außer Atem an Fionas Seite ankam, und genau in dem Moment erstarb die Musik. »Miss Wingate, es ist Zeit für unseren Tanz.«

Fiona starrte ihn an, eindeutig verwirrt. Warum sollte sie auch nicht? Sie hatten weder einen Tanz noch etwas anderes verabredet.

»Sie hat bereits eingewilligt, meine Partnerin zu sein«, meldete sich Lord Gregory freundlich zu Wort.

Tobias legte den Kopf schief und lächelte Fiona an. »Haben Sie es vergessen?« Er kniff die Augen leicht zusammen und flehte sie im Stillen an, zuzustimmen.

»Sie können später mit Lord Gregory tanzen«, mischte sich Miss Lancaster direkt hinter Fiona ein und bewies damit, dass ihre Lauschfähigkeit recht fortgeschritten war. »Es wird noch ein Walzer gespielt.«

Mit einem entschuldigenden Lächeln drehte sich Fiona zu Lord Gregory. »Es macht Ihnen hoffentlich nichts aus, wenn wir unseren Tanz verschieben. Offenbar war mir entfallen, dass ich diesen Tanz bereits meinem Vormund versprochen hatte.«

Tobias fuhr innerlich zusammen und wünschte, sie hätte ihn nicht so genannt. Er brauchte keine weitere Ermahnung daran, dass er lieber nicht tun sollte, was er gerade vorhatte.

»Natürlich, es macht mir nichts aus. Jetzt habe ich etwas Großartiges, worauf ich mich freuen kann.« Lord Gregory trat zur Seite.

Fiona nahm Tobias' Arm. Als sie zur Tanzfläche gingen, schaute sie ihn fragend an, ihr Gesichtsausdruck unsicher. »Hat deine Großmutter dich dazu angestiftet?«

KAPITEL 19

Fionas Frage ließ Tobias innehalten, allerdings für kaum eine Sekunde, da die Musik einsetzte. Er schwang sie in seine Arme, als die ersten Walzertakte ertönten.

Es war himmlisch. Das funkelnde Kerzenlicht – von den gläsernen Kronleuchtern und den Spiegeln reflektiert. Die verschwimmenden Farben, als sie beide über die Tanzfläche wirbelten. Der satte Klang der Musik, deren Töne sich in die Luft erhoben und die Tänzer herumwirbeln ließen.

»Wir hatten noch nie zuvor Musik«, bemerkte sie, und ihr Blick traf den seinen. An diesem Abend sah er in einem schwarzen Frack und einer silberdurchwirkten Weste prachtvoll aus. Als sie sich auf ihrer Hinreise von Shropshire ein Bild von ihrem Vormund ausgemalt hatte, war ihr nie ein gut aussehender Mann in den Sinn gekommen, der ihren Puls zum Rasen brachte.

»Das stimmt nicht. Beim ersten Mal habe ich gesummt. Seine Mundwinkel hoben sich. »Bei nochmaligen Nachdenken fällt mir ein, dass wir übereingekommen waren, dies nicht als Musik gelten zu lassen.«

Seine Fähigkeit, über sich selbst zu lachen, schätzte sie über die Maßen. »Vielleicht wirst du mit etwas Übung die Virtuosität dazu erlangen, so wie ich mit dem Knicks. *Nach dem Debakel im Salon der Königin.*«

»Das bezweifle ich«, entgegnete er augenzwinkernd. »Aber ich bin gewillt, es zu versuchen, und du entscheidest dann, ob ich erfolgreich bin. Nun, warum hast du meine Großmutter erwähnt? Und berichte mir bitte von deiner Unterhaltung mit ihr.«

»Es war ... erhellend.« Fiona nahm den Ausdruck der Witwe auf. »Ich kann mir vorstellen, woher dein Vater seine autokratischen Anlagen haben könnte.«

»Ach du lieber Himmel, was hat sie denn gesagt?«

»Sie hat sich recht ausgiebig über Eheanbahnung und deren Bedeutung ausgelassen. Sie überlegt, die Stelle von Lady Pickering zu übernehmen und meine Mentorin zu werden.«

Tobias zog die Nase kraus. »Das wird nicht gut gehen. Lady Pickering ist meiner Erfahrung nach die einzige Frau, die womöglich noch ehrfurchteinflößender ist als meine Großmutter.«

»Es fällt mir schwer, mir das vorzustellen. Lady Pickering ist so sympathisch.« Fiona mochte sie sehr. »Nicht, dass deine Großmutter das nicht wäre«, setzte sie hastig hinzu.

Tobias lachte leise, ein dunkles, kehliges Lachen, das ihr unweigerlich immer ein Lächeln entlockte. »Dass sie gelegentlich ziemlich einschüchternd wirken kann, gebe ich gern zu. Ich war heute Morgen schockiert, als sie ankam. Ich hatte nicht mit ihr gerechnet.«

»Diesen Eindruck hatte ich auch von Carrin.«

Tobias drückte seine Handfläche fester an ihren Rücken, und es war schwer, dabei nicht an seine Berührung in der Nacht zuvor zu denken. Fiona bemühte sich, ein Schaudern zu unterdrücken, doch vergeblich. Seine Pupillen wurden dunkler, und sie wusste, dass er es gespürt hatte. »Erkläre mir, warum du der Annahme bist, meine Großmutter würde mich zu diesem Tanz mit dir gedrängt haben.«

»Es ging nicht um dich. Sie war mit Lord Gregorys Werben nicht einverstanden. Ich habe mich gefragt, ob sie dich dazu gebracht hat, mich davon abzuhalten, Zeit mit ihm zu verbringen. Dies schien mir eine schlüssige Erklärung, da du mich vorher noch nie zum Tanz aufgefordert hast.« Das hatte er allerdings. »Zumindest nicht in der Öffentlichkeit.« Sie sollte den Blick von ihm abwenden, denn durch die Intensität seiner Augen fiel es ihr schwer, sich auf den Walzer zu konzentrieren.

Was sie nicht tat.

»Was hat sie gegen Lord Gregory?« Tobias schien für einen Moment die Luft anzuhalten.

»Das hat sie nie gesagt, sondern nur, ich könnte es besser treffen. Allerdings hat sie unmissverständlich zum Ausdruck gebracht, dass sie nicht für diese Verbindung ist. Das verstehe ich immer noch nicht.« Fiona runzelte die Stirn. »Lord Gregory stammt aus einer ausgezeichneten Familie und ist ein sehr zuvorkommender und interessanter Mensch.«

»Für dich ist er also eine gute Partie.« Tobias brach den Blickkontakt ab, und sie fühlte sich plötzlich aus dem Gleichgewicht gebracht. Sie fasste ihn fester um die Hand und Schulter. »Wenn du glaubst, du würdest mit ihm glücklich, solltest du ihn heiraten.» Tobias klang angespannt, als hätte er Mühe, die Worte hervorzubringen. War er verärgert?

Warum auch nicht? Er hatte ihr gestern Abend einen Heiratsantrag gemacht, und sie hatte abgelehnt. Genau wie Lady Bentley zwei Jahre zuvor. Noch schlimmer war, dass dieses Mal dabei auch der Verlust von etwas sehr Kostbarem für ihn auf dem Spiel stand.

Ihre Brust zog sich zusammen, als sie sich vorstellte, wie er sich fühlen musste. Und doch war er hier bei diesem Ball und schien guter Dinge zu sein. Sie fragte sich, ob es dafür einen Grund gab. »Ich habe vor kurzem Miss Goodfellow gesehen. Ich bin überrascht, dass du den Walzer nicht mit ihr getanzt hast.«

Wieder suchte er ihren Blick, und in den zinnfarbenen Tiefen lag eine Wärme, die ihr Herz ein wenig schneller schlagen ließ. »Ich habe nicht die Absicht, heute Abend mit Miss Goodfellow oder sonst jemandem zu tanzen. Ich bin heute Abend gekommen, um Sorge dafür zu tragen, dass du den Ball genießt, auf den du dich so gefreut hast, und um dich wissen zu lassen, dass ich vor dem Zwölften nicht heiraten werde. Horethorne wird dir gehören.«

Sie verpasste ihren Schritt, doch er hielt sie fest und sorgte dafür, dass sie nicht ins Stocken gerieten, während er sie weiter hinter dem Paar her dirigierte, das vor ihnen tanzte. Hatte sie ihn richtig verstanden? Das konnte nicht sein. »Du gibst auf?«

»Ganz und gar nicht. Ich habe entschieden, mich nicht von der Kontrolle meines Vaters beherrschen zu lassen. Ich bin die Ehe so angegangen, wie er es wollte – als ein geschäftliches Arrangement – und nicht auf die Weise, wie *ich* es wollte.«

Ihr stockte der Atem im Hals. »Und welche Weise ist das?«

»Mit Liebe und der Hoffnung auf eine glückliche Verbindung. Mit der Frau meiner Träume.«

Das Ziehen in ihrer Brust wurde immer deutlicher. »Oh, Tobias. Das ist bezaubernd.«

Seine Nasenflügel blähten sich und er teilte die Lippen. »Du solltest mich nicht mitten im Ballsaal so nennen, insbesondere nach deiner Zurückweisung meines Heiratsantrags.« Gleichwohl sein Körper angespannt war, brachte er seine Worte mit einem leichten Humor hervor, der, wie sie plötzlich erkannte, ein großer Teil dessen ausmachte, was sie, wie auch alles andere, zu ihm hinzog – seine Großzügigkeit, seine Fürsorge und so vieles mehr.

»Darüber hinaus habe ich eine solche Vertrautheit nicht verdient, wenn ich mich wie ein Dummkopf aufführe. In diesem Zusammenhang habe ich für Mrs. Tucket ein provisorisches Schlafzimmer im Vorzimmer des Salons im ersten Stock herrichten lassen. Jetzt muss sie sich nur noch mit einer Treppe herumquälen.«

»Das ist unglaublich rücksichtsvoll von dir. Danke.«

»Ich hätte sofort daran denken sollen.« Er presste die Lippen zusammen und wirkte enttäuscht – von sich selbst. »Ich bedaure, das nicht getan zu haben.«

Fiona schob ihre Hand auf seinen Nacken zu und wünschte, sie könnte die Furchen in seinen Zügen ausradieren. »Es kommt einzig darauf an, dass du das getan hast.« Und er überließ ihr auch das Haus seiner Mutter. Ihr war bewusst, dass dies genau gesehen nicht der Fall war, doch sein Handeln oder dessen Unterlassung ließen es wie ein Geschenk erscheinen.

Dann tanzten sie, ohne ein Wort zu wechseln, und Fiona war sich einzig der Art und Weise bewusst, auf welche Weise sie sich zusammen bewegten, und der Berührung seiner Hände auf ihr. Er roch nach Sandelholz und ... Landkarten. Wahrscheinlich, weil sie diese jetzt mit ihm assoziierte. Er hatte das Kontingent der Landkarten in seiner Bibliothek aufgestockt, sodass sie sie noch nicht alle durchgesehen hatte.

»Wirst du den Rat meiner Großmutter beherzigen?«, fragte er, was sie leicht verblüffte, doch dem Bann zwischen ihnen keinen Abbruch tat.

»Um ehrlich zu sein, überlege ich noch, wozu ich mich

entscheiden soll. *Einen* Entschluss habe ich allerdings schon gefasst.«

Die Musik erstarb allmählich und der Tanz war zu Ende.

»Welchen?«, fragte er.

»Ich muss Mrs. Tucket irgendwo unterbringen – entweder in Shropshire oder in Horethorne. Ich habe vor, dieses Thema morgen mit ihr zu erörtern.« Sie bemerkte, dass sie immer noch auf der Tanzfläche standen, die Hände ineinander verschränkt, als würden sie weitertanzen, wenn nur die Musik wieder beginnen würde.

Tobias schien dies ebenfalls aufzufallen, denn er ließ sie los, nur um ihre Hand um seinen Arm zu legen und sie von der Tanzfläche zu führen. »Hat sie den Wunsch geäußert, London zu verlassen?«

»Ja. Der Vorfall auf dem Ball am vergangenen Samstag war ihr überaus peinlich.«

»Das tut mir leid. Bitte lass mich wissen, falls ich irgendwie helfen kann. Ich bin mir allerdings nicht sicher, ob dein Cousin ihr ein Leben auf seinem Anwesen erlauben würde. Er klang überaus erleichtert, dass die Einladung nach London auch dein Dienstmädchen einschloss.«

Daran hatte Fiona gedacht. Das war ein weiterer Grund, warum sie froh war, Horethorne zu haben. »Ja, das ist ein Grund zur Sorge. Gibt es auf dem Anwesen irgendeinen Ort, an dem sie sich zur Ruhe setzen kann? Ein kleines Häuschen wäre schon akzeptabel.«

»Ich bin mir nicht sicher, aber Mr. Davies ist der Verwalter, und er kann dir diesbezüglich Auskunft geben. Er ist ungemein freundlich und kennt sich bestens aus.«

»Bist du gut mit ihm bekannt?«

»Mein gesamtes Leben lang.«

Es war nicht richtig. Dieses Gefühl konnte sie einfach nicht loswerden. Horethorne sollte ihm gehören. Sie schritten auf den Garten zu, kam ihr jetzt zu Bewusstsein.

Die Türen standen offen, und die Luft im Ballsaal war recht warm. »Gehen wir nach draußen?«

Er wurde langsamer. »Möchtest du das?«

Ihr Blick traf den seinen, und statt zu antworten, schritt sie durch die geöffnete Tür auf die Terrasse. Laternen beleuchteten die Gehwege, und ein ovales Becken in der Mitte reflektierte das Licht. Irgendwie hatte sie diese Details des Gartens übersehen, als sie vor einer Woche mit Mrs. Renshaw ins Haus geeilt war.

»Wenn es auf Horethorne keinen passenden Platz für Mrs. Tucket gibt, werde ich auf Deane Hall eine Unterbringung für sie finden.«

Fiona blieb in der Nähe des Wasserbassins stehen. »Das würdest du tun?«

»Gewiss.«

»Die Zuwendungen deines Vaters an mich sind mir eine solches Rätsel und jetzt setzt du sie fort. Ich werde dir ewig dankbar sein. Und in deiner Schuld stehen.«

Er schüttelte den Kopf und führte sie ein Stück am Wasser entlang, um dann abzubiegen und auf die Mauer zuzuhalten, welche diese Hälfte des Gartens von der, den Gentlemen vorbehaltenen Seite trennte. Hier war es weniger beleuchtet und abgeschiedener.

»Es ist kein Rätsel mehr.« Er blieb stehen und drehte sich zu ihr um. »Meine Großmutter hat mir heute erklärt, warum sich unsere Väter so nahestanden.«

Fiona zog die Hand von seinem Arm zurück. In der schattigen Umgebung konnte sie gerade noch seine Gesichtszüge ausmachen. »Warum?«

»Sie waren ein Liebespaar. Seit Oxford.«

Fiona holte tief Luft und hatte das Gefühl, ein lang vermisstes Puzzlestück gefunden zu haben. »Das erklärt, warum die Beziehung meiner Eltern immer so distanziert schien.« Es erklärte auch, warum bestimmte Seiten des

Buches, das Fiona in der Bibliothek ihres Vaters gefunden hatte, abgenutzter wirkten als andere – insbesondere diejenigen mit den Zeichnungen, die nur Männer bei sexuellen Handlungen zeigten. »Hatten sie einander geliebt?«

»Das müssen sie. Bedenke nur, was mein Vater alles aufgeboten hat, um für deine Zukunft zu sorgen.« Er lächelte. »Ich muss zugeben, ich war froh, als ich erfuhr, dass mein Vater Liebe erfahren hatte. Aber ich war auch eifersüchtig, denn mir hatte er nie welche schenken können.«

Fiona hob die Hand und legte sie um sein Kinn. »Die Situation muss sehr schwer für ihn gewesen sein, da bin ich sicher.«

»Gewiss, ja. Ich kann mir das Leben nicht vorstellen, das die beiden führen mussten. Ich bin traurig über das falsche Dasein, das sie gelebt hatten, was vielleicht dazu führte, dass unsere Mütter unglücklich waren. Aber ohne es wären du und ich nicht hier. Ich muss auch zugeben, dass ich, als meine Großmutter die ersten Andeutungen machte, schon dachte, sie wollte mir eröffnen, dass wir irgendwie verwandt seien.«

Keuchend nahm Fiona ihre Hand von seinem Kinn und schlug sie sich vor den Mund. »Oh, das wäre ja furchtbar gewesen.«

»Das habe ich auch gedacht, aber dann habe ich mich gefragt, ob es überhaupt von Belang ist, da es den Anschein hat, als hätten wir keine gemeinsame Zukunft.«

Sie ließ ihre Hand zwischen ihnen sinken. »Tobias –«»

Er legte seinen behandschuhten Finger an ihre Lippen. »Lass mich nur noch eines sagen. Als ich vorhin von der Frau meiner Träume sprach, habe ich dich gemeint, Fiona. Ich liebe dich, und zwar nicht, weil du das Haus meiner Mutter erbst oder weil ich dich mehr als alle anderen Frauen begehre. Was ich übrigens tue. Ich liebe dich für dein bezauberndes Wesen, deine Neugierde und deinen Lebenshunger.

Du bringst mich zum Lachen, du regst mich an, über Dinge nachzudenken, über die ich sonst nicht nachdenke, und du inspirierst mich, ein besserer Mensch zu sein.«

Ihr schnürte es die Kehle zusammen, und es dauerte einen Moment, ehe sie wieder sprechen konnte. »Deine Großmutter hat also Heiratsvermittlerin gespielt, als sie mich von Lord Gregory abhielt. Sie hat versucht, mich zu dir zu lenken.«

»Wenn das stimmt, hat sie das außerordentlich schlecht eingefädelt«, sagte er lachend. »Hat sie irgendetwas zu dir gesagt, was dich ermuntert hätte, meinen Antrag noch einmal zu überdenken?«

»Nein, würde ich sagen, aber das war auch gar nicht nötig. Und sie hat sich sowieso geirrt – Lord Gregory ist mehr als geeignet, und er wird ein guter Ehemann sein. Nur nicht meiner. Er ist nicht der Mann meiner Träume, und jemand, den ich respektiere und bewundere, riet mir einmal, ich solle mich nicht mit weniger zufrieden geben.«

»Du hast dich entschieden, wer der Mann deiner Träume sein wird?«

»Er ist der Mann, der alle meine Träume wahr werden lässt. Träume, von denen ich nicht einmal wusste, dass ich sie hatte. Ich glaubte, ich wollte frei sein – und das war auch so. Ich wollte mich nicht gefangen fühlen und so allein wie meine Mutter. Cassandra hat einmal zu mir gesagt, eine Ehe mit Liebe sei die größte Freiheit, die eine Frau sich erhoffen kann. Ich glaube, sie könnte recht haben.«

Er schloss sie in seine Arme und zog sie tiefer in den Schatten. »Wenn du nicht von mir redest, dann sag es jetzt.« Seine Lippen schwebten über ihren.

Sie schlang ihre Arme um seinen Hals. »Natürlich bist du es. Es ging immer nur um dich.«

Ihre Lippen berührten sich, und ihre Zungen und Zähne prallten aufeinander, als sie sich mit einer neuen und verzweifelten Leidenschaft küssten. Nichts stand jetzt mehr zwischen ihnen, nur noch Kleidung und ein recht ungünstiger Ort.

Sie löste ihren Mund von ihm. »Hier habe ich dich das erste Mal geküsst.«

Er blickte sich kurz um und grinste. »So ist es. Vielleicht lasse ich genau an dieser Stelle eine Gedenktafel anbringen.«

Sie kicherte, als er sie am Kinn und auf ihren Hals küsste, und dann fragte: »Was würde darauf stehen?«

»Lasst euch nicht erwischen.«

Er verschlang ihr Lachen mit einem weiteren Kuss und drehte ihren Körper, bis er sie gegen die Tür in der Wand drückte. Ja, genau die richtige Stelle. Sie schob ihre Hände in sein Haar, während er ihren Hals küsste und über die Erhebung ihrer Brust oberhalb ihres Dekolletés leckte.

»Sollen wir wieder hineingehen?«, fragte sie zwischen röchelnden Atemzügen.

»Wohin hinein?« Seine Stimme war tief, düster und brachte sie dazu, ihn anflehen zu wollen, sich zwischen ihre Beine zu knien und zu wiederholen, was er letzte Nacht mit ihr gemacht hatte.

»Zum Ball.« Sie keuchte, als er die Hand um ihre Brust legte und sie nach oben schob, während er an ihrem Fleisch saugte.

»Ich denke, das sollten wir tun, doch da gibt es ein Schlafzimmer – eigentlich mehrere – im zweiten Stock auf der Seite der Gentlemen. Oder wir könnten warten, bis wir zu Hause sind …« Er küsste sie bis zur Kehle und brachte ihren Körper zum Beben, bis sie wimmern wollte.

»Außer dass deine Großmutter dort ist«, brachte sie hervor.

»Verflixt.«

Sie griff in seinen Frack und zog ihn an sich, während sie

über den Rand seines Ohrs leckte und flüsterte: »Dann eben oben.«

Er bewegte die Hand hinter ihr, und die Tür sprang auf. Er ließ sie nicht los und hielt sie fest an sich gedrückt, während er sie beide in den anderen Garten schob. Schnell zog er die Tür zu und verriegelte sie, ehe er sie wieder in seine Arme schloss und ausgiebig küsste.

Mit schwachen Knien klammerte sie sich an seine Hand, als er sie zur Rückseite des Gebäudes führte und dabei denselben Weg zu gehen schien, den sie in der Vorwoche genommen hatten. Vorsichtig ließ er den Blick von einer Seite zur anderen schweifen und auch auf die glücklicherweise verwaiste Terrasse hinauf, ehe er sie durch eine Seitentür geleitete, die zu einer Hintertreppe führte.

Fiona hielt sich an ihm fest, während sie einem schmalen, mit Laternen beleuchteten Korridor folgten. »Das ist praktisch.«

»Manchmal veranstalten wir Gartenfeste. Von hier haben die Angestellten einen direkten Zugang, um von der Küche im Erdgeschoss mit Speisen und Getränken zu kommen und zu gehen.« Er zeigte mit dem Kopf in Richtung der Treppe, die nach unten führte, und bog schnell um die Ecke, um sie beide nach oben zu bringen.

Sie zauderte und zupfte an seiner Hand. »Du weißt viel zu viel über diesen Club, um ein gewöhnliches Mitglied zu sein. Du musst dem Mitglieder-Komitee angehören. Mach dir gar nicht erst die Mühe, das zu leugnen.«

Er drehte sich um und das Licht der Laterne ließ Resignation in seinen Zügen hervortreten. »Es wird von mir erwartet, das zu leugnen. Das Komitee ist sehr geheim.« Ein Lächeln umspielte seine Lippen. »Wie hast du es herausgefunden?«

»Du hast Dinge gesagt, die mich verwundert haben, aber

ich hätte es wirklich an dem Tag wissen sollen, an dem ich als
Dienstmädchen verkleidet hier gewesen war. Du sagtest, es
würde eine Besprechung stattfinden, um zu entscheiden, ob
ein Familienmitglied an den Bällen teilnehmen könnte. Wie
würdest du das wissen, wenn du nicht Mitglied der *Sternkammer* wärst?« Sie hatte die Stimme gesenkt, als sie das
vorletzte Worte hervorbrachte, und schüttelte dann den Kopf.
»Ich kann nicht glauben, dass ich es damals nicht erkannt habe.
Waren alle, die dort anwesend waren, ebenfalls im Komitee?«

»Das werde ich nicht sagen.« Er presste die Lippen
zusammen und dann führte er sie auf die zweite Etage. Als
sie die Stufen hinaufstiegen, sprach er weiter. »Und du musst
versprechen, das Geheimnis zu wahren. Wenn nicht, könnte
Lucien mich hinauswerfen.«

»Meine Lippen sind versiegelt.«

Als sie auf dem Treppenabsatz ankamen, zog er sie in
seine Arme und lächelte sie verschmitzt an. »Hierfür würde
ich dich bitten, das Siegel deiner Lippen zu brechen.« Wieder
küsste er sie und leckte mit köstlichen Schlägen seiner
Zunge in ihren Mund. Sie stöhnte leise und war ungeduldig,
dort anzukommen, wo immer sie hingingen. Sie mussten
sich beeilen. Wenn sie zu lange blieben, würden sie vermisst
werden.

Es sei denn, ihre Abwesenheit war bereits aufgefallen.
Könnten sie es mit einem ausgedehnten Spaziergang im
Garten erklären? Naiv wie sie über das meiste war, was sich
in London abspielte, hatte sie keine Ahnung. Und das interessierte sie im Augenblick auch nicht besonders. Es war
schwer, sich an Regeln zu gewöhnen, die einem vorher noch
nie auferlegt worden waren.

Tobias schwang sie auf seine Arme und sie stieß ein
kleines Kreischen aus. Lachend legte sie die Arme um seinen
Hals, als er die restlichen Stufen emporsauste. Oben ange-

kommen, stellte er sie sanft hin und legte den Finger an die Lippen, ehe er vorsichtig die Tür aufmachte.

Er sah sich kurz um und dann nahm er sie wieder an der Hand, um sie zu einer anderen verschlossenen Tür zu führen. »Bitte lass niemanden dort drinnen sein«, murmelte er.

Ehe Fiona protestieren konnte, schob er sie beide ins Zimmer. Er schob den Riegel vor, ehe er sich umdrehte und sie ihn spielerisch gegen die Brust stieß.« Du warst besorgt, dass jemand hier drin gewesen sein könnte?«

Er zog eine Schulter hoch. »Die Gefahr, dass dies zu so früher Stunde passiert, ist überaus unwahrscheinlich. Insbesondere während der Ball im Gange ist. Abgesehen davon, verriegeln umsichtige Personen die Tür.« Er drehte sich um und schloss ab, ehe er sie erneut anschaute und dabei die Handschuhe abstreifte, die er auf den Tisch fallen ließ. »Nun, wo waren wir stehengeblieben?«

Er wackelte ihr mit den Augenbrauen zu und nahm ihre Hand, um ihr den Handschuh auszuziehen. Dann wandte er sich der anderen Seite zu und tat das Gleiche. Er zog sie an sich und küsste sie erneut, wobei er sich dieses Mal die Zeit nahm, um ihren Mund zu erforschen und die letzten ihrer Abwehrmechanismen außer Kraft zu setzen.

Nun, wenn sie Abwehrmechanismen gehabt hätte, dann hätte er sie außer Kraft gesetzt.

Abrupt ließ er den Kuss enden und trat einen Schritt zurück. »Ich möchte dein Kleid nicht zerknittern. Bitte sag mir, dass es nicht ein Albtraum ist, es auszuziehen.«

»Es ist nicht genau ein Albtraum, aber ich werde deine Hilfe mit den Knöpfen an der Rückseite brauchen.« Sie drehte ihm den Rücken zu, was ihre Aufmerksamkeit auf das vorherrschende Möbelstück in diesem Raum lenkte – ein großes Himmelbett. Mit einer üppigen, dunkelvioletten Bettdecke versehen, wirkte das Bett einer Majestät würdig.

Es waren nur fünf Knöpfe und Fiona fühlte jeden einzelnen, als Tobias sie aufnestelte. Dann lockerte er die Schleife, die das Kleid um ihre Mitte umfasste, bis der Stoff sich in ihrem Rücken teilte. Er ließ das Kleid sinken und sie trat vorsichtig heraus.

Als sie den Kopf drehte, sah sie, wie er das Kleid über einen Sessel mit hoher Rückenlehne drapierte. »Das ist das Beste, was ich tun kann, fürchte ich.« Sein Blick schweifte über sie hinweg. »Du bist so wunderschön.«

Fiona zog das Band auf der Rückseite ihres Petticoats auf und streifte die schmalen Träger von den Schultern. Sie war nicht ganz so behutsam, als sie das Kleidungsstück auf den Boden sinken ließ, ehe sie zur Seite trat und es aufhob.

»Gestatte mir.« Tobias brachte es zum gleichen Sessel und legte es auf das Kleid. »Ich nehme an, wir sollten dein Korsett anlassen.« Er klang enttäuscht.

Sie zog an den Bändern, bis das Kleidungsstück locker war und sie es über ihre Hüften herunterschieben konnte. »Zu spät.« Sie hielt seinen Blick fest, als sie sich die Schuhe von den Füßen streifte. »Ich werde fast nackt sein, während du vollständig angekleidet bist.«

Er machte sich eilig daran, seinen Frack abzulegen, den er achtlos zu Boden fallen ließ, ehe er seine Tanzschuhe und Strümpfe auszog, wozu er sich auf einen Stuhl setzte.

»Ich werde hier drüben warten«, rief sie und stieg aufs Bett, wo sie sich gegen das Kopfende lehnte.

Ein leises Knurren schlich sich von seinen Lippen durch den Raum zu ihr. Sein Körper folgte und als er auf sie zukam, entledigte er sich auf dem Weg seiner Krawatte und seiner Weste. Als er beim Bett ankam, empfing sie ihn dort zuerst auf den Knien, doch dann ließ sie die Beine zu beiden Seiten von ihm über die Matratze hängen.

Sie griff nach seinem Hemd, zog es aus dem Hosenbund und er beeilte sich, ihr zu helfen, das Kleidungsstück loszuwerden, ehe sie auch nur einen Wimpernschlag tun konnte. Das konnte sie ohnehin nicht, da ihr Blick auf seine nackte Brust fixiert war. Sie breitete die Handflächen über seine Haut, und ihre Fingerspitzen drückten ihn vorsichtig. »Eine neue Landkarte«, murmelte sie.

Er legte die Hände um ihren Kopf und küsste sie, wobei er auf ihren Mund und ihre vollkommene Hingabe Anspruch erhob. Er bekam dies und mehr – alles, was sie ihm bieten konnte.

Sie ließ sich zurücksinken und zog ihr Hemd hoch, bis er dies für sie übernahm und ihr das Kleidungsstück über den Kopf zog, um es zur Seite zu schleudern. Ehe er sie erneut küssen konnte, berührte sie seine Wange. »Ich liebe dich auch, Tobias.«

»Ach, Gott sei Dank.« Wieder verbanden sich ihre Münder, als er ihren Körper liebkoste und mit seinen Händen über ihre Schultern streichelte, an ihren Brüsten entlang und an ihren Brustwarzen zupfte, bis sie in seinen Mund wimmerte. Dann war seine Hand zwischen ihren Beinen, streichelte über ihr Geschlecht, erst ganz sanft, um dann intensiver zu werden, während Daumen und Finger diese empfindsamen Stellen ertasteten, welche die Lust in ihr entfesselten.

Begierde pulsierte in ihr, die sich in ihrem Geschlecht sammelte, während er sie dort liebkoste und zu dieser unvorstellbaren Ekstase trieb. »Mehr«, drängte sie, an seine Schultern und Taille geklammert. Sie fuhr mit den Händen über seinen bloßen Rücken und staunte ehrfürchtig über das Terrain aus Muskeln, wobei sie sich schon darauf freute, mehr Zeit zu haben, damit sie jede Erhebung und jede Vertiefung erforschen konnte.

Als er sich zwischen ihren Beinen niederließ, zwang er sie weiter auseinander. Sein Schaft, der hart unter seiner Kleidung war, presste gegen ihr Geschlecht. Ein Zucken der

Lust durchfuhr sie, als Versprechen auf das, was noch kommen würde.

Fiona ließ die Hand zwischen sie gleiten und versuchte, seine Knöpfe zu finden. Er erhob sich und öffnete seinen Schritt. »Zieh sie aus«, befahl sie. «Ganz.«

»Du trägst noch immer deine Strümpfe.«

»Dann zieh sie auch aus. Ich werde warten. Aber nicht lange. Wenn du trödelst, werde ich mich selbst befriedigen.«

»Lieber Himmel, Fiona. Wie weißt du darüber Bescheid?«

»Ich bin nicht so versiert wie du.« Sie legte die Hand auf ihr Geschlecht. »Aber eine Sache oder zwei habe ich wohl gelernt.« Sie ließ die Fingerspitzen über ihrer Knospe kreisen.

»Gut, hör auf, bitte. Ich werde mich noch blamieren.« Er strengte sich an, seine Hose und die Unterwäsche so schnell wie möglich auszuziehen. Als er sich zwischen ihre Beine senkte, breitete er seine Hand über ihre und drückte ihre Finger, bis sie aufkeuchte. »Zum Teufel mit deinen Strümpfen.«

Er schob seinen Finger zweimal in sie und dann ein drittes Mal, ehe er die Hand hob und gleichzeitig den Kopf senkte, sodass er ihre Knospe in seinen Mund saugen konnte. Sie fühlte das Vibrieren seines Stöhnens mit einem weiteren Ziehen vor Begierde.

»Bitte, Tobias.« Sie schob eine Hand zwischen sie und ertastete seinen Schaft, um dann ihre Hand um die warme Haut zu schließen.

Ganz kurz schloss er die Augen. »Bewege deine Hand. Nur für einen Augenblick. Bitte.«

Sie glitt mit der Handfläche an ihm auf und ab und kostete das harte und doch samtige Gefühl von ihm aus. »So etwa?«

»Ja. Genau so. Schneller. Nein, tu es nicht. Ich werde es nicht aushalten.« Er deckte die Hand über ihre, als er die

Augen aufschlug. »Bereit?« Er führte die Spitze seines Schafts an ihr Geschlecht.

Sie schaute zu ihm auf und verlor sich in dem eindringlichen Zinngrau seiner Augen. »Jetzt.«

Er drang in sie und seine Schaft dehnte ihre Muskeln. Es war so viel mehr als seine Finger und sie brauchte einen Moment, um sich an ihn zu gewöhnen. Er küsste ihre Schläfe und ihre Wange, ehe er leise raunte: »Atme einfach. Wir werden uns eine Weile ganz langsam vortasten.«

Er wartete. Ruhig füllte er sie aus und hielt still, bis sie anfing, sich zu entspannen.

»Bereit.«

»Schling deine Beine um mich, Liebste.« Er zog sich zurück, aber nicht ganz und dann stieß er wieder vor. Wieder und wieder entfernte er sich und kehrte zurück, bis sie anfing, sich mit ihm zu bewegen.

»Ja, so ist es richtig«, lobte er. »Jetzt werden wir ein bisschen schneller.« Er legte an Tempo zu und die Reibung war köstlich.

Sie keuchte auf und bog den Rücken, als er sie ausfüllte. »Ich mag es schneller. Ich denke, ich möchte es fester oder tiefer. Ich weiß es nicht. Ich will *mehr*.«

»Halt dich an mir fest.« Er beugte sich hinab und küsste sie und sein Mund neckte sie, als er einen neuen Schwung aufbaute. Sie packte ihn mit Händen und Füßen und versuchte, sich mit ihm zu bewegen, während ihr Körper immer fieberhafter auf ihre Erlösung zutrieb. Die Finger in seinen Rücken gegraben, schrie sie auf, als sie explodierte und ihre Muskeln sich anspannten, als eine Flut der Lust über sie hinwegspülte.

Tobias bewegte sich noch schneller und sein Körper prallte mit köstlicher Präzision gegen ihren. Sie schloss die Augen und warf den Kopf in den Nacken, als sie sich dem absolut himmlischen Rausch hingab.

Gerade als sie anfing, wieder zur Erde zurückzuschweben, schrie er auf. Es war ein tiefer, urtümlicher Klang, den sie bis in ihre Knochen fühlen konnte. Er stieß tief in sie und ein kleinerer zweiter Ausbruch der Lust flackerte in ihr auf. Sie hielt ihn fest zwischen ihren Beinen, während sie seinen Rücken streichelte und seinen Hals, seine Schultern und seine Brust küsste.

Als er sich verausgabt hatte, ließ er sich schwer atmend neben sie fallen. Fiona drehte sich auf die Seite, um ihn anzuschauen. Sie streichelte über seinen Leib und konnte seine Muskeln fühlen, die sich von seiner Brust bis zum Bauch zogen. »Was für ein ungewöhnliches Terrain. Was würde das sein, frage ich mich«, murmelte sie irgendwie unzusammenhängend zu sich selbst. »Vielleicht die Overton Steppe.«

»Beziehst du dich auf das Haar auf meiner Brust? Da wächst nicht *so* viel. Ist eine Steppe nicht voller Gras?«

»Nicht unbedingt.« Sie kicherte. »Wenn es keine Steppe ist, dann eine Ebene, vermute ich aber kein Plateau.« Was für eine Inspiration. »Es bewegt sich wie Wasser, insbesondere wenn du lachst.« Das brachte ihn über ihre Argumentation zum Lachen. »Das Overton Meer.«

»Du verblüffst mich, Fiona.«

Sie erhob sich über ihn und eine Locke ihres Haars hing lose herab und streifte ihm über die Brust. »Ach du meine Güte, ich fürchte, mein Haar ist eine Katastrophe.«

»Ich denke, es ist am besten, wenn wir nicht zum Ball zurückkehren. Ich werde sagen, du seist krank geworden und ich hätte dich nach Hause gebracht.«

»Wird das nicht immer noch Missbilligung nach sich ziehen?«

»Aber ich bin dein Vormund!« Seine Augen weiteten sich vor gespieltem Entsetzen.

»Ich hatte eher gehofft, du würdest stattdessen mein Ehemann sein.«

Er setzte sich mit einem Ruck auf, wobei er sie nötigte, sich ebenfalls aufzusetzen. »Ich habe mir solche Mühe gegeben, nicht wieder ein Dummkopf zu sein, und ich habe vollkommen vergessen, noch einmal um deine Hand anzuhalten.« Er fuhr sich mit einer Hand übers Gesicht und schaute sie betreten an. »Miss Wingate, würden Sie mir die Ehre geben, meine Frau zu werden?«

»Ich denke, das werde ich wohl an dieser Stelle müssen.« Wieder kicherte sie und dann zwang sie sich, ernst zu werden. »Ja, ich werde dich heiraten, und das nicht, weil ich muss. Eigentlich, weil ich muss, denn dich nicht zu heiraten, ist nicht länger vorstellbar.«

Grinsend beugte er sich vor und küsste sie, was ihr einen tiefen Seufzer entlockte, weil sich alles so richtig anfühlte, von diesem wunderschönen Walzer bis zu diesem bezaubernden Augenblick.

Jäh riss sie den Mund von ihm los und keuchte. »Der Walzer! Ich sollte doch mit Lord Gregory Walzer tanzen!«

»Mist!« Tobias sprang vom Bett auf und stürzte unbekleidet zum Kaminsims, auf dem eine brennende Lampe stand. Dort befand sich auch eine kleine Uhr, auf die er prüfend blickte. »Ich habe keine verdammte Ahnung, wann dieser Walzer anfängt, aber wir können nicht so lange fort gewesen sein.« Die Hände in die Hüften gestemmt drehte er sich zu ihr. »Trotz allem sollten wir nach Hause gehen. Besser noch, sollte ich dich nach Hause schicken. Weil du krank bist.«

»Ich kann nicht aufbrechen, ohne mit Lord Gregory gesprochen zu haben.« Fiona stieg vom Bett, fand ihr Hemd und zog es sich schnell über den Kopf. »Ich muss ihm erklären, dass ich ihn mit dem Hofieren nicht fortfahren lassen kann.«

Tobias, der gerade angefangen hatte, sich anzuziehen, hielt inne. Er hatte seine Hose an, doch der Schritt war noch offen. Seine Brust war noch immer nackt, und das Lampenlicht warf verlockende Schatten auf die straffe Haut. Fiona wandte den Blick ab, um nicht unwiderruflich abgelenkt zu werden.

»Ich habe ein schlechtes Gewissen wegen Lord Gregory. Ich weiß, die Leute haben euer … Interesse aneinander zur Kenntnis genommen.«

»Das lässt dich an deine Erfahrung mit Lady Bentley denken.« Fiona trat zu ihm und liebkoste seine Wange. »Dies ist etwas anderes. Ich bin nicht Lady Bentley.«

Er lächelte, und dann drehte er den Kopf, um ihre Handfläche zu küssen. »Gott sei Dank. Du wirst höflich und rücksichtsvoll sein.«

»Und ich liebe dich. Lord Gregory wird Verständnis haben.«

Er hielt sie um die Taille und schaute ihr in die Augen. »Wie konnte ich nur so ein Glück haben, dich zu finden?«

»Das hast du, glaube ich, unseren Vätern zu verdanken. Ich frage mich, was sie sagen würden, wenn sie erleben könnten, wie ihre Familien sich durch ihre Nachkommen vereinen.«

»Ich glaube, sie wären sehr froh. Und gleichwohl mich der Gedanke quält, meinen Vater auf irgendeine Weise zu erfreuen, bin auch ich froh.« Er beugte seinen Kopf, um sie zu küssen, als die Tür aufflog.

»Was zum Teufel geht hier vor?«

KAPITEL 20

*T*obias erkannte die weibliche Stimme sofort. Er griff nach seinem Hemd und zog es sich schnell über den Kopf. Dann bemerkte er, dass Barbara nicht allein war.

»Dieser Raum ist besetzt! Offensichtlich!«, blaffte Tobias. »Wie bist du überhaupt hier reingekommen? Und mit wem bist du hier?« Er pirschte sich an die Tür heran, wo der Herr im Profil stand.

Constantine Westbrook, der Earl of Aldington, warf Tobias einen kurzen Blick zu, ehe er sich wegdrehte und steifen Schrittes das Weite suchte.

Tobias sauste an Barbara vorbei, welche im Zimmer stand und die Tür aufhielt. »Aldington, warten Sie! Was tun Sie hier?« Das war eigentlich nicht die Frage, die er beantwortet haben wollte, aber er war aus der Fassung gebracht.

»Das war ein Irrtum«, entgegnete Aldington, ohne stehen zu bleiben. »Bitte folgen Sie mir nicht nach draußen.« Er verschwand durch die Tür, die Tobias und Fiona vorhin benutzt hatten, als sie über die Hintertreppe heraufgekommen waren.

Als Tobias sich umsah, war er erleichtert, ansonsten niemanden zu sehen. Er machte kehrt und hastete ins Schlafzimmer zurück, wobei er sich das Hemd und den Schritt zuknöpfte. Die Tür stand noch offen, als er ankam und Barbara war mit Fiona drinnen, die ihr Korsett schnürte.

Tobias schloss die Tür fest und richtete sich an Barbara. »Wie zur Hölle bist du hier reingekommen? Du bist kein Mitglied, und Aldington ebenfalls nicht.«

»Sein Bruder ist aber der Besitzer«, antwortete Barbara wenig aufschlussreich.

»Willst du damit sagen, Lucien hätte ihn reingelassen?«

Barbara zuckte mit den Schultern, wobei ihre Perlenohrringe wippten. »Aldington kannte eine Tür, durch die man reinkommt, und er hatte einen Schlüssel zu diesem Zimmer. Wir wussten nicht, dass es besetzt sein würde.« Ihre Augen verengten sich, als sie Fiona eingehend musterte. »Ich hätte damit rechnen sollen, dass du jemand Jüngeres findest, der dein Bett wärmt. Dieser ganze Unfug über die Verbesserung deines Rufs und das Heiraten. Was für ein Haufen Blödsinn.«

»Zufälligerweise *wird* er heiraten«, mischte Fiona sich ein, als sie mit ihrem Korsett fertig war. »Mich.« Mit einem freundlichen Lächeln ging sie ihren Unterrock holen und zog ihn sich über den Kopf.

Barbara drehte den Kopf zu Tobias, der recht stolz auf seine Verlobte war. Sie schien sich durch Barbaras Anwesenheit nicht im Geringsten aus der Ruhe bringen zu lassen. Aber sie wusste ja auch nicht, wer Barbara war.

»Wie schade, dass du dich gerade anziehst.« Barbara schlenderte auf Fiona zu, die den Unterrock übergezogen hatte und nun hinter sich griff, um an den Bändern zu ziehen, und ihn um ihre Mitte zu schnüren. »Soll ich?«

»Danke.« Fiona präsentierte ihren Rücken.

»Ich hätte darum gebeten, mitmachen zu dürfen«, schnurrte Barbara. »Ich weiß ganz genau, was Toby gefällt.«

Tobias hatte seine Weste angezogen und schritt auf Barbara zu. »Bitte nimm deine Hände von meiner Verlobten.«

Fiona trat einen Schritt vor und drehte sich dann zu Barbara um. »Sie waren seine Geliebte?«

»Bis vor kurzem, ja.« Barbara verschränkte die Arme vor der Brust und zog einen Schmollmund. »Bis dieses Mädchen – sein Mündel – zu ihm gezogen ist.«

»Barba–«

»Ach, Sie meinen mich?« Fiona lachte, und Tobias wusste nicht, ob es echt war oder nur gespielt, um Barbara bei dem Wettstreit zu schlagen, den sie auszutragen versuchte. Sie schenkte Tobias ein liebevolles Lächeln. »Wie schön, dass er bei meiner Ankunft aufgehört hat, sich mit Ihnen zu treffen.« Ihre Blicke trafen sich, und er bewunderte ihr Selbstvertrauen und Gelassenheit.

Fiona nahm ihr Kleid vom Sessel hoch. »Jetzt müsst ihr mich entschuldigen, denn ich muss zum Ball zurückkehren.«

Barbara warf ihr einen ernsten Blick zu, und Tobias machte sich bereit, Fiona notfalls zu verteidigen. »So können Sie nicht gehen«, stellte Barbara fest. »Ihr Haar ist ein Graus. Lassen Sie sich von mir helfen.«

»Ach, würden Sie das tun?«, fragte Fiona erfreut. »Das wäre wunderbar.«

»Nun, wir ziehen Sie erst einmal an.« Barbara nahm das Kleid und half Fiona hinein. Dann zog sie es über Fionas Unterwäsche zurecht und schloss es an der Rückseite.

Vollkommen perplex starrte Tobias sie an. »Was passiert hier eigentlich gerade?«

»Deine ehemalige Geliebte ist deiner Verlobten behilflich.« Barbara schüttelte den Kopf. »Ich sollte doch davon ausgehen, dass das offensichtlich ist.«

»Ich werde die Frauen wohl nie verstehen, fürchte ich«, murmelte er, während er seine Weste zuknöpfte und sich dann hinsetzte, um seine Strümpfe und Tanzschuhe anzuziehen.

»So, ich glaube, das reicht«, verkündete Barbara, als sie zurücktrat und Fionas wiederhergestellte Frisur begutachtete.

Fiona trat zu dem kleinen Spiegel, der über einer Kommode zwischen den beiden Fenstern hing, die auf die Ryder Street hinausgingen. »Hervorragend. Ich kann Ihnen nicht genug danken.« Sie betastete ihren Hinterkopf und drehte sich dann vom Spiegel weg und sah zu Tobias auf dem Stuhl. »Werde ich dich später unten sehen?«

Tobias stand auf und ergriff ihre Hand. »Viel Glück.« Als er ihre Fingerknöchel küsste, erregte sich sein Körper, weil er noch viel mehr tun wollte. »Ich liebe dich«, raunte er.

Sie lächelte sanft. »Ich liebe dich auch.« Sie beugte sich vor und küsste ihn, wobei ihre Lippen einen winzigen Moment auf seinen verharrten, ehe sie sich mit einem Funkeln in den Augen zurückzog. »Wir sehen uns später.«

Barbara reichte Fiona ihre Handschuhe. »Vergessen Sie die nicht.« Sie lächelte sie an. »Ich entschuldige mich, falls ich unhöflich war. Ich hatte – und habe – Toby sehr gern. Ich freue mich, dass er jemanden gefunden hat, der ihn glücklich macht.«

»Ich werde mich sehr bemühen, das zu erreichen.« Fiona warf Tobias einen verheißungsvollen Blick zu, der eine Hitze in ihm entfachte, von der er wusste, dass sie nie wieder abnehmen würde.

Als sie fort war, griff Tobias nach seiner Krawatte, trat vor den Spiegel und zog das Band um seinen Hemdkragen.

Barbara gesellte sich zu ihm. »Lass dir auch von mir helfen.«

»Das möchte ich lieber nicht.«

»Willst du so aussehen, als hättest du deine Garderobe

notdürftig in Ordnung gebracht, was noch zu deinem schlechten Ruhm beitragen würde?«

Es ärgerte ihn gewaltig, dass sie recht hatte. Er ließ die Hände sinken und überließ sich ihrer Fürsorge. »Warum warst du mit Aldington hier?«

Sie zog eine dunkle Braue hoch, während ihre Finger unter seinem Kinn am Werk waren. »Ich denke, das dürfte doch offensichtlich sein.«

»Aber wie? Er verkehrt nicht mit Kurtisanen. Er ist so standhaft wie der verdammte Erzbischof von Canterbury.«

»Versprichst du mir, nichts zu verraten?« Sie schaute ihm in die Augen, und er wusste, dass sie nichts preisgeben würde, wenn er es nicht tat.

»Ja. Schieß los.«

»Seit du mich verlassen hast« – mit einem Schniefen suchte sie, einen dramatischen Effekt zu erzielen – »habe ich ein paar Maskenbälle besucht, um mir einen neuen Gönner zu suchen. Wie es einer Frau in meiner Position ansteht.«

Tobias hatte ein schlechtes Gewissen, doch Barbara hatte stets versichert, wie sehr sie ihre Arbeit genoss, insbesondere dann, wenn sie einen angenehmen und großzügigen Gönner wie ihn finden konnte. »Ich glaube, ich habe dir eine wohlbemessene Abfindung gezahlt, damit du dich nicht gleich nach einem Neuen umsehen musstest. Oder gar in dieser Saison.«

»Das hast du, doch ich langweile mich schnell. Und ich glaube, das weißt du, es sei denn, du hattest nicht aufgepasst. Was, wie ich weiß, nicht stimmen kann, weil *du* mich nie im Geringsten gelangweilt hast.« Sie tätschelte sein Revers, trat ein wenig zurück und begutachtete ihr Werk. »Du bist passabel.«

»Hast du Aldington auf einem Maskenball kennengelernt?« Tobias war schockiert, dies zu hören. Er konnte sich nicht vorstellen, dass Luciens Bruder auf einer solchen

Veranstaltung erkannt werden wollte, und er wäre es sicher auch.

»Auf einem Maskenball vor ein paar Tagen.« Das war zumindest ein bisschen nachvollziehbar. »Aldington hat mich sehr ungeschickt auf eine Liaison angesprochen – nichts Festes, zumindest noch nicht. Er war außerordentlich nervös. Ich hatte den Eindruck, dass er noch nie Umgang mit einer Kurtisane hatte.«

»Das würde mich nicht überraschen.« Tobias nahm seinen Frack zur Hand und zog ihn an. Schließlich kehrte er zum Spiegel zurück und strich sich glättend über seine Frisur. Zufrieden damit, nun nicht mehr den Eindruck zu erwecken, als hätte er gerade mit seiner zukünftige Frau geschlafen, selbst wenn sich dies für ihn gewiss noch so anfühlte, ging er seine Handschuhe holen.

An der Tür hielt er inne. »Barbara, tust du mir bitte einen Gefallen?«

»Jeden.« Sie schlenderte auf ihn zu, ihre Hüften schwangen. »Du weißt, dass ich dir jeden Gefallen tue, den du dir wünschst.«

»Nicht diese Art. Falls ich mich nicht klar ausgedrückt habe, ich habe nicht die Absicht, mit jemand anderem als meiner Ehefrau zu schlafen. Niemals.« Ehefrau. Wie sehr er den Klang dieses Wortes liebte. Er zog die Handschuhe an. »Wenn Aldington zu dir zurückkehrt, versichere dich, dass er wirklich eine Liaison eingehen will. Ich möchte nicht, dass er etwas tut, was er später bereut.« Er erwiderte ihren Blick. »Und das ist kein Vorwurf an dich. Ich kenne ihn nur gut genug, um zu glauben, dass dieses Verhalten sehr von seinem Wesen abweicht und er von Reue erfüllt sein könnte. In der Tat, ich würde stark raten, dich einem anderen Kandidaten zuzuwenden.«

Ihre vollen roten Lippen formten sich zu einem sanften Lächeln. »Du bist ein guter Freund, Toby.«

»Das versuche ich – und ich werde es für dich sein. Immer. Guten Abend, Barbara.«

Tobias fragte sich, wie Fiona ihren Weg nach unten gefunden hatte und hoffte, dass sie dabei niemandem auf der Seite der Gentlemen begegnet war. Trotzdem nebenan ein Ball stattfand, waren viele Gentlemen einfach in ihrem Club und verbrachten den Abend im Spielsalon oder dem Mitgliederrefugium. Darüber hätte er mit ihr sprechen sollen, ehe sie gegangen war.

Als er in die erste Etage hinuntereilte, hielt er nicht inne, um nachzusehen, wer sich im Mitgliederrefugium befand. Beinahe wäre er allerdings mit Lucien zusammengestoßen, der aus ebendiesem Raum auf die Treppe zukam.

Lucien schaute die Stufen hinauf. »Kommst du herunter? Was hast du im zweiten Stock getan?«

Das war eine berechtigte Frage, da die einzigen Zimmer dort oben Luciens Arbeitszimmer, die Schlafzimmer, die Tobias gegenüber Fiona erwähnt hatte, und einen Lagerraum beinhalteten. »Ich habe, ähm, mit meiner zukünftigen Braut, ähm, getändelt.«

Lucien grinste. »Herzlichen Glückwunsch. Dann waren ja all deine Sorgen umsonst.«

Tobias verdrehte die Augen. »Ich bin dort oben auf eine überaus sonderbare Person gestoßen.«

»Nicht deine Verlobte?«

»Deinen Bruder. In Begleitung meiner ehemaligen Mätresse. Er hatte einen Schlüssel zu dem Raum, in dem wir uns befanden. Den kann er sich nur auf eine einzige Weise beschafft haben.«

»Indem er ihn mir stibitzt hat?«

Tobias schaute ihn mit schmalem Blick an. »Ist das wirklich so passiert?«

»Nein. Er hat ihn von mir bekommen.« Lucien atmete hörbar aus. »Es mein verdammter Club, Deane. Wenn ich meinem Bruder Zugang zu einem der Schlafzimmer verschaffen will, damit er jemanden vögeln kann, werde ich das tun.«

»Du hilfst ihm, Ehebruch zu begehen?«

»Er ist über die Maßen unglücklich.«

»War er das nicht schon immer? Gemäß deiner Worte, jedenfalls.« Tobias erinnerte sich an eine oder zwei Gelegenheiten, als Aldington gelacht hatte.

»Ich werde ihm helfen, alles zu tun, um diesen Stock aus seinem Hintern zu entfernen, und wenn auch nur ein kleines Stück. Aber es tut mir leid, dass sie euch gestört haben.«

»Ich denke nur, dass es problematisch ist, Nichtmitgliedern Zugang zu gewähren.«

Luciens Blick wurde kalt, was nicht sehr oft vorkam, aber wenn es passierte, wusste man, dass er wütend war. »Ich habe verdammt noch mal nicht ganz London eingeladen. Er ist mein Bruder.«

»Ich frage mich, ob sich der Zustand deines Bruders bessern würde, wenn er ein wenig Glück mit seiner Frau finden würde. Vielleicht solltest du ihn *darin* unterstützen. Da du mit deiner Hilfe so gern – und so versiert – zur Stelle bist.«

»Ich habe tatsächlich darüber nachgedacht. Es ist nicht so, als wäre Sabrina unausstehlich oder eine schlechte Ehefrau. Ich verstehe wirklich nicht, warum sie so entfremdet sind. Aber es geht mich, wie mein Bruder sagt, auch nichts an und damit hat er recht.«

MacNair kam in dem Augenblick die Stufen herauf und begrüßte sie mit einem breiten Lächeln. »Habt ihr genau wie ich für einen Abend genug von dem Ball gehabt?«

»Überhaupt nicht«, antwortete Tobias mit einem Lächeln. »Um genau zu sein, bin ich auf dem Weg nach unten.«

»Lucien, du solltest mit mir nach oben in das Mitgliederrefugium kommen«, schlug MacNair im Herumdrehen vor.

»Ich sollte nachsehen, wie es mit dem Ball vorangeht, mich mit Mrs. Renshaw besprechen und dafür Sorge tragen, dass alles in Ordnung ist.«

»Das kannst du später tun.« Er griff nach Luciens Arm. »Komm, und trink ein Glas Port mit mir.«

Luciens Blick wurde misstrauisch. »Gibt es einen Grund, warum du nicht möchtest, dass ich nach unten gehe?«

Tobias brannte darauf, in den Ballsaal zu gelangen, um zu sehen, wie Fiona vorankam. Er hoffte, dass ihre Abwesenheit keinen Verdacht erregt hatte. »Ich gehe dann.«

»Ich begleite dich.« Lucien fing an, die Treppe mit ihm hinunterzugehen.

MacNair ließ ein Stöhnen hören. »Lucien, deine Schwester tanzt mit Wexford.«

Lucien fluchte und beschleunigte seine Schritte nach unten. Tobias sah zu MacNair auf. »Warum erzählst du ihm das? Du weißt, wie er in Hinsicht auf Lady Cassandra und irgendeinem von uns ist.«

»Besser, er weiß, was er zu sehen bekommt, als dass er davon überrascht wird.« MacNair zeigte mit dem Kopf zur unteren Etage. »Du solltest besser dafür sorgen, dass er nicht noch etwas Dummes tut, wie beispielsweise Wexford zu einem Duell herausfordern.«

»Das würde er nicht tun«, brachte Tobias mit einem Schnauben hervor. Dennoch folgte er Lucien nun rasch nach. »Warte Lucien. Es ist nur ein Tanz.« Tobias holte ihn in der Treppenhalle ein, doch Lucien wurde nicht langsamer.

»Mehr sollte es auch besser nicht sein.«

Tobias bekam seinen Freund am Arm zu fassen und veranlasste ihn zum Stehenbleiben. »Warum bist du so außer dir? Wexford ist unser Freund und er tanzt nur mit ihr.«

»Mit jemandem tanzen bedeutet etwas, wie du verdammt

gut weißt, und ich hatte es nicht als Scherz gemeint, als ich sagte, ihr solltet die Finger von ihr lassen. Vergiss nicht, wie gut ich euch alle kenne, und wenn ich vielleicht tolerieren könnte, dass sie eine Verbindung zu dir oder MacNair bildet, ist Wexford vollkommen inakzeptabel.«

»Aber er ist unser Freund.«

Luciens Züge wurden finster. »Das bedeutet nicht, dass er mit meiner Schwester tanzen sollte.« Er riss seinen Arm aus Tobias' Griff los und marschierte in den Ballsaal.

~

Fiona kehrte den Weg zurück, den Tobias und sie vom Ballsaal aus genommen hatten. Anstatt allerdings vom Garten aus in den Ballsaal zurückzukehren, ging sie zu der anderen Tür, die sie in der Woche zuvor mit Mrs. Renshaw benutzt hatte. Der wunderschöne, in Gold und Elfenbein gehaltene Salon wurde als Ruheraum für die Damen benutzt. Sobald sie eingetreten war, trat sie hinter einen Paravent und war dankbar, die Stelle leer vorzufinden. Nach einer kleinen Weile trat sie wieder hervor und unterhielt sich kurz mit zwei Ladys, die sich gerade ausruhten.

Als sie den Raum verließ, beschlich sie ein Gefühl der Beklemmung. Was würde sie vorfinden, wenn sie den Ballsaal wieder betrat? Klatschten die Leute bereits über sie und darüber, wie sie eine Stunde zuvor vom Ball verschwunden war? Sie hatte ehrlich keine Ahnung, wie lange sie fort gewesen war.

Mit einem tiefen Luftholen, um sich gegen ihre Ängste zu wappnen, schritt sie in den Ballsaal und schaute sich unverzüglich nach Lord Gregory um. Noch ehe sie ihn ausgemacht hatte, kam Prudence auf sie zu, deren Ausdruck sich nur als äußerst beunruhigt beschreiben ließ.

»Wo bist du gewesen?«, flüsterte sie drängend und zog

Fiona von den anderen fort, die ihre Unterhaltung vielleicht belauschen könnten.

Fiona lächelte. »Könntest du versuchen, weniger besorgt und aufgeregt auszusehen? Ich war, ähm, unpässlich. Ich komme gerade aus dem Ruheraum.« Zumindest das stimmte.

»Du bist recht lang weg geblieben, nachdem du den Ballsaal mit Lord Overton im Anschluss an euren Tanz verlassen hast. Warst du mit ihm zusammen?«

»Ja.« Es gab keinen Grund zu lügen, nicht gegenüber Prudence. »Wir sind verlobt.«

Prudence ergriff ihre Hand. »Wahrhaftig?« Auf Fionas Nicken hin, lächelte sie breit. Es war in der Tat das fröhlichste Lächeln, das Fiona je gesehen hatte. »Dann entschuldige ich mich für mein Verhalten. Dennoch war es unklug, zu verschwinden. Deine Abwesenheit ist bemerkt worden. Du hast einen Tanz mit Mr. Arbuckle verpasst.«

»Verflixt. Ich werde ihn finden und mich entschuldigen. Aber du musst sagen, dass du von meinem Unwohlsein gewusst hast.«

»Das wird nicht schwer sein, denn genau das habe ich ihm ja gesagt.« Sie zog eine Schulter hoch. »Ich hatte *irgendetwas* sagen müssen.«

Fiona drückte Prudence´ Hand, ehe sie sie ganz losließ. »Ich danke dir. Ich weiß nicht, wie ich die letzten Wochen ohne deine Unterstützung überstanden hätte. Jetzt muss ich Lord Gregory finden und ihm sagen, ich sei in einen anderen verliebt.«

Prudence verzog das Gesicht. »Ich beneide dich nicht. Ich glaube, er ist auf der anderen Seite.«

»Wunderbar, danke.«

»Ich begleite dich.« Prudence hakte sich bei Fiona unter. »Natürlich nicht, wenn du das eigentliche Gespräch mit ihm führst.«

Sie schlängelten sich zur anderen Seite des Ballsaals und

durchquerten eine der breiten Türen zur Seite der Gentlemen. Dort befand sich das Angebot an Speisen und einige Sitzgelegenheiten. Fiona sah ihn bei den Türen zum Garten mit einem anderen Gentleman stehen. Sie löste ihren Arm von Prudence. »Wünsch mir Glück.«

»Viel Glück.«

Fiona überlegte, was sie sagen könnte. Nichts davon klang richtig. Aber gab es eine *richtige* Art, jemandem zu sagen, man erwiderte seine Gefühle nicht? Um genau zu sein, hatte sie keine Ahnung von seinen Gefühlen. Vielleicht würde er erleichtert sein. Ja, das hoffte sie.

Lord Gregory erblickte sie, als sie noch einige Meter entfernt war. Er löste sich von dem anderen Gentleman und kam ihr entgegen. »Miss Wingate, ich hoffe, Sie haben einen angenehmen Abend.«

»Den habe ich in der Tat. Könnten wir einen Spaziergang durch den Garten unternehmen?« Die Außentemperatur war zwar nicht besonders warm, doch sie wollte zumindest ein bisschen Privatsphäre haben, und im Ballsaal war es recht stickig, was ihr Unbehagen nur noch steigerte.

»Das wäre reizend.« Er bot ihr seinen Arm und begleitete sie hinaus.

Der Garten auf dieser Seite war ähnlich angelegt wie auf der anderen Hälfte, wobei das reflektierende Wasserbassin rechteckig war und in der Mitte eine große Aphrodite-Statue stand. Wie in der Sage erhob sie sich aus dem Wasser, eine Muschel hinter ihren Füßen.

»Unser Walzer wird wohl bald beginnen«, meinte Lord Gregory, als sie eine Runde um das Spiegelbecken drehten. Das Licht der Lampen tanzte über das Wasser.

Fiona sah keinen Grund, das Unvermeidliche hinauszuzögern. »Sie werden wahrscheinlich nicht mehr mit mir tanzen wollen, nachdem ich Ihnen etwas gebeichtet habe.«

»Nun, das klingt geheimnisvoll.« Er blieb stehen und

drehte sich zu ihr um. Sie standen auf der anderen Seite des Wasserbassins, vom Club aus gesehen.

Fiona schaute in seine warmen, braunen Augen auf und hatte ein schlechtes Gewissen. Aber warum sollte sie sich schuldig fühlen? Sie mochte ihn aufrichtig, und wenn Tobias sich nicht in sie verliebt hätte oder sie sich in ihn, wäre Lord Gregory ein wunderbar annehmbarer Ehemann.

Annehmbar löste keine Gefühle aus. Also ja, sie würde ein schlechtes Gewissen haben.

»Sie sind ein liebenswerter Gentleman, und ich habe unsere gemeinsame Zeit sehr genossen. Aber ich muss feststellen, dass mein Herz sich anderweitig festgelegt hat.«

Er blinzelte. »Ich dachte eigentlich, wir passen zusammen.« Das war keine Liebeserklärung, und jetzt ging ihr auf, dass sie sich mit weniger nicht zufriedengeben könnte.

»Das hätten wir wahrscheinlich. Aber ich bin in jemanden verliebt, der mir das Gefühl gibt, mir läge die Welt zu Füßen. Ich wünsche mir für Sie, dass sie dieses Gefühl ebenfalls jemandem geben können.«

»Aber das sind nicht Sie.« Ein trauriges Lächeln huschte über seine Lippen. »Ich gebe zu, ich bin enttäuscht, doch ich gestehe auch, dass ich nicht in Sie verliebt bin. Obschon ich davon ausgegangen war, dass es sich nur um eine Frage der Zeit handeln konnte, bis das passierte«, setzte er leise hinzu.

Fiona fühlte sich schrecklich. »Sie sind ungemein gütig.«

»Und dieser andere Gentleman erwidert Ihre Liebe?«

»Ja. Sie verdienen das Gleiche.«

Sie setzten ihren Weg um das Wasserbassin herum fort. Als sie sich dem Haus näherten, eilte ein Diener herbei, um sie zu empfangen. »Mylord, es wurde eine Nachricht für Euch überbracht, die Euch auffordert, umgehend zum Haus Eures Vaters zurückzukehren.«

Fiona spürte, wie Lord Gregory sich anspannte, und zog die Hand von seinem Arm zurück. »Ist alles in Ordnung?«

Die Frage war an den Diener gerichtet, doch sie sah Lord Gregory an.

»Stand in der Nachricht noch etwas anderes?« Lord Gregorys Stirn legte sich in Falten. Er war sichtlich überrascht und wegen der Aufforderung besorgt.

»Ich fürchte nein.« Der Diener verneigte sich und zog sich dann ins Haus zurück.

Lord Gregory wandte sich an sie. »Verzeiht mir, ich muss gehen. Nicht, dass wir noch eine Walzer hätten tanzen wollen.« Er formte die Lippen zu einem halben Lächeln.

Sie berührte ihn am Ärmel. »Es wäre mir eine Ehre gewesen, Walzer mit Ihnen zu tanzen. Ich werde beten, dass im Haus Ihres Vaters alles zum Besten steht.«

»Ich danke Ihnen. Gute Nacht, Miss Wingate.« Er drehte sich weg und betrat den Ballsaal.

Fiona war gerade im Begriff loszugehen, als Mrs. Renshaw herauskam, um sie abzufangen. »Guten Abend, Miss Wingate. Wie ich sehe, hat der Diener Lord Gregory gefunden. Ich hatte die Nachricht für ihn erhalten. Ich hoffe, es ist nichts Schlimmes passiert.«

»Er wusste scheinbar nicht, was der Anlass für diese Aufforderung gewesen sein könnte. Ich werde an ihn und seine Familie denken.« Sie hoffte inständig, es seien keine schlechten Nachrichten, insbesondere nachdem sie ihn gerade enttäuscht hatte.

»Sie wirken recht besorgt«, bemerkte Mrs. Renshaw. »Darf ich annehmen, dass Sie beide eine Beziehung zueinander haben?«

Fiona blinzelte und dann schüttelte sie den Kopf. »Ach, nein. Wie es der Zufall will, habe ich ihm gerade eröffnet, dass meine Zuneigung einem anderen Gentleman gilt.«

»Oh!« Mrs. Renshaw legte kurz die Hand auf den Mund. »Sie müssen sich nicht schuldig fühlen. Sie hatten keine Ahnung, dass er diese Nachricht erhalten würde.«

»Gleichwohl das stimmt, bedaure ich die Abfolge der Ereignisse.« Wenn sie nur einige Minuten länger gebraucht hätte, ihn zu finden … Aber andererseits hätte sie dann auch nicht die Gelegenheit gehabt, ihm von Angesicht zu Angesicht zu sagen, dass sie nicht länger daran interessiert war, ihre Brautwerbung fortzusetzen, und er hatte dieses Taktgefühl verdient. »Es hatte sein müssen, da ich einen anderen liebe und wir heiraten werden.« Sie biss sich auf die Lippe. »Das hätte ich wahrscheinlich nicht sagen sollen. Wir haben nämlich noch nicht darüber gesprochen, wann wir es bekannt geben werden.«

»Ist es derjenige, den ich mir erhoffe?«

Fiona errötete. »Wenn Sie sich damit auf den Mann beziehen, den ich letzte Woche im Garten geküsst habe, dann ja.«

Mrs. Renshaws Augen blitzten vor Freude. »Fantastisch!«

»Vielleicht könnten Sie mir einen Ratschlag geben. Ich mache mir Sorgen, dass die Gesellschaft nicht sehr freundlich sein wird, da er mein Vormund ist.«

»Die Gesellschaft ist nur selten freundlich.« Mrs. Renshaw warf einen scharfen Blick in Richtung des Ballsaals. »Sie machen sich zu Recht Sorgen. Allerdings übertrumpft das Glück alles. Sie haben das Glück, einen Earl zu heiraten. Bei so einem hohen Rang werden die Leute großzügig über die meisten Übertretungen hinwegsehen.«

»Das scheint kaum gerecht.«

Mrs. Renshaw sah sie mit einem ironischen Blick an. »Wann ist schon etwas gerecht?«

Fiona setzte sich wieder in Richtung des Ballsaals in Bewegung. »Ich hoffe, Sie werden meine Neuigkeiten für den Augenblick als Geheimnis behandeln. Wir haben noch nichts besprochen. Erst heute Abend habe ich seinen Heiratsantrag angenommen.«

Mrs. Renshaw ging neben ihr her. »Natürlich. Ich bin

nicht wie die meisten der feinen Gesellschaft. Ich weiß, wie man Vertrauliches für sich behält und ich halte eine Freundschaft in Ehren.«

»Danke.« Fiona lächelte sie von der Seite an und freute sich, eine neue Freundin gewonnen zu haben.

Sie betraten den Ballsaal und Prudence kam sofort auf sie zu. Fiona macht die beiden Frauen miteinander bekannt und Mrs. Renshaw entschuldigte sich dann.

»Ich sah, wie Lord Gregory in den Ballsaal zurückkehrte und dann sofort wieder ging. Er wirkte sehr beunruhigt. War er wegen deiner Nachricht so niedergeschmettert?« Prudence´ Blick war sorgenschwer.

»Er war enttäuscht, was aber nicht der Grund war, warum er gegangen ist. Er hat eine Aufforderung erhalten, umgehend nach Hause zurückzukehren – ohne weitere Erklärung.«

»Hoffentlich ist es nichts Ernstes.«

»Das hoffe ich auch.« Fiona entdeckte Cassandra, die von der Seite der Ladys des Ballsaals auf sie zukam.

»Da bist du ja endlich!«, meinte Cassandra, als sie bei Fiona ankam. »Wo bist du nach dem Tanz mit Overton hingegangen?«

»Wir waren im Garten spazieren, und ich habe seinen Heiratsantrag angenommen.«

Cassandras Augen weiteten sich, und ihr stand der Mund offen. Dann entfuhr ihr ein Freudenschrei, der einige Gäste in ihrer Nähe dazu veranlasste, sich neugierig umzuwenden.

Fiona strebte auf eine der Ecken zu und machte Cassandra und Prudence ein Zeichen, ihr zu folgen. Sie sah Cassandra an. »Wir haben noch nichts publik gemacht.«

»Gewiss. Ich wollte nicht so ... überschwänglich reagieren. Ich bin nur so schockiert! Was ist geschehen?«

»Ich habe erst mit Verspätung bemerkt, dass ich mich in ihn verliebt habe und er sich glücklicherweise auch in mich.«

»Wie wundervoll praktisch und ordnungsgemäß.« Cassandra grinste. Dann kniff sie die Augen argwöhnisch zusammen. »Du warst schrecklich lange weg. Ich habe zwei Sets getanzt.«

»Prudence war geistesgegenwärtig genug, jedem, der nach mir fragte, zu sagen, ich würde mich nicht wohlfühlen. Und ich habe dafür gesorgt, dass man mich im Ruheraum gesehen hat. Habe ich meinen Ruf vollkommen ruiniert?«

»Das hängt davon ab, ob man dich mit Overton im Garten gesehen hat und ob man das mit deiner anschließenden Abwesenheit von einer Stunde oder wie lange auch immer in Verbindung bringt. Wenn ihr eure Verlobung schnell bekannt gebt, vielleicht schon morgen, sollte alles in Ordnung sein.«

Fiona beruhigte sich und ihr Körper verlor die Anspannung, von der sie gar nicht gemerkt hatte, dass sie sie seit ihrer Rückkehr zum Ball in sich trug. Wahrscheinlich war sie auch zu aufgedreht gewesen, sie überhaupt zu bemerken. »Das ist außerordentlich schön zu hören.«

Cassandra zu sehen, erinnerte Fiona daran, dass ihr Bruder oben gewesen war. Mit einer Kurtisane. Sie überlegte, ob sie Cassandra davon erzählen sollte. Einerseits war er ihr Bruder, und andererseits waren seine ... Privatangelegenheiten eben genau das – privat. Selbst wenn er verheiratet war und nicht mit einer Kurtisane hätte tändeln sollen. Fiona entschied, dass es nicht ihre Aufgabe war, sich einzumischen.

Sie blickte von der Treppenhalle aus in Richtung der breiten Tür und fragte sich, wann Tobias herunterkommen würde und wie sie sich einander gegenüber verhalten sollten. Es würde sich als überaus schwierig erweisen, da sie nichts lieber wollte, als der Welt einfach nur zu verkünden, dass er ihr gehörte und sie ihm.

Wie von Zauberhand schritt Tobias auf sie zu. Er hatte

ein übertrieben strahlendes Lächeln auf dem Gesicht, in dem sich Fionas Freude widerspiegelte.

Er war nicht allein. Lord Lucien war an seiner Seite, und während Tobias überglücklich aussah, war Lord Lucien der Inbegriff von Verärgerung. Seine Stirn war tief gerunzelt, der Kiefer wirkte verkrampft.

»Wo ist er?«, verlangte Lord Lucien von seiner Schwester ohne Vorwarnung zu erfahren.

»Wer?« Cassandra wirkte verblüfft.

»Sei nicht so neunmalklug! Wexford. Warum hast du mit ihm getanzt?«

Lord Lucien war wütend, weil seine Schwester mit jemandem tanzte? Wer war Wexford? Fiona blickte zu Tobias, der kaum merklich den Kopf schüttelte, wobei er ihr mit den Augen stumm zu verstehen gab, ihr später eine Erklärung zu geben.

»Falls es dich etwas angeht: Ich bin einem übereifrigen Gentleman aus dem Weg gegangen.« Cassandras Augen glitzerten mit einem Zorn, der dem ihres Bruders zu entsprechen schien. »Vielleicht geht es dich ja doch etwas an, da dies dein Club ist. Mr. Upton hatte eindeutig zu viel getrunken und akzeptierte meine Weigerung, im Garten spazieren zu gehen, nicht.«

»Klingt, als hätte Wexford einen großen Dienst erwiesen«, meinte Tobias leutselig.

»Wexford hätte Upton mit in den Garten nehmen und verprügeln sollen.« Lord Lucien verzog den Mund. »Ich werde mich später mit ihm unterhalten. Und mit Upton.« Er seufzte. »Mit Erleichterung stelle ich fest, dass dieser Tanz nicht mehr als ein Tanz war.«

»Und selbst wenn dem so gewesen wäre, würde es dich nichts angehen. Ich weiß nicht, warum du und Con und Vater glaubt, ihr könntet jeden Teil meines Lebens bestimmen. Das werde ich nicht tolerieren.« Cassandra blickte zu

Fiona. »Ich werde mich jetzt in den Ruheraum zurückziehen.« Sie ging in Richtung der Ladys Seite des Ballsaals davon.

»Vielleicht solltest du ihr nachgehen«, schlug Fiona Prudence vor.

Prudence warf Tobias einen Blick zu, ehe sie meinte: »Es scheint, als seien Sie diejenige, bei der ich bleiben sollte.«

Fiona lachte leise. »Ich verspreche, dass ich genau hier stehen bleiben werde.«

Prudence zauderte, doch letztlich ging sie Cassandra hinterher. Lord Lucien, der weiterhin finster dreinblickte, drehte sich zu Tobias und Fiona. »Gestattet mir, euch meine herzlichsten Glückwünsche anzubieten. Allerdings hoffe ich, dass ihr mich entschuldigen werdet.«

»Vielen Dank, und ja.« Tobias warf ihm einen vielsagenden Blick zu. »Du hast gehört, was deine Schwester gesagt hat.«

»Dass ich wie mein Bruder und mein Vater bin? Ja.« Ein leichtes Zittern stahl sich über ihn hinweg. »Ich werde Upton finden.« Er marschierte davon.

»Juchhe, schon wieder allein«, murmelte Tobias, der so dicht an sie heranrückte, wie der Anstand es erlaubte. Seine Finger streiften über die ihren.

»Das kannst du kaum allein nennen.« Sie ließ den Blick durch den übervölkerten Ballsaal schweifen und lächelte.

»Ich vermute nein. Ich bin nur froh, wieder mit dir zusammen zu sein, so hoffnungslos das auch klingt.«

Sie konnte nicht anders, als ihm in die Augen zu schauen. »Ich fühle das Gleiche.«

»Hast du dich mit Lord Gregory unterhalten können?«

»Das habe ich. Er war enttäuscht, aber auch froh für mich.«

»Was hast du ihm gesagt?«

»Dass mein Herz anderweitig vergeben ist. Er hat sich

versichern wollen, dass meine Gefühle erwidert werden. Ich habe ihm versichert, dass dem so ist.«

»Wenn es irgendeinen Zweifel gibt, meine Liebste«, raunte er, »lass mich dir versichern, dass ich dich leidenschaftlich verehre. Hast du ihm gesagt, dass ich der Gentleman sei, der dich gestohlen hat?«

Fiona fasste kurz seine Finger und wollte sie nicht wieder loslassen. »Du hast mich nicht gestohlen – ich habe dich bereitwillig erwählt. Ich habe ihm nicht gesagt, dass du es bist. Wir hatten nichts von unserer Heirat erwähnt und ich wollte nicht versehentlich Klatsch über mich in die Welt setzen.«

Er schmunzelte. »Eine ausgezeichnete Überlegung. Wir können morgen eine Ankündigung an die Zeitung schicken und das Aufgebot am Sonntag verlesen lassen.«

»Dann werden wir aber drei Wochen warten müssen und das ist nach dem Zwölften.«

»Ich habe dir bereits gesagt, dass ich bis dahin nicht verheiratet sein muss. Wie dem auch sei, sagt mir meine Intuition, dass die neue Besitzerin von Horethorne mich oft zu einem Besuch einladen wird.« Seine Augen blitzen vor Vergnügen.

»Ich möchte dich als Besitzer wissen.« Sie berührte beinahe seinen Mund, als er die Lippen zu einem Widerspruch teilte. »Ich fühle mich sehr entschlossen diesbezüglich – es war das Haus deiner Mutter und es sollte deines sein.«

»Das ist ungemein liebenswert von dir. Mir ist allerdings nur wichtig, dass unser Sohn oder unsere Tochter es eines Tages erbt.«

»Darüber sind wir uns einig.« Es war ein Kampf, nicht die Arme um ihn zu legen, ihn zu küssen und ihn zu halten. »Ich habe eine alternative Idee zum Verlesen des Aufgebots am Sonntag. Was, wenn wir nach Gretna Green durchbrennen? Wie ich weiß, hattest du dich danach gesehnt, das zu tun.«

Er lachte ein bisschen zu laut und wieder drehten einige Leute ihnen die Köpfe zu. »Ich muss zugeben, dass die Idee einen gewissen Reiz hat. Ich weiß, wie gern du auf Reisen bist.«

»Insbesondere mit dir. Wenn wir morgen aufbrechen, können wir bestimmt vor dem Zwölften dort ankommen und heiraten. Dann hast du die Frist deines Vaters eingehalten.«

Er schaute ihr in die Augen. »Du meinst das ernst.« Auf ihr überschwängliches Nicken hin, nahm er ihre Hand und führte sie an seine Lippen. »Ja, ich werde morgen mit dir nach Gretna Green durchbrennen.« Er küsste ihre Fingerspitzen und ließ sie nur widerstrebend wieder los.

Hitze flackerte über ihre Hand, an ihrem Arm empor und ließ ihren Körper vor Lust summen. »Nun, ich denke, wir sollten in diesem Fall nach Hause gehen und uns in Erwartung unserer Reise ein wenig ausruhen.«

»Eine weitere ausgezeichnete Idee. Wahrscheinlich sollten wir auch packen.«

»Lass mich kurz im Ruheraum vorbeischauen, um Prudence und Cassandra zu sagen, dass wir gehen werden.« Sie zauderte. »Was ist mit Prudence? Was wird mit ihr, nun, da ich heirate?«

»Sie wird die Freundin einer anderen jungen Lady. Ich werde sicherstellen, dass bis dahin für sie gesorgt ist.«

»Vielleicht würde Cassandras Vater sie einstellen.« Fiona vermutete, dass sie nach ihrer Heirat mit Tobias ein bisschen weniger Zeit für ihre Freundin haben würde, und sie machte sich Sorgen, dass Cassandra sich dann einsam fühlen könnte. Tatsächlich sorgte sie sich bereits diesbezüglich. »Würdest du bitte mit Lord Lucien darüber sprechen?«

»Ich würde alles für dich tun, meine Liebste«, murmelte

er. »Das ist eine ausgezeichnete Idee – sowohl für Miss Lancaster als auch Lady Cassandra. Du bist eine wundervolle Freundin. Aber etwas anderes hatte ich auch nicht erwartet.«

Seine Worte wärmten sie. »Sollen wir uns in der Eingangshalle treffen?«

»Nein, lass uns auf eine Weise verschwinden, die weniger Aufmerksamkeit erregen wird«, meinte er. »Kannst du mich unten treffen?«

»Nun, wer hat die ausgezeichneten Ideen? Ich bin so froh, dass ich einen klugen Gentleman heirate. Was für eine gesegnete junge Lady ich doch bin.«

Seine Augen strahlten vor Liebe und Stolz. »Das Glück ist ganz auf meiner Seite.«

EPILOG

Acht Tage später ...

»Glaubst du, dein Vater schaut finster drein oder lacht er, weil du am elften März geheiratet hast?«

Fiona kuschelte sich noch enger an Tobias in ihrem Bett des Bell and Broomsticks in Gretna Green.

Nach einer glücklicherweise angenehmen Reise in den Norden waren sie inzwischen von Schnee umgeben. Tobias fand das ganz reizend, denn es gab keinen Ort, an dem er lieber wäre als mit seiner Frau in einem gemütlichen Himmelbett in einem Gasthaus.

»Ich würde wahrscheinlich sagen, er schaut finster drein, doch ich will ihn mir lachend vorstellen. Es ist höchste Zeit, meine negativen Gefühle ihm gegenüber zu vergessen. Darüber hinaus ist bei all der Liebe, die ich für dich empfinde, gar kein Platz dafür.« Er drehte sich um, um sie zu küssen, und ihr Magen brachte lautes Grummeln hervor.

Sie kicherte. »O je.«

Ein Klopfen an der Tür ließ Tobias nackt vom Bett aufspringen. Er schnappte sich seinen Hausmantel und hüllte sich ein. »Unser Vesper ist gerade rechtzeitig gekommen.« Er wackelte mit den Augenbrauen, während sie sich unter der Bettdecke verkroch.

Tobias öffnete die Tür und erblickte Mrs. Insley, die Frau des Gastwirts, mit einem Tablett in der Hand. Sie grinste. »Hoffentlich sind Sie hungrig. Wegen des Wetters werden heute weniger Reisende eintreffen, weshalb die Köchin Ihnen Extraportionen zugedacht hat.«

»Treten Sie ein.« Tobias öffnete die Tür weiter, damit Mrs. Insley, eine tüchtige und warmherzige Frau Ende dreißig, das Tablett auf den Tisch stellen konnte.

»Es gibt Tee, Ale, Käse, Brot, Kekse und einen speziellen Kuchen, den wir allen Frischvermählten schenken.« Sie zwinkerte Tobias zu. »Und die neueste Zeitung aus London.«

»Das sieht wunderbar aus. Danke, Mrs. Insley.«

»Kommen Sie zum Abendessen herunter?«, fragte sie.

»Wenn es nicht zu viel Mühe macht, würden wir es gern hier oben einnehmen, denke ich.« Er wollte den Kokon nur ungern verlassen, den ihr Zimmer bildete.

»Überhaupt nicht. Das ist keine ungewöhnliche Bitte von denjenigen, die früher am Tag dem Schmied einen Besuch abgestattet haben.« Sie zwinkerte ihm zu und ging hinaus.

Fiona schob die Bettdecke zurück und zog sich rasch ihren Morgenmantel an. »Ich bin am Verhungern.« In ungekämmten Locken umrahmte ihr dunkelrotes Haar ihr Gesicht und ihre Schultern. Sie sah aus, als wäre sie gründlich vernascht worden – was auch so war.

Eine Freude und noch nie gekannte Befriedigung überkamen Tobias. Er *hatte doch* eine romantische Veranlagung, so wie seine Großmutter gesagt hatte. Immer schon hatte er sich gewünscht, eine Frau wie Fiona zu finden und eine

Liebe zu erleben, wie sie sie jetzt teilten. Dass er nun beides hatte, war noch immer ein Schock.

Sie setzten sich an einen kleinen runden Tisch vor dem Fenster, von dem aus man den Hof unter ihnen überblicken konnte. Das Bell and Broomstick war ein kleineres Gasthaus und – wie von Mrs. Insley angedeutet - heute wegen des Wetters nicht so gut besucht.

»Meinst du, wir können übermorgen noch abreisen?«, fragte Fiona, ehe sie einen Bissen Käse aß.

»Ich denke, wir werden abwarten müssen, wie sich das Wetter entwickelt. Wenn es so weiterschneit, würde ich allerdings Nein sagen.«

Sie lächelte mit vollem Mund, und ihre Augen tanzten vor Vergnügen. »Das wäre sehr bedauerlich.« Dann schlug sie sich die Hand vor den Mund und versuchte, nicht zu lachen.

Sie aßen ein paar Minuten lang mit großem Appetit, ehe Fiona dann den Tee einschenkte. Tobias nahm die Zeitung in die Hand und überflog die Schlagzeilen. Als er sie aufschlug, fand er die Spalte mit den Nachrichten über die feine Gesell-schaft und las laut vor.

Dem Autor ist zu Ohren gekommen, dass die Witwe des ehema-ligen Earls of Overton die alleinige Anstifterin der Verbindung ihres Enkels mit seinem Mündel, Miss Fiona Wingate, gewesen war. Ihre schockierende Flucht nach Gretna Green kam für alle überraschend. Nun ja, alle, außer der Witwe des ehemaligen Earls. Sie besteht darauf, dass sie an der Planung beteiligt war und das Paar ihre volle Unterstützung hat. Als sie in London ankam, erkannte sie sofort, dass die beiden perfekt zueinander passten, und die Verbindung war hergestellt. Sie passten sogar so gut zueinander, dass sie gleichzeitig heiraten und in die Flitterwochen fahren woll-ten. Die alten Gerüchte, wonach der Earl mit einer anderen jungen Dame nach Gretna Green hatte durchbrennen wollen, sind nun endlich ausgeräumt, und der Autor wünscht dem Earl und seiner neuen Komtess ein glückliches Leben.

Fiona schaute ihn aus großen Augen perplex an. »Das steht da? Du hast dir das nicht einfach ausgedacht?«

Er lachte und reichte ihr die Zeitung. »Schau es dir selbst an.« Genau das hatte seine Großmutter vorausgesagt. Dass sie vorhatte, es jedem zu erzählen, der fragte, und auch denen, die nicht fragten. Dass es ihr gelungen war, aus ihrer vielleicht skandalösen Flucht eine romantische Geschichte zu machen, war mehr, als Tobias sich hatte erhoffen können. »Nun, das würde meinen Vater auf die Palme bringen.« Er gluckste, als er seine Teetasse anhob.

Mit einem Ausdruck warmer Freude auf ihrem Gesicht ließ Fiona die Zeitung sinken. »Das war wahrhaftig reizend. Ich mag deine Großmutter wirklich.«

»Und sie mag dich. Ich kann kaum glauben, dass sie bis zu unserer Rückkehr in London bleibt, damit sie Zeit mit dir verbringen kann.« Er schüttelte den Kopf. »Du, meine Liebe, bist in so vielerlei Hinsicht ein Wunder.«

Sie stand kurz auf, um sich dann auf seinen Schoß zu setzen und die Arme um seinen Hals zu schlingen. »Ich bin nur ein einfaches, gewöhnliches Mädchen vom Lande, Mylord.«

»Das stimmt nicht. Du bist eine Komtess, und an dir ist nichts einfach oder gewöhnlich.« Er liebkoste ihren Hals.

»Wenn ich daran denke, dass ich eine alte Jungfer hätte werden können. Ich hatte es in Betracht gezogen.«

Tobias zog den Kopf zurück und sah zu ihr auf. »Ich habe Lady Pickering und meine Großmutter gefragt, wie eine Frau zur Jungfer wird. Sie konnten mir nur sagen, dass eine Frau irgendwann dort anlangt, nachdem es ihr nicht gelingt, zu heiraten. Es gibt offensichtlich keine Regeln dafür.«

»Ich weiß, dass ich noch ein wenig naiv bin, was die feine

Gesellschaft anbelangt, doch ich denke, es gibt mehr als genug Regeln.«

Er lachte über ihren Sarkasmus. »Stimmt. Der Phönix Club hat ein paar Jungfern zum Beitritt eingeladen. Ich denke, wir sollten weitere auffordern. Ich habe beschlossen, dies zu meinem besonderen Augenmerk zu machen.«

Sie runzelte die Stirn und ihr Mund kokettierte mit einem Lächeln. »Warum?«

»Weil ich denke, dass sie ein unterschätzter Teil der Bevölkerung sind. Wenn es das Ziel des Phönix Clubs ist, diejenigen einzubeziehen, die ausgeschlossen sind, kann ich mir keine Gruppe vorstellen, die das mehr verdient hätte. Du etwa?«

»Das kann ich nicht«, entgegnete sie leise und senkte den Kopf, um ihre Nase an seiner zu reiben. »Tobias, du bist der Inbegriff eines wahrhaftigen Helden.«

Er ließ die Finger über ihr Haar über ihren Nacken gleiten. »Ich weiß nicht, ob ich dem zustimmen kann. Ich habe einige einigermaßen unheldenhafte Dinge getan, vor allem in Bezug auf dich. Allein der Gedanke daran schmerzt mich.« Er sah ihr in die Augen. »Es tut mir so leid.«

»Mir nicht. Jeder Augenblick mit dir, auch die, die du vielleicht bereust, ist wie ein Abenteuer. Als Ihre Majestät mir sagte, ich würde ein Abenteuer haben, hätte ich mir dies nie vorstellen können.« Sie drehte sich auf seinem Schoß und setzte sich im Reitersitz auf ihn, wobei sie ihren Morgenmantel öffnete, sodass nur sein Hausmantel zwischen ihren Geschlechtern blieb. Dann drängte sie mit ihren Hüften nach unten und küsste ihn. »Nun bin ich, glaube ich, auf eine andere Art hungrig.«

»Du bist unersättlich«, raunte er kehlig, während das Verlangen in ihm brannte. »Aber lass es mich versuchen.« Er küsste sie ausgiebig und verflocht dabei seine Hand in ihrem Haar.

»Das stimmt nicht«, murmelte sie außer Atem an seinem Mund. »Du bist sehr geschickt darin, mich zu befriedigen. Immer und immer und immer wieder. Vielleicht musst du dich nur dauernd erneut daran erinnern.« Sie streckte die Hand nach unten, schob den Stoff seines Hausmantels auseinander und legte dann ihre Hand um seinen Schaft.

»Hm, ich bin mir nicht sicher, ob ich mich erinnere. Mach weiter, wenn es dir nichts ausmacht.«

Sie führte ihn an ihren Eingang und nahm ihn in ihren Körper auf, als er in sie eindrang. »Ist das hilfreich?« Wieder küsste sie ihn und bewegte sich auf ihm, während sie ihre Hüften leidenschaftlich hob und wieder auf ihn herabsenkte und sich dabei an ihm festhielt.

»O ja, jetzt besinne ich mich. Das ist auch für mich sehr befriedigend. Wie praktisch, dass es für beide Seiten Vorteile hat.« Er ließ die Finger zwischen sie gleiten und neckte ihre Knospe. Sie bewegte sich schneller und schrie auf, sobald sich ihre Muskeln um ihn verkrampften, und sie explodierte.

Tobias zupfte sie an ihrem Haar und genoss die Geräusche ihrer Lust, während er sich in sie ergoss. Schwer atmend dauerte es mehrere Minuten, bis er einen zusammenhängenden Gedanken fassen konnte.

Er drückte sie an sich, erhob sich vom Stuhl und trug sie zum Bett, wo er sie sanft hinlegte. Sie blickte zu ihm auf, ihre dunklen Augen glänzten vor Zufriedenheit und Liebe.

Tobias zog seinen Hausmantel aus und stieg neben sie ins Bett. Auch sie hatte ihren Morgenmantel beiseite geworfen und nun kuschelten sie sich aneinander, nackt, ihre Körper warm von ihrer Aktivität.

»Es tut mir leid, dass uns keine Zeit mehr bleibt, Horethorne zu besuchen, ehe wir nach London zurückkehren«, meinte er und gab ihr einen Kuss auf die Schläfe.

»Ich verstehe. Du hast Pflichten zu erfüllen. Ich kann es kaum erwarten, zu Mrs. Tucket zurückzukehren – und

Prudence und Cassandra zu sehen. Ich bin so froh, dass die beiden beisammen sind.« Tobias hatte noch in der Ballnacht eine Nachricht an Lucien überbringen lassen, und die Sache mit Prudence´ Anstellung als Cassandras Begleiterin war geklärt worden, bevor Fiona und er nach Schottland abgereist waren.

»Ich wünschte, wir hätten Mrs. Tucket unterbringen können.« Tobias hatte vorgeschlagen, sie nach Deane Hall oder Horethorne zu schicken, doch die betagte Bedienstete hatte darauf bestanden, in London auf die Rückkehr von Fiona zu warten. Sie war so stolz auf »ihr Mädchen« und konnte es kaum erwarten, sie als Komtess zu erleben.

»Im Augenblick ist sie mit ihrer Unterbringung im ersten Stock in der Brook Street sehr zufrieden.«

»Und wir brauchen uns keine Sorgen zu machen, dass sie Mrs. Smythe belästigen wird. Meine Großmutter wird das nicht zulassen.«

Fiona gluckste. »Nein, das könnte ich mir bei ihr nicht vorstellen. Sie ist eine überaus gebührliche Witwe.«

»Sie ist auch eine leidenschaftliche Ehestifterin. Ohne ihre Ankunft hätte ich die Tiefe meiner Zuneigung zu dir möglicherweise nicht rechtzeitig begriffen. Vielleicht hättest du an jenem Abend am Ball teilgenommen und wärst mit einem ganz anderen Mann verheiratet worden.«

Sie erschauderte. »Niemals. Mir war klar, dass ich ohne Liebe nicht heiraten konnte. Vielleicht war das der Grund, warum ich mich deinen Bemühungen, mich zu verheiraten, widersetzt habe. Ich konnte es einfach nicht fertigbringen. Bis ich es konnte.« Voller Liebe und Freude blickte sie ihm in die Augen. »Bis ich dich fand.«

Tobias zog sie an sich und küsste sie.

»Schurke.« Sie küsste sein Kinn. »Wüstling.« Ihre Lippen wanderten an seinem Kinn entlang. »Halunke.« Sie fasste mit den Zähnen in sein Ohrläppchen. »*Verwerflicher.*« Sie

drückte ihn auf den Rücken und erhob sich über ihn.
»Ehemann.«

»Ich bin all dies.« Er umfasste ihr Gesicht, und die Liebe glühte in seiner Brust. »Ich bin dein.«

Finden Sie heraus, was passiert, wenn Lady Aldington von ihrem entfremdeten Ehemann verlangt, ihr ein Kind zu schenken, und sie das geheime Begehren entdecken, das zwischen ihnen geschlummert hat ... im nächsten Buch LEIDENSCHAFTLICH aus der Reihe DER PHÖNIX CLUB!

Ich danke Ihnen sehr, dass Sie **Ungehörig** gelesen haben. Ich hoffe, es hat Ihnen gefallen!

Möchten Sie erfahren, wann mein nächstes Buch verfügbar ist? Sie können sich für meinen Deutscher Newsletter anmelden, mir auf Amazon.de folgen und meine Facebook-Seite liken.

Rezensionen helfen anderen, Bücher zu finden, die für sie geeignet sind. Ich schätze alle Bewertungen, ob positiv oder negativ. Ich hoffe, dass Sie erwägen werden, eine Bewertung bei Ihrem bevorzugten der Seite Ihres bevorzugten Internet-Netzwerkes abzugeben.

Ich mag meine Leser so sehr. Danke!

**Sind Sie an weiterer Regency-Romantik interessiert?
Schauen Sie sich meine anderen historischen Serien an:**

Die Unberührbaren
Geraten Sie ins Schwärmen über zwölf der begehrtesten und

schwer fassbaren Junggesellen der feinen Gesellschaft und die Blaustrümpfe, Mauerblümchen und Außenseiterinnen, die sie in die Knie zwingen!

Die Unberührbaren: Die Prätendenten
In der faszinierenden Welt der Unberührbaren spielend, handelt die Saga von einem Geschwistertrio, die sich darin auszeichnen, sich als jemand auszugeben, der sie nicht sind. Werden ein unerschrockene Bow Street Ermittler, ein niedergeschmetterter Viscount und eine desillusionierte Dame der feinen Gesellschaft es schaffen, ihre Geheimnisse zu lüften?

Ruchlose Geheimnisse und Skandale

Sechs unglaubliche Geschichten, die sich in den glamourösen Ballsälen Londons und den herrlichen Landschaften Englands abspielen. Das erste Buch, **Ihr ruchloses Temperament** erscheint in Kürze!

Die Liebe ist überall
Herzerwärmende Nacherzählungen klassischer Weihnachtsgeschichten im Regency-Stil, die in einem gemütlichen Dorf spielen und von drei Geschwistern und dem besten Geschenk von allen handeln: der Liebe.

Der Club der verruchten Herzöge
Sechs Bücher, geschrieben von meiner besten Freundin, der New York Times Bestseller-Autorin Erica Ridley, und mir. Lernen Sie die unvergesslichen Männer von Londons berüchtigtster Taverne, dem Verruchten Herzog, kennen. Verführerisch attraktiv, mit Charme und Witz im Überfluss, wird eine Nacht mit diesen Wüstlingen und Filous nie genug sein ...

Ein skandalöser Pakt

Des Gauners Rettung

Ruchlose Geheimnisse und Skandale

Ihr ruchloses Temperament

Sein ruchloses Herz

Die Verführung des Halunken

Verliebt in eine Diebin

Die Schöne und der Halunke

Einmal Halunke, immer Halunke

Die Liebe ist überall

(eine Regency Weihnachtstrilogie)

Der Earl mit dem flammendroten Haar

Das Geschenk des Marquess

Eine Freude für den Herzog

Der Club der verruchten Herzöge

Eine Nacht zum Verführen by Erica Ridley

Eine Nacht der Hingabe by Darcy Burke

Eine Nacht aus Leidenschaft by Erica Ridley

Eine Nacht des Skandals by Darcy Burke

Eine Nacht zum Erinnern by Erica Ridley

Eine Nacht der Versuchung by Darcy Burke

ÜBER DIE AUTORIN

Darcy Burke ist die USA Today Bestsellerautorin für sexy, emotionale, historische und zeitgenössische Romantik. Darcy schrieb ihr erstes Buch im Alter von 11 Jahren – mit einem Happy End – über einen männlichen Schwan, der von der Magie abhängig war, und einen weiblichen Schwan, der ihn liebte, mit nicht sehr gelungenen Illustrationen. Schließen Sie sich ihr an newsletter!

Darcy, die in Oregon an der Westküste der Vereinigten Staaten geboren wurde, lebt am Rande des Wine Country mit ihrem auf der Gitarre spielenden Ehemann und ihren beiden ausgelassenen Kindern, die das Schreiben geerbt zu haben scheinen. Sie sind eine nach Katzen verrückte Familie mit zwei bengalischen Katzen, einer kleinen, familienfreund-lichen Katze, die nach einer Frucht benannt ist, und einer älteren, geretteten Maine Coon, die der Meister der Kühle und der fünf-Uhr-morgens-Serenade ist. In ihrer ›Freizeit‹ ist Darcy eine regelmäßige ehrenamtliche Mitarbeiterin, die in einem 12-stufigen Programm eingeschrieben ist, in dem man lernt, ›Nein‹ zu sagen, aber sie muss immer wieder von vorne anfangen. Ihre Lieblingsplätze sind Disneyland und das Labor Day Wochenende in The Gorge. Besuchen Sie Darcy online unter https://www.darcyburke.net.

facebook.com/darcyburkefans

twitter.com/darcyburke

instagram.com/darcyburkeauthor

pinterest.com/darcyburkewrites

goodreads.com/darcyburke